家藏文库

苏轼诗文选

〔宋〕苏轼 著　　李之亮 注析

中州古籍出版社
·郑州·

图书在版编目（CIP）数据

苏轼诗文选 / (宋) 苏轼著；李之亮注析. —郑州：中州古籍出版社，2018.5

（家藏文库）

ISBN 978-7-5348-7789-6

Ⅰ.①苏… Ⅱ.①苏…②李… Ⅲ.①宋诗–诗集②古典散文–散文集–中国–北宋 Ⅳ.①I214.412

中国版本图书馆CIP数据核字（2018）第061845号

家藏文库：苏轼诗文选

选题策划	卢欣欣　赵发杰
约稿统筹	卢欣欣
责任编辑	刘　琳
责任校对	唐志辉
封面设计	王　歌
版式设计	曾晶晶

出　版	中州古籍出版社
	地址：河南省郑州市经五路66号
	邮编：450002
	电话：0371-65788693
经　销	新华书店
印　刷	郑州市毛庄印刷厂
版　次	2018年5月第1版
印　次	2018年5月第1次印刷
开　本	640毫米×960毫米　1/16
印　张	21印张
字　数	310千字
定　价	38.00元

导　读

　　苏轼，字子瞻，号东坡居士。自称郡望乃赵州（今河北省赵县），其祖五代时期避乱来到蜀中，遂为眉州眉山（今四川省眉山市）人。出生于宋仁宗景祐三年（1036）十二月十九日，卒于徽宗建中靖国元年（1101）七月二十八日，享年六十六岁。

　　苏轼自幼聪明，仁宗嘉祐二年（1057）二十二岁时，参加朝廷举行的进士会试，便因一篇《刑赏忠厚之至论》的出彩论文令大主考官欧阳修刮目相看。据史书载，苏轼在答卷里有这样两句话："皋陶曰杀之三，尧曰宥之三。"意思是法官皋陶多次要处死罪犯，帝尧却多次要他赦免罪犯，这大概就是法学上所说的"疑罪从无"。欧阳修读罢大为叹赏，很想把他置为第一，同考官王珪提醒说："这两句话不见于经书，很可能是举子杜撰的。"欧阳修无奈，不无遗憾地把他列在了第二。事后欧阳修问苏轼此典出自何书，苏轼笑答："何须出处！"就是这样一篇论文，却给欧阳修惹来了很大麻烦。苏轼在《太息一篇送秦少章归京》中说："昔吾举进士，试名于礼部。欧阳文忠公见吾文，且曰：'此我辈人也，吾当避之。'是时士以剽裂为文，讪公者成市。"苏轼中进士时还很年轻，但他的仕途并不顺利。刚刚中第还没来得及授官，老家的祖母去世，他不得不依照礼法回乡尽孝。孝满后回到汴京，被授予河南府福昌县主簿，这对于心高气傲的苏轼来说，是不能让他深感满足的，于是参加了第二年朝廷举行的制科考试，并再次取得了轰动朝野的上佳成绩。嘉祐六年（1061），被任命为凤翔府签书判官厅公事，从此正式走入了仕途。苏轼性格外向，在凤翔府的三年里能平平安安，和他发妻王弗的看管教诲有很大关系。他在《亡妻王氏墓志铭》中，用了不少篇幅记载王弗对他的帮助和提醒："轼有所为于外，君未尝不问知其详。曰：'子去亲远，不可以不慎。'日以先君之所以戒轼者相语也。轼与客言于外，君立屏间听之，退必反覆其言曰：'某人也，言辄持两端，惟子意之所向，子何用与是人言？'有来求与轼亲厚甚者，君曰：'恐不能久。其与人锐，其去人必速。'已而果然。"意思是说王弗跟随苏轼到凤翔府，苏轼外出公干，王弗没有一次不仔细询问他到哪里去，做什么事，和什么人打交道，等等，还要千叮万嘱："你离家人远，一切都必须小心谨慎。"苏轼在客厅里接待客人，王弗总在屏风后细细地听，客人走后，她便会对苏轼说："此人不是个厚道人，说话太油滑，专拣你爱听的说，你何必与他多费口舌？"有个前来和苏轼套近乎想交朋友的人，王弗说："看样子你们长不了。此人与人相交太急切，一旦你没了利用价值，他抛开你时同样会如此急切。"日后证明王弗的话都很准确。看来在人事方面，王弗确实比苏轼聪明得多。

　　英宗治平二年（1065）签判凤翔府任满回京后，苏轼被授予判登闻鼓院。英宗久闻其名，打算召他入翰林院，宰相韩琦提出不同意见说："此例近年还没有过，况且苏轼年纪尚轻，来日方长，还是再涵养数年为好。"苏轼虽然嘴上没说什么，心里总觉得不是滋味，于是再次参加了更高层次的秘阁考试，这次考试竟然考了个第三等，再次轰动了朝野，随后获得了直史馆的官职。在宋朝，士子能进入史馆，便预示着只要没有特殊变故，其前途就不可限量。遗憾的是，就在这年的五月二十八日，夫人王弗因病去世。六月六日，苏轼将亡妻权殡于京城郊外。他还没从丧妻的悲恸中解脱出来，更大的噩耗降临，第二年（治平三年）四月，父亲苏洵也因病而亡，他不得不返回家乡处理这一切。就在回到眉山的这段时间里，他又娶了王弗的叔堂妹王闰之为继室。治平四年（1067），英宗驾崩，神宗即位，改元熙宁。熙宁二年（1069），苏轼守孝期满，带着后娶的妻子王闰之回到汴京，被授判官告院之职，而此时王安石变法已经在积极的酝酿之中了。他在判官告院位置上待了一年多，王安石变法便轰轰烈烈地展开了。当时王安石欲变革科举制度，苏轼提出了不同意见，惹得王安石很不高兴，将他调任开封府推官。不久后，发生了一件本与苏轼无关的事情：神宗为讨太皇太后曹氏和皇太后高氏高兴，下旨在汴京收买浙式丝灯四千多盏。订货时讲好了价钱，到元宵节将近收买丝灯时，朝廷竟然压低了购价。为此苏轼愤然上书，指出朝廷购买浙灯本已属浪费之举，又与小民争锥末之利，实为不该。奏疏递上后，立即遭到王安石等人的指斥，王安石党徒甚至要将其置于死地。苏轼在一篇奏疏中曾披露当时的险恶说："上元有旨买灯四千椀，有司无状，亏减市价，臣即上书论奏。先帝大喜，实时施行。臣以此卜知先帝圣明，能受尽言，上疏六千余言，极论新法不便。后复因考试进士，拟对御试策进上，并言安石不知人，不可大用。先帝虽不听从，然亦嘉臣愚直，初不谴问。而安石大怒，其党无不切齿，争欲倾臣，御史知杂谢景温首出死力，弹奏臣丁忧归乡日舟中曾贩私盐，遂下诸路体量，追捕当时梢工、篙手等考掠取证，但以实无其事，故锻炼不成而止。臣缘此惧祸乞出。"到了这一步，苏轼于是二话不说自请出京，到远离朝廷的杭州当了个通判。这是他仕途中第一次受挫。

正如他自己所言，出了京城的他，几乎不敢再回朝廷，"连三任外补"：从杭州调任密州担任知州，又由密州调任徐州，继而从徐州调任湖州，这几任地方官耗去了他七年的时间，然而这并不能令他置身事外。元丰元年（1078）在湖州任上时，苏轼因贺谢表写得漂亮，得到神宗的夸赞，党人便开始怀疑神宗有重新召用苏轼的意图，于是来了个先下手为强。"李定、何正臣、舒亶三人构造飞语，酝酿百端，必欲致臣于死。先帝初亦不听，而此三人执奏不已，故臣得罪下狱。定等选差悍吏皇甫遵，将带吏卒，就湖州追摄，如捕寇贼。臣即与妻子诀别，留书与弟辙处置后事，自期必死，过扬子江便欲自投江中，而吏卒监守不果。到狱即欲不食求死，而先帝遣使就狱有所约束，故狱吏不敢别加非横。臣亦觉知先帝无意杀臣，故复留残喘，得至今日。"（《续资治通鉴长编》卷四五八）这就是宋史上有名的"乌台诗案"。李定、何正臣、舒亶等人使用了极其卑劣的文字狱手段诬害苏轼。先是何正臣摘出《湖州谢上表》中"陛下知其愚不适时，难以追陪新进，察其老不生事，或能牧养小民"等语，认为苏轼妄自尊大，不把皇帝和宰相放在眼里。随后李定又翻出苏轼曾经写过了几句诗，硬说诗中有谤讪皇帝之语，于是朝廷将其从湖州押回汴京，且定为御案严加审理。按照何正臣等人的心思，必欲置之死地而后快，但因太皇太后高氏及众多大臣的开解，苏轼才被免除死罪，流放黄州，当了个不签书州事的团练副使。这是他仕途中第二次遭贬，且比第一次不知严酷多少倍，以至于他到黄州很长一段时间内都噤若寒蝉，不敢轻易乱说一句。

命运有时真的很能捉弄人，苏轼在黄州待了四年多，元丰八年（1085）神宗驾崩，新即位的哲宗赵煦还是个孩子，故而由太皇太后高氏垂帘听政。神宗在位时，高氏从不干预朝政，但心里一直是不赞成变法的，因此垂帘伊始，她便启用保守派大臣司马光入朝。司马光主政后，将王安石的新法全盘否定，彻底废除，王安石新党的官员们也纷纷下野，原保守派官员大多得到重新启用，苏轼的命运也因此发生了翻天覆地的变化。元丰八年（1085）八月十七日，朝廷命其担任登州知州。十月十五日到达登州，二十日，便再次得旨，命他回朝任礼部员外郎。十一月到礼部供职，不到一个月，以七品服入侍延和殿，赐绯鱼，除起居舍人。次年改元为元祐元年（1086），正月，五十一岁的苏轼除为中书舍人。当年十月十二日，再擢升为翰林学士知制诰，走进了朝廷的高层。就在他春风得意的时候，尚留在朝中的变法派再度发起了对他的攻击，已经有过惨痛教训的苏轼深知政治斗争的残酷与险恶，于是再次请求出京。元祐四年（1089）三月，来到杭州知州任上。元祐六年（1091）二月，尚未任满的苏轼受召回朝，被任命为翰林学士承旨（翰林院最高长官）。但因弟弟苏辙先已进入宰辅之列，为了避嫌，苏轼请求寝罢新命，自愿出任颍州知州。一年后的元祐七年（1092）二月，改任扬州知州。当年九月再召回朝，任为端明殿学士兼翰林侍读学士、守礼部尚书。这段时期里，不管是在朝还是在野，对于苏轼来说，都没有受到致命的打击。然而好景不长，垂帘八年的太皇太后高氏不幸薨逝，哲宗正式亲政，蛰伏了数年的变法派人物趁机夺取了朝廷大权，以"绍述"之说蛊惑年轻的哲宗继承神宗遗志。于是一场巨大的政治变动再次掀起，而此前原本紧跟司马光的保守派官员又因内讧分成了洛党、朔党和蜀党三派，结果被变法派各个击破，蔡京等人以整肃元祐党人为名，将保守派绝大部分官员贬谪出京，一直被变法派视为眼中钉的苏轼自然逃不脱再度被罢官的命运。

元祐八年（1093）可以说是苏轼屋破又遭连夜雨的灾难性一年，这年八月，继室王闰之卒于京师，苏轼也被贬到定州去任知州。然而这仅仅是个预演，苏轼十二月三日到达定州，席不暇暖，于次年绍圣元年（1094）年初，便落两职、追一官，再贬为岭南英州（今广东英德）知州，刚走到江西南康，又一道圣旨接踵而至，续贬其为宁远军节度副使、惠州安置。到此为止，苏轼身上所有的官职尽数全无，成了一个仅比罪犯强一点的编氓。当年十月三日抵达惠州，寓居在嘉祐寺中。因嘉祐寺建在江边，暑热潮湿令他感觉非常难熬，于是他倾尽囊橐东拼西凑，买下了白鹤山上一块地，修建了一座白鹤新居。绍圣四年（1097）闰二月十四日，白鹤峰新居终于建成。谁知在新屋还没住几天，当年五月，他便再贬为琼州别驾、昌化军安置，被发配到更远的海南儋州去了。在宋朝，流放海南几乎可以与死在海南画等号，十个谪宦有八个难以返回。谁知道这个顽强无比的苏轼，竟然在儋州安然度过了三年时光（绍圣四年七月十三日至儋州，元符三年（1100）五月遇赦北还）！元符三年哲宗驾崩，其弟徽宗赵佶继承皇位，苏轼这才遇到了朝廷大赦，准许他离开海南回到内地。最初的圣命是要他到廉州（今广西壮族自治区合浦县），没几天改命为舒州节度副使，在永州（今湖南省永州市）居住。行至英州，复朝奉郎、提举成都府玉局观，任便居住，此时已经是元符三年的十一月了。得到这个喜讯，苏轼立马决定回到朝思暮想的常州定居。次年建中靖国元年（1101）的五月，行到真州（今江苏省仪征市），不幸患了重病，勉强挨到常州故居，七月二十八日，这位一生中受尽磨难的善良老人死在了常州。

在苏轼的身上，儒、释、道三教合一的色彩体现得格外浓重。儒家认为士子应该"用之则行，舍之则藏"，苏轼一辈子的确是这样做的。道家认为养生甚至成仙是可以实现的，苏轼在"藏"的境遇中绝没有怨天尤人，而是兢兢业业、认认真真、孜孜矻矻地研究养生之道。佛家主张涅槃更生，苏轼毕生敬佛，直到临终，还在和径山长老惟琳谈经说偈，他感叹道："西方不无，但个里著力不得。"意思是说西方乐土不是不存在，只是现在实在用不上力了。道士钱世雄鼓励他："固先生平时践履至此，更须著力。"先生一辈子敬佛，再加把劲儿吧。苏轼留给这个世界最后一句话是："著力即差。"越使劲儿就越错——这是他活了六十六岁的大彻大悟。

苏轼是我国历史上伟大的文学家，千百年来一直受到后人的敬仰。他在诗、文、词以及文艺理论方面，都取得了非同一般的成就。他因散文被后人列入唐宋八大家；他的词开创了豪放一派，成为宋词中的领军人物；他的书法被尊为宋朝四大家之首；他的诗歌创作同样成绩斐然，一般人难以望其项背。关于苏轼的词，我已经应中州古籍出版社之约撰写过一本《苏轼词选》，列入该社"家藏文库"当中，感兴趣的读者可以找来阅读。本书是苏轼诗歌和散文的选集，所以在这里我想着重说几句的，是苏轼的诗歌和散文。

苏轼对诗歌是情有独钟的，即便在政务繁忙或流落蛮荒之时，他依然坚持日课一诗。有些诗至今为人们喜闻乐道，比如"横看成岭侧成峰""水光潋滟晴方好""竹外桃花三两枝"等，早已深入人心。他的散文也堪称绝妙，著名的《前赤壁赋》《后赤壁赋》同样是后人津津乐道的绝世佳作。然而这只是几首朗朗上口的小绝句和几篇赋体文字，更多具有强烈人文精神的好诗好文，还远没有普及到妇孺皆知的地步。在当今国家大力倡扬传统文化之时，多读些这样的好诗好文，无论是对提高人们的文化修养还是对升华人们的精神境界，都是大有裨益的。苏轼是个天生善良的人，是个天生具有正义感和鲜明爱憎的人，是个天生关爱人民、同情和赞美他们的人，是个天生喜欢动脑筋的人，是个面对任何困难都能保持乐观态度、善于调节内心的人，是个崇尚真实、厌弃虚伪的人，是个热爱生活、热爱生命的人，这些特质在他众多的诗歌和散文中反映得十分充分，他才是真正意义上的读书人。现在很多人不懂得读书，有些人自认为已经是个了不起的"知识分子"，其实他半辈子读的只是一点为应对考试必须要看的复习资料，严格来说那些东西根本就不能算书，真正的书，指的是能够陶冶人的性灵、提升人的素养、启迪人识别真善美和假恶丑的心灵之书。

我们说苏轼天生善良，不是没有根据的。南宋高文虎在他的《蓼花洲闲录》中说："苏子瞻泛爱天下士，无贤不肖，欢如也。尝自言：'上可陪玉皇大帝,下可以陪卑田院乞儿。'子由晦默少许可,尝戒子瞻择友。子瞻曰:'眼前见天下无一个不好人,此乃一病。'"意思是说苏轼对天下所有人都充满了爱心,不论是聪明愚钝,都能与其推心置腹。他曾说:"我上可以陪伴玉皇大帝,下可以和救济院里的乞丐成为朋友。"他弟弟苏辙性格内向,曾经告诫他与人交往务必谨慎,别让人家坑害了。苏轼回答说:"在我眼里,天底下没有一个是不好的人啊。"他崇尚善良,赞美善良,如本书所选的《种德亭》诗,就热情讴歌了杭州一位救死扶伤不图名利的医者王复。他说王复"医尤精,期于活人而已,不志于利",意思是王复为人治病,但求能解除病人的痛苦,绝不是为了发财。短短几句话,让我们看到了一个真正医者的崇高境界。说实话做到"医尤精"并非不可能,但能够做到"不志于利",则是件大不容易的事,所以苏轼称其为"种德"。不知今天那些骗人钱财的医者看了此诗后,会有哪些感想?本书所选的《惠州祭枯骨文》,读之更是催人泪下。他见到那些贫病而死的无主尸骸,顿生怜悯之心,决意将他们的尸骸收聚埋葬,"幸杂居而靡争,义同兄弟;或解脱而无恋,超生人天",这是多么善良的一种情怀?对死人尚且如此,何况是对活人?

我们说苏轼是个天生具有正义感和鲜明爱憎的人,这种正义感和鲜明爱憎在他的诗文里随处可见。本书所选的《谏买浙灯状》,最能体现他内蕴当中的正义感。神宗皇帝为了讨太皇太后曹氏和皇太后高氏的欢心,订购了四千余盏江浙风格的灯笼。谁知事到临头,朝廷居然违约压低购买价格。苏轼愤然给神宗上书,称那些卖灯小民都不是豪富之家,"举债出息,畜之弥年。衣食之计,望此旬日。陛下为民父母,唯可添价贵买,岂可减价贱酬?此事至小,体则甚大"。为了那些制灯小民的利益敢于开罪当朝皇帝,如果心中没有正义感和鲜明的爱憎,能做得到吗?在这个问题上,他的态度十分明确,他爱那些用勤劳换饭吃的民众,憎恨那些给皇帝出馊主意的佞臣。扪心自问,类似这样的奏章,换了我们有胆量交到朝廷去吗?他难道就不考虑后果吗?是的,在大是大非面前,他的确没有考虑所谓的后果,用他自己的话说,就是"言发于心而冲于口,吐之则逆人,茹之则逆余,以为宁逆人也,故卒吐之"(《思堂记》)。

说苏轼是个天生关爱人民同情和赞美他们的人,也可以举两例证明之。本书所选的《於潜女》,描写的是个普普通通的於潜妇女。按他的说法,这位妇女是劳动人民,当然不可能涂脂抹粉装扮自己。"青裙缟袂於潜女,两足如霜不穿屦。觡沙鬓发丝穿柠,蓬沓障前走风雨。"就是这样的一个人,在苏轼眼里,却具有最美的另一面:"照溪画眉渡溪去。逢郎樵归相媚妩。"农家女子也是爱美的,她在劳动之余就照着溪水描画自己的眉毛,然后去会心爱的丈夫。苏轼说,在他心里,这种爱是最纯洁最美好的!另一首《秧马歌》,则表现了作者关心农事、怜惜农夫的情愫。就在流放岭南的途中,他还不忘将前些年获得的秧马技术传授给农民,因为在他心里,个人得失与改变农民劳作的辛苦比起来实在是微不足道。可以想象,一个当过正部级高官的人,心里时时装着农夫的辛苦和血汗,是多么难得。

说苏轼是个天生喜欢动脑筋的人,这一点在所选的《石钟山记》和《庄子祠堂记》中体现得尤其充分。同样是在贬谪途中,他经过江西湖口的石钟山时,对此山为何能发出类似钟声的问题进行了深入探究,并最终得出可信的结论。他为庄子祠堂写的记文里,对先秦诸家学派特别是庄子之说进行了层层剖析,得出了庄子实乃孔子之羽翼的结论。

说苏轼是个面对任何困难都能保持乐观态度的人,这样的例子就不胜枚举了。苏轼一生中遭受了很多不公正的对待,但他总能自我开解,化忧闷为快乐。贬谪黄州时,调节心理成了他每日的必修课。他兴致勃勃地修建东坡雪堂,亲自带领夫人和爱妾朝云躬耕力田,为了节省开支,他还想出了一个自我约束的办法：每当领到可怜的一点俸禄后，便将钱分成三十包，放在篮里挂在高高的房梁上，每天只许取用一包。谁都能看得出来，他这是拿自己穷开心，如果他不自觉，谁能惩治得了他？担任密州知州时生活非常艰苦，甚至连吃饱肚子都成了问题，他不得不亲自采摘野菜来充饥。可他却在《超然台记》中说，刚到密州时连年荒歉，盗贼满野，狱讼充斥。"斋厨索然，日食杞菊。人固疑余之不乐也。处之期年，而貌加丰，发之白者日以反黑。余既乐其风俗之淳，而其吏民亦安予之拙也，于是治其园圃，洁其庭宇，伐安丘、高密之木以修补破败，为苟完之计。"你看，在密州过吃野菜充饥的日子，他却说自己面貌丰润、头发变黑，甚至有闲情逸致修治园圃。您能体味出其中的情趣吗？其实他的那些"收获"，实际上是调整心理的结果罢了。到了惠州，食物依然是大问题。他死皮赖脸地跟州里要了块地种菜，既有了生活内容，又有了精神享受。他的《雨后行菜圃》诗煞有介事地说："芥蓝如菌蕈，脆美牙颊响。白菘类羔豚，冒土出蹯掌。"再普通不过的芥蓝，让他比成了美味的香菇，还有鼻子有眼地想象出吃芥蓝时满腮作响的憨态；一颗再普通不过的大白菜，又让他联想到美味的嫩猪肉。这种自得其乐的态度，真是愉悦精神的大法宝。到了海南，从琼州往儋州行进的路上恰逢下大雷雨，他却诗兴大发写道："千山动鳞甲，万谷酣笙钟。安知非群仙，钧天宴未终？喜我归有期，举酒属青童。急雨岂无意，催诗走群龙。梦云忽变色，笑电亦改容。应怪东坡老，颜衰语徒工。久矣此妙声，不闻蓬莱宫。"啥意思呢？苏轼说：这是群龙在催我赶快写首好诗呢。别看我苏东坡年纪已老，诗笔却越来越精。你们听着，我这等上佳的诗篇，上天也已很久听不到了！

总而言之，苏轼是个热爱生活、热爱生命的人，是个真实而不虚伪的人，关于他的话题，三天三夜也说不完，限于篇幅，只能简单地说这么几句，算是向读者朋友介绍些关于苏轼的履历，也是对东坡先生表一表敬意而已。或许有人会问:"苏轼诗文的特色,为什么不做些评论?"我只能回答说:"不光是我,别的人也没几个有资格对苏轼的诗文说三道四,诗歌和散文做到了苏轼这个境界,只给我们留下了十六个字的空间:汪洋恣肆,出神入化,前无古人,后无来者——这或许才是关于他的作品最准确的评价。"

  本书选取了苏轼上佳的诗作八十六首,散文四十篇,这当然远不是这位天才巨擘精髓的全部,但限于篇幅,也只能忍痛割爱了。因我前些年曾撰写过一部八百多万字的《苏轼文集编年笺注》(全十二册,四川巴蜀书社出版),又写过一些关于苏轼的文章,中州古籍出版社领导同志出于对我的信任,让我再撰写一本精中选精的普及读物,以飨爱好苏轼诗文的读者,惶恐之间觉得义不容辞,故而接受了这个任务。由于时间仓促,书中肯定还有不少错谬之处,诚望读者朋友批评指正,以便再版时改过。

李之亮
2017 年 7 月写于盐城师范学院

目　录

苏轼诗选

题西林壁 3
惠崇春江晓景二首 4
鱼蛮子 7
游金山寺 9
种德亭(并叙) 11
饮湖上初晴后雨 14
夜泛西湖 16
春宵 17
戏书吴江三贤画像三首 19
六月二十日夜渡海 23
过岭二首 25
籴米 28

百步洪二首（并叙）	30
四月十一日初食荔支	36
新城道中二首	39
戏子由	41
荔支叹	45
有美堂暴雨	48
於潜女	50
送张嘉州	52
泛颖	55
撷菜（并引）	57
闻子由瘦	59
绝句	62
白鹤山新居凿井四十尺遇盘石石尽乃得泉	63
次韵郭功甫观予画雪雀有感二首	66
养老篇	68
席上代人赠别三首	70
八月十五日看潮绝句	72
李思训画《长江绝岛图》	73
十一月二十六日松风亭下梅花盛开	75
再用前韵	78
中秋月	80
归宜兴留题竹西寺三首	81
狱中寄子由二首	85

和子由苦寒见寄 …… 87

书鄢陵王主簿所画折枝二首 …… 89

骊山绝句三首 …… 92

异鹊（并叙） …… 94

到颍未几公帑已竭斋厨索然戏作数句 …… 97

石炭（并引） …… 100

欧阳叔弼见访诵陶渊明事叹其绝识叔弼既去感慨不已而赋此诗 …… 102

纵笔三首 …… 104

十月二日初到惠州 …… 106

司马君实独乐园 …… 107

寓居合江楼 …… 111

试笔 …… 113

独觉 …… 115

倦夜 …… 116

祭常山回小猎 …… 117

刘壮舆长官是是堂 …… 119

赠刘景文 …… 122

六月二十七日望湖楼醉书五首 …… 124

行琼儋间肩舆坐睡梦中得句云千山动鳞甲万谷酣笙钟觉而遇清风急雨戏作此数句 …… 127

次前韵寄子由 …… 130

醉睡者 …… 134

寒食夜	135
九日黄楼作	137
秧马歌(并引)	139
发广州	144
朝云诗(并引)	146
发洪泽中途遇大风复还	151
雨后行菜圃	153
豆粥	155
次韵张舜民自御史出倅虢州留别	159

苏轼文选

前赤壁赋	165
后赤壁赋	169
刑政论	172
教战守策	179
谏买浙灯状	184
范文正公文集叙	190
田表圣奏议叙	196
眉州远景楼记	200
庄子祠堂记	205
盖公堂记	208
喜雨亭记	214
凌虚台记	218

超然台记	222
文与可画筼筜谷偃竹记	227
石钟山记	232
李氏山房藏书记	236
祭韩忠献公文	239
淮阴侯庙碑	242
潮州韩文公庙碑	247
三槐堂铭	254
王元之画像赞(并叙)	258
文与可飞白赞	265
石菖蒲赞	266
题《笔阵图》	269
题张乖崖书后	271
跋欧阳文忠公书	273
惠州祭枯骨文	276
亡妻王氏墓志铭	277
朝云墓志铭	279
荐鸡疏	280
东坡羹颂	281
仁祖圣德	284
书刘庭式事	286
书谤	291
书海南风土	294

书柳子厚《牛赋》后 ……………………………………… 297

书四戒 …………………………………………………… 300

日喻 ……………………………………………………… 302

商君功罪 ………………………………………………… 307

梁贾说 …………………………………………………… 309

苏轼诗选

题西林壁①

横看成岭侧成峰②,远近高低各不同。不识庐山真面目③,只缘身在此山中。

[注释]

①西林:庐山的西林寺,在庐山北麓,始建于东晋太和二年(367),为庐山名刹之一。 ②横看成岭侧成峰:同一座山,正面看去为山岭,侧面看去为山峰。 ③庐山:中国十大名山之一,又名匡庐山,在今江西省九江境内,东依鄱阳湖,南为滕王阁,北面是长江,由大小九十余座山峰组成。今仍为旅游胜地。

[解析]

元丰七年(1084),在黄州贬所待了近五年的团练副使苏轼得到赦免,朝廷允许他迁往内地的汝州(今河南省汝州市),仍为团练副使。尽管如此,苏轼还是深感兴奋,毕竟汝州在陪都河南府(今河南省洛阳市)境内,离京城近了很多。当年五月,作者沿江而下来到江州(今江西省九江市),与前来接他的方外之友参寥子同游庐山,诗兴大发,写下此诗。据宋人胡仔《苕溪渔隐丛话》前集卷三十九载,此时苏轼写的诗不止这一首:"东坡云:仆初入庐山,山谷奇秀,平生所未见,殆应接不暇,遂发意不欲作诗,已而山中僧俗皆言苏子瞻来矣,不觉作一绝云:'芒鞋青竹杖,自挂百钱游。可怪深山里,人人识故侯。'既自哂前言之谬,复作两绝云:'青山若无素,偃蹇不相亲。要识庐山面,他年是故人。'又云：'自昔怀清赏，神游杳霭间。而今不是梦，真个在庐山。'……旋入开元寺，主僧求诗，因为作一绝云：'帝遣银河一派垂，古来惟有谪仙词。飞流溅沫知多少，不与徐凝洗恶诗。'往来山南北十余日，以为胜绝不可胜谈，择其尤者，莫如漱玉亭、三峡桥，故作二诗。最后与总老同游西林，又作一绝云：'横看成岭侧成峰，远近高低各不同。不识庐山真面目，只缘身在此山中。'仆庐山之诗，尽于此矣。"俗话说"人逢喜事精神爽"，此言果真不虚。不过以上这些诗，有的可以叫诗，有的只能叫偈（jì），即佛经中阐言佛理的唱词，每偈为四句。哪两首属于偈呢？宋僧惠洪《冷斋夜话》说："东坡游庐山东林，作二偈云：'溪声便是广长舌，山色岂非清净身。夜来八万四千偈，他日如何举似人。''横看成岭侧成峰，远近高低各不同。不识庐山真面目，只缘身在此山中。'"可能有读者看了此说会感到不舒服：如此朗朗上口的好诗，怎么会和佛经的偈扯在一起呢？其实细细品读，我们可以真切体会到：此诗根蒂所言的确是一番佛理，讲的是人在世界中的无住、无定及观察世界的主观和客观，所以黄庭坚赞美此偈说："此老人于般若横说竖说，了无刺语，非其笔端有口，亦安能吐此不传之妙。"（《冷斋夜话》中语）我们再仔细品一品苏轼其他的诗，是不是感觉到这两首偈的味道的确和诗不太一样？

不管它属于偈还是诗，美的作品都不会受体裁的限制。除了用语之美，其中的哲理也能给人深深的启发。

惠崇春江晓景二首[①]

竹外桃花三两枝，春江水暖鸭先知。蒌蒿满地芦芽短[②]，正是河豚欲上时。

两两归鸿欲破群③,依依还似北归人④。遥知朔漠多风雪⑤,更待江南半月春。

[注释]

①惠崇:宋代画僧。明朱谋垔《画史会要》:"建阳僧惠崇,工画鹅鸭雁鹭鸶,尤工小景,善为寒汀远渚、潇洒虚旷之象,人所难到。" ②蒌(lóu)蒿:又叫芦蒿、水蒿,菊科蒿属植物。嫩茎嫩叶可以凉拌或炒食。 ③归鸿:北归的大雁。欲破群:想要离群孤飞。 ④依依:依恋不舍之貌。 ⑤朔漠:指北方沙漠地带,亦泛指北方地区。

[解析]

这两首小诗作于元丰八年(1085),当时作者已经结束了黄州的谪宦生涯,沿长江东下,到江西看望了弟弟苏辙,旋自江西高安北上,经朝廷允许,回到常州闲居。到元丰八年五月,又接到朝廷圣命,要他担任登州(今山东蓬莱)知州。据本诗闲适的基本情调看,应该作于常州闲居这段时间,恰好也在春季。

这是一组题画诗。高僧惠崇画了幅《春江晓景图》,苏轼看罢非常欣赏,于是欣然题诗,为画作添加了更美的意境、更广阔的时空和更丰富的联想。为什么这么说呢?惠崇的画实际表现的只是一个静景:第一首诗中几枝翠竹和桃花,江水中浮动着几只鸭子;第二首中有两只离群孤飞的大雁。再仔细看,还有江边星星点点的芦蒿开始发芽,这些都属于具象化的视觉感受,而且画面本身就有很大的局限性,不可能令人超脱这个固定载体联想到更高更远更多。经过苏轼的二度创作,这幅画便变得生机盎然,似乎一切都鲜活了起来。

先看第一首:"竹外桃花三两枝",翠竹与桃花交相辉映,令人感到动感十足;"春江水暖鸭先知"更注入了很多人的主观感知,似乎是人们先感到了水的温暖,才把鸭子赶到水中去的。最后一句写此时应是"河豚欲上"的时节,则属于作者为此画添加的神趣,因为这幅画中并没有出现河豚的影子,是作者看到鸭子凫水,才联想到河豚是否也该跃出水面了?有人评论说:此诗的妙处在于能使人通过诗人独特的构思进一步领略其美的意境,而作者丰富的想象,又弥补了原画很难表现的神趣:画家该如何表现水的温度呢?这一点苏轼做到了。画里没有河豚,而作者联想到了。如果说惠崇的画是"画中有诗",那么苏轼这两首小诗便可称为"诗中有画",这完全是由于苏轼对绘画有着高深的理解,才使自己的题诗不流于简单的赞赏。

再看第二首,同一幅画里,高处又见到两只大雁正在北飞,这就与第一首形成了同一时空中不同层面的景物,且二者相映成趣。或许作者感到第一首诗里已经把景致勾勒得十分完整,故而第二首诗只言大雁一物。地上如许美景对于大雁来说,似乎并不值得留恋,它们更渴望的是在天气炎热之前回到凉爽的北方去"避暑"。就是这么一个谁都晓得的常识,到了苏轼笔下,却生出很多情思:大雁啊大雁,你可知道,北方是个多风雪的地方,能不能再在南国停留半个月?作者为什么要发出这般感慨呢?前面已经说到,此时他正在南国常州居住,看到北飞的大雁,很自然触动了他的内心。他隐约感到,用不了多久,自己也会像这两只大雁一样回到北国,但他刚刚结束了流放生活,又对常州非常留恋,故而借对大雁的诉说,来表达自己不愿离开南国水乡的心情,因为北方的气候虽然凉爽,毕竟是个"多风雪"的去处,能在南方悠闲度日,是件多么惬意的事!从这个意义上说,作者此时处在一个非常矛盾的心理状态中,既渴望回到北方,又惧怕再次受到风雪的吹打。这些想法早已超越了惠崇图画本身的表现力,变成了苏轼本人借题发挥的一个蓝本。

鱼蛮子①

江淮水为田②，舟楫为室居③。鱼虾以为粮，不耕自有余。异哉鱼蛮子，本非左衽徒④。连排入江住⑤，竹瓦三尺庐⑥。于焉长子孙⑦，戚施且侏儒⑧。擘水取鲂鲤⑨，易如拾诸途⑩。破釜不著盐⑪，雪鳞芼青蔬⑫。一饱便甘寝⑬，何异獭与狙⑭。人间行路难⑮，踏地出赋租⑯。不如鱼蛮子，驾浪浮空虚。空虚未可知，会当算舟车⑰。蛮子叩头泣，勿语桑大夫⑱。

[注释]

①鱼蛮子：即渔夫。蛮子，中原人对南方人的蔑称。 ②江淮水为田：江淮地区多水，故当地很多百姓在水中谋食，宛如农民种地求食。 ③舟楫为室居：把舟船当成家。意即常年生活在船上。 ④左衽（rèn）徒：蛮夷之人。上古时期中原人称中原之外的少数民族为蛮夷，因其衣裳开左襟，与中原人衣裳开右襟相反，故称其为左衽之徒。这两句意谓所见这些鱼蛮子并不是真正的蛮夷。 ⑤连排入江住：指这些渔人的船只首尾相接，大量居住在江中。 ⑥竹瓦三尺庐：以竹为瓦，在船上盖起低矮的小房用来居住。 ⑦于焉长子孙：就在船里抚养后代。意谓即使生儿育女也不会离开船。 ⑧戚施：弓腰驼背之貌。侏儒：形容身材矮小。 ⑨擘（bò）水：以手拨开水面。鲂（fáng）鲤：鳊鱼和鲤鱼。此处代指各种鱼类。 ⑩易如拾诸途：容易得就像在路上捡拾一般。诸，"之于"的合音。 ⑪破釜不著盐：将逮来的鱼放在破锅里煮熟食用，连盐都没得放。

⑫雪鳞：生有雪白鱼鳞的鱼。代指鱼。芼（mào）青蔬：再掺上些青菜。 ⑬甘寝：熟睡。 ⑭何异獭（tǎ）与狙（jū）：与水獭和猴子有什么区别。意思是说他们的生活与动物差不多。狙，猕猴。 ⑮行路难：本为乐府古题，此处指人们的生计十分艰难。 ⑯踏地出赋租：只要离船回到陆上，就必须缴纳沉重的租税。 ⑰会当算舟车：意谓在船上只缴纳舟车之税。 ⑱桑大夫：西汉时的治粟都尉桑弘羊。他主持朝廷税赋时，曾设有舟车之税。

[解析]

　　这首诗作于神宗元丰五年（1082）。据陆游《老学庵笔记》卷一载，当时张舜民因作诗嘲讽宋朝五路大军西征惨败被贬到湖南郴州，路过黄州时看望苏轼，到郴州后作《渔父》一诗："家住耒江边，门前碧水连。小舟胜养马，大罟当耕田。保甲元无籍，青苗不著钱。桃源在何处？此地有神仙。"苏轼取其意作《鱼蛮子》。张舜民的诗大意是说他到了郴州后，见那里很多百姓为逃避沉重的租税，改为到船上生活，只有这样，才能躲开保甲法、保马法的束缚和青苗法的盘剥。如果说地上真有桃源仙境，莫如此地。王安石变法自神宗熙宁二年（1069）始，到此时已全面铺开数年之久，百姓受其苦日甚一日，于是不少百姓开始寻找其他的生存方式，便有了长年在舟船上生活不再种田的所谓"鱼蛮子"。苏轼历来站在反对变法的立场上，他目睹了各地百姓生活的困苦，到黄州后更是日日生活在这样的环境之中，对百姓的艰难有了更切身的体会，于是便写下此诗。

　　全诗用白描的手法，把这些"鱼蛮子"点点滴滴的生活画面详细记录下来，读之令人有身临其境的感觉：连排入江住，竹瓦三尺庐。于焉长子孙，戚施且侏儒。擘水取鲂鲤，易如拾诸途。破釜不著盐，雪鳞芼青蔬。一饱便甘寝，何异獭与狙——吃着没有盐的清水煮白鱼，连繁衍子孙都不敢踏上陆地一步，常年的非正常生活，使他们一个个弯腰驼背，殆非人类!从这个角度看,此诗堪称是王安石变法负面影响的一份实录。

游金山寺①

我家江水初发源②,宦游直送江入海③。闻道潮头一丈高,天寒尚有沙痕在④。中泠南畔石盘陀⑤,古来出没随涛波⑥。试登绝顶望乡国⑦,江南江北青山多⑧。羁愁畏晚寻归楫⑨,山僧苦留看落日。微风万顷靴文细⑩,断霞半空鱼尾赤⑪。是时江月初生魄⑫,二更月落天深黑。江心似有炬火明⑬,飞焰照山栖鸟惊。怅然归卧心莫识⑭,非鬼非人竟何物?江山如此不归山⑮,江神见怪惊我顽⑯。我谢江神岂得已⑰,有田不归如江水⑱。

[注释]

①金山寺:古寺名,在今江苏省镇江金山上,金山在大江之中。 ②我家江水初发源:苏轼老家在四川眉州,按古人的说法,长江发源于四川岷山。这里苏轼沿袭此说,言故乡就在长江的源头。 ③宦游直送江入海:因为做官需沿江东行,仿佛是把自己从大江上游送向大海。 ④天寒尚有沙痕在:如此寒天里竟还有被大浪涌起的沙痕。作者这次赴任杭州在十一月,正是寒冷的时节。 ⑤中泠(líng):泉名,在金山的西北。此泉水质非常优良,被称为"天下第一泉"。石盘陀:谓该处山石形状怪异多姿,如同盘陀堆积而成。 ⑥古来出没随涛波:意谓这些怪石受到江水涨落的影响时出时没,隐显不定。 ⑦登绝顶:登上金山的最高处。乡国:家乡。 ⑧江南江北青山多:大江南北尽皆高山。此处是说尽管自己

引领西望，还是被青山遮住双眼，无法远望家乡的方向。　⑨羁愁：行旅中的思乡之愁。畏晚：最怕的就是夜晚。寻归楫：寻找回客舍的船只。　⑩微风万顷靴文细：微风下的江面泛起微波，宛如靴子踩出的细纹。　⑪断霞半空鱼尾赤：渐渐垂落的晚霞高悬在半空，放射出红鲤鱼尾巴般的赤红条纹。　⑫江月初生魄：江上的月亮刚刚发出微光。魄，月亮发出的微弱光亮。　⑬江心似有炬火明：指突然出现的一个奇怪的景象，即大江之上好像有火炬在闪闪发亮。实则是由于残霞倒映水面而出现的假象。　⑭怅然归卧心莫识：惆怅地回到客舍，还在想着刚才那一幕，感到百思不得其解。　⑮不归山：不能退隐山林。　⑯江神见怪惊我顽：大概是江水之神在责怪我，对我如此冥顽不化给出的暗示吧。　⑰我谢江神岂得已：我向江神谢罪说，今日如此，的确是有所不得已。　⑱有田不归如江水：此为作者对江神发誓之语，意谓家乡有田可耕时，一定会回到家乡，此江可以作为见证。这种说法本于晋人祖逖击楫中流时所说："祖逖不能清中原而复济者，有如大江。"

[解析]

此诗作于神宗熙宁四年（1071）。这一年苏轼因与执政者见解不合，又因在开封府推官任上讽喻神宗不该以低价购买浙灯，被贬为杭州通判，南行过长江时，作者登临金山寺，写下了这首诗。全诗主旨是思乡，这种情绪怎么来的呢？主要是由于自己在仕途上遭受了巨大打击，被贬出京城来到南方。官吏遭贬，最容易引发的就是乡愁，这就符合作者此时特殊的心境了。当作者登上金山之巅想要西望家乡时，却被重重山峦遮住了双眼，这就更加重了思乡的程度。一般来说，诗歌写到这一层，已完全可以表达其愁情了，然而作者接下来的所见，传神地将这种愁苦之情升华到更高的高度：他突然看到一幕奇景，江面上竟然出现了一个火球。回到客舍的他对此生出退想，认为这一定是江神在向他发出警告：如此落魄，还在官场之中苦苦挣扎却是何意？若再冥顽不化，你将会受到更残酷的打击，到那时再想回乡都做不到了！所有这些其实都是出于作者的想象，正是有了这般想象，他才怵然警醒，告诉自己：一旦有了回乡的机会绝不放弃，如果言不由衷，大江可以为证。

或许有人会问：苏轼不是很善于调节自己的情绪，很善于苦中寻乐吗？怎么也发起牢骚来了？要知道自小一帆风顺的苏轼，这是第一次遭受巨大的打击，当然难免情绪低落。我们可以这样说：经历了各种磨难后，他才真正悟出人世和官场的凶险。这就如同小孩子第一次被虫咬了，哭得昏天黑地，以后经历得多了，才敢与猛兽格斗而无所畏惧。

种德亭（并叙）

处士王复①，家于钱塘②，为人多技能，而医尤精，期于活人而已③，不志于利。筑室候潮门外④，治园圃，作亭榭，以与贤士大夫游，惟恐不及，然终无所求。人徒知其接花艺果之勤⑤，而不知其所种者德也，乃以名其亭，而作诗以遗之。

小圃傍城郭，闭门芝术香⑥。名随市人隐⑦，德与佳木长。元化善养性⑧，仓公多禁方⑨。所活不可数，相逢旋相忘⑩。但喜宾客来，置酒花满堂。我欲东南去⑪，再观双桧苍⑫。山茶想出屋⑬，湖橘应过墙⑭。木老德亦熟⑮，吾言岂荒唐？

[注释]

①处士：古代称有德才而隐居不仕的人。王复：杭州行医的布衣。

②钱塘：宋朝县名，为杭州州治所在县，在今浙江省杭州市。　③期于活人而已：只希望能够救活病人而已。　④候潮门：杭州古城门名，始建于五代吴越，因城门濒临钱塘江，每日两次可以候潮，故名。门外江上旧有铁幢浦，传说为吴越王钱镠射潮之处。　⑤接花艺果：嫁接花木，种植果树。艺，种植。　⑥芝术：药草名。南朝宋谢灵运《昙隆法师诔》："茹芝术而共饵，披法言而同卷。"　⑦名随市人隐：名气隐于市井之内。意思是说王复做人低调不张扬，与市井之人没什么两样。　⑧元化：后汉名医华佗。《后汉书·华佗传》："华佗字元化，沛国谯人也，一名旉。游学徐土，兼通数经。晓养性之术，年且百岁而犹有壮容，时人以为仙。沛相陈珪举孝廉，太尉黄琬辟，皆不就。精于方药，处剂不过数种，心识分铢，不假称量，针灸不过数处。若病发结于内，针药所不能及者，乃令先以酒服麻沸散，既醉，无所觉，因刳破腹背，抽割积聚。若在肠胃，则断截湔洗，除去疾秽，既而缝合，傅以神膏，四五日创愈，一月之间皆平复。"善养性：即上所言"晓养性之术"，意谓很懂得修养心性的方术。　⑨仓公：西汉初年名医淳于意。《史记·扁鹊仓公列传》："太仓公者，齐太仓长，临菑人也，姓淳于氏，名意。少而喜医方术。高后八年，更受师同郡元里公乘阳庆。庆年七十余，无子，使意尽去其故方，更悉以禁方予之，传黄帝、扁鹊之脉书，五色诊病，知人死生，决嫌疑，定可治，及药论，甚精。受之三年，为人治病，决死生多验。"禁方：珍秘的药方。　⑩所活不可数（shǔ），相逢旋相忘：（王复）救活的人多得无法计数，相见后很快就忘掉了。意思是说王复治病救人从不期图回报。　⑪我欲东南去：我真想还回到东南的杭州。徐州在杭州西北，故云。此句表示对王复的怀念和敬重。　⑫双桧：王复所居之处的两株桧树。　⑬山茶想出屋：想象王复当年种植的山茶树，应该长得比屋舍还要高了。　⑭湖橘应过墙：他亲手种植的湖橘，也该高出院墙了。湖橘，太湖洞庭山产的一种

柑橘,味道极甘美。王禹偁《洞庭山》诗:"吴山无此秀,乘暇一游之。万顷湖光里,千家橘熟时。" ⑮木老德亦老:这些花木已经渐老,王复的仁德也随之更加令人敬佩,常留于人们心中。

[解析]

　　这首诗作于神宗元丰元年(1078),当时作者在徐州知州任上。此前作者曾担任过杭州通判,因而与王复结识。其后作者离开杭州担任密州知州,再任徐州知州,因想起杭州旧识,有感而作此诗。作者另有两首咏王复秀才所居双桧的诗,其一云:"吴王池馆遍重城,奇草幽花不记名。青盖一归无觅处,只留双桧待升平。"其二云:"凛然相对敢相欺,直干凌空未要奇。根到九泉无曲处,世间惟有蛰龙知。"您能想到苏轼因为这样两首小诗差点丢了性命吗?且陷害苏轼的人,竟然是大名鼎鼎的沈括。熙宁变法期间,沈括因紧紧追随王安石,得到了火箭式的提拔。为了"再立新功",他竟然在苏轼的诗上做起了文章,给朝廷上书称"根到九泉无曲处,世间惟有蛰龙知"二句是在恶意讽刺当今皇帝:皇帝如飞龙在天,苏轼却要向九泉之下寻找蛰龙,这岂不是在咒骂皇帝已死?为臣之大逆不道,莫过于此。这是再明显不过的文字狱伎俩,但在熙宁变法的节骨眼儿上,苏轼恰恰充当了朝廷严惩反对新法者的替罪羊。

　　这首诗的小序写得很清楚:王复是一位很有医德的民间医生,经他之手救活的病人不计其数,但王复从来没把这些当成什么事,更不会把为人医病当成发财的机会,在苏轼看来,这种情操是非常高尚的,是在"种德"。《史记·货殖列传》说:"居之一岁,种之以谷;十岁,树之以木;百岁,来之以德。德者,人物之谓也。"可以说一个人能做到时时"种德",便是最高的境界了。诗中除赞美王复医术高明之外,更用了数句赞美他的仁德,此人"名随市人隐,德与佳木长"——他绝没想过挂牌自称专家教授,收取高昂的挂号费。他想的只是怎样把病人治好,解除病人的痛苦；"所活不可数，相逢旋相忘"，经他治愈的病人多得数都数不过来，但他从没想过要忽悠百姓都到他这里来看病，以便多多地收取费用；"但喜宾客来，置酒花满堂"，他更没有想过要傍上名人来为自己做广告，与宾客交往，不过闲谈而已，毫无所求。面对这样品德高尚的民间医生，数年后苏轼仍然难以忘怀，故而感叹：我多想再回到杭州去，重新看看你院中的双桧、山茶和湖橘，这些你亲手栽培的树木，如今一定长得高大繁盛了，而我更相信的是，你的仁爱之德，会比这些树木长得更高，也更繁盛。

这首诗的现实意义非常强烈，因为当今的实际情况是，像王复那样既有高超医术又有高尚品德的医者，实在是太少了，很多的医者想的是如何把患者衣袋里的钱尽可能多地掏出来，装进自己的腰包。一个国家，一个社会，如果医者丧失了起码的医德，穿透了做人的底线，那将会造成多么可怕的后果，想必没人不知道其中的道理。在这个物欲横流的时代里，怎样才能出现更多像王复这样的医者，真是一道棘手的难题。

饮湖上初晴后雨①

水光潋滟晴方好②，山色空蒙雨亦奇③。欲把西湖比西子④，淡妆浓抹总相宜⑤。

[注释]

①湖上：杭州西湖之上。　②潋滟（liàn yàn）：水波荡漾的样子。　③空蒙：缥缈迷茫的样子。　④西子：春秋时期越国美女西施。　⑤淡妆

浓抹总相宜：当淡处淡，当浓处浓，浓淡之间，显得格外和谐美丽。

[解析]

  这首七绝是作者担任杭州通判时所作。当时作者游西湖，见到西湖美景后激起诗兴，挥笔写下两首诗，本诗是其中之一。另一首是："朝曦迎客艳重冈，晚雨留人入醉乡。此意自佳君不会，一杯当属水仙王。"意境也很优美，但与这一首比，总觉得略逊一筹。这不是本人的意见，而是古来几乎所有人的感受，所以"朝曦"诗渐渐被人冷落，"水光"诗则成为家喻户晓的名篇。

  全诗只有短短二十八个字，却把西湖的迷人美景概括得面面俱到，入手处先把水点染出来，正符合"水为景之魂"的传统美学思想，接着又写晴天，很自然地将画面由湖面转到高天。第二句写山，仅用了一个"色"字，就把杭州烟霭中的大小群山囊括无遗。仅有山还不够，还要把山置于空蒙的细雨当中，这种含蓄之美，能令人顿时浮想联翩。第三句回到西湖，作者不再做具体的描述，而是将它和美女西施相比，得出"淡妆浓抹总相宜"的结论。说此诗字字珠玑，毫不为过。

  可以设想，偌大一个西湖，偌大一个杭州，山山水水，万千景象，怎样才能把它写得栩栩如生呢？苏轼巧妙地采用了点染的笔法化繁为简，达到了审美的最高境界。宋人吴自牧《梦粱录》卷十二说："杭城之西，有湖曰西湖，旧名钱塘。湖周围三十余里，自古迄今，号为绝景……湖边园圃，如钱塘玉壶、丰豫鱼庄、清波聚景、长桥庆乐、大佛、雷峰塔下小湖斋宫、甘园、南山、南屏，皆台榭亭阁，花木奇石，影映湖山，兼之贵宅宦舍，列亭馆于水堤；梵刹琳宫，布殿阁于湖山，周围胜景，言之难尽。东坡诗云：'若把西湖比西子，淡妆浓抹总相宜。'正谓是也。近者画家称湖山四时景色最奇者有十，曰苏堤春晓、曲院荷风、平湖秋月、断桥残雪、柳岸闻莺、花港观鱼、雷锋夕照、两峰插云、南屏晚钟、三潭印月。

春则花柳争妍，夏则荷榴竞放，秋则桂子飘香，冬则梅花破玉，瑞雪飞瑶。四时之景不同，而赏心乐事者亦与之无穷矣。"今天的人们去游杭州，不管是看到苏堤春晓还是三潭印月，不管是听到柳岸闻莺还是南屏晚钟，一定会油然想起苏轼这首小诗。

夜泛西湖

菰蒲无边水茫茫①，荷花夜开风露香。渐见灯明出远寺②，更待月黑看湖光。

[注释]

①菰蒲（gū pú）：菰和蒲。菰，多年生草本植物，生于浅水，嫩茎即今所谓茭白，可以食用。果实称为菰米或芡实。蒲，多年生草本植物，生于池沼之中，根茎皆可食用。　②灯明出远寺：远处寺庙里传出的灯光。

[解析]

这首诗作于神宗熙宁五年（1072），当时作者在杭州通判任。这组诗原有五首，这里选其一首。诗题虽然称为"夜泛西湖"，但全诗看不到人的影子，也听不到人的声音，一切都是那么静谧安详，宛然一幅清新淡雅的水墨画面：明月皎洁的夜色里，西湖水更显得茫茫无际，湖边的菰蒲若隐若现，悠闲地飘动在缓缓的水波上。水面上绽放着摇曳多姿的万朵荷花，那景色一定要比"接天莲叶无穷碧，映日荷花别样红"更有神韵，也更能令人产生荡涤凡尘的感觉。再往远处看，寺庙里的点点烛光先后闪亮,这种动态美,仍是在无声的情境下"渐渐"出现,一种灵动而晶莹的神趣便油然而生。作者出于主观的想象,认为此时如果月光能被阴云罩住,水天一片昏暗,那点点的烛光倒映在宽阔的湖面之上,造成另一种概念上的"波光粼粼",会不会更能让人生出湔洗心怀的美妙感受呢?

这首诗没有太多的政治色彩,几乎全在写内心的感觉,如果说它还有一点指向的话,那也是在反映作者在被朝廷抛弃到杭州后努力让内心变得更加清净无尘,甚至希望让美好的自然将自己融化,使自己能与天、与水、与月光、与梵刹里的微弱烛光合为一体。

春 宵

春宵一刻值千金①,花有清香月有阴。歌管楼台声细细②,秋千院落夜沉沉③。

[注释]

①春宵一刻值千金:言春夜最美,每时每刻都千金难买。刻,古代计时单位,每天分为一百刻,每刻大致相当于今天十五分钟。 ②歌管楼台:楼台上的丝弦之声。声细细:声音悠扬婉转。此三字杨万里《诚斋诗话》引作"人寂寂"。 ③秋千院落:院落里的秋千。夜沉沉:《锦绣万花谷》引此诗作"夜深深"。

[解析]

这首小诗虽然流传甚广,但它究竟作于何时何地,至今没有定说。孔凡礼《苏轼诗集》把它放在"补编"中,且没有系年和写作地点,题目叫作《春夜》，为我们留下了一个难解的谜，因为不知道诗的写作背景，是很难入手分析的。以本诗的情致，很可能作于熙宁中作者担任杭州通判之时。

全诗写得明白如话，没有艰涩的词语，意味却格外悠长，也给人们留下了不少的猜想：究竟是哪些人最感到春宵一刻值千金呢？为什么挂着秋千的院落里会显得暗夜沉沉呢？按照世俗的理解，这是作者在讽刺贵族豪门醉生梦死地恣意享乐，不肯放过一刻春宵，于是乎楼台之上管弦声声，白日里荡罢秋千的佳人早已进入酣甜的梦乡，看似沉沉夜色里，恰好是贵公子老爷们尽情享乐的时刻。如果这样理解（很多人都是如此理解的），此诗似乎是在讽刺豪门大族寻欢作乐、纸醉金迷的奢侈生活。仔细一想，事情怕没这么简单。假定此诗的确作于苏轼通判杭州时，我倒认为其中并没有多少讽刺意味，看到"歌管楼台声细细，秋千院落夜沉沉"两句，我首先想到的是仁宗时期柳永那首《望海潮》，他描绘的杭州是什么景象呢？"东南形胜，三吴都会，钱塘自古繁华。烟柳画桥，风帘翠幕，参差十万人家。云树绕堤沙，怒涛卷霜雪，天堑无涯。市列珠玑，户盈罗绮，竞豪奢。"柳永笔下的杭州人，户户都是那么豪奢那么富庶，这样说虽然有些夸大，但杭州历来为鱼米之乡，人民生活富足却是不假。此时在杭州为官的苏轼，想必见到的情景不会与柳永所言相差太悬殊。于是我又想到：身为父母官的苏轼，见到听到的这一切，令他感到满足，感到无愧，感到由衷的惬意。他最大的期望就是杭州人民永远都能如此富足，千万不要因王安石变法把这里的人民赶入地狱。苏轼是个博爱主义者，又是个十分宽容的人，他同情贫苦民众固然不错，但并没有一见富人便心生怒气予以讽刺，他人生的着眼点远不止于此。由此说来，这首诗的主旨其实并非讽刺，而是祝福了。

戏书吴江三贤画像三首①

谁将射御教吴儿②，长笑申公为夏姬③。却遣姑苏有麋鹿④，更怜夫子得西施⑤。

浮世功劳食与眠⑥，季鹰真得水中仙⑦。不须更说知机早⑧，直为鲈鱼也自贤⑨。

千首文章二顷田⑩，囊中未有一钱看⑪。却因养得能言鸭⑫，惊破王孙金弹丸⑬。

[注释]

①戏书吴江三贤画像三首：原本题下自注云："（第一首）范蠡；（第二首）张翰；（第三首）陆龟蒙。"　②谁将射御教吴儿：是谁把射箭御马的本领教给了吴中男儿呢。参下条注。　③申公为夏姬：此处用楚国大臣申公巫臣用尽计谋，最终还是为了得到美女夏姬的典故。《左传·成公二年》："王遣夏姬归。将行，谓送者曰：'不得尸，吾不反矣。'巫臣聘诸郑，郑伯许之。及共王即位，将为阳桥之役，使屈巫聘于齐，且告师期。巫臣尽室以行。申叔跪从其父，将适郢，遇之，曰：'异哉！夫子有三军之惧，而又有桑中之喜，宜将窃妻以逃者也。'及郑，使介反币，而以夏姬行。将奔齐。齐师新败，曰：'吾不处不胜之国。'遂奔晋，而因郤至，以臣于晋。晋人使为邢大夫。子反请以重币锢之。王曰：'止！其自为谋也则过矣，其为吾先君谋也则忠。忠，社稷之固也，所盖多矣。且彼若能利国家，虽重币，晋将可乎？若无益于晋，晋将弃之，何劳锢

焉?'……(七年)巫臣请使于吴,晋侯许之。吴子寿梦说之。乃通吴于晋,以两之一卒适吴,舍偏两之一焉。与其射御,教吴乘车,教之战陈,教之叛楚。寘其子狐庸焉,使为行人于吴。吴始伐楚、伐巢、伐徐,子重奔命。马陵之会,吴入州来,子重自郑奔命。子重、子反于是乎一岁七奔命。蛮夷属于楚者,吴尽取之,是以始大,通吴于上国。"这段故事比较复杂,大概意思是说当初楚国讨伐陈国夏氏,楚庄王欲将美人夏姬纳为己有。申公巫臣劝谏说:"不能这么做。君王号令诸侯,是为了讨伐夏征叔弑君之罪。如今若纳夏姬为妃,就等于是为了贪色才讨伐陈国。"楚庄王听从了巫臣的建议。楚国围攻宋国得胜之后,楚将子重请求将申、吕二地赏赐给自己。楚庄王本已答应了子重,由于申公巫臣的阻止,又改变了主意。子重因此怨恨申公巫臣。楚庄王死,共王即位,申公巫臣逃到晋国。后晋景公派申公巫臣出使吴国,申公巫臣命其子狐庸在吴国任行人之官,教吴人车战射御之技能,后来吴国连续攻楚,占领了楚国大片领土,致使楚国子重等将帅疲于奔命,吴国则不断扩张,终成为与中原大国相抗衡的南方强国。这其中一个很重要的角色是夏姬。此女是郑国人,是位绝色美人,当初楚庄王想娶夏姬,被申公巫臣阻止;楚国的司马子反也想娶夏姬,又被巫臣阻止,于是楚庄王将夏姬赏给了一个名叫襄老的主射官。没多久襄老战死,其子黑要又与夏姬私通。其实巫臣真实的想法,是他自己想得到夏姬,于是巫臣派人传话给夏姬称:"你回娘家郑国去,我娶你为妻。"又设法让郑国人告诉夏姬说:"你亲自来郑国,就能得到襄老的尸首。"就这样巫臣劝楚庄王答应让夏姬回到郑国。没多久,巫臣奉命出使齐国,让副使带着齐国馈赠的礼品回国复命,自己则在路过郑国时,得到了梦寐以求的美人夏姬,并领着夏姬逃跑。这就是"楚才晋用"的本原。

④却遣姑苏有麋鹿:用吴王阖闾迷恋女色最终亡国的典故。《史记·淮南王列传》:"(淮南)王坐东宫,召伍被与谋,曰:'将军上。'被怅然

曰：'上宽赦大王，王复安得此亡国之语乎？臣闻子胥谏吴王，吴王不用，乃曰："臣今见麋鹿游姑苏之台也。"今臣亦见宫中生荆棘，露霑衣也。'"《吴越春秋》卷九："天生神木一双，大二十围，长五十寻，……（勾践）乃使大夫种献之于吴王。曰：'东海役臣臣孤勾践使臣种，敢因下吏闻于左右：赖大王之力，窃为小殿，有余材，谨再拜献之。'吴王大悦。子胥谏曰：'王勿受也，昔者，桀起灵台，纣起鹿台，阴阳不和，寒暑不时，五谷不熟，天与其灾，民虚国变，遂取灭亡。大王受之，必为越王所戮。'吴王不听，遂受而起姑苏之台。三年聚材，五年乃成，高见二百里。行路之人，道死巷哭，不绝嗟嘻之声，民疲士苦，人不聊生。"其后勾践又献美女西施于吴王阖闾。数年后勾践伐吴，灭掉了吴国。　⑤夫子得西施：谓越国丞相范蠡最终获得了美女西施。范蠡得到西施并与其泛舟五湖的故事在民间广泛流传，但在正史中并没有西施的记载。此句王尧卿注云："杜牧诗：'夏姬灭两国，逃作巫臣姬。西子下姑苏，一舸逐鸱夷。'故东坡此诗用西施事。"夫子，指越国大夫范蠡。　⑥浮世功劳食与眠：人生最大的功劳就是吃饱和睡好。吃得越好睡得越香，功业也就越大。　⑦季鹰真得水中仙：晋代的张季鹰真可谓深得水中仙气。《世说新语·识鉴》："张季鹰辟齐王东曹掾，在洛，见秋风起，因思吴中菰菜羹、鲈鱼脍，曰：'人生贵得适意尔，何能羁宦数千里以要名爵？'遂命驾便归。俄而齐王败，时人皆谓见机。"　⑧不须更说知机早：姑且不说张季鹰知机甚早。知机，知晓事物的玄机。　⑨直为鲈鱼也自贤：就算他单单是为了吃到鲈鱼而归乡，也算得上贤人了。　⑩千首文章二顷田：能写出千首文章，有两顷田地。意谓陆龟蒙物质上所求极少，但非常看重文章之事。《唐才子传》卷八："陆龟蒙字鲁望，姑苏人。幼而聪悟，有高致，明《春秋》，善属文，尤能谈笑。……不喜与流俗交，虽造门亦罕纳。不乘马，每寒暑得中，体无事时，放扁舟，挂蓬席，赍束书、茶灶、笔床、钓具，鼓枻鸣榔，太湖三万六千顷，水天一色，直入空明。或往来别浦，所诣小不会意，径往不留。自称江湖散人，又号天随子、甫里先生。……后以高士征，不至。苦吟，极清丽。与皮日休为耐久交。中和初，遘疾卒。" ⑪囊中未有一钱看：囊中连一文钱都没有。杜甫《囊空》诗："囊空恐羞涩，留得一钱看。" ⑫能言鸭：清王文诰注："陆龟蒙有斗鸭一阑，颇极驯养。一旦驿使过焉，挟弹毙其尤者。龟蒙曰：'此鸭善人言，见欲附苏州上进，使者奈何毙之？'使人惧，尽与囊中金以室其口。徐使问人语之状，龟蒙曰：'能自呼名尔！'"意思是说我的鸭子能用"鸭鸭，鸭鸭"来叫出自己的名字。 ⑬惊破王孙金弹丸：这一弹丸将使者惊破了胆。

[解析]

这几首小诗作于熙宁六年（1073）作者任杭州通判之时。诗中涉及的三位历史名人，都是江浙一带人。范成大《吴郡志》卷十三载，苏州有三高祠，"在吴江县垂虹桥南。三高者，范蠡、张翰、陆龟蒙也。此祠人境俱胜，名闻天下"。不过这座三高祠并非北宋时期的建筑，而是南宋孝宗乾道三年（1167）才建成的，修建这座祠庙的起因，恰恰是因为苏轼曾有过这么三首诗。范成大为三高祠写的记文中说："某谓俗奔竞久矣，异得守道自重，确乎不可拔足，以风百里而驱天下者，将矫浮俗而归之，庶几清节之为贵，无望之而未见，抑有之而未闻邪？今居是邑，仰三子之志，意其知时而退，不迷于出处之道，盖君子之所悦闻也。"可谓说中了要害。我们看诗中所咏是三个历史人物，都是能把握自己、懂得急流勇退的高人。作者在赞美他们的同时，也无言地告诫了天下士子，人生千万不可得陇望蜀，不知纪极。人贵有自知之明。想想当年的范蠡，勾践曾许给他半个越国，他连眼都不眨便拒绝了，最终泛游五湖而终，没有遭受杀身之祸。想想当年的张翰，很清楚千里邀取名爵是最愚蠢的想法，于是断然命驾而归,去过鲈鱼莼菜的自在生活,也避开了战争的杀戮。陆龟蒙更是个明白人,朝廷给他官他都不要,心甘情愿地在太湖之滨过着江湖散人的生活,间或与世俗之吏开个玩笑,也犯不了天条王法,哈哈一笑而已。反观当世,多少人为了荣华富贵,不惜丢了人格在名利场上"奔竞"厮杀,全然不知道"清节之为贵",其结果虽然各不相同,但内心的悔愧则是共通的。把这三首诗拿到今天来阅读,不知能唤醒多少还在拼了死命"奔竞"的人。

六月二十日夜渡海①

参横斗转欲三更②,苦雨终风也解晴③。云散月明谁点缀④?天容海色本澄清⑤。空余鲁叟乘桴意⑥,粗识轩辕奏乐声⑦。九死南荒吾不恨⑧,兹游奇绝冠平生⑨。

[注释]

①六月二十日:徽宗元符三年(1100)的六月二十日。哲宗于元符三年正月崩逝,其弟赵佶即位后,对前朝遭到流放的元祐党人施行了一次大赦,苏轼也在被赦之列。渡海:从贬所儋州(今海南省儋州)渡过琼州海峡北行,返回内地。 ②参(shēn)横斗转:参、斗都是天上星名。参是古天文学中西方白虎七宿之末的三颗星,斗指北方玄武七宿的第一宿,有六颗星,又称为"南斗"。此处泛指天星的移动,代指时间的变化。三更:古人把一夜分为五个更次,又叫五鼓。三更指的是夜间十一点至次日凌晨一点这段时间。 ③苦雨:连绵而长久不歇的雨。终风:从早

刮到晚的风。《诗经·邶风·终风》:"终风且暴。"毛亨传:"终日风为终风。"解晴:像懂得人心思一般停了下来。 ④云散月明谁点缀:《世说新语·言语》说:晋谢重陪王道子夜坐,"于时天月明净,都无纤翳",王道子叹为佳景。谢重却说:"乃不如微云点缀。"此处作者反用其意,谓天月明净才是自然之本色,何须微云胡乱点缀? ⑤天容海色本澄清:高天和大海的本色就应该是澄澈清朗的。 ⑥鲁叟:指孔子。乘桴(fú):乘坐竹筏。《论语·公冶长》载孔子曾说:"道不行,乘桴浮于海。"空余鲁叟乘桴意,意谓孔子当年因道不得行而欲乘桴出海,而作者则是因新帝有道而自海外北归。 ⑦粗识:大致上得知。轩辕:黄帝。粗识轩辕奏乐声,意思是说自己终于离开海外蛮荒之地回归内陆,能再次听到荒疏已久的中原大乐了。 ⑧九死:几番濒临死亡。南荒:南海蛮荒之地。 ⑨兹游奇绝冠平生:意谓这次被贬到海南儋州,在自己的一生中都是最为奇绝的经历。

[解析]

哲宗元祐八年(1093),苏轼受到政治迫害,被贬到广南惠州,三年多后再贬海南儋州,在那里又度过了三年多的漫长岁月,直到哲宗驾崩徽宗即位,才盼到了朝廷大赦、可以渡海北归的好消息。朝廷先命他在廉州(今广西壮族自治区合浦县)居住。尽管廉州是广南再小不过的一个偏远州郡,毕竟进入了内地,这对流落海外数年的苏轼来说,已经是求之不得的大好事,为此他写过不少的诗文,本诗就是在即将渡海北归时写的。全诗字字句句闪现着无法克制的欣悦之情:仰首望天,月明星朗,一片澄澈,接连不断的狂风暴雨像是很懂得诗人急切之情应时而止,相约般地为这位无辜遭贬的老人家送行。这一去总算离开蛮荒的海岛,总算能够重新听到轩辕大乐了!回首这三年多时间里,虽然经历了九死一生,但他没有太多的遗憾和牢骚,正如他在《水调歌头》中说的那句"不应有恨"。人生在世，顺境和逆境会轮番出现，完全没必要对所受的痛苦、所遭遇的不平斤斤计较，过去的就算过去了，人活着总要往前看，那才是最美好的。这首诗所体现出来对生命的珍爱、对前途的憧憬，完全符合苏轼终生一以贯之的开朗达观性格，这正是我们应该向他学习的关键所在。

过岭二首①

暂著南冠不到头②，却随北雁与归休③。平生不作兔三窟④，今古何殊貉一丘⑤。当日无人送临贺⑥，至今有庙祀潮州⑦。剑关西望七千里⑧，乘兴真为玉局游⑨。

七年来往我何堪⑩，又试曹溪一勺甘⑪。梦里似曾迁海外⑫，醉中不觉到江南⑬。波生濯足鸣空涧⑭，雾绕征衣滴翠岚⑮。谁遣山鸡忽惊起，半岩花雨落毿毿⑯。

[注释]

①过岭：越过大庾岭。王宗稷《苏轼年谱》称：建中靖国元年"先生年六十六，度岭北归。……正月，到虔州（今江西省赣州）"。　②暂著南冠不到头：意谓暂时受到羁管，还没有就此终其一生。南冠，囚犯的代称。《左传·成公九年》："晋侯观于军府，见钟仪，问之曰：'南冠而絷者谁也？'有司对曰：'郑人所献楚囚也。'"杜预注："南冠，楚冠也。"　③北雁：向北飞的大雁。归休：回家休息。以上二句化用柳宗元《六字诗》"一生判却归休，为著南冠到头"之意。　④平生不作兔三窟：一生没有做过狡兔三窟的防备。《战国策·齐策》四："狡兔有三窟，仅

得免其死耳。"　⑤今古何殊貉一丘：今人（指自己）与古人（柳宗元等不懂得经营三窟的人）与一丘之貉有什么两样？　⑥当日无人送临贺：《旧唐书·杨凭传》："（杨）凭（贬为临贺县尉），所善客徐晦者字大章，第进士、贤良方正，擢栎阳尉。（杨）凭得罪，姻友悼累，无往候者，独晦至蓝田慰饯。宰相权德舆谓曰：'君送临贺诚厚，无乃为累乎？'晦曰：'方布衣时，临贺知我，今忍遽弃邪？有如公异时为奸邪谮斥，又可尔乎？'德舆叹其直，称之朝。"此处用杨凭遭贬无人相送的典故，说人情薄似纸，当初自己遭贬时，也没有几个人敢来相送。　⑦有庙祀潮州：至今潮州仍有庙祭祀韩愈。唐韩愈因上言谏迎佛骨，被贬为潮州刺史。在潮州关爱当地百姓，受到百姓爱戴并为他立庙。苏轼曾写过《潮州韩文公庙碑》，本书已收录，可参看。此句意谓官吏只要有惠于民，一定会得到百姓的爱戴。　⑧剑关：剑门关，在今四川省剑阁县。西望七千里：意谓向西眺望故乡，远隔七千里之遥。　⑨玉局：成都府玉局观。苏轼遇赦后，曾被授予提举成都府玉局观的祠禄官。　⑩七年来往：前后七年被贬到南方，在南方往来。清王文诰注云："公以绍圣元年自定州贬惠州，再贬儋耳，明年改元元符。至三年，乃量移廉州，凡七年。"　⑪又试曹溪一勺甘：再次品尝到了曹溪一勺甘甜的露水。曹溪，佛教禅宗六祖慧能讲法之地，有南华寺，在今广东省韶关市曲江区。《舆地纪胜》卷九十《韶州》："南华寺太平兴国塔，梁天监元年，有天竺国僧智药自西土来，泛舶至汉土，寻流上至韶州曹溪水口，闻其香，掬尝其味，曰：'此水上流有胜地。'寻之，遂开山立石，名宝林。乃云：'此去一百七十年，当有无上法宝在此演法。'今六祖南华寺塔是也。"作者绍圣二年南迁经过韶州，曾见过南华长老重辩，此次北归再过韶州曹溪南华寺，重辩长老已经坐化。　⑫梦里似曾迁海外：睡梦里像是曾经流放到海外。这是作者感慨之词，意思是流放海南至今还像是一场梦。　⑬醉中不觉到江南：醉酒之间不知不觉来到了江南。这里"江南"指的是虔州（今江西省赣州），可理解为赣江之南，而不是传统意义上的吴越江南。清王文诰注云："江南，则虔州也。" ⑭波生濯足鸣空涧：在江波中洗脚，江流之声鸣响在空旷的山涧。 ⑮征衣：行路之人的衣裳。滴翠岚：指山岚所生的浓雾沾湿了衣裳。 ⑯毵（sān）毵：枝条等物细而长的样子。

[解析]

　　这两首诗作于徽宗建中靖国元年（1101），作者自海南北归越过大庾岭来到赣州时。七年多的流放生涯，到此基本上可称结束，故而作者过了南岭，不免感慨兴怀，挥笔赋诗。

　　第一首从接到赦书开始写起，说自己领罪南来，从惠州到儋州，本以为永无出头之日，谁料一纸赦书，竟得以随着北飞的大雁回归内地了。回想起古来那些信而见疑、忠而被谤遭受贬谪的士子，真可称为"一丘之貉"。人世间有很多相似之处，即所谓的世态炎凉：你得意时都围着你称兄道弟，一旦倒了霉，连个前来送行的人都很难见到。其实这也没什么，随他去吧！苏轼遇赦的过程很曲折，元符三年（1100）初遇赦时，是将他量移廉州，他也确实到了廉州贬所，没多久又接到朝廷圣命，命其为舒州团练副使、永州居住。走到英州（今广东省英德市），再次接到圣旨，命其为朝奉郎、提举成都府玉局观、在外州军任便居住。既然可以自择居住地，苏老当然首选常州，因为那里是他曾经打算终老的地方。这就是他北归初期的行进路线。因此所谓"提举成都府玉局观"，就成了一个很虚的名头。"乘兴真为玉局游"也同样仅仅成了一个说话的名头而已。到此为止他有多么兴奋，是可想而知的了。他接到提举成都府玉局观、在外州军任便居住的圣旨后写了一篇谢表说："臣先自昌化军贬所奉敕，移廉州安置，又自廉州奉敕，授臣舒州团练副使、永州居住，今行至英州，又奉敕授臣朝奉郎、提举成都府玉局观、在外州军任便居住者。七年远谪，不自意全；万里生还，适有天幸！"

第二首记录了此次遇赦后东行西折的过程：从廉州拐回东方路过韶州时，再度到南华寺礼拜重辩长老，虽然没见到长老本人，毕竟表达了对佛祖的敬畏，也算心安理得。在梦境一般的行程中越过南岭，终于进入了江西地界，他感到这场做了七年的大梦终于可以结束了。此时他耳目所及，尽如纯真自然的无垢境界，水是可以濯我足的沧浪之水，山是云蒸雾绕的苍翠之山，山鸡惊起，花雨缤纷，面对这些似有非有、似无非无的景致，流放七年的苏轼不该牢牢记下吗？纪晓岚说："此言机心已尽，不必相猜之意，非写景也。"可谓真揣摩到了苏轼的本心。而他之所以这么说，完全是苏轼那句"又试曹溪一勺甘"，这也是我为什么说展现在苏轼眼前的是"无垢境界"之所本。这一点还可以从他弟弟苏辙的和诗得到印证。苏辙《和子瞻过岭》云："山林瘴雾老难堪，归去中原茶亦甘。有命谁令终返北，无心自笑欲巢南。蛮音惯习疑伧语，脾病萦缠带岭岚。手挹祖师清净水，不嫌白发照鬇鬤。"

籴 米

籴米买束薪①，百物资之市②。不缘耕樵得，饱食殊少味。再拜请邦君③，愿受一廛地④。知非笑昨梦⑤，食力免内愧⑥。春秧几时花⑦，夏稗忽已穟⑧。怅焉抚耒耜⑨，谁复识此意？

[注释]

①束薪：扎成捆的柴。　②百物资之市：各种日用之物都靠到集市上

去购买。　③邦君：一邦之君，代指儋州知州。此时儋州知州名叫张中，对苏轼一向十分照顾。　④愿受一廛（chán）地：希望得到一些土地（自行耕种）。廛，古称一夫所居之地。《孟子·滕文公上》："远方之人闻君行仁政，愿受一廛而为氓。"　⑤知非：知昨日之非。陶渊明《归去来兮辞》："实迷途其未远，觉今是而昨非。"笑昨梦：以往真像是一场可笑的梦。　⑥食力免内愧：自食其力以免内心有不劳而获的羞愧。　⑦春秧几（jī）时花：春天种下的稻秧将到开花的时节。　⑧夏稗（bài）：夏熟的稗子。稗，一年生草本植物，长在稻田中或低湿之处，形状像稻，是稻田的害草。穟（suì）：禾穗成熟下垂的样子。　⑨怅焉：怅然。耒耜（lěi sì）：古代一种像犁的翻土农具。耜用于起土，耒是耜上的弯木柄。常泛指农具。

[解析]

　　这首诗作于哲宗绍圣四年（1097）作者在儋州贬所之时。宋代的海南人生活极为艰苦，作者又是一个谪宦，其窘迫之状可想而知。好在当时还有十分微薄的官俸，可以到集市上购买米粮，可以说，这期间作者的日子虽然艰难，但还没到过不下去的地步。此时作者的童心开始萌动，他煞有介事地感叹：不靠自己的渔樵劳作，即使能够吃饱，也觉得非常寡味，也就是今天所谓"不是滋味"，于是更有意思的一幕出现了：他恳求知州大人赏给他一些土地，让他亲自耕种，以便自给自足，心安理得。还跟人家知州大人说：我明白以前是我的错，从今以后自食其力才能问心无愧。当时儋州知州张中以及州中小大官员对苏轼都很礼敬，给他些地让他玩一把是不成问题的。得到地以后，苏轼像模像样地插秧除草，俨然一介老农。然而此后的情况似乎不以他的意志为转移，稻花刚开，稗子已经成熟，穗儿都垂下来了。这时他才明白：想把稗子除掉以保持稻子的生长，已经太晚了。

"怅焉抚耒耜，谁复识此意？"清人纪晓岚说："托意深微。"什么意思呢，就是说苏轼这几个字看似在说自己的惆怅和遗憾，实则另有寓意。什么寓意呢？用句现代语说，就是："我苏轼是干这种活的人吗？"苏轼被贬到岭南后，最喜欢陶渊明的诗歌，那几年他几乎和遍了陶诗，对陶渊明的精神和思想自然理解得既深且透。陶渊明不为五斗米折腰，愤而辞官回家，过起"种豆南山下，草盛豆苗稀"的日子。苏轼如今的境况与当年陶渊明颇有几分相似，连种田的感受都大体相同，只不过他是"稗盛稻苗稀"罢了。正因为如此，他此时的思想也肯定会与陶渊明相通，这就是纪晓岚所谓的"托意深微"之本原。不过苏轼比起陶渊明来说，性格更为乐观，尽管处境艰难，他仍能保持一颗孩子般的纯真之心，这一点恰恰是比陶渊明高明之处。

百步洪二首① （并叙）

王定国访余于彭城②，一日棹小舟，与颜长道携盼、英、卿三子游泗水③，北上圣女山④，南下百步洪，吹笛饮酒，乘月而归。余时以事不得往，夜著羽衣⑤，伫立于黄楼上⑥，相视而笑，以为李太白死，世间无此乐三百余年矣⑦。定国既去逾月，复与参寥师放舟洪下⑧，追怀曩游，以为陈迹，喟然而叹。故作二诗，一以遗参寥，一以寄定国，且示颜长道、舒尧文邀同赋云⑨。

长洪斗落生跳波⑩，轻舟南下如投梭。水师绝叫凫雁起⑪，乱石一线争磋磨⑫。有如兔走鹰隼落⑬，骏马下注千丈坡。断弦离柱箭脱手⑭，飞电过隙珠翻荷⑮。四山眩转风掠耳⑯，但见流沫生千涡⑰。险中得乐虽一快，何异水伯夸秋河⑱。我生乘化日夜逝⑲，坐觉一念逾新罗⑳。纷纷争夺醉梦里㉑，岂信荆棘埋铜驼㉒。觉来俯仰失千劫㉓，回视此水殊委蛇㉔。君看岸边苍石上，古来篙眼如蜂窠㉕。但应此心无所住㉖，造物虽驶如余何㉗。回船上马各归去，多言晓晓师所呵㉘。

佳人未肯回秋波㉙，幼舆欲语防飞梭㉚。轻舟弄水买一笑㉛，醉中荡桨肩相摩㉜。不似长安闾里侠㉝，貂裘夜走胭脂坡㉞。独将诗句拟鲍谢㉟，涉江共采秋江荷㊱。不知诗中道何语，但觉两颊生微涡㊲。我时羽服黄楼上，坐见织女初斜河㊳。归来笛声满山谷，明月正照金叵罗㊴。奈何舍我入尘土㊵，扰扰毛群欺卧驼㊶。不念空斋老病叟㊷，退食谁与同委蛇㊸？时来洪上看遗迹，忍见屐齿青苔窠㊹。诗成不觉双泪下，悲吟相对惟羊何㊺。欲遣佳人寄锦字㊻，夜寒手冷无人呵㊼。

[注释]

①百步洪：在徐州所辖的铜山县，是个从高处奔泻而下的河段，水流湍急，数里之后才归于平缓，故称为"洪"，即受到石堆阻遏而奔泻的水流。顾祖禹《读史方舆纪要》卷二十九："百步洪，（徐）州城东南二里，泗水所经也。水中若有限石，悬流迅急，乱石激涛，凡数里始静。一名徐州洪。或曰：洪有乱石峭立，凡百余步，故曰'百步洪'。形如川字，中分三道，中曰中洪，西曰外洪，东曰月河，亦曰里洪。" ②王定国：王巩，字定国，苏轼的好友。前代名相王旦之孙，前宰相张方平的女婿。苏轼知徐州时，王巩曾前往造访。彭城：旧郡名，宋代为徐州。 ③颜长道：颜复，字长道，彭城（今江苏省铜山县）人，颜渊第四十八世孙，

仁宗嘉祐年间中进士。历官校书郎、知永宁县。熙宁中为国子直讲。元祐初为太常博士。后迁礼部员外郎兼崇政殿说书，进起居舍人兼侍讲，转起居郎。拜中书舍人兼国子监祭酒，卒，年五十八。《宋史》有传。盼、英、卿三子：苏轼在徐州时的三位官妓。盼盼姓马，善于书画。早卒。《宋人轶事汇编》引《续骫骳说》说："东坡守彭城，参寥往见之。坡遣官奴马盼盼索诗，参寥作绝句，有'禅心已作沾泥絮，不逐东风上下狂'之语。"英英姓张。盼盼死后，英英也出籍嫁人。卿卿，不知其姓氏。泗水：流经徐州的一条河流。《读史方舆纪要》卷二十九："泗水在（徐）州城东北。自沛县流入境，循城东，而东南入邳州界。"　④圣女山：徐州境内的山，又名桓山。《读史方舆纪要》卷二十九："桓山在（徐）州东北二十七里，下临泗水。一名圣女山。"　⑤羽衣：仙人或道士之服。此处是作者夸张的说法。　⑥黄楼：苏轼元丰初年知徐州时建在城东的楼阁。苏辙《黄楼赋并叙》："熙宁十年秋七月乙丑，河决于澶渊，东流入巨野，北溢于济南，溢于泗。八月戊戌，水及彭城下，余兄子瞻适为彭城守。……乃请增筑徐城，相水之冲，以木堤捍之，水虽复至，不能以病徐也。故水既去，而民益亲。于是即城之东门为大楼焉，垩以黄土，曰：'土实胜水。'徐人相劝成之。"　⑦以为李太白死，世间无此乐三百余年矣：这是作者夸赞王定国作诗甚多的调笑之语。苏轼《王定国诗集序》："昔日定国过余于彭城，留十日，往返作诗几百余篇，余苦其多，畏其敏，而服其工也。一日，定国与颜长道游泗水，登桓山，吹笛饮酒，乘月而归。余亦置酒黄楼上以待之，曰：'李太白死，世无此乐三百年矣。'"　⑧参寥：苏轼的方外之友。《西湖游览志余》卷十四："参寥者，於潜人。出家智果寺。其见知于东坡也。"《释氏稽古略》卷四："钱塘高僧名道潜，以诗见知于苏文忠公轼，公号其为'参寥子'。凡诗词迭唱更和，形于翰墨，必曰'参寥'。"　⑨舒尧文：舒焕，字尧文，当时任徐州州学教授。邀同赋：请颜复、舒焕一同赋诗。　⑩长洪斗落：谓奔腾的水流陡然间从高处落下。生跳波：水流跳荡溅出的带沫水波。　⑪水师：驾船的篙师。绝叫：高声长啸。凫（fú）雁：野鸭和大雁。　⑫乱石一线争磋磨：意谓这段水域相当狭窄，宛如一线，水边的乱石好像在争相挤撞小船一般。　⑬兔走：兔子奔跑。鹰隼（sǔn）落：鹰隼翔落。隼，鸷鸟名。　⑭断弦离柱：崩断的琴弦离开琴柱。柱，固定琴弦的小立柱。　⑮飞电过隙：闪电穿过缝隙。珠翻荷：水珠在荷叶上翻滚。　⑯四山眩转：四面的山目不暇接，令人目眩。　⑰流沫生千涡：水流溅起的泡沫生出很多小漩涡。　⑱水伯夸秋河：《庄子·秋水》说："秋水时至，百川灌河。泾流之大，两涘渚崖之间，不辩牛马。于是焉河伯欣然自喜，以天下之美为尽在己。"水伯，即河伯，传说中的水神名。　⑲乘化：顺遂自然的造化。日夜逝：如日夜轮转。　⑳一念逾新罗：一个意念之间，已经到了新罗国。新罗，古外国国名，在今朝鲜半岛。此处言其十分遥远。　㉑纷纷争夺醉梦里：谓人世间的种种争夺，如利禄、金钱之类，就好像是在醉里梦里，并没有什么意义。　㉒荆棘埋铜驼：《晋书·索靖传》："靖有先识远量，知天下将乱，指洛阳宫门铜驼，叹曰：'会见汝在荆棘中耳！'"此句意谓当世任何的繁华，最终都将消亡在荆棘丛中。　㉓俯仰：俯身仰身之间，喻极短的时间。千劫：佛家语，指无数番的成败兴废。　㉔委蛇（yí）：悠闲自得之貌。　㉕古来篙眼如蜂窠：自古以来篙杆戳出的孔洞多得像蜂窝一般。　㉖此心无所住：意谓此心不要有所牵系，当任意而为。　㉗造物虽驶如余何：此句连上文，谓只要人能随自己心意而为，自然界运转再快，也奈何不得我。　㉘哓（xiāo）哓：争辩不止的声音。师所呵：受到高僧大师的呵责。这里具体指的是作者方外之友参寥子。　㉙佳人未肯回秋波：谓盼盼、英英、卿卿不肯送过秋波。秋波，指美女娇媚的眼神。　㉚幼舆欲语防飞梭：晋代谢鲲，字幼舆。《晋书·谢鲲传》："邻家高氏女有美色，鲲尝挑之，女投梭，折其两齿。时人为之语曰：'任达不已，幼舆折齿。'鲲闻之，敖然长啸曰：'犹不废我啸歌。'"　㉛轻舟弄水买一笑：驾着小舟穿行水中，就是想要博得美人一笑。　㉜醉中荡桨肩相摩：酒醉之际荡着双桨，与美女的香肩互相摩擦。即所谓"一沾香泽"之意。　㉝长安闾里侠：京城中的游侠少年。长安，汉唐都城，在今陕西省西安市。此处代指宋都汴京。　㉞貂裘夜走胭脂坡：指京城那些阔少身披貂裘，趁夜到胭脂坡寻欢作乐。据《汴京遗迹志》载，胭脂坡在开封府城西北，朝暮斜辉照之如胭脂，故名。　㉟鲍谢：南朝诗人鲍照和谢朓。杜甫《遣兴》诗："赋诗何必多？往往凌鲍谢。"　㊱涉江共采秋江荷：李白《拟古》诗："涉江弄秋水，爱此荷花鲜。"　㊲两颊生微涡（wō）：两面脸颊因笑而出现酒窝。　㊳坐见织女初斜河：刚好见到织女星处在银河弯曲处。　㊴明月正照金叵（pǒ）罗：皎洁的月光照在酒杯里。金叵罗，金制的酒器。《北齐书·祖珽传》："神武宴僚属，于坐失金叵罗。"　㊵舍我入尘土：（你们）怎么可以舍弃我进入山林之中呢。　㊶扰扰：纷乱之貌。毛群：指各种兽类。欺卧驼：欺负因病而卧的骆驼。此处是作者自喻之词。　㊷空斋老病叟：作者自嘲之词。㊸退食谁与同委蛇（yí）：《诗经·召南·羔羊》："退食自公，委蛇委蛇。"孔颖达疏："委蛇者，自得之貌。"此句意谓你们都不在我身边，还有谁能在我官闲时与我一同欢乐？　㊹忍见屐齿青苔窠：怎忍心去看木屐踩过的齿痕和青苔上留下的小坑。　㊺悲吟：悲伤的吟诵。羊何：指南朝宋时期的羊璿之与何长瑜，这两个人都是谢灵运的好友。此处代指舒焕和颜复。《宋书·谢灵运传》："灵运既东还，与族弟惠连、东海何长瑜、颍川荀雍、泰山羊璿之，以文章赏会，共为山泽之游，时人谓之四友。"㊻锦字：锦字书。喻华美的书信。李白《久别离歌》："中有锦字书，开缄使人叹。"　㊼无人呵：没有人为她呵手取暖。

[解析]

　　这两首诗作于元丰元年（1078），当时作者担任徐州知州。据诗前小序可知，好友王定国到徐州来拜访苏轼，一天王定国乘坐小船与颜长道等人到泗水游玩，又向北登上圣女山，南下百步洪，尽兴而回。当时作者因有事没能陪同前往，王定国离开徐州一个多月后，作者又与高僧参寥子来到百步洪下，追思昔游，喟然而叹，写下两首诗，一首赠给王定国，另一首赠给参寥子。据文意，这组诗的第一首可能是赠给参寥子的，因为诗中多用佛家之说来喻人生。第二首则是赠给王定国的。

　　先看第一首。此诗明显分为前后两部分，前一部分皆在描述百步洪水流之湍急、乱石之阻遏、航道之狭窄、行船之惊险。中间用了句"险中得乐虽一快，何异水伯夸秋河"作为分隔，接下去便进入到以佛理阐释人生的段落中。作者认为，人不必把当世的功名利禄看得太重，古往今来天下人都在为蜗角虚名蝇头微利而你争我夺，转眼间人死如灯灭，一切都化为乌有，倒不如敞开心胸我行我素，一切任其自然，那样造物主也奈何我不得了。苏轼有不少佛门好友，也受到他们不小的影响，所以每当心情烦闷时，总喜欢用佛教的出世理论开解自我。

　　第二首是对友人王定国的戏谑，并通过这些戏谑之语表达二人真挚的感情。王定国这个人比较好色，所以作者开篇便说：尽管你一心一意地讨好美女，可惜人家连个正脸儿都不肯给你。你总是这么死皮赖脸，小心挨人家一飞梭。看你那副不正经的样子，假借饮了酒，就与美女挨肩擦背，一沾香泽，你可真有办法！苏轼喜欢开玩笑，但玩笑一般不开得过火，免得别人下不来台，这里也一样，嘲笑王定国点到为止，接下来总该给他个台阶下，于是说道：即便如此，你还是个不错的人，不像那些纨绔子弟就知道到胭脂坡去鬼混。你毕竟是个诗人嘛，与美人相携，一定会写出上佳的诗篇，可惜我无缘看到，太遗憾了。诗的后半部分绝不再开玩笑，而是十分深沉地说到二人间的友谊："不念空斋老病叟，退食谁与同委蛇？"你走了，我还在，退食之余，谁还能跟我相与言欢？"时来洪上看遗迹，忍见屐齿青苔寰"——你走后，我时不时还要来这里看看你曾经走过的足迹，你能理解这份真情吗？苏轼是个很重情义的人，他后来遭贬到黄州，王定国也因他得罪被贬到广南宾州，路过黄州时，特地看望同病相怜的苏轼。到宾州后，苏轼写信给他说："粉白黛绿者，俱是火宅中狐狸、射干之流，愿公以道眼照破。此外又有一事，须少俭啬，勿轻用钱物。一是远地，恐万一阙乏不继。一是灾难中节用自贬，亦消厄致福之一端也。"对他两大毛病再三叮嘱：一是喜好女色。苏轼说，那些妖娆女子不是什么好东西，都是些狐狸、射干（类似狐狸的一种兽）之类的害人精，千万不要被她们吸干了精髓；二是大手大脚。苏轼说，在那里过日子一定要节省，万一钱财不继，哭都来不及了，再说节俭度日也是人的美德嘛。这些看似婆婆妈妈的唠叨，恰恰反映出二人是真正的朋友。其实人生在世，最难的就是懂得识别真朋友，这或许正是本诗留给我们的启发和借鉴。读古人的诗，总该得到些有益的启示才好。

四月十一日初食荔支[①]

南村诸杨北村卢[②]，白华青叶冬不枯。垂黄缀紫烟雨里[③]，特与荔支为先驱[④]。海山仙人绛罗襦[⑤]，红纱中单白玉肤[⑥]。不须更待妃子笑[⑦]，风骨自是倾城姝[⑧]。不知天公有意无，遣此尤物生海隅[⑨]。云山得伴松桧老[⑩]，霜雪自困楂梨粗[⑪]。先生洗盏酌桂醑[⑫]，冰盘荐此赪虬珠[⑬]。似开江鳐斫玉柱[⑭]，更洗河豚烹腹腴[⑮]。我生涉世本为口⑯，一官久已轻莼鲈⑰。人间何者非梦幻⑱，南来万里真良图⑲。

[注释]

①荔支：今写作"荔枝"，产于南方的一种水果。　②南村诸杨北村卢：南村、北村，是就苏轼所居之地而言。诸杨，杨梅；卢，卢橘。此句下作者自注云："谓杨梅、卢橘也。"　③垂黄缀（zhuì）紫：指低垂的卢橘和杨梅。卢橘皮黄色，杨梅皮紫色。缀，成串地下垂。　④特与荔支为先驱：谓卢橘和杨梅先挂了果，走在荔枝的前头。　⑤海山仙人：居处于海边山中的神仙。惠州境内有罗浮山，山中多有仙人居住。绛罗襦（rú）：绛紫色的罗衣。襦，短袄。此言荔枝的紫色宛如仙人的罗衣。⑥中单：古称汗衫为中单。白玉肤：白玉般润泽的肌肤。此句说荔枝的外壳和里面那层薄薄的软皮就像红纱包裹着的汗衫，荔枝肉则如美人白玉般的肌肤。　⑦妃子笑：唐玄宗时，因贵妃杨玉环爱吃荔枝，玄宗遂命人从南方快马将荔枝运到长安。杜牧《过华清宫绝句三首》之一："长安回望绣成堆，山顶千门次第开。一骑红尘妃子笑，无人知是荔枝来。"　⑧风骨：风韵。倾城姝：美貌倾城的女子。　⑨尤物：超乎寻常的宝物。生海隅：生长在海边。荔枝生于广南，故称生于海隅。　⑩云山得伴松桧老：谓荔枝生长于云山之间，与松桧一同老去。宋朝费衮《梁溪漫志》说："东坡《食荔支诗》有云：'云山得伴松桧老，霜雪自困樝梨粗。'常疑上句似泛，此老不应尔。后见习闽广者云：自福州古田县海口镇至于海南凡宰上木松桧之外，悉杂植荔支，取其枝叶荫覆，弥望不绝，此所以有'伴松桧'之语也。"　⑪樝（zhā）梨：山楂和梨。霜雪自困樝梨粗，谓北方的山楂树和梨树虽然粗壮，却为霜雪所困，不似荔枝终年常绿。⑫先生：作者自指。桂醑（xǔ）：桂花酒。醑，美酒。　⑬冰盘：精美的盘

子。荐：盛装。赪（chēng）虬（qiú）珠：赤龙的目珠，喻荔枝。赪，红色。虬，神话传说中有角的小龙。⑭似开江鳐斫玉柱：好像拨开江珧取出其柱。江珧为一种海洋壳类生物。江珧柱，江珧的肉柱，即江珧的闭壳肌，长一寸左右，是一种名贵的海味。唐刘恂《岭表录异》卷下："马甲柱，即江瑶柱。"⑮更洗河豚烹腹腴（yú）：此句下作者自注："予尝谓荔支厚味高格两绝，果中无比，惟江鳐柱、河豚鱼近之耳。"腹腴，指河豚鱼腹中白色的肥油。⑯我生涉世本为口：人来到世界上，无非是为了一张嘴。谓吃乃人生第一要事。⑰一官久已轻莼（chún）鲈（lú）：意谓自己当了个官，早已不把莼鲈当成回事了。莼，多年生水生植物，浮在水面，叶子椭圆形。又名马粟、水葵、马蹄草。鲈，鲈鱼，体侧扁，嘴大鳞细，背灰绿色，腹面白色，是一种美味的河鱼。此句反用晋代张季鹰语。《世说新语·识鉴》："张季鹰辟齐王东曹掾，在洛，见秋风起，因思吴中菰菜羹、鲈鱼脍，曰：'人生贵得适意尔，何能羁宦数千里以要名爵？'遂命驾便归。"⑱人间何者非梦幻：人世间的一切都像梦幻一般虚无。这是用佛教的说法，认为世间的一切都是由虚幻构成。⑲南来万里：指自己从中山府贬到惠州，万里之遥。良图：最好的谋划。

[解析]

这首诗作于哲宗绍圣元年（1094）作者初到惠州贬所时。从诗题即可看出，这是他平生第一次品尝荔枝。他以乐观而浪漫的笔触描绘了荔枝的绝妙，一句句细致入微的刻画，会使人不觉间垂涎三尺。苏轼还有诗说"日啖荔枝三百颗，不辞长作岭南人"，后被散文家杨朔引用到他的《荔枝赋》中。诗中不厌其烦地把荔枝比喻成"海山仙人绛罗襦，红纱中单白玉肤""赪虬珠""江珧柱""河豚腴"，称之为天生尤物；称自己为官半生，吃过的美味佳肴不胜其数，唯独没吃过荔枝，如今终于尝到了它的鲜美，于是感叹：难怪当年杨贵妃爱食此果！全诗写得洋洋洒洒，全神贯注,令人神迷,谁能觉出它出于一位遭受诬害的谪宦之手?作者在写尽荔枝之妙后,才在最后用了句"南来万里真良图"作结:原想来到南方会受尽烟瘴之苦,谁知道失便宜处得便宜,上天恩赐给老夫如此美味,太值得了!其实细细品味,这也是苏轼打趣自己的话。他留给我们的启迪是:凡事都要两面想,任何事有其反面就一定有其正面,如果总是停留在怨天尤人的哀苦当中,无疑只是戕害自己罢了。

新城道中二首①

东风知我欲山行,吹断檐间积雨声②。岭上晴云披絮帽③,树头初日挂铜钲④。野桃含笑竹篱短,溪柳自摇沙水清。西崦人家应最乐⑤,煮芹烧笋饷春耕⑥。

身世悠悠我此行,溪边委辔听溪声⑦。散材畏见搜林斧⑧,疲马思闻卷斾钲⑨。细雨足时茶户喜⑩,乱山深处长官清⑪。人间岐路知多少⑫,试向桑田问耦耕⑬。

[注释]

①新城:宋代杭州属县,在今杭州市西南。 ②吹断檐间积雨声:东风好像很善解人意,知道我要走山路出行,特地将雨水吹散。 ③絮帽:棉絮一样白柔的帽子。喻山岭上的晴云又白又厚。 ④树头:树梢之上。初日:初升的太阳。铜钲(zhēng):古乐器名,用铜做成,形似钟而狭长,有柄可执,多在行军时敲打。此处泛指锣一类器物。此句言树梢上悬挂的太阳如同铜锣一般金黄可爱。 ⑤西崦(yān):西山。 ⑥煮芹烧

笋饷春耕：谓西山那家人非常高兴，正在煮芹菜烧竹笋，准备送给正在地头春耕的男子。　⑦委辔（pèi）：丢开马缰。辔，马嚼子和缰绳。　⑧散材畏见搜林斧：不挺拔的散木没见到人们持斧上山。此句为双关语，表面意思是说山中十分安静，看不见砍柴伐木的人。内里是说自己是个不成材的小官，赖皮赖脸地活在世上，又被长官遣到这深山之中。《庄子·人间世》："散木也，以为舟则沉，以为棺椁则速腐，以为器则速毁，以为门户则液樠，以为柱则蠹。是不材之木也，无所可用，故能若是之寿。"　⑨旆（pèi）：古代旗帜末端状如燕尾的垂旒称为旆，此处泛指旌旗。　⑩细雨足时茶户喜：雨水充足种茶人心里欢喜。　⑪长官清：此处特指在新城担任县令的友人晁端友。此人为官清正，是苏轼的朋友。　⑫岐路：从大路上分出的小路或岔路。　⑬试向桑田问耦（ǒu）耕：可以到田里问问耕田的农夫。耦耕，两人并行而耕。

[解析]

　　这两首诗作于熙宁六年（1073），当时作者从开封府推官任上遭到贬斥，出任杭州通判，到属县新城巡察的路上写了这些文字。此二诗历来为人们所乐道，有学者称第一首主要写景却景中含情，第二首主要写情而情在景中；两首诗的基本格调都很欢快，内中却含着满满的无奈。此话虽然有些拗口，却也说得有些道理。

　　先看第一首。作者在一个细雨霏霏的日子里整装出发，到新城县公干。老天好像颇解人意，一阵风来将雨水吹散，作者看到了"岭上晴云披絮帽，树头初日挂铜钲。野桃含笑竹篱短，溪柳自摇沙水清"的清新之象。所有这些描写，都衬托出作者此时心情的欢愉，这还没完，举目远看，隐约间看到西山脚下正有人忙着煮芹烧笋，一定是在为地里的男子准备饭食吧。整首诗中既有自然画面，又有人的活动，表现了作者对大自然的热爱，对田家生活的向往。

第二首的起手显然不再是自然之景,而是感慨自己的"身世悠悠",由于有了这番心动,作者干脆停下马,细细听着溪流的潺潺声。其实他哪里是在听溪水之声,他心里想的是自己这个无用之才如今被赶出朝廷,来到这重山之中。好在自己在这里还有知心密友,这里的人民生活也还安宁。但不可估量的是,人生自古多歧路。面对崎岖的山路,作者不知道将要走向何方。这种亦喜亦忧的情绪,体现出作者既渴望得到朝廷的理解,又渴望回归到自然中去的矛盾心情,因为为官自有为官的道理,好友晁端友不就是个好官吗?归农又有归农的妙处,《论语》中那两个"耦而耕"的长沮和桀溺,不正是不愿受到羁绊、追求自由的偶像吗?其实何止是这首诗,苏轼整个一生,都是在这种矛盾的碰撞中度过的。

戏子由[①]

宛丘先生长如丘[②],宛丘学舍小如舟。常时低头诵经史,忽然欠伸屋打头[③]。斜风吹帷雨注面[④],先生不愧旁人羞[⑤]。任从饱死笑方朔[⑥],肯为雨立求秦优[⑦]?眼前勃谿何足道[⑧],处置六凿须天游[⑨]。读书万卷不读律[⑩],致君尧舜知无术[⑪]。劝农冠盖闹如云[⑫],送老齑盐甘似蜜[⑬]。门前万事不挂眼[⑭],头虽长低气不屈[⑮]。余杭别驾无功劳[⑯],画堂五丈容旂旄[⑰]。重楼跨空雨声远,屋多人少风骚骚[⑱]。平生所惭今不耻[⑲],坐对疲氓更鞭箠[⑳]。道逢阳虎呼与言,心知其非口诺唯[㉑]。居高忘下真何益[㉒],气节消缩今无几。文章小技安足程[㉓],先生别驾旧齐名[㉔]。如今衰老俱无用[㉕],付与时人分重轻[㉖]。

[注释]

①子由：作者的胞弟苏辙，字子由，与作者同登嘉祐二年（1057）进士第。《宋史》有传。　②宛丘先生：戏称弟弟苏辙之词。陈州在上古时称为宛丘，《诗经》中的《宛丘》，即指此地。苏辙此时为陈州教授，故称其为宛丘先生。长如丘：身材高大如孔丘。苏辙个子高大，故以为喻。　③欠伸：伸懒腰。屋打头：头已碰到屋顶。　④斜风吹帷雨注面：斜风把帷幔吹开，雨水打到了他的脸上。此言苏辙所居之处十分促狭，连遮风挡雨都做不到。　⑤先生不愧旁人羞：谓别人看到此景都为他感到羞愧，而他自己却处之泰然，不以为意。　⑥任从饱死笑方朔：谓苏辙宁可忍受贫穷困顿，也决不肯俯首低眉去求别人。西汉东方朔初至长安，见宫中侏儒都能得到应有的俸禄，而自己所得却跟他们一样，故略施小计，得见汉武帝申说此事。《汉书·东方朔传》："朱儒长三尺余，奉一囊粟，钱二百四十。臣朔长九尺余，亦奉一囊粟，钱二百四十。朱儒饱欲死，臣朔饥欲死。臣言可用，幸异其礼；不可用，罢之，无令但索长安米。"此处以东方朔比苏辙，侏儒比当世佞臣。　⑦肯为雨立求秦优：不肯因站立雨中而去祈求秦优。秦优，秦代优伶旃。《史记·滑稽列传》："优旃者，秦倡侏儒也。善为笑言，然合于大道，秦始皇时，置酒而天雨，陛楯者皆沾寒。优旃见而哀之，谓之曰：'汝欲休乎？'陛楯者皆曰：'幸甚。'优旃曰：'我即呼汝，汝疾应曰诺。'居有顷，殿上上寿呼万岁。优旃临槛大呼曰：'陛楯郎！'郎曰：'诺。'优旃曰：'汝虽长，何益，幸雨立。我虽短也，幸休居。'"这里所说陛楯郎，即执盾站岗的卫士。　⑧勃豀：争斗。此句意谓苏辙对眼前的纷争和自己的窘境毫不挂心。　⑨处置六凿须天游：意谓自己的一切都听凭自然，绝不愿逆天而行。《庄子·外物》："心有天游。室无空虚，则妇姑勃豀；心无天游，则六凿相攘。"唐成玄

英疏："凿，孔也。攘，逆也。自然之道，不游其心，则六根逆，不顺于理。"　⑩读书万卷：指苏辙读书甚多。此处借用杜甫"读书破万卷"之语。不读律：唯独不肯研读法律之文。当时正值王安石变法，朝廷出台了很多新法条文。苏辙不赞成变法，所以根本不读这些法律之文。　⑪致君尧舜知无术：明知自己不能替帝王献策分忧。杜甫《奉赠韦左丞丈二十二韵》诗："致君尧舜上，再使风俗淳。"　⑫劝农冠盖：代指当时朝廷派到各地督查农田水利、青苗等法的官吏。冠盖，代指贵族或官吏。闹如云：纷纷攘攘如乱云纷飞。言此类官吏甚多，到处指手画脚大呼小叫。　⑬送老：养老。杜甫《秦州杂诗》之十四："何时一茅屋，送老白云边。"齑（jī）盐：咸菜和盐。指十分清苦的生活。　⑭门前万事不挂眼：外界的事情连看都不看。表示对新法的实施毫不关心。　⑮头虽长低气不屈：迫于大势只能久久低头，但绝不会丧失原则去附和权贵。　⑯余杭别驾：苏轼自称之词。余杭即杭州。别驾为汉代州刺史的副职。此时苏轼任杭州通判，其职与汉代的别驾相类。无功劳：此句言苏轼自称没有积极参与新法的实施。　⑰画堂五丈容旗旄：秦始皇曾建前殿，上可坐万人，下可容五丈旗。　⑱屋多人少风骚骚：形容风刮得猛烈。　⑲平生所惭今不耻：谓如今做下了一生都感到惭愧、为人所不齿的勾当。这是苏轼自责之语。　⑳坐对疲氓更鞭箠：谓自己竟然对困顿不堪的百姓加以鞭笞。当时杭州有百姓违犯新法，苏轼作为一州长官，不得不按照新法的条文对他们施以鞭刑。　㉑道逢阳虎呼与言，心知其非口诺唯：此用孔子道逢鲁国权臣阳虎的典故，说自己虽然不想见上级官员，却不得不虚与应付。当时朝廷也派人到杭州督查新法，所谓上级官员，就是指这些人。《论语·阳货》："阳货欲见孔子，孔子不见，归孔子豚。孔子时其亡也，而往拜之。遇诸涂（途）。谓孔子曰：'来！予与尔言。'曰：'怀其宝而迷其邦，可谓仁乎？'曰：'不可。''好从事而亟失时，可谓知乎？'曰：'不可。''日月逝矣！岁不我与！'孔子曰：'诺，吾将仕矣！'" ㉒居高忘下真何益：身居高位却忘记下层百姓的疾苦，有什么好处。 ㉓文章小技安足程：文章小技算得了什么。程，前程，功业。 ㉔先生别驾旧齐名：谓弟弟苏辙和自己这个通判一向在文章上齐名。苏轼兄弟为仁宗嘉祐二年同榜进士，当时名声甚著，不分伯仲。 ㉕如今衰老俱无用：如今年纪老大，却都被搁置在闲散的位置上。其实此时苏轼三十六，苏辙三十三，并没有衰老。如此说只是表达其愤然之情。 ㉖付与时人分重轻：交给别人去判定优劣吧。

[解析]

这首诗作于神宗熙宁四年（1071），当时作者任杭州通判，弟弟苏辙任陈州（今河南省淮阳县）教授。兄弟两人虽然都当着州郡属官，但身份却大不一样：苏轼为通判，有执行和推行朝廷新法的职责；苏辙当着教授，属于纯粹的学官，可以不参与到新法实施中去。诗题虽为《戏子由》，实则在嘲讽自己的身不由己，表达了作者不得不为虎作伥的苦闷之情。

此诗分为前后两部分，前半段极言苏辙生活的困顿：陈州小小的学舍极其简陋，连遮风避雨的功能都不全，然而这并不影响苏辙刻苦读书，而且安之若素自得其乐，绝不肯俯首低眉去求什么人施舍。弟弟能一切顺其自然，这使得苏轼十分羡慕，多渴望也过上弟弟那种"门前万事不挂眼，头虽长低气不屈"的生活。后半段写自己现实的处境：身为一州通判，必须履行朝廷法令，这是地方官员的职责所在，没有讨价还价的余地，而面对害民的新法，苏轼心里又一百个不赞成，目睹新法的种种弊端，他很想急小民之所急却无能为力，内心之苦闷可想而知。关于王安石变法，至今还是个没有定论的问题，本诗就是以戏谑的笔法表达对新法的反对和轻蔑。有学者说此诗表现了苏轼思想的保守性，是基于对王安石变法的肯定。今天我们读此诗,仍可以仁者见仁、智者见智。

荔支叹①

十里一置飞尘灰②,五里一堠兵火催③。颠坑仆谷相枕藉④,知是荔支龙眼来⑤。飞车跨山鹘横海⑥,风枝露叶如新采⑦。宫中美人一破颜⑧,惊尘溅血流千载⑨。永元荔支来交州⑩,天宝岁贡取之涪⑪。至今欲食林甫肉⑫,无人举觞酹伯游⑬。我愿天公怜赤子⑭,莫生尤物为疮痏⑮。君不见武夷溪边粟粒芽⑯,前丁后蔡相笼加⑰。争新买宠各出意⑱,今年斗品充官茶⑲。吾君所乏岂此物,致养口体何陋耶⑳。洛阳相君忠孝家㉑,可怜亦进姚黄花㉒。

[注释]

①荔支叹:本诗作于哲宗绍圣二年(1095),此时作者在惠州贬所。因惠州盛产荔枝,故因物生感,写下此诗,对汉、唐时期岭南向京城贡献荔枝的做法表示强烈的反感。 ②十里一置:古代官道旁设有驿站,供行人休息。通常情况下每十里置有一座驿站。飞尘灰:形容往京城送荔枝的马匹疾驰不歇,路上扬起漫天的灰尘。 ③堠(hòu):古代驿道旁表示里程的标志,俗称"堠子"。兵火催:谓催督荔枝运送急如兵火。 ④颠坑仆谷:颠仆于坑谷之间。相枕藉:指因运送荔枝而死去的夫役互相枕垫,极言死人之多。 ⑤龙眼:与荔枝相类的一种水果,亦称桂圆。此处与荔枝并称,属于汉语中的偏正结构词,主要指的还是荔枝。 ⑥飞车跨山鹘(hú)横海:言传送极为迅速。飞车,皇甫谧《帝王世纪》说,奇

肱之民能造飞车，与风同行。鹘横海，像鹰隼般地掠过海面。　⑦风枝露叶如新采：谓因运送时间甚短，运到长安的荔枝枝叶都很新鲜，宛如刚刚采下一般。　⑧宫中美人：指唐玄宗贵妃杨玉环。破颜：露出笑容。　⑨惊尘溅血流千载：谓因运送荔枝造成夫役大量死亡的事，必将遭到后世千载的唾骂。　⑩永元：东汉和帝的年号，公元89年至105年。交州：古地区名，指今两广及越南北部地区。　⑪天宝：唐玄宗年号，公元742年至756年，共十五年。岁贡：地方每年按规定上贡的钱物。涪（fú）：唐代州名，治所在今重庆市涪陵区。　⑫至今欲食林甫肉：唐玄宗时，李林甫为宰相，对于朝廷强行迫使岭南向朝廷供奉荔枝之事不加谏止，故百姓对他十分痛恨，恨不得生食其肉。　⑬无人举觞酹伯游：以上数句有作者原注："汉永元中交州进荔支龙眼，十里一置，五里一堠，奔驰死亡，罹猛兽毒虫之害者无数。唐羌字伯游，为临武长，上书言状，和帝罢之。唐天宝中盖取涪州荔支，自子午谷路进入。"　⑭天公怜赤子：上天可怜天下百姓。此处暗指帝王应以百姓生计为急，多为百姓着想。赤子，本指刚出生的婴儿，常代指黎民百姓。　⑮莫生尤物为疮痏（wěi）：千万不要再生美人而成为社稷的毒疮戕害世人。尤物，极美之物，多指绝色美人。痏，创伤。　⑯武夷：武夷山，在今福建省境内。该地区盛产茗茶。粟粒芽：指早春初萌的芽茶，其形状细小，如粟米之颗粒，故名。　⑰前丁后蔡相笼加：指前有丁谓，后有蔡襄，将茶叶装笼加封进贡给朝廷。宋熊蕃《宣和北苑贡茶录》说："咸平初，晋公漕闽，始载之于《茶录》。庆历中，蔡君谟将漕，创造小枚团以进，被旨仍岁贡之。自小团出，而龙凤遂为次矣。"意谓真宗咸平初年，丁谓任福建转运使，已将龙凤团茶记录在《茶录》中。仁宗庆历年间，蔡襄担任福建转运使，再创小枚团茶进奉朝廷，后接圣旨，定为岁贡之物。自从蔡襄所创小枚团茶一出，龙凤团茶反倒居于其次了。　⑱争新买宠：争为奇巧之品希图得到皇帝的宠幸。各出意：各出新意。　⑲斗品：可供斗茶的品种。充官茶：充当上贡的官茶。宋代文士有斗茶之风，斗茶者各取所藏好茶，轮流烹煮，相互品评，以分高下。宋代茶叶均为茶饼，斗茶前碾成粉末，饮用时连茶粉带茶水一起喝下。　⑳致养口体：满足父母的口腹之需。何陋耶：多么鄙陋。此句取《孟子·离娄》之说，认为孝养父母仅仅满足他们的口腹之需不能算是纯孝，能顺承父母的意志，使他们在精神上得到满足，才是最高层面的孝顺。作者的意思是说，丁谓、蔡襄之流仅仅靠满足帝王口腹之需而邀宠何其鄙陋。　㉑洛阳相君忠孝家：宋仁宗时期河南府（洛阳）留守钱惟演。宋太宗初年，吴越王钱俶主动归顺宋朝，太宗称赞他能"以忠孝而保社稷"。钱惟演是钱氏后人，故称其出自忠孝之家。　㉒姚黄花：牡丹四大名品之一。欧阳修《洛阳牡丹记》："姚黄者，千叶黄花，出于民姚氏家。此花之出，于今未十年。"诗末苏轼自注："洛阳贡花自钱惟演始。大小龙茶始于丁晋公，成于蔡君谟。欧阳永叔闻君谟进小龙团，惊叹曰：君谟士人也，何至作此事！今年闽中监司乞进斗茶，许之。"

[解析]

　　这是一首内涵极为丰富的咏史诗，作于绍圣二年（1095）作者被贬到广南惠州时。因其亲眼见到了广南的荔枝，联想到自汉至唐以来朝廷强令广南、蜀中进贡荔枝的史实，有感而发。为什么说此诗是首"内涵极为丰富的咏史诗"呢？因为作者除了咏史之外，更联想到当朝那些与供奉荔枝相类似的事件，不由心生慨叹并为之痛心疾首。从这个意义上说，以古喻今才是本诗的精髓。

　　全诗具有很强的层次感，首先说以前也知道荔枝的美味，但从没有亲口品尝过。如今被谪广南，亲眼见到了鲜活的荔枝，并由此联想到关于此果的故事。请注意，这些内容其实并没有在诗中出现，而是以题目《荔支叹》代为言明：作者若没见到荔枝，怎么可能凭空想到那些古老的故事呢。所以开篇讲述的，已经是"十里一置飞尘灰，五里一堠兵火催。颠坑仆谷相枕藉，知是荔支龙眼来"的惨烈景象了。这段历史虽然很长，长到跨越了几个王朝，但在作者笔下却是一气呵成，使读者对那些古老的故事目不暇接："飞车跨山鹘横海，风枝露叶如新采。宫中美人一破颜，惊尘溅血流千载。永元荔支来交州，天宝岁贡取之涪。至今欲食林甫肉，无人举觞酹伯游。我愿天公怜赤子，莫生尤物为疮痏。"到此为止，前朝的故事戛然而止，作者的笔触幻化般地回到本朝：那些仅想以奇巧之物博得君王宠幸的昏聩之徒，难道本朝真的没有吗？不，君不见洛阳留守钱惟演向朝廷进奉洛阳牡丹、转运使丁谓向朝廷进奉龙团茶、转运使蔡襄向朝廷进奉小权团茶，一个个争奇斗巧，却不惜民力，罔顾百姓之死活，这些行径与当年向长安进奉荔枝有多大区别？如此劳民伤财之举，真值得身为帝王者细细思量了：这些邪佞之徒究竟是在邀宠呢，还是向帝王表示忠心？道理其实并不复杂，可惜哪位帝王在欢饮茗茶之时，能想到那些制作茗茶的百姓付出了怎样的代价？难道历史的教训就这么难以为后世汲取吗？全诗感情之浓烈、情绪之激越，在字里行间喷薄而出，给读者巨大的震撼并带来无尽的遐思，而作者更渴望的，则是为帝王者真能猛醒，把百姓的生计放在心上，只有这样，才能称得上是明君圣朝。

有美堂暴雨①

游人脚底一声雷，满座顽云拨不开②。天外黑风吹海立③，浙东飞雨过江来④。十分潋滟金樽凸⑤，千杖敲铿羯鼓催⑥。唤起谪仙泉洒面⑦，倒倾鲛室泻琼瑰⑧。

[注释]

①有美堂：杭州吴山最高处的一座建筑。仁宗嘉祐二年（1057），梅挚出任杭州知州，仁宗写了一首诗给他，诗中说："地有湖山美，东南第一州。剖符宣政化，持橐辍才流。暂出论思列，遥分昕仄忧。循良勤抚俗，来暮听歌讴。"梅挚到任后，取诗的首句作堂，名为"有美堂"。欧阳修为此堂作记，蔡襄题写匾额。　②顽云：卷地而来的浓云。　③黑风吹海立：黑色的狂风将海面吹起巨浪，宛如站立在海面之上。　④过江：指暴雨越过钱塘江直奔此堂而来。　⑤潋滟：波纹微荡之貌。十分潋滟，意谓酒已经从杯里漾出。金樽凸：像是金樽凸起一般。形容酒的高度已经超过了杯沿。这里是把西湖比作酒杯。　⑥千杖敲铿（kēng）：成千的鼓槌大声敲击。杖，鼓槌。羯（jié）鼓催：敲击羯鼓频频催促。羯鼓，来自西域的一种打击乐器，两面蒙皮，腰部很细。此句言暴雨的雨点又大又猛，仿佛成千的鼓槌猛敲鼓面。　⑦谪仙：唐代诗人李白。《新唐书·李白传》："（贺）知章见其文，叹曰：'子，谪仙人也。'"泉洒面：史载唐玄宗时，有一次宣召翰林供奉李白创制新词，李白却已醉倒在酒肆。回宫后，宫人用水浇洒他的脸，这才使他清醒过来，立即连作十余章。　⑧倒倾鲛室泻琼瑰：将琼浆美酒倾倒在堂中。鲛室，传说中鲛人所居。此处代指西湖。琼瑰，美酒。

[解析]

这首诗作于熙宁六年（1073）初秋作者担任杭州通判时。全诗以极度夸张的笔法，把发生在有美堂的一场暴雨写得绘声绘色且惊心动魄。诗的开篇直入主题，前三句全都用来写暴雨前奏的雷鸣电闪：刚才还是晴空万里，突然间闷雷炸裂在游人脚底，而且是卷地而来，躲都躲避不及。经历过雷电交加场景的人，大概都能回忆起那番骇人的景象。第三句尤其骇人：天外而来的黑风吹得大海都像倒立起来，这有多么可怕！由于有了前面充分的铺垫，接下来写雨就顺理成章了：飞雨过江，自然不会放过有美堂。

如果说前四句写的都是实景，那么后面四句则是作者想象的场景了，他把西湖比作一个硕大的酒杯，把暴雨比作倾泻而下的酒，刹那间便将西湖灌满，甚至"酒"已经涨出了"杯"面。劈劈啪啪狂泻而下的雨点宛如一柄柄鼓槌，狠命地猛敲着湖面，就像千人敲击羯鼓，那声音真令人心胆俱裂。然而生性豁达的苏轼，却想起了杜甫那首《陪诸贵公子丈八沟携妓纳凉晚际过雨》诗："片云头上黑，应是雨催诗。"只不过分量不够：雨能催诗不假，但此时的杭州岂止是"片云"？于是作者又想到，如果谪仙李白酒醉不醒地躺在这里，铺天而来的这场暴雨，能不能把他浇醒？当此之际，他又会写出多少华美的词章呢？

全诗写得上天入地，脉络难寻，气势宏阔，气象万千，非苏轼，何人能出这等狂言！

於潜女①

青裙缟袂於潜女②，两足如霜不穿屦③。觕沙鬓发丝穿柠④，蓬沓障前走风雨⑤。老濞宫妆传父祖⑥，至今遗民悲故主⑦。苕溪杨柳初飞絮⑧，照溪画眉渡溪去⑨。逢郎樵归相媚妩⑩，不信姬姜有齐鲁⑪。

[注释]

①於潜：古地名，在今浙江省于潜县。古时"於潜"不写作"于

潜"。　②青裙：青色的裙子。言其色泽朴素。缟（gǎo）袂：白色的衣袂。缟，未经漂染的素绢。　③不穿屦（jù）：脚上不穿鞋子。屦，古时用麻葛制成的鞋。　④鲊（zhà）沙：蓬松不加梳篦。这是当时的土语，至今北方某些农村仍有这样的词语存世。丝穿柠：意谓女子的头发上仅仅别着十分简陋的木杼。柠，当作"杼"，古代纺线用的木棍，两头尖而中间略肥大。　⑤蓬沓：指於潜女子额前插的大银梳。障前：遮住前额。走风雨：行走在风雨之中。　⑥老濞（bì）：西汉吴王刘濞。此处代指五代时期吴越王钱氏。宫妆传父祖：意谓吴越王时期流传下来的装束一直传到了於潜人的祖辈父辈。即世世代代流传的意思。　⑦至今遗民悲故主：於潜在五代十国时期属于吴越国，故称钱氏为於潜遗民的旧主。　⑧苕（tiáo）溪：河流名，发源于浙江省天目山，流经於潜，经湖州进入太湖。　⑨照溪画眉渡溪去：谓这位於潜妇女以苕溪水为镜，对着水面画眉后渡溪而去。　⑩逢郎樵归：见到砍柴归来的丈夫。相媚妩：与丈夫充满爱意地相对而视。　⑪不信姬姜有齐鲁：喻丈夫对女子十分喜爱，把对妻子的爱当成自己的唯一，完全不去管什么王侯将相古往今来。姬姜，上古姬姓和姜姓。西周初年，周天子封姬旦之子伯禽于鲁，封太公姜尚于齐。

[解析]

　　这首诗作于神宗熙宁六年（1073），当时作者任杭州通判，因事到於潜县公干，见到这里的一位劳动妇女，将她的装束行止及各种神态都记录下来，表达出对这位女子由衷的好感，同时也表达出对下层劳动人民简朴和自由生活的向往。

　　本诗运用纯自然的手法，将人物刻画得非常细腻。开篇两句的简单描述，给读者展示出这位妇女极其朴素的农家装扮，在她身上决然看不到绫罗锦绣，上衣下裳无非是最寻常的青裙缟袂，脚上连鞋子都没穿。接着写女子的头饰，可惜作者所见到的，却是没有装饰的装饰：头发蓬松，仅仅插根小木棍把长发固定起来而已,那用来遮风挡雨或用来防晒的物件,也不过是一把硕大的银色大梳子。随后作者开始联想:这般装束,一定是祖祖辈辈流传下来的,大概从吴越王钱镠、钱俶时期就是如此吧?更有生活情趣的情景发生了,只见女子劳作之后,对着溪面洗了把脸,描了描眉,然后驾着小船沿溪而去,没走多远,便看见了砍柴归来的丈夫。作者把这对夫妻相见的场景描绘得格外温馨:女子朝丈夫莞尔一笑,丈夫同样报以充满爱意的笑,那种甜美而单纯的爱,那种"一日不见如三秋兮"的浓情蜜意,令作者艳羡不已,他似乎看出这位丈夫心底藏着的话语:只要能和心爱的妻子天长地久、恩恩爱爱,什么王侯将相,什么金银财宝,我连看都不会看上一眼,因为她就是我的一切,我就是她的一切。

送张嘉州[①]

少年不愿万户侯[②],亦不愿识韩荆州[③]。颇愿身为汉嘉守[④],载酒时作凌云游[⑤]。虚名无用今白首[⑥],梦中却到龙泓口[⑦]。浮云轩冕何足言[⑧],惟有江山难入手[⑨]。峨眉山月半轮秋,影入平羌江水流[⑩]。谪仙此语谁解道[⑪],请君见月时登楼[⑫]。笑谈万事真何有,一时付与东岩酒[⑬]。归来还受一大钱[⑭],好意莫违黄发叟[⑮]。

[注释]

①张嘉州:张姓的新任嘉州知州。嘉州,宋代州名,在今四川省乐山市。　②少年不愿万户侯:谓张某从年轻时就没有成为万户侯的念想。③亦不愿识韩荆州:也从没想过要得到权贵的提携和彰扬。李白《与韩

荆州书》:"闻天下谈士相聚而言曰:'生不愿封万户侯,但愿一识韩荆州。'" ④汉嘉守:嘉州知州。汉嘉,宋代嘉州的别称。 ⑤载酒时作凌云游:带上美酒时而到凌云寺闲游一番。凌云,嘉州寺庙名,其寺左近皆名山胜景。曹学佺《蜀中广记》卷十一:"嘉州《凌云寺大像记》,韦皋文,张绅书。其碑甚丰,字画雄伟。……凌云山麓有唐放生碑。山顶有清音亭。邵博记:'天下山水之胜在蜀,蜀之胜在嘉州,嘉州之胜在凌云寺,寺之南山又其胜也。苏子瞻名其亭曰清音,又南山之胜也。'"
⑥虚名无用今白首:蜗角虚名有什么用?如今哪个不是白首老翁? ⑦龙泓口:在嘉州州治附近。查慎行注引《太平寰宇记》云:"嘉州治龙游县。隋初伐陈,有龙见江水引军,故名。"《蜀中广记》卷十一:"澄江楼在宪司,左窥龙泓,右瞰乌尤,高明爽垲,得江山之趣。" ⑧浮云:喻功名利禄。唐张九龄《荆州作》:"高秩向所忝,于义如浮云。"轩冕:原指古代高官的车乘和冕服,亦泛指高官。 ⑨惟有江山难入手:只有如画的江山胜景难以到手。 ⑩峨眉山月半轮秋,影入平羌江水流:意谓峨眉山上半轮明月在秋光中照射,月光倒映在平羌江中,好像与江水一起流动。李白《峨眉山月歌》:"峨眉山月半轮秋,影入平羌江水流。夜发清溪向三峡,思君不见下渝州。" ⑪谪仙此语谁解道:意谓李白《峨眉山月歌》中那两句话谁能理解得透。 ⑫请君见月时登楼:如果理解不透,那就请各位见到月光时登上明月楼头吧。查慎行注:"嘉州有明月楼。"《蜀中广记》卷十一:"澄江楼……苏子瞻书其外祖程公逸事于此,曰:'明月楼在谯楼之右,下瞰明月湖。'" ⑬一时付与东岩酒:此句下作者原注:"佛峡人家白酒旧有名。"《蜀中广记》卷六十五:"嘉州大佛峡人家白酒旧有名。苏东坡《送张嘉州》诗'但愿身为汉嘉守,载酒时作凌云游。笑谈万事真何有,一时付与东岩酒'是也。岑参《狂歌行·赠四兄》云:'今年思我来嘉州,嘉州酒重花绕楼。楼头吃酒楼下卧,长歌

短歌还相酬。'陆游诗：'平羌江水接天流，凉入帘栊已似秋。公事无多厨酿美，此身端不负嘉州。'"均可为证。　⑭归来还受一大钱：谓从凌云寺归来还须用一个大钱购买老者的食物。受，当作"授"。古代二字经常通用。　⑮好意莫违黄发叟：休要违逆了老者的好意。意思是老者伺候许久等待行人购买，不要负了人家。

[解析]

　　这首诗作于哲宗元祐五年（1090），当时作者在杭州知州任上。诗的内容是为张某赴嘉州知州任送行。蜀中是苏轼的老家，自然会有很多话要对张某说。这位张知州大概是苏轼比较欣赏的一位官员，诗中赞扬他是个轻蔑钻营的正直君子，如今到嘉州去任父母官，应该正符合他的心意，于是开始数说嘉州之美。"载酒时作凌云游"，既是张某的所好，又是自己的期求。联想自己碌碌半生，头发都白了，得到些蜗角虚名又有多大意义？如今做梦都能梦见重新回到龙泓之口。即便是将来能够到达乘轩戴冕的地步，也不过如浮云而已，与睁眼就能看到如画的江山相比，真是微不足道。接下来引用李白诗句"峨眉山月半轮秋，影入平羌江水流"，并发问道："李谪仙这两句话谁能真正领悟？"如果无法领悟，不妨到嘉州明月楼登临一番，那种感受真是无与伦比。在明月楼上，你可以朗朗大笑道："天下万事万物果真就在有与没有之间啊！"游玩之后下山归来，还可以与黄发老叟聊上几句，那是何等地惬意？

　　全诗除了浓浓乡情之外，也表现了作者对功名的看法。他认为人的一生并不算长，能够在有限的生命中尽情享受大自然的赐予，才是最真切最有意义的。作者曾写过一首《满庭芳》词，可以作为此诗的注脚："蜗角虚名，蝇头微利，算来着甚干忙？事皆前定，谁弱又谁强？且趁闲身未老，尽放我、些子疏狂。百年里，浑教是醉，三万六千场。思量能几许，忧愁风雨，一半相妨。又何须，抵死说短论长。幸对清风皓月，苔茵展、云幕高张。江南好,千钟美酒,一曲《满庭芳》。"

泛　颖①

我性喜临水,得颖意甚奇。到官十日来,九日河之湄②。吏民笑相语,使君老而痴③。使君实不痴,流水有令姿④。绕郡十余里,不驶亦不迟⑤。上流直而清,下流曲而漪⑥。画船俯明镜⑦,笑问汝为谁⑧?忽然生鳞甲⑨,乱我须与眉⑩。散为百东坡⑪,顷刻复在兹⑫。此岂水薄相⑬,与我相娱嬉⑭。声色与臭味⑮,颠倒眩小儿⑯。等是儿戏物⑰,水中少磷淄⑱。赵陈两欧阳⑲,同参天人师⑳。观妙各有得,共赋泛颖诗。

[注释]

①颖:颖水,淮河最大支流。发源于河南省登封市嵩山,经河南周口、安徽阜阳,在安徽寿县正阳关汇入淮河。阜阳即宋代的颖州。　②到官十日来,九日河之湄(méi):到颖州知州任才十来天,倒有九天徜徉在颖水之滨。湄,水与草相交的岸边。　③使君:知州的古称。汉代称太守为使君。老而痴:又老又傻。　④令姿:美丽的姿容。　⑤绕郡十余里,不驶亦不迟:谓颖水环绕颖州城十几里,既不湍急又不滞缓。　⑥下流曲而漪:下游曲折回还涟漪层层。　⑦画船俯明镜:乘坐在画船之上,低头就能看见倒映在水中的自己。　⑧笑问汝为谁:笑着问水面上的自己道:你究竟是谁?　⑨忽然生鳞甲:忽然间又会生出片片鳞甲。意思是说水面经风吹过荡起层层水纹,宛如动物的鳞甲一般。　⑩乱我须与眉:打

散了水中那个我的须发和眉毛。　⑪散为百东坡：分散成了一百多个苏东坡。意谓水纹荡漾，每道纹路里都有个不完整的苏东坡。　⑫顷刻复在兹：顷刻间水面恢复平静，原来那个苏东坡又恢复如初了。　⑬薄相：玩耍戏弄。即今吴方言中的"白相"。　⑭与我相娱嬉：与我嬉笑玩耍。　⑮声色与臭（xiù）味：声音颜色与气味味道。臭味，气味和味道。鼻子闻到的味叫气味（臭），舌头尝到的味叫味道。　⑯颠倒眩小儿：颠来倒去地幻化，可以迷惑小孩子。　⑰等是儿戏物：声色臭味的幻化与水面上出现的幻化同样都是儿戏之物。　⑱磷淄（lín zī）：《论语·阳货》："不曰坚乎，磨而不磷。不曰白乎，涅而不缁。"孔颖达疏："磷，薄也。涅，可以染皂。言至坚者磨之而不薄，至白者染之于涅而不黑。喻君子虽在浊乱，浊乱不能污。"此二句意谓水中那个苏轼比现实中的苏轼缺少打磨和熏染。　⑲赵陈两欧阳：赵指赵令畤，陈指陈师道；两欧阳，指欧阳棐（叔弼）、欧阳辩（季默）。查慎行注："赵令畤，初字景贶，时以承议郎为颍州签判。……陈师道字履常，一字无己，彭城人。元祐二年四月，徐州布衣陈师道为亳州司户参军，充徐州州学教授。"欧阳棐、欧阳辩均为欧阳修之子。欧阳棐登乙科，以欧阳修年老不肯出仕。欧阳辩监潭州酒税任满回到颍州。此时四人均在颍州，与苏轼多有往来。　⑳同参天人师：一同参悟佛理。天人师，佛号之一。因天与人均以佛为师，故称天人师。

[解析]

　　这首诗作于哲宗元祐六年（1091）作者任颍州知州之时。这一年的三月，苏轼被从杭州知州任上召回汴京，朝廷本欲任命他为吏部尚书，又欲命其为翰林学士承旨，但因当时其弟苏辙已在朝中担任要职，为了避嫌，苏轼自请外任，于当年八月出为颍州知州。还好，这次放外任，并没有遭受贬谪的意味，原因很简单，此时朝廷掌握大权的还是太皇太后高氏，也就是说，这段时间里苏轼还处在受重用的阶段，出任外藩，完全是出于他为官自律，不敢与弟弟同居要职，我们从这首诗里感觉到的，也的确是一派欢欣喜悦的情绪。苏轼对颍州有着很深的感情，这是因为他最崇敬的前辈欧阳修在此终老，能够在老前辈待过的地方当父母官对苏轼来说，当然有着别样的感情。

全诗写的是在颍水里荡舟游玩的情景。前面铺垫说，我苏轼本来就喜欢水，颍水又是那样的可爱，故而到颍州十几天，倒有大半时间泡在水边。这里的百姓认为苏某是老糊涂了，其实我还没到那种地步。这本身就带有调笑的意味。接着写的是一个奇景：我低下头向水面观看，发现水里也有一个苏轼，和我长得一模一样。这不是废话嘛！这不算奇，奇的是水面上刮来一阵微风，吹起层层涟漪，于是水上原本一个苏轼一下子变成了一群苏轼相互叠加。过了一会儿，一群苏轼又恢复成一个苏轼了，这该不是颍水在跟我开玩笑吧？按说这已经很逗人乐了，苏轼却还在饶有兴致地问水面上那个苏轼：你到底是谁？怎么跟我长得一模一样啊？这就更富童趣了。大概他本人也意识到自己此刻处在孩童的状态，所以顺理成章地提到：所有的变戏法都是幻惑孩子的，水面涌出一百多个苏轼道理也一样。但又不完全一样：船上的苏轼已是个身心俱疲的老者，水中的苏轼却根本没有经历过打磨和湔洗，这又是为什么呢？作者装疯卖傻地向同乘的僚友赵令畤、陈师道、欧阳棐和欧阳辩提出：咱们一同参禅，看每个人得到怎样的开悟，之后每人必须写一首《泛颍》诗。看来跟苏轼这样内心过于丰富的人在一起，还真不是件轻松事儿！

撷 菜① （并引）

吾借王参军地种菜②，不及半亩，而吾与过子终年饱菜③，夜半饮醉，无以解酒，辄撷菜煮之。味含土膏④，气饱风露⑤，虽粱肉不能及也⑥。人生须底物而更贪耶⑦？乃作四句。

秋来霜露满东园，芦菔生儿芥有孙⑧。我与何曾同一饱⑨，不知何苦食鸡豚⑩。

[注释]

①撷（xié）菜：采摘蔬菜。 ②王参军：惠州某曹参军。参军是宋代州郡中的主要属官，具体有功曹、仓曹、户曹、兵曹、法曹、士曹，俗称六曹参军。 ③过子：苏轼的幼子苏过。苏轼南迁时，随他而来的只有苏过一子。 ④土膏：泥土中带出的香味。 ⑤气饱风露：意谓吃这些菜，能够把自然的风露精华吃进肚里使自己充满生气。 ⑥粱肉：以粱为饭，以肉为肴。指精美的膳食。 ⑦底物：何物。 ⑧芦菔（fú）生儿芥有孙：萝卜已经有了儿子，芥菜甚至有了孙子。这是玩笑之语，意思是说菜蔬的长势都很好。芦菔，即萝卜。 ⑨我与何曾同一饱：我和何曾说穿了都是一个饱（没什么区别）。《晋书·何曾传》："性奢豪，务在华侈。帷帐车服，穷极绮丽，厨膳滋味，过于王者。每燕见，不食太官所设，帝辄命取其食。蒸饼上，不坼作十字不食。食日万钱，犹曰无下箸处。" ⑩不知何苦食鸡豚：为什么非要吃鸡肉、猪肉不可呢？

[解析]

苦中作乐是苏轼人生的一大法宝，他不但能使自身变得开朗愉快，而且有益身心健康，减少疾病的出现。这首小诗作于绍圣中，作者被贬在惠州。由于生计艰难，他厚着脸皮向王参军借了一小块地种菜，总共不到半亩，却足够父子二人一年到头吃不完。有时候夜里没什么解酒，便煮些菜蔬吃，顺便把酒解了。作者大言：这些菜蔬的清香，一点也不比粱肉逊色，反而更加饱含天地之间钟灵毓秀之气呢。

善于说笑话是苏轼人生的第二大法宝,任何时候、任何事物在他眼里,总能找出非同寻常的话语加以摹状或夸张。比如此诗,你说萝卜长得大、芥菜疙瘩长得肥也就罢了,偏偏到他嘴里,就成了有灵性之物,而且是任凭他赋予其灵性:萝卜有儿子了,芥菜有孙子了,其实这是哪儿挨哪儿呀。可读完你又会觉得真有那么点影子:人到了多子多福、含饴弄孙的时候是不是就老了?萝卜芥菜也会老嘛。这么多的菜,还可以挑拣嫩的吃,你说多惬意?

闻子由瘦

五日一见花猪肉①,十日一遇黄鸡粥②。土人顿顿食薯芋③,荐以薰鼠烧蝙蝠④。旧闻蜜唧尝呕吐⑤,稍近虾蟆缘习俗⑥。十年京国厌肥羜⑦,日日瀹花压红玉⑧。从来此腹负将军⑨,今者固宜安脱粟⑩。人言天下无正味,蝍蛆未遽贤麋鹿⑪。海康别驾复何为⑫,帽宽带落惊僮仆⑬。相看会作两臞仙⑭,还乡定可骑黄鹄⑮。

[注释]

①五日一见花猪肉:五六天才能见到花猪肉。《苏轼诗集》合注引《本草注》称:"猪生岭南者白而肥。花猪不可食。"以此推断,苏轼此处所谓"花猪",当是指患了某种病的猪肉。又作者自注云:"儋耳至难得肉食。" ②黄鸡:黄色羽毛的鸡,一般体型较小,专用来为人报晓。以上二句谓在儋州很难吃到正常的猪肉和鸡肉。 ③土人:当地居民。薯芋:即薯蓣,今称山药。《山海经·北山经》:"北望少泽,其上多草、薯

蕻。"郭璞注:"根似羊蹄,可食。"郝懿行笺疏:"即今之山药也。"

④荐:向作者推荐。薰鼠:经过烟火熏烤的老鼠。 ⑤旧闻蜜唧尝呕吐:以前听说蜜唧就曾呕吐过。蜜唧,岭南一种生吃蜜饯老鼠崽的美食。《朝野佥载》卷二:"岭南獠民好为蜜唧。即鼠胎未瞬通身赤蠕者,饲之以蜜,钉之筵上,嗫嗫而行。以箸夹取啖之,唧唧作声,故曰'蜜唧'。"李时珍《本草纲目·鼠》:"惠州獠民取初生闭目未有毛者,以蜜养之,用献亲贵。挟而食之,声犹唧唧,谓之蜜唧。"清徐珂《清稗类钞》:"粤肴有所谓蜜唧烧烤者,鼠也。豢鼠生子,白毛长分许,浸蜜中。食时,主人斟酒,侍者分送,入口之际,尚唧唧作声。然非上宾,无此盛设也。其大者如猫,则干之以为脯。" ⑥稍近虾蟆缘习俗:虾蟆勉强可以接受完全是由于家乡习俗。意思是说四川家乡人吃虾蟆,所以来到海南对吃虾蟆还可以接受,不至于太恶心。 ⑦十年京国厌肥羜(zhù):在京城那十年肥羊都吃腻了。羜,出生五个月的嫩羊。泛指羊肉。 ⑧烝(zhēng)花:蒸煮烂熟的猪肉。红玉:喻猪肉如同红色的美玉。烝,通"蒸"。 ⑨从来此腹负将军:作者自注:"俗谚云:大将军食饱扪腹而叹曰:'我不负汝。'左右曰:'将军固不负此腹,此腹负将军,未尝出少智虑也。'" ⑩今者:如今。固宜:就应该。安脱粟:安于脱粟的生活。脱粟,只去皮壳不加精制的糙米。 ⑪人言天下无正味,蝍蛆未遽(jù)贤麋鹿:人们都说天下本来没有固定不变的美味,蝍蛆未必就没有麋鹿味道鲜美。《庄子·齐物论》:"民食刍豢,麋鹿食荐,蝍蛆甘带,鸱鸦耆鼠,四者孰知正味?"郭璞注:"(蝍蛆)似蝗,大腹,长角,能食蛇脑。" ⑫海康别驾:苏辙贬到雷州后的官名为"雷州别驾"。海康是雷州的郡名,故此处代指苏辙。 ⑬帽宽带落惊僮仆:帽子也晃荡了,衣带也松脱了,瘦得令僮仆都感到吃惊。 ⑭相看会作两臞(qú)仙:你我兄弟相见恰如两个癯瘦的神仙。臞,瘦。 ⑮还乡定可骑黄鹄:可以骑上黄鹄回

归家乡了。《汉书·西域传》："（乌孙）公主悲愁，自为作歌曰：'吾家嫁我兮天一方，远托异国兮乌孙王。穹庐为室兮旃为墙，以肉为食兮酪为浆。居常土思兮心内伤，愿为黄鹄兮归故乡。'"

[解析]

  这首诗作于哲宗绍圣四年（1097）作者贬到海南儋州之后。作者在雷州与弟弟苏辙相见后，渡海来到儋州，不久听说弟弟变得很瘦，于是写了此诗。全诗并没有直接表达出伤感或愤懑，而是先从自己说起，且说得有滋有味。好兄弟你知道吗？为兄来到儋州后，也很少能见到正儿八经的猪肉、鸡肉，当地土著给我推荐的美食没把我恶心死！他们拿来熏烤老鼠和蝙蝠让我吃，你说我能吃得下去吗？想当年闻知岭南人吃什么"蜜唧"，我当时就吐了。这里人吃蛤蟆倒还可以接受，因为咱家乡人也吃这东西。到此为止，还没有提到弟弟的处境，但明眼人已经看出，苏轼之所以如此说，是因为苏辙的处境一定和他大体一样，雷州和儋州不过只隔一道海峡罢了。随后来了个天上人间的大对比：想当年咱哥们在汴京当官时过的是什么日子？哪有一天不是山珍海味？如今来到岭南，能吃上糙米就不错了。其实这也没关系，古人不是说过嘛，天底下本没有固定的美味，鱼虾有鱼虾的美味，麋鹿有麋鹿的美味，鱼虾的美味拿给麋鹿吃，麋鹿不可能认为那就是美味，你说对不对？

  大半首诗都写完了才提到苏辙。我亲爱的弟弟呀，听说你现在瘦得厉害，帽子都显得宽大了，衣带也"渐宽"了，瘦得连僮仆都吃惊了。这么两句不痛不痒的话之后，便开起玩笑来：没啥，不就是瘦吗？瘦成两个大仙人不是更好吗？到咱们归乡的时候，可以骑着黄鹄走了。到底是苏轼，出语不凡，若是换了别人，听说弟弟瘦得只剩一把骨头，免不得哭天抹泪，哀哀欲绝，那样恰恰是落入了作诗的俗套，更落入了做人的俗套——我苏轼兄弟是什么人？死了都能成仙！咱们可以想象苏辙得到这首诗后会是怎样地捧腹大笑。俗话说笑一笑十年少，说不定就因为这首诙谐的歪诗，苏辙还能健康起来、胖起来，也未可知。

绝　句

春来濯濯江边柳①，秋后离离湖上花②。不羡千金买歌舞③，一篇珠玉是生涯④。

[注释]

①濯濯：清新明净之貌。　②离离：盛多之貌。　③千金买歌舞：谓达官显贵不惜千金买进歌女舞女。　④一篇珠玉是生涯：一篇诗作便是我生活的主要内容。珠玉，喻诗。杜甫《奉和贾至舍人早朝大明宫》诗："朝罢香烟携满袖，诗成珠玉在挥毫。"

[解析]

这首诗作于元祐五年（1090），作者时任杭州知州。一说此诗作于惠州（见孔凡礼《苏轼诗集》）。在苏诗中，如此娴雅淡然的诗作不算多，这也说明苏轼诗歌风格具有多样性吧。全诗寥寥二十八个字，把一个以诗为魂、不羡慕俗世荣华的形象以点染的方法呈献给读者，从中我们看到了一位遗世独立、内心能装万千风雨、千般情愫的老人，那种飘然若仙的神韵，那种淡定天然的姿态，令天下有浊气的人都会顿感自惭形秽。

这首小诗的淡雅，还表现在无欲无求、无怨无怒。我们都读过陆游那首《卜算子·咏梅》："驿外断桥边，寂寞开无主。已是黄昏独自愁，更著风和雨。无意苦争春，一任群芳妒。零落成泥碾作尘，只有香如故。"

虽然也写得清癯传神，但与苏轼这首小诗比起来，似乎多了些许愤世嫉俗的味道。

白鹤山新居凿井四十尺遇盘石石尽乃得泉①

海国困蒸溽②，新居利高寒③。以彼陟降劳，易此寝处干④。但苦江路峻⑤，常惭汲腰酸⑥。矻矻烦四夫⑦，硗硗斫层峦⑧。弥旬得寻丈⑨，下有青石盘。终日但迸火⑩，何时见飞澜⑪。丰我粢与醪⑫，利汝椎与钻⑬。山石有时尽，我意殊未阑⑭。今朝僮仆喜，黄土复可抟⑮。晨瓶得雪乳⑯，暮瓮渟冰湍⑰。我生类如此⑱，何适不艰难⑲？一勺亦天赐⑳，曲肱有余欢㉑。

[注释]

①白鹤山新居：苏轼到惠州后，一直寓居在嘉祐寺。因那个地方地势低洼且临江水，又因苏轼自认为将会终老于惠州，于是打算另外修建一处居所。经过考察，选定了白鹤山上一块地方。据傅藻《东坡纪年录》载，苏轼于绍圣三年（1096）四月八日选定新居基址。（绍圣四年）三月十四日，白鹤峰新居成。自嘉祐寺迁。白鹤山，惠州境内山名。苏轼《与毛泽民推官三道》之一："……今者长子又授韶州仁化令，冬中当挈家来。至此，某又已买得数亩地，在白鹤峰上，古白鹤观基也。已令斫木陶瓦，作屋二十许间。"盘石：盘踞在地下的巨石。石尽乃得泉：直到把巨石凿穿，才挖到了井泉。 ②海国困蒸溽（rù）：住在濒海之地，深为潮热所困窘。惠州距大海不远，故称海国。蒸溽，熏蒸潮热。 ③新居利高寒：

白鹤新居处在高山之上,显得清凉干爽了很多。 ④以彼陟(zhì)降劳,易此寝处干:我用登山下坡的劳苦,换取所居之地的干爽。陟降,升降,指上下山。 ⑤但苦江路峻:唯一感到苦的是到山下江里打水的路程太长,上山的路太陡了。 ⑥常惭汲腰酸:时常为打水腰酸背疼感到惭愧。 ⑦矻(kū)矻:努力勤劳之貌。烦四夫:雇用了四个役夫。 ⑧硗(qiāo)硗:谓石头之坚硬。斫(zhuó)层峦:开掘层层山石。 ⑨弥旬:整整一旬。古代以十天为一旬。得寻丈:向下开掘了一丈左右。古代以八尺为寻,十尺为丈。 ⑩终日但迸(bèng)火:一天到晚钎子打出的都是火花。迸火,指钢钎碰到石头撞出的火花。 ⑪何时见飞澜:什么时候才能凿出井泉呢? ⑫丰我粲(càn)与醪(láo):我不惜拿出最好的米和酒款待役夫。粲,上好的米。醪,美酒。 ⑬利汝椎与钻:为的就是让他们卖力地开凿。椎与钻,都是开凿用的工具。 ⑭山石有时尽,我意殊未阑:山石总有穷尽的时候,而我的意志却远没有消磨。未阑,没有穷尽。 ⑮黄土复可抟(tuán):黄土总算能够团成团了。意思是说见到了水,黄土才因湿而成团。 ⑯晨瓶:早晨放下瓶子。得雪乳:得到了甘冽的井水。雪乳,清冽的井泉之水。 ⑰暮瓮渟(tíng)冰湍:到了黄昏,瓮中已经蓄满了冰凉的井水。渟,水流不动之貌。 ⑱我生类如此:我这一生与此颇为相类。意谓每前行一步,都像钎子击打顽石一样十分艰难。 ⑲何适不艰难:走到哪里不是如此艰难?适,往,到。 ⑳一勺亦天赐:哪怕仅仅是一勺之水,也要感谢上天的赐予。 ㉑曲肱(gōng)有余欢:头枕弯臂也深感高兴。《论语·述而》:"饭疏食饮水,曲肱而枕之,乐在其中矣。不义而富且贵,于我如浮云。"肱,上臂。

[解析]

  这是一首饶有兴味的诗,作于绍圣四年(1097)。作者在惠州一直住在嘉祐寺,深感那地方低洼潮湿,蒸热难忍。为了解决起码的生计问题,他决定另建新居，于是选定州旁白鹤峰上的白鹤观废址，将其买下，开始了"大兴土木"的基建工程。据苏轼《与程全父书》说："令子先辈辱访及客众，不及欸语。少事干烦，过河源日，告伸意仙尉差一人押木匠作头王皋暂到郡外，令计料数间屋材，惟速为妙。……蒋生所斫木，亦告略督之。"可见这次修建新宅，苏轼是颇费了气力舍了本钱的，他新结识的一个朋友叫程全父，全父的儿子当着河源县尉，于是修建白鹤新居的木料大部分都要从河源运过来，在当时的条件下，这也是个不小的工程。想想这位苏大人也是个能折腾人的主儿。他在给程全父的另一封信里又说："白鹤峰新居成，当从天俦（程全父之子，河源县尉）求数色果木，太大则难活，太小则老人不能待，当酌中者，又须土碪稍大不伤根者为佳。不罪不罪！柑、橘、柚、荔枝、杨梅、枇杷、松、柏、含笑、栀子。漫写此数品，不必皆有。"意思是说等到新居建成后，还要麻烦程天俦给弄些果树来，不能太大也不能太小，品种嘛，有柑、橘、柚、荔枝、杨梅、枇杷、松、柏、含笑、栀子等。能想象出作者即便在那样艰难的谪宦生涯中，仍然对生活充满了热爱，仅此一点，我们就完全可以原谅这个能折腾的老头了。

　　这首诗写的是新居刚刚建成之时，凉爽倒是凉爽了很多，可新的问题又出现了：山上没有水，想用水必须到山下的江中去打。这可难坏了东坡老人，于是他决定在山上打井，解决用水之需。他花钱雇了四个壮汉为他打井，可惜打到一丈左右时遇到了大麻烦：巨石盘亘，钢钎根本打不下去了。这位可爱的苏老也够执着的，他决不肯放弃既有的成果，不惜好酒好肉款待力工，让他们坚持下去。不知过了多久，终于见到了水，此时的苏老该有多高兴，我们是能想象出的。望着甘冽的井水，他却发出了这样的感慨："我生类如此，何适不艰难？一勺亦天赐，曲肱有余欢。"是啊，想我苏轼一生，与这次打井何其相似乃尔！每向前一步，都会遇到迸火花般的艰难。但他相信，人生的沟沟坎坎总能度过去，这么难打的井不也打出来了吗？我苏老的一生一定也会度过艰难，活出个样儿来。这首诗给我们的启迪是：天下没有克服不了的困难，只要坚持到底，就一定能取得可喜的成果。

次韵郭功甫观予画雪雀有感二首①

早知臭腐即神奇②，海北天南总是归③。九万里风安税驾④，云鹏今悔不卑飞⑤。

可怜倦鸟不知时⑥，空羡骑鲸得所归⑦。玉局西南天一角⑧，万人沙苑看孤飞⑨。

[注释]

①郭功甫：郭祥正，字功父，一作功甫，自号谢公山人、漳南浪士。安徽当涂人。北宋著名诗人，仁宗皇祐五年（1053）进士。历官汀州通判等，所著有《青山集》三十卷。王文诰注云："功甫观先生画雪雀有感，作诗寄惠州云：'平生才力信瑰奇，今在穷荒岂易归？正似雪林枝上画，羽翰虽好不能飞。'后先生北归，又用前韵寄诗云：'秋霜春雨不同时，万里今从海外归。已出网罗毛羽在，却寻云迹帖天飞。'"作者这两首诗，就是与郭祥正以上二诗相唱和的。 ②早知臭腐即神奇：早知道臭腐化为神奇，神奇化为臭腐的道理。《庄子·知北游》："人之生，气之聚也。聚则为生，散则为死。若死生为徒，吾又何患？故万物一也。是其所美者为神奇，其所恶者为臭腐。臭腐复化为神奇，神奇复化为臭腐。故曰：通天下一气耳。" ③海北天南总是归：无论是海北还是天南，无非就是一个归字。意思是说到了这步田地，归与不归已经没什么意义了。

④九万里风：言风之大。《庄子·逍遥游》："鹏之徙于南冥也，水击三千里，抟扶摇而上者九万里。"安税驾：哪里是驻足之地？税驾，解下驾车的马。即停车休息或归宿。　⑤云鹏：见上条注。今悔不卑飞：如今后悔没有低低地飞。意谓今生做人过于高调，如今悔之，还不如做个默默无闻的人。此句王次公注云："盖先生悔悟自叹之词。"　⑥可怜倦鸟不知时：可惜已成倦鸟，却还不懂得择木而栖。陶渊明《归去来分辞》："云无心以出岫，鸟倦飞而知还。"　⑦空羡骑鲸得所归：《文选》扬雄《羽猎赋》："乘巨鳞，骑京鱼。"李善注："京鱼，大鱼也，字或为鲸。鲸亦大鱼也。"此句意谓白白羡慕那些骑鲸成仙的人。　⑧玉局西南天一角：玉局观在国之西南，天之一角。苏轼遇赦后，曾被授提举成都府玉局观的祠禄官，故称。　⑨万人沙苑看孤飞：用唐代徐佐卿于沙苑被射伤的典故，喻自己被箭射伤至此。《太平广记》卷三十六："唐玄宗天宝十三载重阳日，猎于沙苑。时云间有孤鹤徊翔，玄宗亲御弧矢中之。其鹤即带箭徐坠，将及地丈许，欻然矫翼，西南而逝。万众极目，良久乃灭。益州城西十五里，有道观焉。依山临水，松桂深寂，道流非修习精恳者莫得而居之。观之东廊第一院尤为幽寂，有自称青城山道士徐佐卿者，清粹高古，一岁率三四至焉。观之耆旧因虚其院之正堂，以俟其来。而佐卿至则栖焉，或三五日，或旬朔，言归青城。甚为道流所倾仰。一日忽自外至，神彩不怡，谓院中人曰：'吾行山中，偶为飞矢所加，寻已无恙矣。然此箭非人间所有，吾留之于壁，后年箭主到此，即宜付之，慎无坠失。'乃援毫记壁云：'留箭之时，则十三载九月九日也。'及玄宗避乱幸蜀，暇日命驾行游，偶至斯观，乐其嘉境，因遍幸道室。既入此堂，忽睹其箭，命侍臣取而玩之，盖御箭也。深异之，因询观之道士。具以实对。则视佐卿所题，乃前岁沙苑从田之箭也，佐卿盖中箭孤鹤耳。究其题，乃沙苑翻飞，当日而集于斯欤？玄宗大奇之，因收其箭而宝焉。自后蜀人亦无复有

遇佐卿者。"

[解析]

　　这两首小诗作于徽宗建中靖国元年（1101）作者从海南北归途中。作者谪居惠州时，旧人郭祥正曾寄一诗。后来谪居儋州，遇赦北归途中，再次收到郭祥正的诗，于是兴起，和其二诗。

　　这两首诗可谓一气呵成，没有主次之分。诗虽短小，却称得上是作者的人生感悟，而且是大彻大悟。诗中充满了道家的气息，尤其是第一首，几乎全是在诠释《庄子》的学说。他把自己比喻成希望展翅高飞的大鹏鸟，正是由于总想高高飞翔，最终却落得没了税驾息肩之所，早知今日，何必当初呢？苏轼啊苏轼，你究竟在为谁而展翅？谁需要你如此展翅？你怎么就不懂得飞得越高摔得越狠的道理呢？他又悟出了腐朽和神奇之间的辩证关系，腐朽固然可以化为神奇，可是别忘了，神奇同样可以化为腐朽。如果早些明白这个道理，当初何必非要证明自己的神奇？第二首诗中，嬉笑怒骂的成分更多一些。他首先嘲笑自己没能像陶渊明那样"鸟倦飞而知还"，明明时局已经成了网罗，还在那儿傻乎乎地"飞"呢，从汴京飞到定州，又从定州飞到了惠州，这才明白鸟倦了应该知还，可惜明白得太晚，到了想飞还的时候，已经不由自主了。他又嘲笑自己自负有才，希望最终能修炼得道，可惜修来修去，修回成都府玉局观去了。最后一句正是我们所谓的"怒骂"——可怜我苏轼忠勤一生，却总是遭人暗箭，岂不成了徐佐卿第二？沙苑上的万人观看，你能明白他们怀抱的是一种什么样的心情吗？是在嘲笑你太自以为是啊！

养老篇

　　软蒸饭，烂煮肉。温美汤，厚毡褥。少饮酒，惺惺宿①。缓缓行，双拳曲②。虚其心，实其腹。丧其耳，亡其目。久久行，金丹熟③。

[注释]

①惺惺宿：意思是睡觉时不要睡得太死，须保持一定的清醒度。杜甫《喜观即到复题短篇》之二："应论十年事，愁绝始惺惺。"　②双拳曲：双手不要垂下，而是虚握成拳。　③金丹：本指方士所炼长生不老的仙丹。这里指的是内丹，即俗称人的精气神。

[解析]

这篇既可称为杂文也可称为诗的作品，是作者谪居黄州时写的。苏轼从不把自己当成什么伟人，一贯主张入乡随俗，具有很强的平民意识。在黄州时，他经常和当地及外来朋友们交流养生心得，本文就是一篇浓缩了的养生经。

在苏轼看来，吃熟软的东西有利于人体吸收，所以他主张把米饭蒸得很软，肉也炖得很烂，这与现今一些老中医的说法大体一致。睡觉前洗个澡，利于血液循环，但切记不要多饮酒，那样会使人神经过度麻痹，会因睡得太死而发生意外。"惺惺宿"才是最佳状态。除了这些外在的修养，更须调节的是人的精神，所以苏轼以过来人的经验告诉人们，心里千万别装太多的烦事，尤其不能让自己感到憋屈，遇到憋屈事，尽可能把它抛到脑后，或者用快乐的事把烦心事驱散，吃饱喝足才是正经的。人生在世，一定会遇到很多坏人和坏事，最好的办法是不去听、不去看，更不去理会，时间一长，就会感到神清气爽。

虽然听起来像是玩笑话，但其中充满了虚实、有无、缓急等辩证的意味。不知这些经验对今天的我们有没有些许启迪。

席上代人赠别三首①

凄音怨乱不成歌②,纵使重来奈老何。泪眼无穷似梅雨,一番匀了一番多③。

天上麒麟岂混尘④,笼中翡翠不由身⑤。那知昨夜香闺里⑥,更有偷啼暗别人。

莲子劈开须见臆⑦,楸枰著尽更无期⑧。破衫却有重逢处⑨,一饭何曾忘却时⑩。

[注释]

①席上代人赠别:宴席之上替别人写的赠别诗。　②凄音怨乱不成歌:因情绪悲切而使声音变得凄切哀怨,不成歌曲。　③一番匀了一番多:满脸的泪水刚刚揩尽旋又流出,而且越流越多。　④天上麒麟:喻男儿神韵不凡,潇洒出尘。《南史·徐陵传》:"(徐)陵字孝穆。母臧氏,尝梦五色云化为凤,集左肩上,已而诞陵。年数岁,家人携以候沙门释宝志,宝志摩其顶曰:'天上石麒麟也。'"岂混尘:岂能混于尘俗之中。这里是以徐陵喻将要出行的男子。　⑤笼中翡翠不由身:笼中美丽的翡翠鸟却没有自由之身。此句喻与男子离别的女子。翡翠,鸟名。嘴长而直,羽毛有蓝、绿、赤、棕等色,可作装饰品。《楚辞·招魂》:"翡翠珠被,烂齐光些。"王逸注:"雄曰翡,雌曰翠。"洪兴祖补注引《异物志》云:"翠鸟形如燕,赤而雄曰翡,青而雌曰翠。"　⑥香闺:古称年轻女子居住的闺房。　⑦莲子劈开须见臆:此句以下的三句皆用吴歌格,即以谐音

表义的诗格。此句字面意思为：莲子分开会见到幺荷。内含意思是：莲子分开应留下美好的回忆。以"臆"音谐"忆"义。王次公注云："此吴歌格，借字寓意也。莲子曰菂，菂中幺荷曰薏。须见臆，以菂之意言之。" ⑧楸枰（qiū píng）著尽更无期：棋盘上的棋子已尽便没有了期待。楸枰，围棋棋盘，引申指围棋。 ⑨破衫却有重逢处：衣衫破了还有重新缝补之处。逢，谐"缝"之音。 ⑩一饭何曾忘却时：吃饭怎么会把匙子忘却？时，谐"匙"之音。

[解析]

这三首小诗作于神宗熙宁六年（1073），作者担任杭州通判之时。因写作的背景是在一次酒宴上，故属于即兴之笔；又因这几首诗是替别人写离别之情的，故用语缠绵，表现的是作者诗歌的另一种风格，即婉丽柔美的风格。很多人都认为苏轼是个性格豪放达观的四川汉子，殊不知他也有柔情万种的一面，是个内心情感十分丰富且完整的男人，说得再明白一点，就是该豪放时则豪放，该清婉时则清婉。这几首诗虽然是替别人而作，反映的却是作者本人的细腻情感。

第一首开篇直言女子因情绪不佳，以致唱起歌来不似平常那般嘹亮婉转，歌声中充满了哀戚之情。此番一别，就算你信誓旦旦地说还要回来重新聚首，可你知不知道时光是把杀人刀，再次回来，奴家肯定已经变老了！最传神的是后面两句，尽管女子勉强克制住哀戚之情，依然止不住泪流满面，刚刚擦干的泪水很快又流了出来，而且越流越多，就像连绵不断的黄梅雨，几时算个了结？这两句把女子对男子的眷恋写得十分传神，可谓无出其右了。

第二首把男女双方都写到了。这男子乃是非同寻常之辈，岂能久留于尘俗之内？这女子则宛如笼中的翡翠鹦鹉，再美也脱不开笼子的管束，不可能追随男子一同前往。酒宴上的男子啊，你可曾知道，自打昨天夜里，痴情的女子就已经哭成了泪人，她实在是放不下你呀！到此为止，作者已将这个多情女写得活灵活现，令人读来为之唏嘘不已。

第三首从写作技巧上达到了高峰，作者采用吴歌格，运用谐音表意的方法并结合《诗经》国风诗起兴言志的方法，再度渲染这对相思男女难割难舍的生死恋情，表达得婉转多姿又炽烈如火。古往今来，大凡男女之情最能动人，可以肯定，坐间的苏轼，一定也被这对恋人的真情所感染，且触动了他内心最柔弱的那根神经，才写出了如此真挚的柔情蜜意。联想到今天不少妙龄男女，往往是学着西方那一套，男子给女子单膝跪下，仰头献上玫瑰花，说着千篇一律老掉牙的"我爱你"，还认为自己很绅士很风度，岂不让人感到头皮发麻？如果多读些古典文学作品，多看看古代那些恋人的表达方式，相信他（她）们的感情就不至于如此苍白可笑而不自知了。

八月十五日看潮绝句①

万人鼓噪慑吴侬②，犹似浮江老阿童③。欲识潮头高几许，越山浑在浪花中④。

[注释]

①看潮：观看钱塘江潮。周密《武林旧事》卷二："浙江之潮，天下之伟观也，自既望以至十八日最盛。方其远出海门，仅如银线，既而渐近，则玉城雪岭，际天而来，大声如雷霆，震撼激射，吞天沃日，势极雄豪，杨诚斋诗云'海涌银为郭，江横玉系腰'者是也。每岁京尹出浙江

亭教阅水军，艨艟数百，分列两岸，既而尽奔腾分合五阵之势，并有乘骑弄旗标枪舞刀于水面者，如履平地。倏尔黄烟四起，人物略不相睹，水爆轰震，声如崩山。烟消波静，则一舸无迹，仅有敌船为火所焚，随波而逝。吴儿善泅者数百，皆披发文身，手持十幅大彩旗，争先鼓勇，溯迎而上，出没于鲸波万仞中，腾身百变，而旗尾略不沾湿，以此夸能。"

②吴侬：吴地自称曰我侬，称人曰渠侬、他侬。因称人多用侬字，故有"吴侬"的说法。 ③老阿童：指弄潮的水手。《晋书·羊祜传》："时吴有童谣曰：'阿童复阿童，衔刀浮渡江。不畏岸上兽，但畏水中龙。'"

④越山浑在浪花中：越中的群山都已囊括在浪花之中。浑，全然。

[解析]

这首诗选自作者《八月十五日看潮五绝》组诗，作于熙宁六年（1073）任杭州通判时。钱塘江观潮的诗文，自古以来汗牛充栋，写得各有春秋。苏轼这首诗，起手两句并无新奇之处，无非依前人所说，言江潮排山倒海，人群的呼喊声也同样排山倒海，极尽烘托气氛之能事。此诗妙就妙在后面两句，用夸张的手法将江潮之汹涌澎湃说到极致：越地多山，杭州境内就有无数的山。你想知道钱塘江潮有多么壮观吗？听我告诉你：看罢大潮，你就再也找不到越山的踪影，全都化入到潮水之中了！这已经不是"排山"，分明是吞没群山，想想看这究竟是多宏大的气势？

李思训画《长江绝岛图》①

山苍苍，江茫茫，大孤小孤江中央②。崖崩路绝猿鸟去，惟有乔木搀天长③。客舟何处来，棹歌中流声抑扬④。沙平风软望不到，孤山久与船低昂⑤。峨峨两烟鬟⑥，晓镜开新妆⑦。舟中贾客莫漫狂⑧，小姑前年嫁彭郎⑨。

[注释]

①李思训：唐代画家。朱谋垔《画史会要》卷一："李思训，官至左武卫大将军，封彭城公。其画山水树石，笔格遒劲，湍濑潺湲，云霞缥缈，难写之状，用金碧辉映，为一家法。后人所画着色山，往往宗之。然至妙处，不可到也。"唐张彦远《历代名画记》称其为宗室，为李林甫之伯父。《长江绝岛图》：今已失传。　②大孤小孤江中央：大孤山、小孤山都在大江之中。《读史方舆纪要》卷八十五："大孤山在（九江）府东南四十里彭蠡湖中，与南康府分界。四面洪涛，一峰独耸。唐顾况云：'大孤山尽小孤出。'盖彭泽之小孤山，与此山相望也。"查慎行注："彭蠡湖周围四百五十里，湖心有大孤山，以别德化、都昌之界。小孤山高三十丈，周围一里，在彭泽县古城西北九十里。"　③搀（chān）天：高耸入云天。搀，通"参"。　④棹歌：行船时所唱之歌。声抑扬：歌声抑扬顿挫。　⑤孤山久与船低昂：谓两孤山一直与行船相伴随，随其高下而高下变化。　⑥峨峨：高高的样子，指两孤山。两烟鬟（huán）：如同烟雾缥缈中的两个鬟髻。鬟，古代女子未婚时扎在头两侧的环形发髻。　⑦晓镜开新妆：晨晓的水面如同一面镜子，照着女子的新妆。此处仍以两孤山喻女子的鬟髻。　⑧贾（gǔ）客：古代对商人的称呼。莫漫狂：休要胡乱张狂。　⑨小姑前年嫁彭郎：小姑前年已经嫁给了彭郎（你就不要再惦记她了）。欧阳修《归田录》卷二："江南有大、小孤山，在江水中巍然独立，而世俗转'孤'为'姑'。江侧有一石矶，谓之澎浪矶，遂转为'彭郎矶'，云彭郎者，小姑婿也。"

[解析]

　　这是一首题画诗,作于神宗元丰元年(1078)任徐州知州时。初读此诗,我们并没有觉得作者是在说画,宛如在讲一个故事一般娓娓动听。开篇写长江水汹涌的同时,将大孤山、小孤山很自然地带了出来,与题目"长江绝岛"完全符合了。接着描写两孤山之陡绝,连猿猴水鸟都不敢在此停留,只剩下参天乔木长在山上。这时一只客船从远处飘飘而来,究竟从何处来呢?不知道,但能听到船上传过一阵阵高亢的歌声。由于沙岸太远,所以不能看清,只看见船与两孤山在水中时高时低,起起伏伏。天色蒙蒙,露出水面的两孤山宛如少女的两个髻角,显出不同一般的缥缈和美丽,令人顿生遐想。最后两句堪称绝妙,作者大声喊道:船上的富商注意啦,别以为你有钱就能得到美丽的少女,告诉你,小姑前年已经当了彭郎的新娘!在这里,作者巧妙地采用了当时的民间传说,把本无生命的两孤山赋予了人的情感,而且是颇具"正能量"的情感,这也是苏轼本人爱憎观的体现。在这样的爱憎观指导下,用诙谐的语言表达出来,显得既有品味又有滋味,一举两得,不是很好吗?

十一月二十六日松风亭下梅花盛开①

　　春风岭上淮南村②,昔年梅花曾断魂③。岂知流落复相见④,蛮风蜑雨愁黄昏⑤。长条半落荔支浦⑥,卧树独秀桄榔园⑦。岂惟幽光留夜色⑧,直恐冷艳排冬温⑨。松风亭下荆棘里,两株玉蕊明朝暾⑩。海南仙云娇堕砌⑪,月下缟衣来扣门⑫。酒醒梦觉起绕树,妙意有在终无言⑬。先生独饮勿叹息,幸有落月窥清樽⑭。

[注释]

①松风亭：惠州亭名，在苏轼寓居的嘉祐寺旁。苏轼《题嘉祐寺壁》："绍圣元年十月三日，始至惠州，寓于嘉祐寺松风亭，杖履所及，鸡犬相识。"又《记游松风亭》："余尝寓居惠州嘉祐寺，纵步松风亭下，足力疲乏，思欲就林止息。" ②春风岭上淮南村：春风岭上那个淮南村庄。这是作者回忆当年贬谪黄州时在春风岭上见到梅花的情景。顾祖禹《读史方舆纪要》卷七十六："春风岭在（麻城）县治东，自新息渡淮，道由此岭。" ③昔年梅花曾断魂：此句作者自注："予昔赴黄州，春风岭上见梅花，有两绝句。明年正月往岐亭，道中赋诗云：'去年今日关山路，细雨梅花正断魂。'" ④岂知流落复相见：谁知流落到岭南，再次（与梅花）相见。 ⑤蛮风：蛮邦的风。蜑（dàn）雨：蜑民所居之地的雨。蜑，古代南方近海地区的少数民族，靠捕鱼为生，称为蜑户。此处蛮风蜑雨为互文修辞，意即蛮夷之邦的风风雨雨。 ⑥长条半落荔支浦：长长的枝条半落入荔枝浦中。此句荔枝浦非地名，仅为泛称，指松风亭旁的水畔。 ⑦卧树独秀桄榔（guāng láng）园：垂卧的梅树在桄榔园中显出独特的秀美之姿。桄榔，生长于南方的一种树木，俗称砂糖椰子。叶肥大，基部有甜液，可制造椰子糖和棕榈酒。 ⑧幽光：微弱的光。留夜色：留在夜色之中。 ⑨直恐：只恐。冷艳：形容耐寒而艳丽的花。 ⑩两株玉蕊：两株梅花。清查慎行注："《雍录》：玉蕊，名郑花。唐昌观玉蕊花，长安惟有一株。黄山谷（庭坚）名之曰山矾。先生诗借此二字，以形容梅花之白耳。"朝暾（zhāo tūn）：明亮温暖的朝阳。 ⑪海南仙云娇堕砌：喻梅花恰如南海的仙云落地堆积而成。堕砌，掉落在台阶之上。 ⑫缟（gǎo）衣：素色的衣衫。扣门：即"叩门"，敲门。此句用赵师雄遇梅花仙子的典故。柳宗元《龙城录》："隋开皇中，赵师雄迁罗

浮。一日天寒日暮，在醉醒间，因憩仆车于松林间酒肆傍舍，见一女子，淡妆素服，出迓世雄。时已昏黑，残雪未消，月色微明。师雄喜之，与之语，但觉芳香袭人，语言极清丽。因与之扣酒家门，得数杯，相与饮。少顷，有一绿衣童来，笑歌戏舞，亦自可观。顷醉寝，师雄亦懵然，但觉风寒相袭。久之，时东方已白，师雄起视，乃在大梅花树下，上有翠羽啾嘈，相顾月落参横，但惆怅而已。" ⑬妙意有在终无言：美妙之趣存于心中却不知该如何表达。 ⑭落月窥清樽：月光倒映在酒杯之中。

[解析]

　　这是一首咏梅诗，作于绍圣初年作者来到惠州贬所之后。诗写得格外清丽，几无一点尘俗之气。纪晓岚称之："天人姿泽，非此笔不称此花。"

　　诗以回忆开篇，作者在松风亭见到梅花绽放的奇景后，油然想起数年前在黄州春风岭上曾观赏过俏艳的梅花，随后一句神来之笔感叹道：没想到流落岭南，居然再次与你重逢！为什么说这一句是神来之笔呢？事实上黄州梅花自是黄州梅花，惠州梅花自是惠州梅花，两者完全不是一码事，更不可能像人一样走南闯北，然而在作者心里，恍然就如故人重逢，除感到分外亲切之外，另有一层心思：当年在黄州也是遭贬，今日在惠州还是遭贬——凡遭贬处都能有梅花仙子相依相伴，岂不是令人欣喜之事？再往下看，事情似乎没有这么简单：虽然我与你（梅花）再次重逢，但这一回分明是在蛮烟瘴雨的岭南之地，与黄州不能同日而语了。这就把作者的悲情通过梅花的所在地深刻地表达了出来。接下来的部分都是在描绘梅花的清幽冷艳：似枯而坚的枝条半垂在水中，绝俗的幽姿在桄榔园中一枝独秀，宛如海南的仙云坠落在砌阶之上，如飘飘仙子前来敲门相邀。到此为止，作者都处在似梦非梦的混沌状态，也是最美好、最甜蜜的混沌状态，可惜很快酒醒，梦中的美妙刹那间荡然无存，能看见的，只剩下酒杯中飘落的片片落英了。

古人论诗词最重空灵二字,这首诗创造出的意境,已经达到了空灵的巅峰。全诗有回忆有现实,有全景有特写,而这些回忆、现实、全景、特写,都处在似有非有、似无非无的转换之中,人间与仙境的替换,也是信手拈来。"海南仙云娇堕砌,月下缟衣来扣门"二句写得尤为传神,你能想到作者此时心里的梅花瓣有多么令他陶醉吗?即便是在酒醒之后,一句"妙意有在终无言",依旧把内心中梅花的高洁写得淋漓尽致:连作者都拣选不出合适的言语,我们当然也只剩下细细品味的份儿了。

再用前韵

罗浮山下梅花村①,玉雪为骨冰为魂。纷纷初疑月挂树②,耿耿独与参横昏③。先生索居江海上④,悄如病鹤栖荒园⑤。天香国艳肯相顾,知我酒熟诗清温⑥。蓬莱宫中花鸟使⑦,绿衣倒挂扶桑暾⑧。抱丛窥我方醉卧⑨,故遣啄木先敲门⑩。麻姑过君急洒扫⑪,鸟能歌舞花能言⑫。酒醒人散山寂寂,惟有落蕊黏空樽⑬。

[注释]

①罗浮:山名,惠州即在罗浮山下。 ②纷纷:多而杂乱之貌。此处指梅花长得繁茂。月挂树:月亮挂在树上。 ③耿耿:显著、鲜明之貌。参(shēn)横:参星横斜。指夜深时分。参,古二十八星宿之一。 ④先生:作者自指。索居:孤独地居住。江海上:指惠州。 ⑤悄如病鹤栖荒园:孤独如患病之鹤幽栖在荒园之中。 ⑥清温:清丽温润。 ⑦蓬莱宫中花鸟使:仙宫里的花鸟使。蓬莱宫为唐代宫名,原名大明宫,高宗时改为蓬

莱宫。唐玄宗时天下太平，玄宗趋于奢侈享乐，每年派中官使者到各地采择天下美女以充后宫，当时称为"花鸟使"。此句以珍禽"倒挂子"喻"花鸟使"。　⑧绿衣倒挂：作者自注："岭南珍禽有倒挂子，绿毛红喙，如鹦鹉而小，自东海来，非尘埃中物也。"扶桑：传说日出于扶桑之下，拂其树杪而升，后因以扶桑为日出之处，亦代指太阳。《楚辞·九歌·东君》："暾将出兮东方，照吾槛兮扶桑。"王逸注："日出，下浴于汤谷，上拂其扶桑，爰始而登，照曜四方。"　⑨抱丛窥我：停留在花丛中窥看我。　⑩啄木：啄木鸟。　⑪麻姑过君急洒扫：此句为作者醉中的幻觉，似乎听到倒挂子在对他说：麻姑女神前来探望先生，希望先生赶紧洒扫一番。旧注认为这句仍是借用赵师雄遇梅花仙子的故事敷衍。麻姑，传说中汉代的女仙名。详见葛洪《神仙传》。　⑫鸟能歌舞花能言：此句依然是作者醉梦之中的幻象，所见鸟儿能够歌舞，花儿能够讲话。　⑬惟有落蕊黏空樽：只剩下落英黏在空空的酒樽之上。

[解析]

这首诗的写作时间和地点与上一首相同，大概是作者觉得上一首还没写尽对梅花的赞美，于是用前韵又写了一首。无论从命意上还是遣词造句上，此诗都能与上一首媲美，所以纪晓岚说此诗"语亦奇丽，二诗皆极意锻炼之作"。

全诗亦真亦幻，"罗浮山下梅花村，玉雪为骨冰为魂。纷纷初疑月挂树，耿耿独与参横昏"四句，再次告诉人们，这两株梅花仍然生长在罗浮山下，自古以来，罗浮山就是仙人出没之地，你能说这里的梅花不是仙子下凡吗？面对梅花仙子，作者毫不讳言地说自己是索居于江海之上的谪宦，孤独得就像一只病鹤在荒园中挣扎。谪宦是什么？是被朝廷、被人世厌弃的人。这样的人，居然还有天香国艳的花仙子肯于光顾，大概是知道我酒熟诗清的缘故吧？细细品读，我们能体会到，作者说自己是索居于江海之上的谪宦,仅仅是表面上的形态,真正的苏轼,却是一个因诗酒皆妙而受到仙子青睐的堂堂大学士,这一点有几个人能够做到?这是什么精神?是一种即使身为谪宦也不愿自怨自艾的君子精神。

接下来这些文字又进入了亦真亦幻的醉态中,他恍惚见到梅花丛中一只倒挂子,于是展开幻想,这美丽的尤物一定是见我酒醉而眠,所以先派了啄木鸟前来敲门,告诉我说麻姑仙子就要前来,让我赶快洒扫一番迎接仙人。这是多么神奇的情境啊,你看,花鸟都懂得歌舞和言语了,鸟儿立在花间,花儿婆娑起舞,它们都在与我亲切交流呢。随后一个逆转,醒来之后那片失落之情,又实在令人为他咨嗟不已:可怜的苏大学士,你的梦虽然很美,但还得面对现实,你老人家酒醒后,能见到的只有粘在酒杯上的梅花残瓣啊。不过我们有理由相信,已经有过好梦的苏轼,一定不会因为见到酒杯上的残瓣感到沮丧,毕竟方才那些美好的情景,已经为他所拥有,融入他的心田了。

中秋月

暮云收尽溢清寒,银汉无声转玉盘①。此生此夜不长好②,明月明年何处看?

[注释]

①银汉无声转玉盘:银河悄无声息地围绕着月亮旋转。玉盘,月亮。李白《朗月行》:"小时不识月,呼作白玉盘。" ②此生此夜不长好:一生中的中秋之夜不可能都能如此的美好。

[解析]

　　这首诗作于神宗熙宁十年（1077）知徐州时。宋人朱弁《风月堂诗话》卷下有记载："东坡《中秋诗》云云。……绍圣元年，自录此诗，仍题其后云：'予十八年前中秋夜，与子由观月彭城时作此诗，以《阳关》歌之。今后遇此夜，宿于赣上。方南迁岭表，独歌此曲，聊复书之，以识一时之事，殊未觉有今日之悲，但悬知为他日之喜也。'"这段话意思是说自此时往前推十八年，我和弟弟苏辙在徐州一同赏月，写下此诗，以记录那时的一段经历。其后南迁时，在江西暂歇时又遇到一个中秋，于是唱起了这首曲子，今将它书写一遍，感觉从来没有如此地悲切，然而正是这种悲切中的记忆，或许正预示着他日的喜事（即今后中秋还会与弟弟相逢一同赏月）。

　　苏轼与弟弟一向感情弥笃，与弟弟唱和的诗词非常之多，这首诗的难得之处在于那时正与弟弟相聚在徐州，发出的感情就不是思念，而是怎样面对"未来的思念"——纵使今天得以中秋聚首，可谁知道明年或明年的明年，你我兄弟又会以一种什么样的方式和心情度过中秋呢？这首小诗的精华部分是后两句。"此生此夜不长好，明月明年何处看"，自古以来便是盼望聚首、惧怕离别的情人或兄弟用来言情的名句。诗中并没有艰涩难懂的词语，表达出的情愫却真实、深沉而隽永，令有过或有着聚首离别、离别聚首经历的人们读之就能产生共鸣。

归宜兴留题竹西寺三首①

　　十年归梦寄西风，此去真为田舍翁②。剩觅蜀冈新井水③，要携乡味过江东④。

道人劝饮鸡苏水⑤,童子能煎莺粟汤⑥。暂借藤床与瓦枕,莫教辜负竹风凉。

此生已觉都无事,今岁仍逢大有年⑦。山寺归来闻好语,野花啼鸟亦欣然。

[注释]

①归宜兴:苏轼在神宗元丰七年(1084)量移汝州途中,请求回到常州居住,朝廷旋即应允。《苏东坡年谱》:"《骡驮铎试笔》云:'今日离泗州,然吾方上书求居常州。'乃(元丰八年)正月四日书。及到南京,有放归阳羡之命,遂居常州。"周必大《题楚颂帖》云:"公以元丰七年量移汝海,九月间抵宜兴。自此过泗,遇岁除。八年正月道中上书乞归常。三月六日至南京,被旨从所请,回次维扬,又归宜兴。《留题竹西三绝》,盖五月一日也。"竹西寺:扬州寺名,又名上方禅智寺。《扬州画舫录》卷一:"竹西芳径在蜀冈上。冈势至此渐平,《嘉靖志》所谓蜀冈迤逦,正东北四十余里,至湾头官河水际而微之处也。上方禅智寺在其上,门中建大殿,左右庑序冀张,后为僧楼,即正觉旧址。"　②田舍翁:种田为生的老庄稼汉。白居易《买花》诗:"有一田舍翁,偶来买花处。"

③蜀冈:扬州地名。《扬州画舫录》卷十六:"蜀冈在大仪乡。顾祖禹《读史方舆纪要》云:'蜀冈在府西北四里,西接仪征、六合县界,东北抵茱萸湾,隔江与金陵相对。'"　④要携乡味过江东:王文诰注云:"竹西寺山上有井,其水味如蜀江,号曰'蜀冈',故先生谓之乡味。"常州宜兴在长江之南,故称过江东。　⑤鸡苏水:用水苏煎成的水。王文诰注:"《本草》有水苏、紫苏、假苏,三种各异。水苏,一名鸡苏。"　⑥莺粟汤:用莺粟熬制的汤水。王文诰注:"莺粟名罂子粟,一名米囊子,秋种冬生,嫩苗作蔬甚佳。其实形如酒罂,中有白米,极细,可煮粥。"

⑦大有年：大丰收之年。《左传》中往往将丰收之年称为"大有年"或"有年"。

[解析]

这组诗作于元丰八年（1085）的五月一日，此时苏轼得到朝廷圣旨，同意他回常州闲居。他走到扬州时在竹西寺暂歇，兴之所至，写下这三首诗。全诗表现的是为能够回常州居住而深感高兴和满足的心情。第一首开篇言"十年归梦寄西风"，是说自己自从有了归田之想至今已经十年，如今终于如愿以偿，可以离开丑陋的官场，使心灵得到净化了。第二句内涵比较复杂："此去真为田舍翁"——如今真的要成为田舍翁了。为什么说它内涵复杂呢？首先我们可以体会到作者离开官场的愉悦，同时又能隐隐感到他内心的不甘：难道自幼勤苦攻读，考了进士考制科，制科试完秘阁试，最终只是为了当个老农吗？早知如此，何必当初？这说明当时的苏轼还没有做好彻底离开官场的思想准备。不过这也很正常，在人生道路的选择中，出现左右摇摆举棋不定的情况，不仅古人有之，今人也照样难以摆脱。接下来的两句还是有些酸涩，意在表明自今而往，除了常州乡居之外，只剩下回味家乡的味道，难道就这样与官身绝缘了吗？

第二首大有"今朝有酒今朝醉，明日愁来明日愁"的味道。且不用管回到常州后如何开始新生活，这么热的天气，还是先铺好凉席枕上瓦枕，凉快一时算一时吧。可以感觉到，此时的苏轼心乱如麻，不知明日是喜还是忧。

第三首把矛盾纷乱的心绪做了调整，情绪上显得兴奋了不少。既然此生都无事了，还想那些烦心事干什么？更何况今年是个大丰收之年，我回到常州也会丰衣足食，那就得乐且乐吧。听到这样的好消息，莫说我苏东坡，就连野花山鸟都替我高兴呢。这里必须说明的是，苏轼"山寺归来"后听到了什么"好语"？按照常人的理解，当然应该是听到了自己能回常州,抑或听到了"大有年"的喜讯,变得格外高兴。遗憾的是,有些人却不这么理解,所以"山寺归来闻好语,野花啼鸟亦欣然"两句普普通通的诗,却惹来了不小的麻烦。《续资治通鉴长编》卷四六三(元祐六年)载,当时侍御史贾易就在这两句诗上做起了大文章,上书弹劾苏轼写的是反诗:"其(苏辙)兄轼,昔既立异以背先帝,尚蒙恩宥,全其首领,聊从窜斥,以厌众心。轼不自省循,益加放傲。暨先帝厌代,轼则作诗自庆曰:'山寺归来闻好语,野花啼鸟亦欣然。此生已觉都无事,今岁仍逢大有年。'书于扬州上方僧寺,自后播于四方。轼内不自安,则又增以别诗二首,换诗板于彼,复倒其先后之句,题以元丰八年五月一日,从而语诸人曰:'我托人置田,书报已成,故作此诗。'且置田极小事,何至'野花啼鸟亦欣然'哉?又先帝山陵未毕,人臣泣血号慕正剧,轼以买田而欣踊如此,其义安在?谓此生无事,以年逢大有,亦有何说乎?是可谓痛心疾首而莫之堪忍者也。"这是苏轼第二次遭受诗祸,虽然这一回贾易的阴谋没有得逞,但这件事对苏轼的打击还是相当大,而且他实在感到委屈,于是上章自辩道:"臣见臣弟辙与臣言,赵君锡、贾易言臣于元丰八年五月一日题诗扬州僧寺,有欣幸先帝上仙之意。臣今省忆此诗,自有因依,合具陈述。臣于是岁三月六日在南京闻先帝遗诏,举哀挂服了当,迤逦往常州。是时新经大变,臣子之心孰不忧惧?至五月初间,因往扬州竹西寺,见百姓父老十数人相与道旁语笑,其间有一人以两手加额云:'见说好个少年官家。'其言虽鄙俗不典,然臣实喜闻百姓讴歌吾君之子,出于至诚。又是时臣初得请归耕常州,盖将老焉,而淮、浙间所在丰熟,因作诗云:'此生已觉都无事,今岁仍逢大有年。山寺归来闻好语,野花啼鸟亦欣然。'盖喜闻此语,故窃记之于诗,书之当涂僧舍壁上。臣若稍有不善之意,岂敢复书壁上以示人乎?又其时去先帝上仙已及两月,决非山寺归来始闻之语。事理明白,无人不知,而君锡等辄敢挟情公然诬罔。伏乞付外施行,稍正国法,所贵今后臣子不为仇人无故加以恶逆之罪。"文中的"先帝上仙",说的是神宗驾崩;"少年官家",指的是新即帝位的哲宗。好在太皇太后高氏力主公道,认为贾易等人实属诬陷,才确保了苏轼没受处罚。我之所以不厌其烦地罗列了这么多古文,是想告诉读者一个道理:好人不知道坏人有多坏,坏人不知道好人有多好!

狱中寄子由二首①

圣主如天万物春②,小臣愚暗自忘身③。百年未满先偿债④,十口无归更累人⑤。是处青山可埋骨⑥,他年夜雨独伤神⑦。与君世世为兄弟,更结人间未了因⑧。

柏台霜气夜凄凄⑨,风动琅珰月向低⑩。梦绕云山心似鹿⑪,魂飞汤火命如鸡⑫。眼中犀角真吾子⑬,身后牛衣愧老妻⑭。百岁神游定何处⑮,桐乡知葬浙江西⑯。

[注释]

①狱中寄子由二首:原题又作《予以事系御史台狱,狱吏稍见侵,自度不能堪,死狱中,不得一别子由,故和二诗授狱卒梁成,以遗子由二首》。 ②圣主如天万物春:圣明的天子端居北扉,方使得万物尽享如春的温暖。这是作者对神宗皇帝表达的心意,暗中却隐含着对神宗力主变法的讥嘲,因为作者所见到的,都是深受新法坑害的无辜百姓,哪里会有万物皆春的景象? ③小臣:作者自称。愚暗:愚昧昏暗。自忘身:忘记了自己身为臣子必须无条件忠于君王的身份。 ④百年未满:人生百年还没

过完。先偿债：先要为自己的愚暗偿还孽债。 ⑤十口无归更累人：意谓我死之后一家十人无家可归，必然给别人带来牵累。这里的"人"，指的是弟弟苏辙。 ⑥是处：到处。 ⑦他年夜雨独伤神：死后的雨夜只能独自伤神。 ⑧更结人间未了因：今生与弟弟没亲热够，来生还要和你继续做兄弟。 ⑨柏台：御史台的代称。汉代御史府中有很多柏树，常有数千乌鸦栖息其上，晨去暮来。后因称御史台为乌台或柏台。霜气：双关语，明指秋天的霜，暗指御史台里阴森肃杀之气。 ⑩琅珰：物体撞击的声音。此处暗指自己身上的镣铐。 ⑪心似鹿：心像小鹿般地砰砰乱跳。 ⑫命如鸡：自己的性命像马上就要被沸汤煮的鸡一样。 ⑬犀角：出类拔萃的人。《后汉书·李固传》："固貌状有奇表，鼎角匿犀，足履龟文。少好学。"真吾子：只有吾弟子由。 ⑭身后：死后。牛衣：牛衣对泣。《汉书·王章传》说，王章为诸生学于长安，生病无被，躺在牛衣中，向妻涕泣诀别。 ⑮百岁：死后。神游定何处：灵魂归向何处。 ⑯桐乡知葬浙江西：此句作者原注："狱中闻湖杭民为余作解厄斋经月，所以有此句也。"汉代朱邑曾为桐乡啬夫，掌一乡诉讼赋税。朱邑为人廉洁公正，待人宽容，抚恤慰问老人和孤寡之人，深得当地吏民的敬爱。后官至大司农。《汉书·朱邑传》："邑病且死，属其子曰：'我故为桐乡吏，其民爱我，必葬我桐乡。后世子孙奉尝我，不如桐乡民。'及死，其子葬之桐乡西郭外，民果共为邑起冢立祠，岁时祠祭，至今不绝。"苏轼说自己死后应葬在曾任过通判的杭州，那里的人民应该会时时祭祀他。

[解析]

这两首诗是神宗元丰二年（1079）作者因事被捕，自湖州押赴御史台后在台狱中所作。如果当时苏轼就这样死在狱中，我们便无缘见到他以后数不胜数的名篇佳作了。朝廷当时给苏轼定的罪名是反对新法、写诗诽谤神宗皇帝。这虽然是重罪，但因宋朝一般情况下不杀政见不同的士大夫，所以苏轼拿不准最终会被定为什么罪。关于苏轼的生死，还有个传奇故事。叶梦得《避暑录话》载，苏轼赴诏狱时，与长子苏迈俱行，与之相约：寻常时送饭只送菜与肉，如听外间有大不利的言语，则撤此二物而改送鱼。苏迈谨守此约。一个月后粮尽，苏迈到陈留觅粮，委托其亲戚代他送饭，而忘记将他父子之约告诉亲戚。亲戚一次偶然得鱼鲊送往御史台，苏轼见此大骇，知其难免死罪，于是作二诗寄给子由，属狱吏送之。他料想狱吏不敢欺隐，则必能上达天听，已而果然。神宗初无杀苏轼之心，见诗心动，遂从宽释，改为贬黄州团练副使。

这两首诗以最真挚的感情表达了对弟弟苏辙的友爱，甚至说到即便今生无奈永诀，来世还要做亲兄弟。除此之外我们能看到的，是作者面对死亡时的镇定自若，敢于直面人生的重大变故；他认为今生为官无愧于百姓，在杭州时，屡屡宽饶所谓"犯法"的百姓，后来担任密州知州，也在法令与良知间取其后者，尽可能为当地百姓谋福祉，所以他坚信，死后葬在杭州，杭州之民一定会善待他，会为他岁时祈祷。从中我们既可以看出苏轼对家人对兄弟的深厚情感，又能看出他做人的坦荡与无畏。

和子由苦寒见寄

人生不满百，一别费三年①。三年吾有几，弃掷理无还②。长恐别离中，摧我鬓与颜③。念昔喜著书，别来不成篇。细思平时乐，乃谓忧所缘④。吾从天下士，莫如与子欢。羡子久不出⑤，读书虱生毡。丈夫重出处⑥，不退要当前⑦。西羌解仇隙⑧，猛士忧塞壖⑨。庙谋虽不战⑩，虏意久欺天⑪。山西良家子⑫，锦缘貂裘鲜⑬。千金买战马,百宝妆刀镮⑭。何时逐汝去⑮,与虏试周旋⑯。

[**注释**]

①人生不满百,一别费三年:人生连百年都不到,与弟一别竟已长达三年。苏轼于仁宗嘉祐六年(1061)赴凤翔担任幕僚,三年任满,至此恰为三年。据苏辙所作《苏颍滨年表》载,嘉祐六年十二月十九日,苏轼与苏辙相别于郑州西门外。　②三年吾有几,弃掷理无还:我的一生能有几个三年?就这样虚掷,再也无法追回。　③长恐别离中,摧我鬓与颜:经常担心在离别的日子里,我的鬓发容颜会因岁月的无情而变得衰老。　④细思平时乐,乃谓忧所缘:细细思量与弟弟曾经的快乐,恰恰是如今时时忧闷的原因。意思是说越是想到曾经的快乐,就越感到没有那种快乐后的愁闷。　⑤羡子久不出:真羡慕你久久不出京城做官。嘉祐六年,苏辙被授予商州节度推官。但因当时其父苏洵身边无人侍奉,苏辙请求免其新官,留在京城奉养老父,得到朝廷允许。　⑥丈夫重出处:大丈夫很看重出仕及退隐。　⑦不退要当前:既然不隐退,就要勇敢向前。意即勇于前行,担当重任。　⑧西羌解仇隙:仁宗康定、庆历年间,宋朝曾出重兵与西夏作战,最终迫使西夏罢兵讲和。　⑨忧塞壖(ruán):为边境地区的安危担忧。塞壖,边塞。　⑩庙谋虽不战:朝廷决定不再与西夏继续作战。庙谋,庙堂之谋,即朝廷的意志。　⑪虏意久欺天:西夏强虏却一直伺机向大宋发难。意谓西夏虽然暂时屈服,内心却一直在寻找时机继续进攻宋朝。　⑫山西良家子:山西良将。《汉书·赵充国传》:"山西出将。"　⑬锦缘:用锦绣缝制的衣裳缘边。貂裘鲜:貂皮制成的皮裘异常光鲜。　⑭妆:装饰。镮:同"环",刀柄下面的圆环。　⑮逐汝去:追随良家子奔赴战场。　⑯与虏试周旋:参与对西夏的作战。周旋,作战的婉转之称。

[解析]

　　这首诗作于英宗治平元年（1064），是作者与弟弟苏辙唱和的诗作。当时苏轼在凤翔府任节度推官期满，准备返回汴京，弟弟苏辙则在内地，暂时没有任官。全诗分为两部分，前半部分述说兄弟分别三年的思念之情。苏轼与弟弟感情甚笃，彼此唱和的诗文数量很多，这一点从二人的文集里都可得到印证。后半部分属于言志之语，苏轼认为，身为朝廷官员，如果没有归隐山林退处草野的打算，就应该勇于承担重任，为国家做出应有的贡献。仁宗康定、庆历年间，西夏李元昊突然向宋朝发难，举重兵入侵宋朝边境。仁宗不得已向西夏宣战，并派出韩琦、范仲淹等名臣亲临前线指挥作战。经过两年的苦战，西夏终因军力不支而被迫求和。战事虽然暂时平息，但苏轼认为这些西北夷狄不会轻易臣服中原，一有机会还会卷土重来，因此表示自己愿意投笔从戎，喋血疆场。这种爱国情怀在苏轼前半生中是一贯性的，他的《江神子·密州出猎》最后那句"会挽雕弓如满月，西北望，射天狼"，抒发的也是同一种悲壮之情。

书鄢陵王主簿所画折枝二首①

　　论画以形似②，见与儿童邻③。赋诗必此诗④，定非知诗人⑤。诗画本一律⑥，天工与清新⑦。边鸾雀写生⑧，赵昌花传神⑨。何如此两幅⑩，疏淡含精匀⑪。谁言一点红⑫，解寄无边春⑬。

　　瘦竹如幽人⑭，幽花如处女。低昂枝上雀，摇荡花间雨。双翎决将起⑮，众叶纷自举。可怜采花蜂，清蜜寄两股。若人富天巧⑯，春色入毫楮⑰。悬知君能诗，寄声求妙语。

[注释]

①鄢陵：宋代县名，在今河南省鄢陵。主簿：宋代各部门包括州县中的属官名，大致相当于今天的办公厅负责人。王主簿，事迹不详。折枝：古代画家不画花草竹木等的全景图，而只画其一枝或几枝，称为折枝图。

②形似：谓画作只满足于形状相似。中国画讲究的是神似，不像西洋画那样讲究形似，所以国人欣赏画作，往往由画外求其神韵。 ③见与儿童邻：见识和儿童差不多。 ④赋诗必此诗：作诗只讲究格律形式的呆板。

⑤定非知诗人：一定不是优秀的诗人。只配称为不懂诗的人。 ⑥诗画本一律：作诗和绘画道理相同。即都要追求神似而不是形似。一律，相同的规律。 ⑦天工：自然天成，不带人为痕迹。 ⑧边鸾：唐代画家，善于画花鸟。唐德宗时，新罗国贡献来一对孔雀，德宗命边鸾在玄武殿为其写生。边鸾所画的孔雀栩栩如生，仿佛能鸣，受到德宗和大臣们的赞赏。

⑨赵昌：宋初画家。朱谋垔《画史会要》载："赵昌字昌之，剑南人。善画花果，兼工草虫，所作不求形似，直以花传神而已。" ⑩此两幅：指王主簿所画的两幅折枝图。 ⑪疏澹含精匀：清幽淡雅中蕴含着精巧匀称。疏澹，指笔墨不多。 ⑫一点红：指折枝图所画极其有限的一点花红。 ⑬解寄无边春：懂得它能够寄托盎然的春意。此处赞赏王主簿的画以其神似，而能令观画者透过少之又少的点染，想象和感受到烂漫的春光。 ⑭幽人：隐居的高士。 ⑮双翎：双翅。决将起：腾空而起。《庄子·逍遥游》："我决起而飞。" ⑯天巧：不假雕饰的自然工巧。韩愈《答孟郊》诗："规模背时利，文字觑天巧。" ⑰毫楮（chǔ）：毛笔和纸。楮，落叶乔木，叶似桑，树皮是制造桑皮纸和宣纸的原料。古时常作纸的代称。

[解析]

这两首诗作于哲宗元祐四年（1089），当时苏轼在朝中任翰林学士。或许是王主簿的折枝图打动了他，于是挥笔作诗。

第一首起手即赞赏王主簿深通丹青神似之妙，同时明确表达出自己对艺术的认知。中华民族是个颇具想象力的民族，尤其看重"神趣"和"感悟"，而对那些刻板没有神韵的作品嗤之以鼻。比如中医学强调的是阴阳表里、虚实寒热，与西医理论判若两途；举凡中国的陶瓷艺术、印染艺术、服装艺术、雕塑艺术、书法艺术、装饰艺术、建筑艺术、园林艺术等，莫不以神韵为先，缺乏神韵者，就算临摹得再逼真，也只能称之为"匠"，而绝不可能称之为"师"，这也是东方人与西方人在认知理论上最明显的差别。苏轼认为，中国所有艺术门类都是相通的，诗作强调神趣，画作也同样强调神趣，人们甚至把没有神韵的作品看成是儿童涂鸦，不值一提。其实这并非苏轼率先提出的理论，他只是看不惯身边很多画家和诗人不懂神韵而妄自尊大才有感而发，再度强调神韵才是诗画的生命。这种看法在今天仍有很强的现实意义，他提醒我们，千万不要在中西文化的交流和碰撞中迷失自我，把老祖宗留下的好东西当成敝屣扔掉，因为只有最民族的才是最世界的。

第二首可以看作是第一首的补充，苏轼认为王主簿是个富于天巧的丹青高手，能把景物画得活灵活现，仿佛有生命一般。瘦竹有幽人的清癯，幽花美得像二八处女。"低昂枝上雀，摇荡花间雨。双翎决将起，众叶纷自举。可怜采花蜂，清蜜寄两股"六句更为传神，作者仿佛从画卷里看到了小生命的灵动之态，雀儿颤颤巍巍地站立在枝上，由于它的摇晃，花瓣被震落，就像下了一场花雨。不知是雀儿自知闯了祸，还是它不耐烦再在这里玩耍，展开双翅腾空而起，被它压弯的细枝也随之翘起，摇摇晃晃地恢复到原来的姿态。正在采蜜的蜂儿似乎没受到任何影响，依然专心致志地吸吮着花蕊中的芳华,并将这些芳华隐入两股之间。这些细致入微的描写,可以说是这幅画作的绝妙注解,同时又是给予画作的最高评价。

骊山绝句三首[①]

功成虽欲善持盈[②],可叹前王恃太平[③]。辛苦骊山山下土,阿房才废又华清[④]。

几变雕墙几变灰[⑤],举烽指鹿事悠哉[⑥]。上皇不念前车戒[⑦],却怨骊山是祸胎。

海中方士觅三山[⑧],万古明知去不还。咫尺秦陵是商鉴[⑨],朝元何必苦跻攀[⑩]?

[注释]

①骊山:山名,在今陕西省临潼境内,为著名的风景胜地。此山西周时属骊戎国,故称为骊山。周、秦、汉、唐以来,多建游幸离宫别馆,唐代著名的华清宫就在此处。 ②持盈:保守成业。 ③前王:指唐明皇。 ④阿房才废又华清:阿房宫刚刚废弃又有帝王修建华清宫。阿房宫,秦始皇修建的别宫。《读史方舆纪要》卷五十三:"阿城在(西安)府西三十四里,即秦所作阿房宫也。《黄图》:'秦作宫阿基旁,天下谓之阿房。'孔颖达曰:'宫在今上林苑中,雍州郭城西南面,即阿房宫城东南面也。始皇三十六年,作朝宫渭南上林苑中,先作前殿阿房周驰为阁道,自殿下直抵南山,表南山之巅以为阙,为复道,自阿房渡渭,属之咸阳,即此。'颜师古曰:'阿房墙壁崇广,故俗呼为阿城。'"同书同卷:"华清宫在

(临潼)县东南。《志》云：'骊山西北有温泉，在今临潼县南百五十步。'……天宝初，更骊山曰会昌山。三载，以新丰去宫远，析新丰、万年二县地置会昌县，治温泉宫西北。六载，发冯翊、华阴民，筑会昌罗城。益治汤井为池，环山列宫室，中有朝元、重明等阁，九龙、长生、明珠等殿。又置百司及十宅，王公亦各置茅舍。自是每十月临幸，岁尽乃还宫。七载，改县曰昭应。山名亦改焉，而华清宫如故。制作宏丽，雕饰侈靡，不可名状。汤有供奉及太子、宜春、少阳、玉女诸名。"　⑤几变雕墙几变灰：几度砌为华美的雕墙又几度变为废墟。雕墙，彩绘的墙壁和高大的屋宇。形容建筑豪华奢侈。　⑥举烽：用周幽王烽火戏诸侯的典故。幽王为博美人褒姒一笑，命人举起烽火召集诸侯。事见《史记·周本纪》。指鹿：用秦朝赵高指鹿为马以欺秦二世的典故。事见《史记·秦始皇本纪》。　⑦上皇：依旧指唐明皇。不念前车戒：不以前车为鉴。　⑧海中方士觅三山：指方士入海求三神山。《史记·封禅书》："自威、宣、燕昭使人入海求蓬莱、方丈、瀛洲。此三神山者，其传在勃海中，去人不远；患且至，则船风引而去。盖尝有至者，诸仙人及不死之药皆在焉。其物禽兽尽白，而黄金银为宫阙。未至，望之如云；及到，三神山反居水下。临之，风辄引去，终莫能至云。世主莫不甘心焉。及至秦始皇并天下，至海上，则方士言之不可胜数。始皇自以为至海上而恐不及矣，使人乃赍童男女入海求之。船交海中，皆以风为解，曰未能至，望见之焉。其明年，始皇复游海上，至琅邪，过恒山，从上党归。后三年，游碣石，考入海方士，从上郡归。后五年，始皇南至湘山，遂登会稽，并海上，冀遇海中三神山之奇药。不得，还至沙丘崩。"　⑨秦陵是商鉴：秦始皇陵就是前车之鉴。商鉴，即"殷鉴"，前朝灭亡的教训和借鉴。《诗经·大雅·荡》："殷鉴不远，在夏后之世。"　⑩朝元：骊山上的阁名。《宋朝事实类苑》卷六十："故华清宫在绣岭之下，山半有玉蕊峰，天圣末，予为学于山之岭，所谓朝元阁者。峰侧有夹柱，作王母之像，虽小有损腐之处，而丹青未甚暗昧。其御阶甓以莲花砖千余步，则栽一石柱，端有孔，相传云：开元、天宝中，贯以红绵组，宫女攀援而上。"跻（jī）攀：攀登。

[解析]

这三首诗作于英宗治平元年（1064）作者自凤翔府回汴京途中。王文诰云："公以（治平元年）罢凤翔任，过长安，始游骊山，作诗。"

这是一组咏史诗，虽然分为三首，实则全是就唐明皇而发。《苏轼诗集》合注称："三诗皆咏唐玄宗，故首章言华清，次章言上皇，末章言朝元也。"这三首诗分别提出了几个十分严肃的课题，一是守成之君务必要兢兢业业，不可凭恃前代君王的成功而忘乎所以。二是必须把前朝灭亡的教训牢记心中，秦始皇的阿房宫教训何其深刻，为什么到了唐明皇就忘得干干净净了呢？三是为帝王者必须把百姓的疾苦放在心上，不能一味贪图享乐，引来灾难后仍不思执政之失，却把责任推到地形地势之上，这样强词夺理，是无法说服天下人的。四是不要寄希望于长生不老，自古以来求仙丹寻仙药者不胜枚举，谁都明白这是做不到的。总而言之，作者写此诗就是要告诫后人，尤其是后来的执政者，一定要好好汲取前朝的经验和教训，不要重蹈覆辙。在古代，这类诗的数量并不算少，立意也大同小异，可惜的是，不管文人们多么苦口婆心，仍然收束不住后来者贪图享乐的无底欲望。这似乎成了一个无法改变的规律，谁来破解它呢？

异　鹊（并叙）

熙宁中，柯侯仲常通守漳州①，以救饥得民②。有二鹊栖其厅事③，讫侯之去④，鹊亦送之，漳人异焉。为赋此诗。

昔我先君子⑤，仁孝行于家。家有五亩园，幺凤集桐花⑥。是时乌与鹊，巢鷇可俯拏⑦。忆我与诸儿，饲食观群呀⑧。里人惊瑞异⑨，野老笑而嗟⑩。云此方乳哺⑪，甚畏鸢与蛇⑫。手足之所及，二物不敢加⑬。主人若可信，众鸟不我遐⑭。故知中孚化⑮，可及鱼与豭⑯。柯侯古循吏⑰，悃愊真无华⑱。临漳所全活⑲，数等江干沙⑳。仁心格异族㉑，两鹊栖其衙。但恨不能言，相对空楂楂㉒。善恶以类应㉓，古语良非夸㉔。君看彼酷吏㉕，所至号鬼车㉖。

[注释]

①柯侯仲常：柯述，字仲常。南安（今福建省南安）人，仁宗嘉祐四年（1089）进士。历知归安、襄邑二县。神宗熙宁中通判漳州。元祐中知福州。《宋史》无传，小传见道光《福建通志》。通守：通判。漳州：宋代州名，在今福建省漳州。　②以救饥得民：因救荒救活了当地百姓。

③厅事：古代官员办公的堂室。　④讫侯之去：直到柯侯离任而去。　⑤先君子：作者称自己的父亲苏洵。　⑥幺凤：一种类似于凤的小型禽鸟。王文诰注云："有彩羽之细禽，人谓其如凤，名之曰幺凤。"集桐花：会集于桐树之上。王文诰注云："蜀有禽，五色，桐花时来集于桐上，名曰桐花凤。"　⑦是时乌与鹊，巢鷇（gòu）可俯拏（ná）：这个季节里，乌鸦和喜鹊的雏鸟随手可得。巢鷇，待在窝里尚须母鸟哺食的雏鸟。拏，同"拿"。　⑧忆我与诸儿，饲食观群呀：回忆我儿童之时，与小伙伴们给幺凤雏鸟喂食，看它们呀呀地鸣叫。　⑨里人惊瑞异：乡里人惊奇地称这些小鸟为祥瑞之鸟。　⑩野老笑而嗟（jiē）：田夫野老含笑嗟叹。　⑪云此方乳哺：说这些幼鸟还在其母喂养阶段。　⑫甚畏鸢（yuān）与蛇：很害怕被隼和蛇吃掉。　⑬手足之所及，二物不敢加：意谓有人的手足呵

护,隼和蛇就不敢加害于幼鸟。 ⑭主人若可信,众鸟不我遐:主人如果值得信赖,众鸟都不会离他远去。 ⑮中孚化:《周易·中孚》所称的仁化。《周易·中孚》:"中孚:豚鱼吉。"谓仁化及于豚鱼。 ⑯可及鱼与猳(jiā):这种仁化可以及于鱼和猪。猳,公猪。 ⑰柯侯古循吏:柯侯有古代良吏之风。循吏,古代称重农宣教、清正廉洁、所居民富、所去见思的州县官员。《史记》率先设《循吏列传》。 ⑱悃愊(kǔn bì)真无华:志成而不虚浮。形容真心诚意,毫不虚假。 ⑲临漳所全活:谓柯侯在漳州救活的百姓。临漳,漳州的旧称。 ⑳数等江干沙:数量可与江边的沙粒相比。意谓柯侯救活的百姓不计其数。江干,江岸。 ㉑仁心格异族:谓柯侯的仁爱之心感通异类。格,感动。异族,指二鹊。 ㉒相对空楂楂:二鹊相对喳喳鸣叫,似乎在交流着什么。 ㉓善恶以类应:世间的善恶以类相区分。即善类感动善类,恶物传导恶物。 ㉔古语良非夸:古话绝没有夸大其词。古语,指善恶以类应。 ㉕酷吏:用残酷手段进行治理的官吏。《汉书》中设《酷吏传》。 ㉖所至号鬼车:所到之处一片哀号之声。鬼车,传说中的一种怪鸟。唐段成式《酉阳杂俎·羽篇》云:"鬼车鸟,相传此鸟昔有十首,能收人魂,一首为犬所噬。"宋周密《齐东野语·鬼车鸟》:"鬼车,俗称九头鸟,陆长源《辨疑志》又名渠逸鸟。世传此鸟昔有十头,为犬噬其一,至今血滴人家,能为灾咎,故闻之者必叱犬灭灯,以速其过。"

[解析]

　　这首诗作于哲宗元祐四年(1089),这一年苏轼自翰林学士出任杭州知州。作者从京朝官重新回到亲民的地方官任,因见到或听到关于柯述在漳州全力救民感动鸟雀为其送行的故事,有感而发,不仅对柯述的古循吏之风加以褒扬,也是在提醒自己,一定要把一州百姓的安危冷暖记挂在心,使他们不受灾厄之苦。

苏轼的联想能力超乎常人，闻知二鹊为柯述送行的事后马上想到自己童年时一则相关的故事：家乡有一种鸟叫幺凤，老人们都说那是一种祥瑞之鸟。作者说年岁还小不太懂事，唯知给小鸟喂食，听它们唧唧鸣叫，非常好玩。老人们告诉他：只要你得到了鸟儿的信赖，它就不会离你远去，这便是"善类相通"的第一课。由此过渡到柯侯在州中的仁义之举感动了双鹊，双鹊不但不远离柯侯，还在他任满离去时为他送行，这不恰恰是"善类相通"最好的证明吗？由此又想到官吏们为政一方，理应为当地百姓做好事而不能像酷吏那样为害一方——行善还是行恶，上天知道，连异类的鸟儿都能感应得到，你还能瞒过谁？"善恶到头终有报，只争来早与来迟"，这话一点儿都不假。如今自己重新回到曾经做过通判的杭州，应该如何理民，柯侯为自己做出了最好的榜样。

这首诗的现实意义不仅在强调"善类相通"，更在于告诫自己，连同告诫那些与自己官职相类的人们，任何时候都必须把百姓黎民的利益放在首位，否则就配不上父母官这样的荣誉称号。古人尚且深通此理，今天那些当地方官的人做得如何，你自己心里最清楚，百姓不可欺，上天更不可欺！

到颍未几公帑已竭斋厨索然戏作数句^①

我昔在东武^②，吏方谨《新书》^③。斋空不知春^④，客至先愁予^⑤。采杞聊自诳^⑥，食菊不敢余^⑦。岁月今几何，齿发日向疏^⑧。幸此一郡老^⑨，依然十年初^⑩。梦饮本来空^⑪，真饱竟亦虚^⑫。尚有赤脚婢，能烹赪尾鱼^⑬。心知皆梦耳^⑭，慎勿歌归欤^⑮。

[注释]

①到颍未几：到颍州没几天。公帑（tǎng）已竭：州中的公用钱已经没有了。意思是自己连领取俸禄都困难了。　②我昔在东武：当年我在密州当知州时。苏轼知密州在熙宁七年（1074）。　③吏方谨《新书》：朝廷正要求官吏们严格推进新法的实施。《新书》，指汉代贾谊所著的书名，此处代指熙宁新法。　④斋空不知春：公使库已经空空，哪里还能尝到酒的香味。斋，此处指斋酒库。春，代指酒，如剑南春之类的酒名。⑤客至先愁予：即"客至予先愁"的倒装，意谓一旦有客人来，最先发愁的就是我（没有饭食招待客人）。宋朝规定每个州郡都设公使钱，用于接待过往的宾客。　⑥采杞聊自诳（kuáng）：采摘杞菊聊且自己骗自己。诳，欺骗。　⑦食菊不敢余：吃杞菊不敢有一点剩余。意思是全部吃光，绝不会剩饭。以上两句为互文修辞法，即"采摘杞菊聊自诳，食用杞菊不敢剩"。杞菊，枸杞与菊花。其嫩芽、叶均可食。又，菊，或说为菊花菜，即今之茼蒿。作者曾写过一篇《后杞菊赋》，其叙云："天随生自言常食杞菊。及夏五月，枝叶老硬，气味苦涩，犹食不已。因作赋以自广。始余尝疑之，以为士不遇，穷约可也，至于饥饿嚼啮草木，则过矣。而余任官十有九年，家日益贫，衣食之奉，殆不如昔者。及移守胶西，意且一饱，而斋厨索然，不堪其忧。日与通守刘君廷式，循古城废圃，求杞菊食之，扪腹而笑。"　⑧岁月今几何，齿发日向疏：从密州知州到现在才几年，牙齿头发已经越来越稀疏了。　⑨幸此一郡老：万幸的是颍州一郡的老人们。　⑩依然十年初：依然还像十年前一样。　⑪梦饮本来空：做梦时梦见饮酒，那不是真的。　⑫真饱竟亦虚：真正吃饱，现在成了虚言。　⑬赪（chēng）尾鱼：红尾巴的鲤鱼。　⑭心知皆梦耳：心里明白那都是做梦。　⑮慎勿歌归欤：千万不要轻易唱什么"归欤"之类的歌。归

欤,指陶渊明《归去来兮辞》:"彭泽去家百里,公田之利,足以为酒。故便求之。及少日,眷然有归欤之情。"这是作者调笑之词,意思是说咱没骨气,还得靠这个小官求取养家之资。

[解析]

  这首诗作于哲宗元祐六年(1091),作者刚到颍州知州任时。苏轼是个很情绪化的人,这次他从汴京放外任是自己提出的,没有人打击陷害他,所以尽管"到颍未几公帑已竭斋厨索然",还是充满了乐观情绪,从这首诗命名为"戏作",便能晓得此时的苏轼并没有多少哀怨。说此公没记性也不全对,此诗一开篇,便率先想到了前些年在密州当知州的时候,正处在王安石变法向纵深推进的当口儿,那日子过得真够惨,州里的公帑早就没了,一听到有客人到,他就发起愁来:拿什么款待人家呀?休说待客,就连自己一个堂堂知州,也必须靠采摘野菜才能充饥。回想那时采来野菊,一点都不敢浪费,每每吃得丁点儿不剩,就因为日子过得太苦,故而数年之后齿发尽衰。看上去此言不谬,实则这完全是在强词夺理,他知密州在熙宁七年(1074),而如今是元祐六年(1091),十七年过去了,就算你没受过密州之苦,是不是也到了该齿发尽衰的年纪了?您说苏轼是不是很可爱?接下来说到颍州父老,这些人真不错,十年过去,还是那么结实。为什么?因为现在不实行新法了,人们得以休养生息了。貌似忠厚的苏轼用这种手段来发泄对新法的反感,也够可以的了。或许他觉出这样发泄有点说不过去,因为就在此时,颍州的公帑不也空空如也了吗?于是开始自我解嘲:做梦饮了不少的酒,想真正吃饱肚皮也并非一件容易事。不过别急,家里还有个大脚的奴婢,烧得一手好鲤鱼!可惜的是,一觉醒来,居然还是一场美梦。最后一句极有韵味:即便在这种状态中,我还是没勇气向陶渊明学习,好死不如赖活着,虽然吃得不饱,毕竟还有吃的嘛,就这么凑合着吧。

全诗充满了乐观情绪，面对艰难困苦，作者仍能以无所谓的欣然态度一天天度过，至多不过像本诗一样，发几句小牢骚就完了。今天的我们，基本不会再出现吃不饱肚子的情况，但人生的艰难困苦还是存在的。遇到不如意的事，能不能向苏轼学一学，发几句牢骚，说几句笑话，该咋活着还咋活着？

石 炭① (并引)

彭城旧无石炭。元丰元年十二月，始遣人访获于州之西南白土镇之北，冶铁作兵，犀利胜常云。

君不见前年雨雪行人断，城中居民风裂骭②。湿薪半束抱衾裯③，日暮敲门无处换④。岂料山中有遗宝⑤，磊落如磬万车炭⑥。流膏迸液无人知⑦，阵阵腥风自吹散⑧。根苗一发浩无际⑨，万人鼓舞千人看。投泥泼水愈光明⑩，烁玉流金见精悍⑪。南山栗林渐可息⑫，北山顽矿何劳锻⑬？为君铸作百炼刀⑭，要斩长鲸为万段。

[注释]

①石炭：即今天的煤。古代被称为石炭者有两种，一种即煤，另一种即今之石墨。　②风裂骭（gàn）：古代中医对大腿骨、小腿骨的称谓，也有称肋骨为骭者。此处泛指骨头。　③湿薪：还没有晒干的柴。衾裯（qīn chóu）：被褥床帐等卧具。《诗经·召南·小星》："肃肃宵征，抱衾与裯。"　④日暮敲门无处换：到晚来四处敲门也没人愿意交换。以上二句意谓（徐州冬天非常寒冷）即便是抱着床帐与人换取半捆湿柴，也没

人愿意跟你交换。　⑤遗宝：上天遗留给人们的宝贝。　⑥磊落如磐万车炭：这些堆积起来的黑石，（其能量）能抵上一万车木炭。磊落，众多委积之貌。磐（yì），色泽黝黑的美石。　⑦流膏迸液无人知：如此天赐之奇宝，却没有人知道它宝贵的价值。流膏，流淌的油脂。喻宝物。《管子·度地》："民得其饶，是谓流膏。"　⑧阵阵腥风自吹散：一阵阵的腥风把它们的香气吹散。　⑨根苗一发浩无际：意谓只要发现了此物继续开掘，便会多得无穷无尽。　⑩投泥泼水愈光明：（往石炭上）投泥泼水，石炭却显得愈发光洁明亮。　⑪烁（shuò）玉流金：意谓温度极高，能够将金石熔化。见精悍：见识到它热力的强悍。　⑫南山栗林渐可息：南山中的栗树林可以暂时得到休息了。意谓有了石炭，就可大大减少用栗树烧炭了。　⑬北山顽矿何劳锻：北山上坚硬的矿石再也不愁烧锻。意思是说有了石炭，会很容易进行冶炼。　⑭百炼刀：经过千锤百炼的精钢宝刀。

[解析]

　　这首诗作于神宗元丰元年（1078），当时作者为徐州知州。据《宋史·地理志》记载，徐州管下有两个监：宝丰监，铸铜钱；利国监，主铁冶。宝丰监至元丰六年始置，也就是说，苏轼任徐州知州时，还没有所谓的宝丰监，只有利国一监专营铁冶。当时利国监每年生产生铁一百五十多万斤，是个商贾云集之地。为了更好地发展生产，苏轼一方面加紧对当地铁冶的守卫，另一方面积极地探求更好的冶炼方法。当州西南发现了石炭矿后，苏轼很快决定将这里的石炭引入利国监进行生铁冶炼，这样一来，生产的成本大大降低，效益却有了大幅度提高，产出的生铁不仅数量骤增，质量也有了很大提升，很快使利国监的生铁名气大增，从事冶铁工作的人数从原来的几百人扩展到近四千人（连同辅助性人员），当时利国监这个小镇迅速发展为超过万人的大型矿区。据史料记载，此后不久，利国监的街道上车水马龙，道路两旁的房屋鳞次栉比，成了北方一个新兴的城镇。通过这首诗可以发现，苏轼的理民思路是相当开阔的，对于发展冶炼工业也是很肯开动脑筋的。利国监的飞速发展，与苏轼任徐州知州时大力提倡改良冶炼有着直接的关系。

欧阳叔弼见访诵陶渊明事叹其绝识叔弼既去感慨不已而赋此诗①

渊明求县令②，本缘食不足。束带向督邮③，小屈未为辱。翻然赋《归去》④，岂不念穷独⑤？重以五斗米，折腰营口腹⑥。云何元相国⑦，万钟不满欲⑧。胡椒铢两多，安用八百斛⑨。以此杀其身，何啻抵鹊玉⑩？往者不可悔，吾其反自烛⑪。

[注释]

①欧阳叔弼：欧阳修次子欧阳棐。《宋史·欧阳棐传》："（欧阳修）中子棐字叔弼，广览强记，能文辞。……用荫，为秘书省正字，登进士乙科，调陈州判官，以亲老不仕。修卒，代草遗表，神宗读而爱之，意修自作也。服除，始为审官主簿，累迁职方员外郎、知襄州。"此时欧阳棐在颍州。诵陶渊明事：讲论陶渊明辞官归乡的故事。 ②渊明求县令：晋代陶渊明请求为县令。《晋书·陶潜传》："以亲老家贫，起为州祭酒，不堪吏职，少日自解归。……谓亲朋曰：'聊欲弦歌，以为三径之资可乎？'执事者闻之，以为彭泽令。" ③束带向督邮：《晋书·陶潜传》："素简贵，不私事上官。郡遣督邮至县，吏白应束带见之，潜叹曰：'吾不能为

五斗米折腰,拳拳事乡里小人邪?'义熙二年,解印去县,乃赋《归去来》。"束带,整饬衣冠。督邮,官名,汉代始置,为郡中的重要属吏,代表太守督察县乡,宣达教令,兼司狱讼捕亡等事。　④翻然:又作"幡然",形容改变得很快很彻底。　⑤岂不念穷独:意谓陶渊明赋《归去来辞》的时候,难道就没有想到辞官之后日子会非常拮据吗?　⑥重以五斗米,折腰营口腹:谓陶渊明对于为了养家的五斗米向督邮折腰感到无法接受。　⑦元相国:唐代丞相元载,字公辅,凤翔岐山(今陕西省岐山县)人,历任祠部员外郎、洪州刺史、户部侍郎等官。代宗即位后任中书侍郎、同平章事。大历间助代宗诛除宦官李辅国、鱼朝恩,深得代宗信任。为相后独揽朝政,排除异己,专权跋扈,又专营私产,引起代宗厌恶。大历十二年,代宗命左金吾大将军吴凑将其逮捕,未久与其家人被先后赐死。新、旧《唐书》均有传。　⑧万钟不满欲:已得万钟之禄还满足不了他的私欲。万钟,指最优厚的俸禄。　⑨胡椒铢两多,安用八百斛:胡椒有一点儿就嫌其太多,哪里用得着储藏八百斛?《新唐书·元载传》:"籍其家,钟乳五百两,诏分赐中书、门下台省官;胡椒至八百石,它物称是。"谓有司抄元载家时,发现他家里藏有胡椒八百斛,其他物品也大致如此。　⑩何啻(chì):何异于。抵鹊玉:击弹雀鸟的美玉。喻以贵物击贱物。　⑪反自烛:以元载为教训,好好对照自己。

[解析]

此诗作于哲宗元祐六年(1091)作者任颍州知州时。当时欧阳修次子欧阳棐在颍州,前来拜访苏轼,谈起陶渊明不为五斗米折腰愤然辞官的事,又说到唐朝的元载因贪欲过度遭到杀身之祸。欧阳棐说:"今天看来,陶渊明远比元载聪明得多。"苏轼认为此论精辟,欧阳棐离开后感慨不已,写下此诗。

这首诗所用典故非常普通,读过书的人谁不晓得陶渊明不为五斗米折腰的故事？元载的事也不算冷僻，特别是他家藏胡椒八百斛，更是千古笑谈。此诗妙就妙在将这两件事联系起来并做出对比，那就有意思了：一个连饭都吃不饱，却敢于愤然辞官，虽然生计困穷，但最后得终天年；一个是当朝宰相，钟鸣鼎食，却难以克制无穷的贪欲，连胡椒都要储存八百斛之多，最终却丢了脑袋，连累得全家被流放赐死。为了增强对比的张力，作者发问道：陶渊明难道不清楚，离开俸禄后会是什么光景？但他却宁可饿死，也绝不肯向小小督邮低头屈膝，体现的是堂堂正正做人的高尚品格。作者又问：胡椒那东西，有个一两半两就能吃好几年，犯得上储存八百斛吗？拿它当粮食吃，一辈子也吃不完哪！体现的是一个贪欲无度的官员卑微低下的人品。作者最后意味深长地说道：往事已经无法挽回，而今的我们，却可以从中汲取深刻的教训。

纵笔三首①

寂寂东坡一病翁，白须萧散满霜风②。小儿误喜朱颜在③，一笑那知是酒红④。

父老争看乌角巾⑤，应缘曾现宰官身⑥。溪边古路三叉口，独立斜阳数过人⑦。

北船不到米如珠⑧，醉饱萧条半月无⑨。明日东家知祀灶⑩，只鸡斗酒定膰吾⑪。

[注释]

①纵笔：信笔而书。　②白须：白胡子。萧散：萧条之貌。满霜风：像

风吹白霜一样。 ③小儿误喜朱颜在：孩子们误以为是我面色红润。 ④一笑那知是酒红：我哂然一笑，他们哪里知道我的脸红是因为刚饮过酒的缘故。 ⑤乌角巾：古代葛制黑色有折角的头巾，多为隐士所戴。 ⑥应缘曾现宰官身：是因为我曾经当过官。宰官，泛指官吏。这两句意谓父老见到我的乌角巾感到惊奇，大概是我曾经当过官的缘故吧。乌角巾虽不是官员所戴，但普通百姓肯定不会戴这样的头巾。 ⑦数（shǔ）过人：一个一个地数着从此经过的人。 ⑧北船不到米如珠：北方内地的运粮船很久没到海南来，致使米像珍珠一样珍贵。 ⑨醉饱萧条半月无：醉饱的日子难得一见，已经饿了半个月了。 ⑩祀灶：举行祭祀灶王爷的宴会。 ⑪只鸡斗酒：一只鸡一壶酒，古代用来祭奠亡人的祭品，也指以鸡、酒等美味招待宾客。膰（fán）吾：让我吃个饱。膰，古代用于祭祀的熟肉。

[解析]

这三首小诗作于哲宗元符初年，作者贬在儋州居住之时。虽然生活困顿，苏轼仍保持着一颗旷达的心，令人对这位饱经磨难的老者产生由衷的敬意。

第一首以自己的衰老开头，接着便忍不住诙谐起来：这些小傻孩儿，还以为老夫精神抖擞呢，他们哪知道老夫脸红是因为刚喝过酒的缘故，呵呵。这样的安排既有趣又逼真，既写出了孩子的童趣，又使自己无端年轻了很多，就算是自我解嘲，也比连连哀叹好得多。

第二首还是那么充满意趣：当地人很少见过人戴乌角巾，于是像看怪物似的看他。喂，喂，老乡，别看了，老夫告诉你们，我先前的确是个当官的人。而当人们散去后，孤独的老人却驻留在原地，百无聊赖地数着过往的行人。

第三首先写因北船没到，致使米价飞涨贵如珍珠，想吃顿饱饭都成了奢求。没关系，办法都是人想出来的嘛。明天东家不是要祭祀灶王爷摆酒设宴吗？我可以借此机会大嚼一番啊——这样的场合，他总不能不让我来个一醉方休吧！

苦中寻乐，乃是苏轼生存的一大法宝。

十月二日初到惠州[①]

仿佛曾游岂梦中，欣然鸡犬识新丰[②]。吏民惊怪坐何事[③]，父老相携迎此翁。苏武岂知还漠北[④]，管宁自欲老辽东[⑤]。岭南万户皆春色[⑥]，会有幽人客寓公[⑦]。

[注释]

①十月二日初到惠州：绍圣元年（1094）十月二日，作者抵达贬所惠州。　②新丰：古县名，汉高祖七年置，在今陕西省临潼西北。此处本秦之骊邑，汉高祖定都关中后，其父居长安宫中，因思乡心切，终日郁郁不乐。高祖乃依故乡丰邑街里房舍格局改筑骊邑，并迁来丰地百姓，改称为"新丰"。据说士女老幼各知其室，从迁的犬羊鸡鸭亦竟识其家。太上皇居新丰，每日与故人饮酒高会，心情非常愉快。事见葛洪《西京杂记》。　③吏民惊怪坐何事：意谓这里的官员百姓纷纷感到吃惊和奇怪，弄不清我究竟犯了什么罪被发配到这里。坐，犯罪。　④苏武岂知还漠北：意谓汉朝苏武在匈奴度过近二十年，至死不降。漠北，大漠以北。⑤管宁自欲老辽东：三国管宁甘愿老死于辽东。《三国志·魏书·管宁传》："管宁字幼安，北海朱虚人也。……天下大乱，闻公孙度令行于海外，遂与原及平原王烈等至于辽东。度虚馆以候之。既往见度，乃庐于山

谷。" ⑥岭南万户皆春色：意谓岭南千家万户都能自酿美酒。此句下作者自注："岭南万户酒。" ⑦幽人：幽居之士。寓公：客居在别国或外乡的官宦。此句意谓必会有隐居之士以我为客（我不会感到孤独的）。

[解析]

　　这首诗是作者刚到惠州贬所时写的。我们能想象出，苏轼初到惠州，当地士民一定会感到特别新奇，议论当然不会少，处在如此尴尬的境地，一般人可能会深感不知所措，但苏轼却表现得相当自如。诗的首句用汉高祖为其父建新丰城的典故来譬喻，告诉读者说，今天来到这里没有丝毫陌生之感，因为此处的一草一木，甚至百姓的面孔言行，都像是曾经见过，有什么可惊可怪的？接下来把自己放在一个受人关注的位置上，说这里的人们对他到惠州深感惊奇，纷纷询问他究竟犯了何罪。面对百姓的新奇，苏轼没有丝毫的愧疚，当地百姓也没有把他当成真正的罪犯，"父老相携迎此翁"，显得多么可亲可爱？随后用了苏武、管宁两个历史典故，意在表明自己以此为家的决心：苏武牧羊于北海，管宁老死于辽东，那些地方可比惠州艰苦多了，知足吧。末二句特别提到这里家家户户都有珍藏的美酒，一定会有人把我当成知己，"吾不孤矣"！

　　全篇透着一种达观欣乐的气息，仿佛这里真的就是他曾经来过的故地，全然没有一丝陌生之感。作者这样写虽然含有开解自己心绪的成分，但也体现出他"天涯何处无芳草"的高度适应性，以及与生俱来的亲民意识。仅凭这首诗，我们就能猜想到，此老在惠州不会受多少委屈，因为他已经把自己当成惠州民众中的一员了。

司马君实独乐园①

青山在屋上②，流水在屋下③。中有五亩园，花竹秀而野④。花香袭杖屦⑤,竹色侵盏斝⑥。樽酒乐余春⑦,棋局消长夏⑧。洛阳古多士⑨,风俗犹尔雅⑩。先生卧不出⑪,冠盖倾洛社⑫。虽云与众乐,中有独乐者⑬。才全德不形⑭,所贵知我寡⑮。先生独何事⑯,四海望陶冶⑰。儿童诵君实,走卒知司马⑱。持此欲安归⑲?造物不我舍⑳。名声逐吾辈㉑,此病天所赭㉒。抚掌笑先生㉓,年来效喑哑㉔。

[注释]

①司马君实:司马光,字君实,陕州(今山西省夏县)涑水乡人,北宋时期政治家、史学家、文学家。宋神宗时,因反对王安石变法,愤而离开朝廷长达十五年之久。哲宗即位后,高太后请他回朝主政,不久病死于汴京,赠太师、温国公,谥文正。司马光为人温良谦恭、刚正不阿,为当时及后世人所敬仰。独乐园:司马光退居洛阳后修建的一所小园。

②青山在屋上:洛阳在嵩山脚下,故称青山就在司马光屋舍之上。

③流水在屋下:洛水就在屋舍之下。柳宗元《周至县食堂记》:"高山在前,流水在下,可以俯仰,可以宴乐。"此二句为泛泛之言,不必深究。

④花竹秀而野:谓园中的花竹娟秀而又充满野趣。 ⑤花香袭杖屦(jù):花的香气飘到竹杖和鞋子上。屦,麻鞋。 ⑥竹色侵盏斝(jiǎ):翠竹的绿荫倒映在酒盏当中。斝,古代青铜制的酒器。此处泛指酒杯。 ⑦樽酒乐余春:一杯酒就能快乐地度过残春。 ⑧棋局消长夏:一局棋就能消磨难熬的长夏。 ⑨洛阳古多士:洛阳自古以来就是名士云集之地。多士,众多贤士。 ⑩犹尔雅:指在洛阳居处的名士,大都是满腹经纶、情趣高雅之辈。《尔雅》是一部古书名,也是中国古代第一部辞书,后被列在十三经之末。这里借指洛阳名士们皆非同凡俗。 ⑪卧不出:闲居于洛阳不肯出任朝官。这是赞扬司马光恪守自己的信念,坚决不与变法派人物(王安石等人)同朝为官。 ⑫冠盖:古代当官者戴冠乘车,后以冠

盖代指官员或贵族。倾：充满。洛社：洛阳。　⑬虽云与众乐，中有独乐者：《孟子·梁惠王下》："（梁惠王）曰：'独乐乐，与人乐乐，孰乐？'曰：'不若与人。'曰：'与少乐乐，与众乐乐，孰乐？'曰：'不若与众。'"　⑭才全德不形：此句用《庄子·德充符》原文："使人授己国，惟恐其不受也，是必才全而德不形者也。"意思是说让别人把国政交给他，还唯恐他不接受，这样的人必定是内德完美而不表现于外的人。　⑮所贵知我寡：《老子》第七十章："知我者希，则我者贵。是以圣人被褐而怀玉。"意思是说真正认识我的人极少，认可我理论的人也很稀少。所以圣人外表十分寻常，而他心中却有着极其宝贵的思想。这句话是在赞扬司马光虽然暂时处于逆境，但他的精神则最为可贵。　⑯先生独何事：司马先生究竟因为何种原因。　⑰四海望陶冶：四海之内都期盼着司马公的教化陶冶。此处暗指当时王安石新法害民，四海之内都在期盼司马光主持朝政，尽快废除害人的新法。　⑱儿童诵君实，走卒知司马：谓举国上下，不论是小孩子还是贩夫走卒，都对司马光异常敬重。苏轼《司马温公神道碑》云："方其退居于洛，眇然如颜子之在陋巷，累然如屈原之在陂泽，其与民相忘也久矣，而名震天下如雷霆，如河汉，如家至而日见之。闻其名者，虽愚无知如妇人孺子，勇悍难化如军伍夷狄，以至于奸邪小人，虽恶其害己仇而疾之者，莫不敛衽变色，咨嗟太息，或至于流涕也。元丰之末，臣自登州入朝，过八州以至京师。民知其与公善也，所在数千人，聚而号呼于马首曰：'寄谢司马丞相，慎毋去朝廷，厚自爱以活百姓。'如是者，盖千余里不绝。至京师，闻士大夫言，公初入朝，民拥其马，至不得行。卫士见公，擎跽流涕者，不可胜数。"　⑲持此欲安归：怀抱这种节操，哪里才是最终的归宿？苏轼的意思是感叹司马光这样下去，何时才算了结？　⑳造物不我舍："造物不舍我"的倒装，意谓上天连我这样的庸夫都不舍弃（何况司马公呢）。　㉑名声逐吾辈：凭着司马

苏轼诗文选 | 109

公的高名，怎么可以和我等凡夫俗子混同为一流？ ㉒此病天所赭(zhě)：这种病症，完全是上天有眼无珠对伟人的惩罚所致。赭，古代犯人所穿囚服的颜色，此处代指惩罚。 ㉓抚掌：拍着巴掌。 ㉔年来：近年以来。效喑(yīn)哑：学着当哑巴不再说话。喑，同"瘖"。

[解析]

此诗作于熙宁十年（1077），当时作者在汴京任尚书祠部员外郎、直史馆，旋即出任徐州知州。作者毕生对司马光极其敬重，认为他才是大宋朝真正的名臣。

作者写此诗时，司马光已经在洛阳闲居了六年。其实神宗皇帝对司马光还是相当看重的，也明知他是位许国名臣，早在熙宁三年（1070）正月，神宗便以授予他枢密副使为条件，请求他赞襄新法，与王安石同朝理政。司马光当即断然拒绝，以后的半个月里，司马光除了继续给神宗呈递《辞枢密副使札子》数道外，还给王安石连写了三封信，劝他以朝廷大计为重，以百姓生计为重改弦易辙，收回新法。遗憾的是，王安石不但坚持己见，还以司马光"是为异论者立赤帜也"为由要挟神宗。万般无奈之下，神宗只得同意司马光离开朝廷，司马光到长安干了不到一年，便自请到洛阳闲居。这一年司马光五十三岁，自此绝口不谈朝廷之事。

这首诗里，作者除对司马光的人格和精神予以高度赞赏外，又表示希望他能再次出山，拯救黎民苍生而解其倒悬。"先生独何事，四海望陶冶"——举国之民都在殷切盼望着司马公尽快回朝啊！不过作者也深知，像司马光这样"才全德不形，所贵知我寡"的大贤之人，是绝不可能轻易抛弃自己的冰霜之操委曲求全的，最后无奈地以一句玩笑话作结："抚掌笑先生，年来效喑哑。"全诗的宗旨十分单纯，但叙写之间却起伏跌宕，声情并茂。开篇以独乐园的描述发端，随后以"儿童诵君实，走卒知司马"两句，形象地表现出司马光为四海所景仰的高贵品格。全诗没有诙谐之语，读之却令人对这位千古伟人肃然起敬。

寓居合江楼①

海上葱昽气佳哉②，二江合处朱楼开③。蓬莱方丈应不远④，肯为苏子浮江来⑤。江风初凉睡正美，楼上啼鸦呼我起。我今身世两相违⑥，西流白日东流水⑦。楼中老人日清新⑧，天上岂有痴仙人⑨。三山咫尺不归去⑩，一杯付与罗浮春⑪。

[注释]

①合江楼：苏轼贬到惠州后寓居之所，在州衙稍东。 ②海上：惠州离大海不远，故云。葱昽（lóng）：明丽之貌。气佳哉：天气景致太好了。 ③二江合处朱楼开：合江楼在东江、西江合流之处，故名。《苏轼年谱》卷三十三："《舆地纪胜》卷九九《惠州》谓合江楼在郡东二十步。《归善县志》卷四谓楼在'府治东城上，东、西二江之水，至此合流，环抱如带'。总案：合江楼在三司行衙之中，为三司按临所居。公到日，有司待以殊礼，暂请居之。"合江楼本是惠州名胜，也是广东安抚司、转运司、提刑司设在惠州的专门招待所，平日里这些上级三司官员到惠州公干，都住在这座楼里。因这些官员都很同情苏轼，故而对他网开一面让他在这里暂时居住。 ④蓬莱方丈应不远：蓬莱、方丈等仙山应该离此不远。 ⑤肯为苏子浮江来：肯于为了我苏轼漂浮过来。 ⑥我今身世两相违：如今我老苏的身世与本心完全背离。 ⑦西流白日东流水：（只能欣赏）西下的太阳和东流的江水。 ⑧楼中老人：作者自指。日清新：每天吹吹江

风看看流水,日子过得悠闲自得。 ⑨天上岂有痴仙人:天上还有很傻的神仙吧。此句意谓天上的日子哪能比得上这里清闲逍遥,那些留恋神仙生活的所谓仙人们其实都是傻瓜。 ⑩三山咫尺不归去:三座神山近在咫尺,我老苏为何不肯去呢?《史记·封禅书》:"自威、宣、燕昭使人入海求蓬莱、方丈、瀛洲。此三神山者,其传在勃海中,去人不远。患且至,则船风引而去。盖尝有至者,诸仙人及不死之药皆在焉。其物禽兽尽白,而黄金银为宫阙。未至望之如云,及到,三神山反居水下。临之,风辄引去,终莫能至云。" ⑪罗浮春:此句下作者自注云:"予家酿酒名罗浮春。"

[解析]

这首诗作于绍圣元年(1094),作者刚刚来到惠州贬所。用现在的话说,全诗充满了正能量。如果抛开具体的政治背景,单独拿出来让我们品读,恐怕读上几遍,也绝想不到它竟然出自一个谪宦之手。即便是弄清了此诗的政治背景,我们所感受到的也是他那令人开心的嬉笑,只不过是"苦恼人的笑"罢了。这就是苏轼,不管在任何时候、任何地点、任何环境之下,他都能潇潇洒洒地面对人生。

谁能不钦佩此公的想象力?开篇便以"海上"的自然背景出现。因为有了海,自然会有关于海的传说,首当其冲的当然非海上仙山莫属。于是他异想天开地大言道:海上那三座神山为了我老苏,竟肯漂浮而来,是想迎接老苏过去吗?且慢,神仙大人们,请你们看清楚老苏现在过得如何?我过的可是"江风初凉睡正美,楼上啼鸦呼我起。我今身世两相违,西流白日东流水"的逍遥日子啊,请问你们这些神仙有我这般福分吗?不可能有吧?既然如此,你们却扭扭捏捏不肯回到人间,还拿三神山来诱惑我老苏,岂不是太傻了?这还不算什么,更难得的是我家有自制的美酒,此酒好到什么程度呢?一句话:反正天上宫阙中是绝对难以觅得的。

苏轼的想象力固然无人可比，然而更令人伸大拇指的，无疑是他蔑视一切艰难困苦的乐观精神，他总能找到令自己快乐的事物，哪怕这些事物根本就不存在。

试 笔

子石如琢玉^①，远烟真削黳^②。入我病风手^③，玄云渰萋萋^④。是中有何好^⑤？而我喜欲迷。既似蜡屐阮^⑥，又如锻柳嵇^⑦。醉笔得天全^⑧，宛宛天投霓^⑨。多谢中书君^⑩，伴我此幽栖^⑪。

[注释]

①子石：制砚用的上等端石。欧阳修《砚谱》："端石出端溪，色理莹润，本以子石为上。子石者，在大石中生，盖精石也。"如琢玉：谓子石十分坚硬，雕刻子石如同刻玉一般很费劲。　②远烟：古代制墨用的一种原料。宋何薳《春渚纪闻》卷八："黄山张处厚、高景修皆起灶作煤制墨为世业，其用远烟、鱼胶所制，佳者不减沈珪。"同书同卷："西洛王迪，隐君子也。其墨法止用远烟、鹿胶二物。……文潞公尝从迪求墨，久之，持烟一奁见公，且请以指按烟，指起烟亦随起，曰：'此烟之最轻远者。'乃抄烟以汤瀹起，揖公对啜，云当自有龙麝气，真烟香也。凡墨入龙麝，皆夺烟香。"真削黳（yī）：真能比得上黳石。削，当作"肖"，相似。黳，黑色的玉石。《汉书·西域传》："（康国）出白、黳、青三种玉。"　③病风手：此句作者自注云："古语云：磨墨如病风手。"所谓病风手，即今类风湿性关节炎造成的手指弯曲、骨节肿大之病状。　④玄

云:指研好的墨汁上面浮着的油花像黑色的云一样。渰(yǎn):云兴起的样子。 ⑤是中有何好:研墨写字这等事有什么好处? ⑥蜡屐(jī)阮:用蜡涂抹木屐的阮孚。《世说新语·雅量》:"或有诣阮(孚),见自吹火蜡屐,因叹曰:'未知一生当着几量屐。'神色闲畅。" ⑦锻柳嵇:在大柳树下锻造的嵇康。《晋书·嵇康传》:"(嵇康)性绝巧而好锻。宅中有一柳树甚茂,乃激水圜之,每夏月,居其下以锻。" ⑧天全:保全天性。苏轼《李行中秀才醉眠亭》诗之一:"已向闲中作地仙,更于酒里得天全。" ⑨宛宛:真切可见之貌。天投蜺:天上降下的虹蜺。《后汉书·五行传》:"灵帝光和元年六月丁丑,有黑气堕北宫温明殿东庭中,黑如车盖,起奋讯,身五色,有头,体长十余丈,形貌似龙。上问蔡邕,对曰:'所谓天投蜺者也。不见足尾,不得称龙。'"此句言书法之妙在于它如同天上盘旋而下的虹蜺,令人陶醉。 ⑩中书君:毛笔的代称。韩愈寓言《毛颖传》:"(毛笔)累拜中书令,与上益狎,上尝呼为中书君。……后因进见,上将有任使,拂试之,因免冠谢。上见其发秃,又所摹画不能称上意。上嘻笑曰:'中书君老而秃,不任吾用。吾尝谓中书君,君今不中书邪?'" ⑪此幽栖:在这里幽居的日子。

[解析]

　　这首诗作于哲宗绍圣元年(1094)作者被贬到惠州时。全诗写得率真自然,妙趣横生,读之令人觉得他像孩子般天真,甚至有些任性的成分,完全看不出此时他正处在人生的最低谷。开篇两句像是在炫耀他拥有的宝贝:看见了吗?我老苏有天下至宝端溪砚,而且是端溪子石砚,上上等货色,厉害吧?还有呢,诸位见过远烟墨吗?哈哈,我老苏也有此物。看过远烟宝墨在子石宝砚里研磨的奇景吗?告诉你,刚刚研磨的墨汁上面,浮动着一层墨云,单就这一点,就足能让我老苏高兴得手之舞之足之蹈之了!任你们讥笑老苏患上了类风湿性关节炎也没关系,看见这片墨云,啥毛病都没有了。这你们就不理解了吧?请问诸位,晋朝阮孚最喜欢往木屐上涂蜡,嵇康最喜欢在柳树下锻铁,你们能理解吗?不理解吧?那我老苏告诉你们:因为你们都是些俗不可耐的货色。此刻老苏刚刚饮了些酒,趁着酒兴让我写几个自然天成的大字,饱饱你们的眼福。看见了吗?这一笔一画,是不是与天上虹霓一样地潇洒,一样地传神?嗨,跟你们说这些没有用,不说了,还是跟我这位中书君拉拉家常的好:秦始皇那老东西不想用你了?没关系,我老苏可最喜欢和你交朋友。有了你这位朋友,老苏在惠州的日子定会过得有声有色乐不可支。

或许读者朋友会觉得我的"解析"有失严肃。对了,我实在是替苏轼感到高兴,他这辈子屡屡遭贬,真够闹心也真够倒霉的,好不容易得到了中书君这样一位朋友,我们还有什么理由不与之同乐?

独 觉

瘴雾三年恬不怪①,反畏北风生体疥②。朝来缩颈似寒鸦,焰火生薪聊一快③。红波翻屋春风起④,先生默坐春风里⑤。浮空眼缬散云霞⑥,无数心花发桃李⑦。悠然独觉午窗明,欲觉犹闻醉鼾声。回首向来萧瑟处,也无风雨也无晴。

[注释]

①瘴雾三年:指来到岭南已经三年。恬不怪:浑然不以为怪。意谓早已适应了。 ②反畏北风生体疥:反倒害怕北风来时生出疥疮。北风干凛,容易将皮肤吹裂而生疮。 ③焰火生薪聊一快:点燃柴火聊取一时之

快。　④红波翻屋春风起：红色的火焰满屋翻飞，恰如温暖的春风吹起。　⑤先生：作者自指之词。　⑥浮空眼缬（xié）散云霞：浮空之中满眼看到的都是斑斓色彩，宛如天上灿烂的云霞。　⑦无数心花发桃李：数不清的心花散出，恰如桃李花开。这是作者对满屋腾起的火光又一种譬喻。

[解析]

　　这是一首充满童趣乃至神趣的小诗，作于哲宗绍圣四年（1097）。开篇直言来到岭南不知不觉已经三年，完全习惯了此地的风俗气候，倘若改变一下，反倒觉得不适应了。这正如我们今天很多人，生长在北方，却要到南方谋生工作，便会觉得方方面面都不习惯。不过我们的不习惯仅仅是身体上的异感，苏轼则不但要习惯这里的气候，更要习惯被剥夺了官身成为编管人员的巨大心理落差。作者的心怀很宽大，他开玩笑说：若是刮起北风，我还担心身上长疥疮呢！如今真的刮起了北风，怎么办？赶紧在屋里点起柴火。柴火燃起后，屋里不但温暖了许多，还给他带来了意想不到的收获，看这满屋里火星乱飞，不是跟绚丽的彩云有一比吗？由此连带产生的是内心的愉悦，心花怒放，恰如桃李——这是一种由温暖而联想到的幻象，春风徐来，桃花李花可不就该满园怒放了吗？这个苏老，真会给自己找乐子。由于屋里温暖如春，所以酣然睡去，一觉又睡到"午窗明"，奇怪，明明睡醒了，怎么还听得见饮醉打鼾的声响？这种似睡非睡、似醒非醒的状态，我们大概也都经历过，可惜不会有人费心思去琢磨它罢了。最后一句"回首向来萧瑟处，也无风雨也无晴"，则把读者带进了一个宁谧无尘的清空境界，这正是作者想要达到的境界，他认为读者和他一样，都需要在这种无何有之乡里享受最纯粹的抚慰。

倦　夜

　　倦枕厌长夜，小窗终未明。孤村一犬吠，残月几人行。衰鬓久已白,旅怀空自清。荒园有络纬①,虚织竟何成②。

[注释]

①络纬:昆虫名,即促织,又名莎鸡、络丝娘、纺织娘。 ②虚织:没有实际意义的纺织。意谓络纬只有促织之名而无纺织之实。

[解析]

这是一首精巧别致的小诗,说它有多么深刻的寓意,我们还没发现,充其量可以称为作者在百无聊赖中抒发一点烦愁之情。此时作者来到儋州已经不短时间,开始适应这里的一切,包括气候和风土人情。他很孤独,孤独到连睡觉都觉得是个负担。看看小窗,天色还很晦暗,小小的村落里偶尔传来一两声犬吠,算是划破漫漫长夜,给这个世界带来一点生气。他不知道残月之下,此时有几个人在路上行走,这竟然也成了他生活的内容之一。荒疏的小园里,促织还在鸣叫,这可怜的小虫,就是叫得再欢,也不会有任何的成果。清代纪晓岚曾评此诗说:"结有意致,遂令通体俱有归宿。如非此结,则成空调。"意思是说这首诗的结尾两句乃传神之笔,遂使全诗有了寓意。唐人孟郊《相和歌辞·杂怨》说:"贫女镜不明,寒花日少容。暗蛩有虚织,短线无长缝。"列举了四种无奈,其中就包括络纬的虚织。如此一来,诗的落点便由络纬的虚织传导到人生的空忙上来。蜗角虚名、蝇头微利尚且是一场空忙,更何况到头来一无所得,却被流放到天涯海角,这岂不比络纬的虚织更加可悲?

祭常山回小猎①

青盖前头点皂旗②,黄茅冈下出长围③。弄风骄马跑空立④,趁兔苍鹰掠地飞⑤。回望白云生翠巘⑥，归来红叶满征衣⑦。圣明若用西凉簿，白羽犹能效一挥⑧。

[注释]

①祭常山：到常山举行祭神的仪式。《苏轼文集》卷六十二还有作者写的《祭常山祝文五首》，称因密州大旱，于闰四月率幕僚前往常山祭祀山神。常山是密州境内山名，在今山东省诸城市南二十里。《读史方舆纪要》卷三十五："常山，（诸城）县西南三十里。苏轼云：'山不甚高大，而下临城中，雉堞楼观，仿佛可数。上有雩泉，流为扶淇水。'宋熙宁八年，苏轼守密州，祷雨于此而应，因名。" ②青盖：青色的车盖，汉代为宰相所乘之车，宋代渐及一般官员。点皂旗：插着一杆黑旗。此处是作者写自己所乘的车子。 ③黄茅冈：作者祭常山归途中的小山岗，在常山东南。因冈上生满黄草，故称。长围：长堤。此处喻围猎的队伍如同长堤一般。 ④弄风：骏马舞于风中。骄马：健硕的骏马。跑空立：形容马奋起前蹄，只剩后蹄立于地，仿佛腾起于空中。 ⑤趁兔苍鹰：抓捕野兔的雄鹰。掠地：掠过地面，擦着地皮。 ⑥白云生翠巘（yǎn）：苍翠的山峰上飘起白云，宛如自山生出。巘，不甚高的山峰。 ⑦征衣：出征所穿的衣服。此处指祭祀活动中穿的衣裳而非官服。 ⑧圣明若用西凉簿，白羽犹能效一挥：圣明的天子若能启用我，我定能像谢艾一样立功边陲。西凉簿，西凉府的主簿官，指晋代谢艾。他以书生从军，打胜仗无数。《晋书·张重华传》载牧府相司马张耽向西凉牧张重华举荐谢艾："'今强寇在郊，诸将不进，人情骚动，危机稍逼。主簿谢艾，兼资文武，明识兵略，若授以斧钺，委以专征，必能折冲御侮，歼殄凶类。'重华召艾，问以讨寇方略。"白羽，白色的羽扇。

[解析]

这首诗作于熙宁八年（1075），作者当时任密州知州。此时的苏轼刚从杭州通判任上调任至此，已经在地方官任上待了四五年，这四五年恰恰是王安石变法如火如荼的阶段，地方官最重要的职责就是为朝廷推行新法，而作者对新法厌恶之极，碍于官身又不得不应付差事，内心感到非常苦闷，屡屡想到离开此任，到边陲前线去杀敌立功。细读此诗，我们不由联想到他的《江神子·密州出猎》，二者的基本格调完全相同，写作手法上也大致一致，堪称是作者的"密州双璧"。全诗气势如虹，情感激越，末句"圣明若用西凉簿，白羽犹能效一挥"，与《江神子》的"会挽雕弓如满月，西北望，射天狼"用意相同，后者激扬有余，而前者则更显得深沉凝重。

刘壮舆长官是是堂①

闲燕言仁义②，是非安可无③？非非义之属④，是是仁之徒⑤。非非近乎讪⑥，是是近乎谀⑦。当为感麟翁⑧，善恶分锱铢⑨。抑为阮嗣宗⑩，臧否两含糊⑪。刘君有家学，三世道益孤⑫。陈古以刺今，绅史行天诛⑬。皎如大明镜，百陋逢一姝⑭。鹗立时四顾⑮，何由扰群狐⑯。作堂名是是，自说行坦途⑰。孜孜称善人，不善自远徂⑱。愿君置座右⑲，此语禹所谟⑳。

[注释]

①刘壮舆：刘义仲，字壮舆，筠州（今江西省高安市）人，北宋学

者刘恕之子。是是堂：刘義仲所建堂名。　②闲燕言仁义：闲时讲论仁义。《国语·齐语》："闲燕则父与父言义，子与子言孝，其事君者言敬，其幼者言弟。"　③是非安可无：怎么可以不论是非呢？　④非非义之属：对不正确的事物进行批评属于义的表现。　⑤是是仁之徒：凡事皆言是是，乃是仁者处事之方。　⑥非非近乎讪（shàn）：凡事都认为不对而加以批评，则近于谤讪。　⑦是是近乎谀：凡事皆言是是，则近于阿谀。这两句话出自欧阳修《非非堂记》："夫是是近乎谄，非非近乎讪，不幸而过，宁讪无谄。"　⑧感麟翁：指孔子。《春秋公羊传·哀公十四年》："春，西狩获麟。"唐徐彦注："西狩获麟。何以书？记异也。何异尔？非中国之兽也。……何以终乎哀十四年？曰：备矣。君子曷为为《春秋》？拨乱世，反诸正，莫近诸《春秋》。"此句意谓是其是而非其非者，莫过于孔子。　⑨善恶分锱铢（zī zhū）：一善一恶非常分明，如同锱铢般不差毫厘。古代锱为一两的四分之一，铢为一两的二十四分之一。喻极细微的差别。　⑩抑为：或者做。阮嗣宗：晋代名士阮籍，字嗣宗，竹林七贤之一。《晋书》有传。　⑪臧否（zāng pǐ）两含糊：赞扬和批评都模棱两可。不轻易发表意见。意思是说阮籍很少正面赞扬人或批评人。《晋书·阮籍传》："籍虽不拘礼教，然发言玄远，口不臧否人物。"　⑫刘君有家学，三世道益孤：意谓刘義仲有家学渊源，三代守道不阿，特立独行。刘義仲的祖父刘涣与欧阳修为同年进士，曾为颍上县令，因与上司不合而辞官，结庐于庐山之下。欧阳修曾为他作《庐山高》赞扬其气节，"涣居庐山三十余年，环堵萧然，饘粥以为食，而游心尘垢之外，超然无戚戚意，以寿终"（《宋史·刘恕传》）。其父刘恕博学多闻。《宋史·刘恕传》："笃好史学，自太史公所记，下至周显德末，纪传之外至私记杂说，无所不览，上下数千载间，钜微之事，如指诸掌。司马光编次《资治通鉴》，英宗命自择馆阁英才共修之。光对曰：'馆阁文学之士诚多，至于专精史学,臣得而知者,唯刘恕耳。'即召为局僚,遇史事纷错难治者,辄以诿恕。恕于魏、晋以后事,考证差缪,最为精详。……死后七年,《通鉴》成,追录其劳,官其子羲仲为郊社斋郎。"　⑬陈古以刺今,紬(chōu)史行天诛:陈述古代的事件来讽喻当今罪恶,用史实施行上天的诛罚。《墨子·鲁问》:"郑人三世杀其父,而天加诛焉。"紬,条理归纳。

⑭皎如大明镜,百陋逢一姝:意谓刘氏所作史书,光耀如明镜,善恶美丑无所遁逃。其间丑恶之事很多,大约一百件事中,只有一件是光彩的。百陋一姝,指因刘氏洞察秋毫,任何丑陋和美善都逃不过他的眼睛。

⑮鹗立:像雕鹗一样伫立不动。喻卓然超群。时四顾:时不时四面环顾。此处喻刘羲仲为人耿介,不为时俗所污。　⑯何由扰群狐:还有什么事会惹怒群狐？群狐,喻做尽坏事的人们。　⑰自说行坦途:用韩愈《寄卢仝》诗句"往年弄笔嘲同异,怪辞惊众谤不已。近来自说寻坦途,犹上虚空跨绿駬"。意谓自说自话,不去讲说别人的短处,或许才是一条坦途。　⑱孜孜称善人,不善自远徂(cú):孜孜不倦地称扬善人,那些不善之徒自然会离你远去。　⑲愿君置座右:希望刘君能把这段话当作座右铭。这里指的是《左传·宣公十六年》里的一段话:"羊舌职曰:'吾闻之:禹称善人,不善人远。此之谓也夫！'"　⑳此语禹所谟(mó):这话是大禹所称赞的。谟,谋划。

[解析]

这首诗作于徽宗建中靖国元年(1101),当时作者已得到宽赦,从海南北行路过江西,与刘羲仲相见。据王铚《默记》卷中说:"东坡自海外归,至南康军语刘羲仲壮舆曰:'轼元丰中过金陵,见介甫论《三国志》曰:"裴松之之该洽,实出陈寿上,不能别成书而但注《三国志》,此所以居陈寿下也。"盖好事多在注中。安石旧有意重修,今老矣,非子瞻,他人下手不得矣。'轼对以:'轼于讨论非所工。'盖介甫以此事付托轼,轼今以付壮舆也。"此时苏轼已经走到南康军（今江西省星子县），方与刘羲仲相遇。这期间苏轼曾给刘羲仲先后写过六封信，均载于《苏轼文集》当中。苏轼对刘恕一直心存敬畏，如今见到他儿子，自然感到非常亲切。刘羲仲也自认为与苏轼有缘，于是请求苏轼为他写几个大字作为纪念，另请苏辙写了一篇他祖父刘涣的墓表。苏轼在《与刘壮舆书》中说道："某昨夜苦热减衣，晨起得头痛病，故不出见客，然疾亦不甚也。方令小儿研墨，为君写数大字。旋得来教及纸，因尽付去。恐墓表小字中亦有题目，则额上恐不当复云墓表，故别写四大字，以备或用也。舍弟所作词，当续写去。"可见苏轼对刘羲仲有求必应，哪怕是在病中也绝不推辞。苏辙为刘羲仲写的《刘凝之屯田哀辞》（并叙）洋洋洒洒一千余字，也在此时交给了刘羲仲。

全诗以刘羲仲修建是是堂为起手，赞扬了刘氏三代人特立独行不肯趋附权贵的高尚品德，同时鞭挞了那些以谄媚求取名利的小人行径。不过作者也提出了一个问题，那就是怎样做才算恰得中庸？"非非近乎讪，是是近乎谀。当为感麟翁，善恶分锱铢。抑为阮嗣宗，臧否两含糊。"看来这两者都还有些不尽人意之处。作者先取欧阳修所论："是是近乎谄，非非近乎讪，不幸而过，宁讪无谄。"欧阳修也承认任何事不要走向极端，但如果在两者之间难于取舍时，宁可冒"讪"的危险，也不可取"谄"的恶名，大有宁左勿右、宁有过之而不可不及的意味。作者在文章最后提出一个更可靠的方法，那就是"禹称善人，不善人远"。称扬善者而不直接指责恶者，恶者自行远离，不失为更加温和的处理方法。这里提到的各种处事方法，能否对今天的我们也有些启发呢？

赠刘景文①

荷尽已无擎雨盖②，菊残犹有傲霜枝③。一年好景君须记，最是橙黄橘绿时。

[注释]

①刘景文：刘季孙，字景文，哲宗元祐中以左藏库副使为两浙兵马都监。因苏轼举荐，为隰州（今山西省隰县）知州。元祐七年卒于任，年六十。刘季孙出身于将门之家，其父为神宗时期的名将刘平，在对西夏作战中壮烈殉国。刘季孙死后，苏轼曾写过一篇《乞赙赠刘季孙状》说："（季孙）笃志好学，博通史传，工诗能文，轻利重义，练达军政，至于忠义勇烈，识者以为有平之风。性好异书古文石刻，仕宦四十余年，所得禄赐，尽于藏书之费。近蒙朝廷擢知隰州，今年五月，卒于官所。家无甔石，妻子寒饿，行路伤嗟。今者寄食晋州，旅榇无归。臣等实与季孙相知，既哀其才气如此，死未半年，而妻子流落，又哀其父平以忠义死事，声迹相接，四十年间，而子孙沦替，不蒙收录，岂朝廷之意哉？" ②荷尽已无擎雨盖：荷花已经落尽，连荷叶都已经干枯，无力擎承雨珠。

③菊残犹有傲霜枝：菊花虽已凋谢，尚存有傲霜的枯枝。

[解析]

这首诗作于哲宗元祐五年（1090）初冬，苏轼任杭州知州，刘季孙任两浙兵马都监，治所也在杭州，故二人交往甚密，也常有往来诗文。作者对性情慷慨有将帅之风的刘季孙十分赞赏，于是向朝廷举荐他担任更重要的职务。未久，朝廷命刘季孙为隰州知州，而此时刘季孙已经五十八岁，所以苏轼赠诗中用了"荷尽已无擎雨盖""菊残犹有傲霜枝"点明这份遗憾，接着又以"一年好景君须记，最是橙黄橘绿时"勉励他说：越是秋霜严酷之时，越能显出橙橘的无限生命力。这句话不仅有劝勉刘季孙的意思，更寓有与季孙同勉的意味。

六月二十七日望湖楼醉书五首①

　　黑云翻墨未遮山②,白雨跳珠乱入船。卷地风来忽吹散,望湖楼下水如天③。

　　放生鱼鳖逐人来,无主荷花到处开。水枕能令山俯仰④,风船解与月徘徊⑤。

　　乌菱白芡不论钱⑥,乱系青菰裹绿盘⑦。忽忆尝新会灵观⑧,滞留江海得加餐⑨。

　　献花游女木兰桡⑩,细雨斜风湿翠翘⑪。无限芳洲生杜若⑫,吴儿不识《楚辞》招⑬。

　　未成小隐聊中隐⑭,可得长闲胜暂闲⑮。我本无家更安往⑯?故乡无此好湖山。

[注释]

　　①六月二十七日:熙宁五年(1072)的六月二十七日。望湖楼:杭州名楼,在西湖边上的昭庆寺南。《咸淳临安志》卷三十二:"望湖楼在钱塘门外一里,一名看经楼,乾德五年钱忠懿王建。"　②黑云翻墨未遮山:乌云翻滚,但还没能把群山遮住。　③水如天:水天一色。　④水枕能令山俯仰:群山好像枕水而立,由于有了水的映衬,令人感觉那些山好像不时地俯仰晃动一般。　⑤风船解与月徘徊:风中的游船很懂得与倒映的月光徘徊。　⑥乌菱:黑紫色的菱角。白芡(qiàn):白色的鸡头。不论钱:不问价钱。意思是这些东西非常便宜,所付很少的钱几乎可以忽略

不计。　⑦乱系青菰裹绿盘：一团慈姑胡乱放在盘子里，好像要把盘子裹成绿色。　⑧尝新：尝鲜。会灵观：汴京宫观名。《咸淳临安志》卷十三："初，章圣皇帝建会灵观，实于崇元殿之侧营三茅君殿。"　⑨滞留江海得加餐：滞留于江海之滨，反而可以增加美食。江海，指杭州。　⑩木兰桡（ráo）：木兰木制成的船桨。　⑪翠翘：古代妇女的一种首饰，因状似翠鸟尾上的长羽，故名。白居易《长恨歌》："花钿委地无人收，翠翘金雀玉搔头。"　⑫无限芳洲：一眼望不到边的芳草洲。杜若：香草名。多年生草本，高一二尺。叶广披针形，味辛香。夏日开白花。果实蓝黑色。《楚辞·九歌·湘君》："采芳洲兮杜若，将以遗兮下女。"　⑬吴儿不识《楚辞》招：吴地的男儿水性极好，根本不晓得有什么《楚辞·招魂》。意思是说这些男儿不可能在水中出现意外。　⑭未成小隐聊中隐：晋代王康琚《反招隐诗》有"小隐隐陵薮，大隐隐朝市"之说。后人发展其说，遂成"大隐隐于朝，中隐隐于市，小隐隐于野"。苏轼此句意谓自己做不到隐于野，只能隐于市。　⑮可得长闲胜暂闲：可以得到长期的闲暇，比暂时的闲暇更值得珍惜。　⑯我本无家更安往：我本来就没有家，还能到哪里去？

[解析]

这组诗作于熙宁五年（1072）作者担任杭州通判时。这些诗不仅可称为西湖的特写，更蕴有作者丰富而又矛盾的情感。

第一首写作者在望湖楼饮酒将醉之际，天色突然大变，滚滚浓云倏然而至。就在乌云翻卷时，急雨已经迫不及待地打到了船上，然而时隔未久，忽然间雨散云收，变得水天一色。全诗在动感处理上相当成功，且时间差也极小，似乎这些急骤的变化仅仅发生在转瞬之间：云还没布满，雨已经下来了；雨还没下多久，风又倏然而至，将漫天的乌云和急骤的雨水吹得无影无踪。

第二首以传神之笔描绘了雨后西湖及其左近的景致。您看：追逐游人的鱼鳖是刚刚放生的，到处盛开的荷花是无主的，这样写既增加了野趣，又富有灵动脱俗之气。更有意蕴的是下面两句："水枕能令山俯仰，风船解与月徘徊。"原本山是山、水是水，可在作者笔下，两者有机地联系在了一起，那些山好像是枕水而立，当然会出现俯仰晃动。风、船与月也是风马牛不相及的三种自然景物，作者将它们巧妙地结合在一起，微风吹动着船只，船只在水中游荡，水面上倒映的月亮，好像有意地与风和船相互旖旎徘徊，互不舍弃。

第三首前三句都在写吃：菱角、鸡头、青菰，这些南国水生的鲜美食物，在杭州可以随意地吃。不过您可千万别把苏轼看成一个吃货，最后一句道出了一段情思：面对这些美味，忽然想起了曾在汴京会灵观里品尝美味，几乎舍不得下嘴，因为那些美味太难得，当然也就太珍贵了。这一多一少一贵一贱，表现出作者极为复杂的情感：在京师时，虽然很难吃到南方美味，但那时是在全副身心地为朝廷之事奔走操劳；如今这些美味可以随便大嚼，但心里却总有一种被流放、被闲置的滋味。

第四首的情绪得到了暂时的舒缓，作者看到两样抢眼的景致，一是湖中游女在斜风细雨中悠闲荡桨，二是健壮的男儿在水中出没：江南的女子有多美，只有亲眼见到才能晓得；江南的男儿有多健壮，也只有亲眼见到才能相信。作者如此下笔的用意，仍在于表现内心复杂的情感：江南自有江南的可留恋之处，既然来到了杭州，姑且就看作朝廷对自己的照顾吧。没有这个安排，我哪能享受到如此的惬意？

第五首不再隐晦，直言说道：既然有官在身当不成隐士，那就当个隐于市的"中隐"也不错。对朝廷的挂怀大可不必，对家乡的思念也可以暂时放下，难得有这么长久的闲暇，可以让自己彻底放松，这不也很好吗？

从整组诗的描写看，似是作者醉后挥笔而就，未必有更深的寓意。但也有学者说，此时苏轼正处于遭到排挤的苦闷之中，朝廷强力推行的新法，使他时时感到痛心疾首又无可奈何，于是把熙宁变法比喻成天上突至的乌云，他希望这些乌云尽快地散去，还大宋一个清朗的天。当然这样的愿望很难成真，所以作者的内心再次腾起退隐的渴望，也在情理之中。

行琼儋间肩舆坐睡梦中得句云千山动鳞甲万谷酣笙钟觉而遇清风急雨戏作此数句①

四州环一岛②，百洞蟠其中③。我行西北隅④，如度月半弓。登高望中原，但见积水空⑤。此生当安归⑥？四顾真途穷。眇观大瀛海⑦，坐咏谈天翁⑧。茫茫太仓中，一米谁雌雄⑨？幽怀忽破散⑩，永啸来天风⑪。千山动鳞甲⑫，万谷酣笙钟⑬。安知非群仙，钧天宴未终⑭？喜我归有期⑮，举酒属青童⑯。急雨岂无意，催诗走群龙⑰。梦云忽变色⑱，笑电亦改容⑲。应怪东坡老，颜衰语徒工⑳。久矣此妙声，不闻蓬莱宫㉑。

[注释]

①行琼儋间：走在琼州和儋州之间。琼州在今海南省北部海口市，儋州在今海南省儋州，是苏轼贬谪所居之处。哲宗绍圣四年（1097），苏轼由惠州再贬到儋州，这首诗就写于他渡海后由琼州前往儋州的路上。肩舆：一种形制简单的轿子，两支长竿当中置椅以坐人，有点像现在四川、重庆人所乘的滑竿。　②四州环一岛：意谓海南岛在四个州郡的环绕当

中。海南岛在宋代属广南东路，设有四个州军，北面为琼州，南为崖州朱崖军（今海南省三亚），西为儋州昌化军（今海南省儋州），东为万宁万安军（今海南省万宁）。　③百洞蟠（pán）其中：谓海岛之上到处都能看见奇形怪状的洞穴。蟠，环绕盘伏。　④我行西北隅：作者渡海到琼州后，沿着西北向儋州行进。琼州至儋州这段路程，恰在海岛的西北面。⑤登高望中原，但见积水空：行进间偶然登高北望，见到的只有无尽的水面。苏轼到达儋州后曾写过一篇《试笔自书》称："吾始至南海，环视天水无际，凄然伤之曰：'何时得出此岛耶？'"与此诗的感慨全同。⑥安归：归向何处。　⑦眇观：远看。大瀛海：古人对中国大陆之外大海的总称。《史记·孟子荀卿列传》："中国外如赤县神州者九，乃所谓九州也。于是有裨海环之，人民禽兽莫能相通者，如一区中者，乃为一州。如此者九，乃有大瀛海环其外，天地之际焉。"其《试笔自书》又称："天地在积水中，九州在大瀛海中，中国在少海中，有生孰不在岛者？"⑧谈天翁：指战国时期齐国阴阳家邹衍，因其语宏大迂怪，故称为"谈天衍"。《史记·孟子荀卿列传》："驺衍之术迂大而闳辩……有得善言。故齐人颂曰：'谈天衍，雕龙奭。'"　⑨茫茫太仓中，一米谁雌雄：《庄子·秋水篇》："计中国之在海内，不似稊米之在太仓乎？"意思是说中国在海内，就如大粮仓中的一粒稊子罢了，你能计较些什么？此句说一粒米和粮仓比起来，实在微不足道。暗喻自己和朝廷根本无法抗衡。　⑩幽怀：幽怨的襟怀。此句是说想通了太仓一粟的道理，心中的忧愤也随之烟消云散。　⑪永啸：长啸，此处指作者的长啸引来了大风。　⑫千山动鳞甲：千山如同鱼龙般翻动。指眼前大山上的黑云如布满鳞甲的巨龙上下翻滚。

⑬万谷酣笙钟：山谷里像是奏响乐曲，声音格外宏大。笙、钟在这里代指各种乐器。　⑭安知非群仙，钧天宴未终：怎知道不是群仙大宴，钧天大乐尚未终结？意指眼前的千山动鳞甲、万谷酣笙钟方兴未艾，如同天上

群仙大宴上的钧天之乐还在继续进行。钧天，传说中天的中央，此处代指天上的仙乐。《异闻录·韦安道》："大殿上陈广筵重乐，罗列樽俎，九奏万舞，若钧天之乐。"　⑮喜我归有期：庆幸我还有归去的时日。苏轼自认为不会永久待在这里，总还会有回归中原的那一天。　⑯属（zhǔ）：劝酒。青童：传说中的仙童。此处代指自己的僮仆。　⑰急雨岂无意，催诗走群龙：这场暴雨一定有它的深意，它大概是在催促群龙向苏某催诗。群龙，喻黑云滚动的群山。　⑱梦云：飘忽诡谲的云。忽变色：忽然间变得十分清朗。　⑲笑电：闪电。亦改容：也改变了原来的狰狞，变得平和下来。　⑳应怪东坡老，颜衰语徒工：这都是因为东坡老人虽然年事已高，诗句却依然那么精美（将上天感动了）。这句话是苏轼解嘲之语，他为自己吟诵了此诗而使狂风暴雨的天气变得和顺深感自鸣得意，完全是苦中作乐之词。　㉑久矣此妙声，不闻蓬莱宫：是"蓬莱宫久矣不闻此妙声"的倒装，意谓天上宫阙里很久听不到如此美妙的歌曲了。此妙声，苏轼自称刚刚写完的这篇诗歌。蓬莱宫，天上的仙宫名。

[解析]

　　此诗作于苏轼贬谪海南踏上海岛之后。按照世俗的理解，此时的苏轼本该是一副痛不欲生、捶胸顿足、号啕大哭的惨状，然而事实却是，他既没有痛不欲生，也没有捶胸顿足，反倒把沿途遇到的凄风苦雨当成戏乐，并展开了丰富的想象——可笑这些山山水水见到东坡翁便不老实起来，又是翻跟头又是打滚儿，直闹得天昏地暗，不就是想求我一首好诗嘛！那好，我老苏就诵读给你们听。不一会儿云开天霁，于是苏轼呵呵大笑道：这回尔等都老实了？老龙也不再折腾了？告诉你们，莫说是你们这些小神，就是天上的蓬莱宫里，那些大神仙也都很久没听过我老苏的好诗了！

　　作者自哲宗亲政、新党上台执政后，先被贬到定州，不久又贬惠州，三年多后再次被贬到蛮烟瘴雨非人所居的海南孤岛，实则是新党诸人必欲置之死地,巴望他病死在海岛。然而内心无比坚强的苏轼老人,却仍以积极乐观的态度接受逆境,体现了他不惧怕任何艰苦、在任何时候都保持一颗旷达乐观之心的高远境界。后人感悟人生时,往往会提到一句"人生若有不快乐,都因未读苏东坡",真是说到了点子上——人们总在感叹"不如意十之八九,得与人言无二三",如果了解苏轼一生的坎坷和他对待这些坎坷的态度,就能使自己变得强大起来,敢于笑对人生了。

次前韵寄子由①

我少即多难,邅回一生中②。百年不易满③,寸寸弯强弓④。老矣复何言,荣辱今两空⑤。泥丸尚一路⑥,所向余皆穷⑦。似闻崆峒西⑧,仇池迎此翁⑨。胡为适南海⑩,复驾垂天雄⑪。下视九万里⑫,浩浩皆积风⑬。回望古合州⑭,属此琉璃钟⑮。离别何足道,我生岂有终⑯?渡海十年归,方镜照两童⑰。还乡亦何有,暂假壶公龙⑱。峨眉向我笑⑲,锦水为君容⑳。天人巧相胜㉑,不独数子工㉒。指点昔游处,蒿莱生故宫㉓。

[**注释**]

①次前韵寄子由:指用前一首《行琼儋间肩舆坐睡……戏作此数句》的原韵再写此诗。 ②邅(zhān)回:路途艰难,难以行进。《淮南子·原道》:"邅回川谷之间,而滔腾大荒之野。"高诱注:"邅回,犹委曲也。" ③百年不易满:人生百年很难达到。意谓一般人只能活几十岁。 ④寸寸弯强弓:每前行一步,都好像力挽强弓一样异常艰辛。 ⑤荣辱

今两空：荣光也好，耻辱也好，如今都不复存在。意谓到了如今这个地步，完全不必再考虑什么荣辱。 ⑥泥丸尚一路：此句作者自注云："古语云：十方薄伽梵，一路涅槃门。"意谓所有生灵最终都必然走入涅槃（死亡）。泥丸，又作"泥洹"，佛教"涅槃"的另一种译法。 ⑦所向余皆穷：是"余所向皆穷"的倒装，意谓自己无论怎么行走，都是穷途末路。 ⑧崆峒（kōng tóng）：山名，在今甘肃省平凉市西十余里处，相传为黄帝问道于广成子之处。 ⑨仇池迎此翁：有个叫仇池的地方还能接纳我老苏。仇池，山名，在甘肃省成县西。其山有东、西两门，盘道可登，山上有水池，故名。《读史方舆纪要》卷五十九："（仇池）山在仓、洛二谷间，常为水所冲激，故下石而上土，形如覆壶，上有池百顷。池左右悉白马氏，惟东、西二门盘道可七里。上则冈阜低昂，泉源交灌，煮土成盐，居人盖以万数。"苏轼早有遁世之想，元祐七年任翰林学士承旨时，就曾梦到过此地。宋胡仔《苕溪渔隐丛话》后集卷二十六载："东坡云：余在颍州，梦至一官居，人物与俗无异，而山川清远，有足乐者。顾视堂上，榜曰仇池。觉而念之：仇池，武都氏故地，杨难当所保，余何为居之？明日以问客，客有赵令畤德麟者，曰：'何为问此？此乃福地小有洞天之附庸也。杜子美诗云：万古仇池穴，潜通小有天。神鱼人不见，福地语真传。近接西南境，长怀十九泉。何时一茅屋，送老白云边？'他日，工部侍郎王钦臣仲至谓余曰：'吾尝奉使过仇池，有九十九泉，万山环之，草木鲜丛，可以避世，如桃源也。'" ⑩胡为适南海：为什么却到南海来了。意谓本该到仇池隐居，不料被流放到了海南。 ⑪复驾垂天雄：又乘驾着大鹏雄鸟。《庄子·逍遥游》："北冥有鱼，其名为鲲。鲲之大，不知其几千里也。化而为鸟，其名为鹏。鹏之背，不知其几千里也。怒而飞，其翼若垂天之云。是鸟也，海运则将徙于南冥。南冥者，天池也。" ⑫下视九万里：《庄子·逍遥游》："鹏之徙于南冥也，水击三千里,抟扶摇而上者九万里。"⑬浩浩皆积风:《庄子·逍遥游》:"风之积也不厚,则其负大翼也无力。故九万里则风斯在下矣。"以上三句皆言自己来到海南,仿佛应了庄子那些话,是乘驾着大鹏、俯视着大风而来。⑭古合州:指渡海南来的雷州海康。海康古称合州。《读史方舆纪要》卷一零四:"梁大通中置合州,大同末改为南合州,以别于合肥之合州也。隋平陈,复改为合州,治海康县。……贞观元年改东合州,八年改为雷州。天宝初曰海康郡,乾元初复曰雷州。五代时属于南汉。宋仍为雷州,亦曰海康郡。"⑮属此琉璃钟:意谓在海康时与弟苏辙饮酒分别。琉璃钟,酒杯的美称。李贺《将进酒》:"琉璃钟,琥珀浓,小槽酒滴珍珠红。"苏轼贬儋州时,苏辙亦贬海康。苏辙《次韵子瞻过海》诗:"我迁海康郡,犹在寰海中,送君渡海南,风帆若张弓。"⑯离别何足道,我生岂有终:分别一事何足挂齿,我的一生岂能在海上终结?苏辙《次韵子瞻过海》诗记载兄弟二人分别时苏轼的乐观态度云:"笑揖彼岸人,回首平生空。平生定何有,此去未可穷。"⑰渡海十年归,方镜照两童:渡海十年之后一定会回到家乡,那时候我老苏仍会面对镜子照我两瞳。这是苏轼自认为十年之内必会渡海北归。其所以定为十年,还因古时有十年变龙的传说,参看下条注。方镜,外形为方形的镜子。童,通"瞳",代指眼睛。⑱暂假壶公龙:权且当一条壶公的龙。意即得道成仙。《后汉书·费长房传》:"费长房者,汝南人也。曾为市掾。市中有老翁卖药,悬一壶于肆头,及市罢,辄跳入壶中。市人莫之见,唯长房于楼上睹之,异焉,因往再拜奉酒脯。翁知长房之意其神也,谓之曰:'子明日可更来。'长房旦日复诣翁,翁乃与俱入壶中。唯见玉堂严丽,旨酒甘肴,盈衍其中,共饮毕而出。……长房辞归,翁与一竹杖,曰:'骑此任所之,则自至矣。既至,可以杖投葛陂中也。'又为作一符,曰:'以此主地上鬼神。'长房乘杖,须臾来归,自谓去家适经旬日,而已十余年矣。即以杖投陂，顾视则龙也。" ⑲峨眉：四川峨眉山。是苏轼家乡的名山。 ⑳锦水：即成都的濯锦江。又称锦江、锦水。为君容：为你（苏辙）濯洗面容。 ㉑天人巧相胜：天与人各有胜时。《史记·伍子胥列传》："人众者胜天，天定亦能破人。"此处意谓自己一定能够战胜上天，回到家乡。 ㉒不独数（shǔ）子工：不仅仅只有你苏辙可以永生（还有你兄苏轼呢）。 ㉓蒿莱生故宫：故宫里生满蒿莱之际，恰是我等成仙得道之时。意思是说自己和弟弟都能成仙永生，不会随着故宫荒废而消逝。故宫，指后蜀孟氏在成都的旧宫殿。

[解析]

这首诗紧接上首，因是寄给弟弟子由的，故而全诗口吻宛如与子由相互勉励，从这个意义上说，此诗比起上一首更显豪放积极。开篇用"我少即多难，邅回一生中。百年不易满，寸寸弯强弓。老矣复何言，荣辱今两空。泥丸尚一路，所向余皆穷"八句明确点出自己一生遭遇的坎坷，已真正到了宠辱不惊的境界。接下来进入对未来的畅想：听说崆峒山西面的仇池还欢迎我去，没想到却被安置到了大海之南，岂不是阴差阳错？这趟海南来得多么潇洒，恰如乘坐高飞九万里的大鹏，下视寰宇，尽皆积风。还记得海康一别吗？我等兄弟完全用不着为此伤感，我们的生命是无穷无尽的，十年之后我们一同返回家乡，都能变成壶公之龙，有什么不好？你看那峨眉山冲着你我笑，锦江水为我们洗去征尘，到那时我们会面对荒芜的旧宫相视而笑：究竟是人间更久，还是神仙更久？

粗读起来会让人感到十分畅快，会为苏轼的豪放感到敬佩。细细再读几遍，就会感觉出他的用心似乎不止于此。清人王文诰批点此诗说："二诗皆以不归为归，犹言此区区行迹之累，不足以囿我也。"算是说到了痛处。也就是说，苏轼心里很清楚，这次南来，回到内地家乡的希望已十分渺茫，但这又能怎么样？老子拼着不要这副形骸，去当神仙行不行？老弟也无须伤怀,等我们都成了神仙,一起回到故乡,睥睨尘世,岂不也有丁令威化鹤归辽的畅美?作者这种情怀虽然是出于无奈,但能够如此坦然地对待人生,很值得我们学习和借鉴。今天很多人汲汲于养生,恨不得长生不老,比起苏轼来,是不是会感到有些卑微?说实话,那些所谓的长寿秘方,没一个不是忽悠人的,真有那样的秘方,秦始皇会死掉吗?汉武帝会死掉吗?树立正确的生死观,正确对待生死,不找死也不怕死,仅仅是把死当成另一种重生,才会让自己更加潇洒和快乐。

醉睡者①

有道难行不如醉,有口难言不如睡。先生醉卧此石间,万古无人知此意。

[注释]

①醉睡者:饮酒后酣睡的人。

[解析]

这是一首带调侃意味的小诗,大概是作者偶然见到一位睡倒在石边的人,于是兴之所至,随口吟了四句。看似寻常不过的几句家常言语,却含有很深刻的寓意,也是很多读书人的真实写照,甚至可以看成是作者本人的写照。苏轼中进士后,一心想做个正直不阿的士子,可惜他刚刚踏进官场,熙宁变法就轰轰烈烈地展开了,作者出于对国家对朝廷高度的责任感,直言上书,提出自己的"道"。他本以为这才算得上是真正的忠君,谁知官场的复杂,绝非他想象的那样单纯。写过那篇《谏买浙灯状》(本书已收录，可参看）后，他便被赶出京城，到杭州当通判去了。如果说这次打击还不算严酷的话，那么几年后他因妄言新法之弊，被扣上写诗谤讪皇帝的大罪，被抓进了御史台，差点丧命，幸亏有多人搭救，他才得以流放黄州。此后不管他在朝在野，都难逃八方向他射来的毒箭，最终贬到岭南，贬到海南荒岛。在那里度过了人生最后的七八年。

苏轼是个绝顶聪明的人，很多道理他并不是不懂，比如这首小诗，道理说得何等深刻？可惜道理归道理，实际做起来却难上加难，这一方面是由于他骨子里那份忠君爱国的内蕴，另一方面是他的性格所致。他在《录陶渊明诗》中说："言发于心而冲于口，吐之则逆人，茹之则逆予，以谓宁逆人也，故卒吐之。"不管别人感受如何，只要自己想说的话就一定得说出来，当然会处处碰壁，有志难伸。在《密州通判厅题名记》中也提到："余性不慎语言，与人无亲疏，辄输写腑脏，有所不尽，如茹物不下，必吐出乃已。而人或记疏以为怨咎，以此尤不可与深中而多数者处。"可见他对自己身上存在的问题并不是不清楚。然而这才是真正意义上的苏轼，如果他真的"有道难行不如醉，有口难言不如睡"，反倒不是我们心目中的苏轼了。我倒是认为这首小诗给我们的启迪，应该反过来理解才好，做个率真的人，只要你认为是上不愧天下不愧人的好言好事，不妨想说就说，想做就做。

寒食夜[①]

漏声透入碧窗纱[②]，人静秋千影半斜。沉麝不烧金鸭冷[③]，淡云笼月照梨花[④]。

[注释]

①寒食：节令名。相传春秋时，晋文公征介子推入朝做官，介子推不肯，文公命人烧山以迫其出，介子推抱木而死。为了纪念这位高士，文公下令国人在这几日里不准起火炊饭，故名寒食。梁宗懔《荆楚岁时记》："去冬节一百五日，即有疾风甚雨，谓之寒食，禁火三日。" ②漏声：滴漏的声音。漏是古代的计时器，又称滴漏。 ③沉麝不烧金鸭冷：香炉里没有烧着香，致使香炉都感觉冷了。沉麝，掺有沉香的炷香，一种名贵的香。金鸭，涂有金饰的鸭形香炉。 ④淡云笼月：被淡淡云层遮掩略显朦胧的月亮。

[解析]

这首小诗不知作于何时，诗本身也看不出有什么政治背景和地域特色，我们可以体会的，只有作者笔下美丽淡雅而略带清冷的宁静氛围。

这首诗并没有太多的新奇之语，开篇选用最常见的滴漏声为额首，用漏声传入碧窗纱表现人的存在，人正在听着滴漏之声呢。次句写人而没有人，但见秋千的影子斜映在半空之中。那么人又在哪里呢？在屋里，你看，"沉麝不烧金鸭冷"，这显然是人的感觉。末句还在写人，却还是没有人。为什么说还在写人呢？如果没有人的观察，怎能见到"淡云笼月照梨花"的清冷景象？所以说这首小诗虽然没有太多新奇之语，却营造了新奇而美妙的环境，这个环境里的人是虚写的，但又时时存在于我们的感知当中，这正是本诗的高明之处。从中我们能体会到作者此时的心是凄凉的，究竟是在思乡还是别的什么原因，就不得而知了，恰恰是因为不得而知，才更增加了此诗的朦胧美。用句评画的术语说，这叫"于画外得其真趣"。究竟是什么真趣，说得太明白反倒索然无味。

九日黄楼作①

去年重阳不可说,南城夜半千沤发②。水穿城下作雷鸣,泥满城头飞雨滑③。黄花白酒无人问④,日暮归来洗靴袜⑤。岂知还复有今年⑥,把盏对花容一呷⑦。莫嫌酒薄红粉陋⑧,终胜泥中事锹锸⑨。黄楼新成壁未干⑩,清河已落霜初杀⑪。朝来白露如细雨,南山不见千寻刹⑫。楼前便作海茫茫,楼下空闻橹鸦轧⑬。薄寒中人老可畏⑭,热酒浇肠气先压。烟消日出见渔村,远水鳞鳞山齾齾⑮。诗人猛士杂龙虎⑯,楚舞吴歌乱鹅鸭⑰。一杯相属君勿辞,此境何殊泛清霅⑱。

[注释]

①黄楼:苏轼元丰初年(1078)知徐州时建在城东门的楼阁。查慎行注引秦观《黄楼赋序》:"太守苏公守彭城之明年,既治河决之变,民以更生,又因修缮其城,作黄楼于东门之上,以为水受制于土,而土之色黄,故取名焉。" ②去年重阳不可说,南城夜半千沤发:去年的重阳节不堪回首,徐州南城半夜里大雨滂沱。沤,雨点打出的水泡。 ③水穿城下作雷鸣,泥满城头飞雨滑:雷鸣电闪中洪水奔流到城墙之下,城头上满是大雨冲出的湿滑泥水。《宋史·苏轼传》:"河决曹村,泛于梁山泊,溢于南清河,汇于城下,涨不时泄,城将败,富民争出避水。轼曰:'富民出,民皆动摇,吾谁与守?吾在是,水决不能败城。'驱使复入。轼诣武卫营,呼卒长曰:'河将害城,事急矣,虽禁军且为我尽力。'卒长曰:'太守犹不避涂潦,吾侪小人,当效命。'率其徒持畚锸以出,筑东南长

苏轼诗文选 | 137

堤,首起戏马台,尾属于城。雨日夜不止,城不沉者三版。轼庐于其上,过家不入,使官吏分堵以守,卒全其城。" ④黄花白酒无人问:意谓重九佳节本应赏菊饮酒,大水当前,谁也顾不上这些了。唐孟浩然《过故人庄》:"待到重阳日,还来就菊花。"梁吴均《续齐谐记》:"汝南桓景随费长房游学累年,长房谓曰:'九月九日汝家当有灾,宜急去,令家人各作绛囊,盛茱萸以系臂,登高饮菊花酒,此祸可除。'景如言,齐家登山。夕还,见鸡犬牛羊一时暴死。长房闻之,曰:'此可代矣。'今世人每至九月九日登高饮酒,妇人带茱萸囊,因此也。" ⑤日暮归来洗靴袜:傍晚回来必须要涮洗沾满泥泞的鞋袜。 ⑥岂知还复有今年:看那时的危急之状,谁还能想到有今年这样的安详愉悦。 ⑦把盏对花容一呷(xiā):举着酒杯对着菊花从容畅饮。呷,饮。 ⑧莫嫌酒薄红粉陋:休要嫌酒味不醇厚菊花不够艳丽。红粉,指菊花。 ⑨终胜泥中事锹锸(chā):总比在泥水之中费力地用铁锹挖掘强多了。锸,也是铁锹的意思。 ⑩黄楼新成壁未干:黄楼刚刚建好,壁上的泥还没有干透。 ⑪清河已落霜初杀:清河的水位已经回落,白霜刚刚降下。清河,即南清河,参本诗注③。 ⑫南山不见千寻刹:南山看不见高高的梵刹。千寻,极言其高。 ⑬楼前便作海茫茫,楼下空闻橹鸦轧:黄楼前面的雾气浓重,宛如茫茫大海,时时听到黄楼下传来呀呀的橹声。鸦轧,象声词。 ⑭薄寒中(zhòng)人老可畏:人老了尤其惧怕中了寒气。 ⑮远水鳞鳞山齾(yà)齾:谓远处水光粼粼,群山错落。齾,指人的牙齿高低不齐。此处喻群山高低错落。 ⑯诗人猛士杂龙虎:此句作者自注:"坐客三十余人,多知名之士。" ⑰楚舞吴歌乱鹅鸭:意谓在一片楚舞吴歌声中,还夹杂着客人们的笑语喧哗。这是作者调笑之词,谓宾客如鹅鸭一般嘎嘎乱叫。 ⑱此境何殊泛清霅(zhá):这里的景况与江南霅水有何两样。霅,河流名,即湖州境内流入太湖的霅溪。

[解析]

这首诗作于元丰元年（1078）的重阳节，地点在徐州黄楼。苏轼熙宁十年（1077）初知徐州，便赶上了百年不遇的特大洪水，黄河在曹村决堤后，造成南清河泛滥，大水以极快的速度向徐州奔涌过来，猛烈地冲击着南城城墙，此时还在下着大雨，眼看城墙就有被冲垮的危险，而大雨还在日夜不停地狂泻。苏轼临危不乱，镇定指挥全城军民抗击洪水，在城东南筑起长堤阻遏洪水，最终在只差"三版"之高就淹没城墙的情况下保全了徐州城。事后朝廷对他进行了奖谕，苏轼在《徐州谢奖谕表》中说："乃者河决澶渊，毒流淮泗。百堵皆作，盖僚吏之勉劳；三板不沉，本朝廷之威德。而臣下掠众美，上贪天功。独窃玺书之荣，以为私室之宝。此盖伏遇皇帝陛下，天覆四海，子养万民。哀无辜之遭罹，特遣使以存问。既蠲免其赋调，又饮食其饥寒。所以录臣之微劳，盖将责臣之来效。臣敢不躬亲畚筑，益修今岁之防；安集流亡，尽复平时之业？"不仅把功劳归于朝廷，且表示一定要继续"安集流亡，尽复平时之业"，表现了一个地方官以民为本的无私情怀。

秧马歌①（并引）

过庐陵②，见宣德郎致仕曾君安止③，出所作《禾谱》④。文既温雅，事亦详实，惜其有所缺，不谱农器也⑤。予昔游武昌⑥，见农夫皆骑秧马。以榆枣为腹欲其滑⑦，以楸桐为背欲其轻⑧，腹如小舟⑨，昂其首尾⑩，背如覆瓦⑪，以便两髀⑫，雀跃于泥中，系束藁其首以缚秧⑬。日行千畦⑭，较之伛偻而作者⑮，劳佚相绝矣⑯。

《史记》禹乘四载⑰,泥行乘橇⑱。解者曰⑲,橇形如箕⑳,擿行泥上㉑。岂秧马之类乎?作《秧马歌》一首,附于《禾谱》之末云。

春云蒙蒙雨凄凄,春秧欲老翠剡齐㉒。嗟我妇子行水泥㉓,朝分一垅暮千畦㉔。腰如箜篌首啄鸡㉕,筋烦骨殆声酸嘶㉖。我有桐马手自提㉗,头尻轩昂腹胁低㉘。背如覆瓦去角圭㉙,以我两足为四蹄㉚。耸踊滑汰如凫鹥㉛,纤纤束藁亦可赍㉜。何用繁缨与月题㉝,崎从畦东走畦西㉞。山城欲闭闻鼓鼙㉟,忽作的卢跃檀溪㊱。归来挂壁从高栖㊲,了无刍秣饥不啼㊳。少壮骑汝逮老黧㊴,何曾蹶轶防颠隮㊵。锦鞯公子朝金闺㊶,笑我一生蹋牛犁㊷,不知自有木驺骎㊸。

[注释]

①秧马:古代用于水稻插秧的一种农具。 ②庐陵:宋代吉州的郡名,在今江西省吉安市。 ③宣德郎致仕:以宣德郎之官致仕。宣德郎,宋代阶官名。曾君安止:曾安止,字移忠,号屠龙翁,江西泰和人。熙宁进士。曾任丰城主簿、彭泽知县。潜心于研究水稻栽培。所著《禾谱》为我国古代第一部水稻品种专著,详细讲述了泰和的水稻品种、资源及附近地区农业生产状况。黄履《宋进士宣德郎移忠公墓志铭》:"曾君讳安止,字移忠,世为庐陵泰和人。曾祖再盈,祖德谊,父肃,皆以善行称于乡。君之为人,外和内刚,操行修洁。熙宁登第,同学究出身为耻,不离上庠,励己修业,夜以继日,至伤厥明,后三年复登戊科,诏升甲焉。……初调洪州丰城主簿,除江州彭泽令,检身清勤,莅事端敏,而导民以孝为本,故政誉蔼然,而荐者交彰矣。以目疾弃官,授宣德郎,号屠龙翁,伤技成而无所用。有《禾谱》五卷,《车说》一卷,《屠龙集》九卷。东坡苏公所称《禾谱》,谓文既温雅,事亦详实,惜乎其有所缺,不

谱农器也。作《秧马歌》以附其后，不幸元符戊寅五月十六日以无疾而卒，享年五十有一。"　④《禾谱》：共计五卷，今存世。主要内容有总述、芸稻篇、祈报篇及禾品。　⑤不谱农器：意谓《禾谱》中没有关于农器的记载。　⑥昔游武昌：元丰年间苏轼贬谪黄州时，经常过长江到武昌会友游览。　⑦以榆枣为腹欲其滑：谓秧马的腹部用榆木或枣木制成，取其光滑的特性。　⑧以楸（qiū）桐为背欲其轻：谓秧马的背部用楸木或桐木制成，取其轻便的特性。楸。一种落叶乔木，树高叶大，木材质地致密，耐湿，可造船，亦可制作器具。　⑨腹如小舟：秧马的下腹部像小船一样身大而低陷。　⑩昂其首尾：谓秧马的两头都是翘起形状。　⑪背如覆瓦：秧马的背部像一块倒扣着的瓦。　⑫以便两髀（bì）：以此使两条腿便于行走。髀，大腿或大腿骨。　⑬系束藁（gǎo）其首以缚秧：在秧马头部拴系一束藁草来固定秧苗。藁，多年生草本植物，茎直立。　⑭日行千畦：一天能插一千畦的秧苗。　⑮伛偻（yǔ lǚ）而作：弯腰驼背进行插秧劳动。　⑯劳佚相绝：劳累和轻捷的程度相差太悬殊了。意思是说使用秧马十分轻便，不使用秧马则非常劳累。　⑰禹乘四载：《史记·夏本纪》载，大禹出行时，"陆行乘车，水行乘船，泥行乘橇，山行乘樏"。樏（jū），便于登山的一种器具。　⑱橇（qiāo）：古人在泥路上行走所乘的一种器具。　⑲解者：做注解的学者。此处指为《史记》作注解的孟康。　⑳橇形如箕：橇的形状像簸箕一般。　㉑擿（tī）行泥上：能在泥水上面行走。擿，挑起。此处有腾空之意。　㉒翠剡（yǎn）：青翠的稻苗。翠剡齐：意谓稻苗已经长得很壮。　㉓嗟我妇子行水泥：可叹我妇人儿子行走在泥水之中。《诗经·豳风·七月》："嗟我妇子，曰为改岁。"

㉔朝分一垅暮千畦：清早看起来只分开一垅之地，到晚上就能插千畦之多。　㉕腰如箜篌首啄鸡：谓秧马的腰部如同箜篌，头部像鸡在啄米。箜篌，古代从西域传进的一种乐器，形状弯曲，体身较大。　㉖筋烦骨殆声

酸嘶：筋骨劳累之极，像要累断一样，叹息之声十分酸楚。㉗我有桐马手自提：我有桐木制成的秧马，一只手就能提起来。㉘头尻（kāo）轩昂腹胁低：谓秧马的形状是头部和尾部高高翘起，腹部肋部比较低。尻，屁股。㉙背如覆瓦去角圭：谓秧马的背部如同倒扣的瓦，而削去其棱角。角圭，有棱角的圭玉。㉚以我两足为四蹄：用我的两只脚代替耕牛的四蹄。㉛耸踊滑汰：腾起跳跃在泥泞滑溜的地里。凫鹥（fú yī）：凫鸟与鸥鸟。亦泛指水鸟。此句谓秧马行走在泥地里，就如灵巧的水鸟般轻便自如。㉜纤纤束藁亦可赍（jī）：细细的一束藁草也很便于携带。赍，带着。㉝繁缨：古代天子诸侯所用辂马的带饰。繁，马腹下的带子。缨，马颈上的革带。《礼记·礼器》："大路繁缨一就，次路繁缨七就。"孔颖达疏："繁，谓马腹带也。"月题：马额上的佩饰，因其形似月，故名。《庄子·马蹄》："夫加之以衡扼，齐之以月题。"陆德明释文："（月题）马额上当颅如月形者也。"何用繁缨与月题，意思是说使用秧马，绝对用不着繁缨月题之类的配饰。㉞揭（qiè）从畦东走畦西：雄赳赳地从畦东走到畦西。揭，勇武。㉟山城欲闭闻鼓鼙：山城城门将要关闭，城中响起了鼓角之声。㊱忽作的（dì）卢跃檀溪：《三国志·蜀志·先主传》："荆州豪杰归先主者日益多，表疑其心，阴御之。"裴松之注引《世语》："备屯樊城，刘表礼焉，惮其为人，不甚信用。曾请备宴会，蒯越、蔡瑁欲因会取备，备觉之，伪如厕，潜遁出。所乘马名的卢，骑的卢走，堕襄阳城西檀溪水中，溺不得出。备急曰：'的卢，今日危矣，可努力！'的卢乃一踊三丈，遂得过。"此句意谓农夫在田野里插秧，听到关闭城门的角声后，如同刘备马跃檀溪一般飞奔，还能赶上进城。根本原因是秧马十分轻捷，背着它跑路比赶着牲畜走要快得多。㊲归来挂壁从高栖：回到家中将秧马挂在壁间高处，任凭它自在歇息。㊳了无刍秣饥不啼：一点饲料都不用喂，秧马却从不因饥饿而啼鸣。刍秣，牛马等牲畜的饲料。 ㊴少壮骑汝逮老齯：从少壮之年使用秧马一直到老年。逮，到。齯，面黑苍老。指老年。 ㊵何曾蹙轶防颠隮（jī）：何曾有过因惊吓而奔跑，以防摔倒的事。隮，坠落。 ㊶锦韂（jiàn）公子朝金闺：骑着骏马的贵公子到朝廷觐见。韂，马鞍和马鞍下面的垫子。金闺，金马门。亦代指朝廷。 ㊷蹋牛犁：赶着牛扶着犁。 ㊸駃騠（jué tí）：古传说中的骏马名。不知自有木駃騠，意谓你怎知我有木制的骏马（比你那所谓的宝马轻捷多了）。

[解析]

这首诗作于哲宗绍圣元年（1094），这一年作者被贬到岭南惠州，途经吉州时，见到了已经致仕的曾安止，向苏轼展示了他所作的农学专著《禾谱》。尽管此时作者处在仕途的最低谷，还是饶有兴致地阅读了此书，感叹该书精详博洽之余，又觉得稍有缺憾，就是没有将农具一类进行归纳总结。其实他只需提出这一点等待曾安止补充即可，而他却认认真真地把曾在武昌见到过的农具秧马介绍给曾安止，供其参考。

从传统归类来说，此诗属于咏物一类，所咏之物就是秧马。作者运用丰富的语言文字，将秧马的形态规制做了形象的譬喻和描绘，使得没有见过秧马的人也能得其仿佛。诗中对使用秧马的益处做了大量的叙写，以此证明此器具的轻便和巧妙，希望曾安止能够记在《禾谱》中，使更多的人从中获益。诗的末三句很有意趣，他把农夫对秧马的喜爱与贵公子的宝马做了个对比，用农夫的口吻讥笑贵公子所谓的宝马，表现出农夫的自得与诙谐。

这首诗体现的是作者对农业生产的高度重视，哪怕是在贬谪途中，也不忘把利于百姓的先进生产技术传播开来。从这个意义上说，人们喜爱苏轼，也是极有根基的。如果今天的为官者都能以农事为重，将减轻百姓的疾苦挂在心上，人们也会从心底敬爱他。

苏轼堪称是个好事之人,他到了惠州以后,又把秧马技术传到了那里,还打算把这项技术传播到浙中。绍圣二年(1095),他写了四篇《题秧马歌后》,今录两篇在此,足可见此公之诲人不倦。《题秧马歌后四首之一》:"惠州博罗县令林君抃,勤民恤农,仆出此歌以示之。林君喜甚,躬率田署制作阅试,以谓背虽当如覆瓦,然须起首尾如马鞍状,使前却有力。今惠州民皆已施用,甚便之。念浙中稻米几半天下,独未知为此,而仆又有薄田在阳羡,意欲以教之。适会衢州进士梁君瑫过我而西,乃得指示,口授其详,归见张秉道,可备言范式尺寸及乘驭之状,仍制一枚,传之吴人,因以教阳羡儿子,尤幸也。本欲作秉道书,又懒,此间诸事,可问梁君具详也。试更以示西湖智果妙总禅师参寥子,以发万里一笑,尤佳也。绍圣二年四月二十二日,轼书。"《题秧马歌后四首之二》:"翟东玉将令龙川,从予求秧马式而去。此老农之事,何足云者?然已知其志之在民也。愿君以古人为师,使民不畏吏,则东作西成,不劝而自力,是家赐之牛,而人予之种,岂特一秧马之比哉?"(以上所引两篇均见本人编撰的《苏轼文集编年笺注》卷六十八)

发广州①

朝市日已远②,此身良自如③。三杯软饱后④,一枕黑甜余⑤。蒲涧疏钟外⑥,黄湾落木初⑦。天涯未觉远,处处各樵渔⑧。

[注释]

①发广州:从广州出发前往贬所惠州。　②朝市日已远:喧闹的都市

（指广州）一天比一天远了。　③此身良自如：身体感觉还相当不错。④软饱：饮酒。此句作者自注："浙人谓饮酒为软饱。"　⑤黑甜：睡觉。此句作者自注："俗谓睡为黑甜。"　⑥蒲涧：古地名，在广州北二十六里。清蒋廷锡《广州府部汇考》卷二："蒲涧在府城北二十六里，源于白云山，涧中多菖蒲。旧志：安期生采而食之仙去。旧有碧虚观，今废，上有安期飞升台，有葛仙炼丹岩，有滴水岩，岩上有悬钟，在崖上，人迹所至，铿铿然有声。其下有帘泉，汇为流杯池。沿涧曲折而注于粤秀山麓。其左为菊湖。"疏钟：指蒲涧滴水岩传出的钟声。　⑦黄湾：古地名，在广州南海神庙之前。《广州府部汇考》卷二："波罗江。按《县志唐韩愈碑》'扶胥之口，黄木之湾'，即此。在南海神庙前，岭南海水之会也。罗浮虽夜半见日，然在山巅高处，海隅卑下，此独见之，若凌倒景，光怪灵幻，最为奇观也。"落木初：意谓黄湾的乔木刚刚开始落叶。以上两处都是作者往惠州行进时所经之地。　⑧天涯未觉远，处处各樵渔：并没有感觉天涯有多么遥远，眼前所见的人们，不是该砍柴还砍柴，该打鱼还打鱼，活得很好嘛。

[解析]

这首诗作于绍圣元年（1094）作者前往惠州贬所途中。作者元丰初曾被贬到黄州，即今湖北省黄冈市。这次贬谪更加荒远，需要翻越南岭才能抵达。按照一般人的感觉，人到老年遭受如此重大的打击，应该是很难接受的，但苏轼却能够坦然面对，不但如此，他还以孩子般的童心，一路欣赏着道道美景。开篇二句很自然地说道：在广州也待了不短时间，该继续赶路了，好在这副身板儿还不错，完全能够扛到目的地。接着说起这次出发前的情景：畅畅快快地饮了三杯酒，又美美地睡了一个好觉，精神养足了，肚里也有食儿了，走吧！一边走还不忘了做点小小的考证，人们常提到的广州蒲涧，这回算是亲眼见到了，难得难得！记得还有韩愈《南海庙碑》中提到过什么"扶胥之口,黄木之湾"之类,应该也离此不远吧?说着说着就到了黄湾,正赶上那里的树木刚开始落叶,虽显萧瑟,毕竟又和前贤韩愈联系到了一起,真算是不虚此行。最后两句更显豁达乐观:人们都说天涯海角有多么可怕,在我看来,不是和内地一样吗?内地人种田砍柴又捕鱼,这里人照样是种田砍柴又捕鱼嘛。谁都能体会到这是作者自我开解的话语,但人到了这步田地,不自我开解又能怎么样?难道非要患上抑郁症不可?其实人的一生,谁都难免遇到逆境,大凡遇到逆境,最需要的就是像苏轼这种毫不在意、活一天就高兴一天的乐观精神,而恰恰是这种精神,是今天人们最缺乏的。想想看,你遇到的麻烦,能比苏轼流放还严重吗?

朝云诗① (并引)

世谓乐天有鬻骆马放杨柳枝词②,嘉其主老病不忍去也③。然梦得有诗云④:'春尽絮飞留不得,随风好去落谁家。'乐天亦云:'病与乐天相伴住,春随樊子一时归⑤。'则是樊素竟去也⑥。予家有数妾,四五年相继辞去⑦,独朝云者随予南迁⑧。因读《乐天集》,戏作此诗。朝云姓王氏,钱塘人,尝有子曰乾儿,未期而夭云⑨。

不似杨枝别乐天⑩,恰如通德伴伶玄⑪。阿奴络秀不同老⑫,天女维摩总解禅⑬。经卷药炉新活计⑭,舞衫歌扇旧因缘⑮。丹成逐我三山去⑯,不作巫阳云雨仙⑰。

[注释]

①朝云诗：为爱妾朝云所作的诗。朝云，苏轼在杭州时收纳的小妾，参本书《朝云墓志铭》。　②乐天有鬻骆马放杨柳枝词：白居易《不能忘情吟》："鬻骆马兮放杨柳枝，掩翠黛兮顿金羁。马不能言兮长鸣而却顾，杨柳枝再拜长跪而致辞。辞曰：主乘此骆五年，凡千有八百日。衔橛之下，不惊不逸。素事主十年，凡三千有六百日。巾栉之间，无违无失。今素貌虽陋，未至衰摧。骆力犹壮，又无瘏瘖。即骆之力，尚可以代主一步；素之歌，亦可以送主一杯。一旦双去，有去无回。故素将去，其辞也苦；骆将去，其鸣也哀。此人之情也，马之情也，岂主君独无情哉？予俯而叹，仰而哂，且曰：骆，骆，尔勿嘶；素，素，尔勿啼。骆反厩，素反闺。吾疾虽作，年虽颓，幸未及项籍之将死。何必一日之内，弃骓兮而别虞兮。乃目素兮素兮，为我歌《杨柳枝》。我姑酌彼金罍，我与尔归醉乡去来。"大意是说，白居易有骆马一匹、爱妾樊素。因老且病，打算将骆马卖掉，将樊素打发出去。樊素情甚哀苦，诉说数年来并无违逆主人之过，白居易深受感动，最终将骆马留下，樊素也得以继续侍奉他。　③嘉其主老病不忍去也：看到其主人（白居易）又老又病，不忍离开。

④梦得：唐代诗人刘禹锡，字梦得。其《杨柳枝》诗云："轻盈袅娜占春华，舞榭妆楼处处遮。春尽絮飞留不得，随风好去落谁家。"　⑤病与乐天相伴住，春随樊子一时归：白居易《春尽日宴罢感事独吟》诗："五年三月今朝尽，客散筵空独掩扉。病共乐天相伴住，春随樊子一时归。闲听莺语移时立，思逐杨花触处飞。金带繡腰衫委地，年年衰瘦不胜衣。"

⑥则是樊素竟去：按照此诗的说法，樊素最终还是离开了白居易。

⑦予家有数妾，四五年相继辞去：我家曾有姬妾数人，四五年间相继离开了我。本书注者曾写过一篇《苏轼与女人》（中华书局《教科书里没有

的宋史》之一),说道"苏轼一生接触过的女人绝不止这三位(正妻王弗、继室王闰之和爱妾朝云)。叶廷琯《鸥波余话》说:'王文诰撰苏集编注云:其友人衡山王泉之作令江西,尝至都昌,见《都昌县志》载坡公南迁时,遣妾碧桃于县,因为此诗。'意思很清楚:苏轼被贬惠州时,为了让侍妾碧桃少受罪,走到都昌时,让她留在那里自谋生路了。为此他还颇为伤感地写了一首诗:'鄱阳湖上都昌县,灯火楼台一万家。水隔南山人不见,东风吹老碧桃花。'陈鹄的《耆旧续闻》又说:辰州知州陆子逸曾对他说,苏轼《贺新郎》词总提到'榴花',人们都不知道是什么意思。他曾在晁说之家见过东坡的手迹。晁说之告诉他:'东坡有妾名朝云、榴花,朝云死于岭外,惟榴花独存,故词多及之。观"浮花浪蕊都尽,伴君幽独",可见其意矣。'"意思是说朝云死后,苏轼身边还有个榴花相伴。又宋费衮《梁溪漫志》卷四云:"东坡一日退朝,食罢扪腹徐行,顾谓侍儿曰:'汝辈且道是中有何物?'一婢遽曰:'都是文章。'坡不以为然,又一人曰:'满腹都是识见。'坡亦未以为当。至朝云,乃曰:'学士一肚皮不合时宜。'坡捧腹大笑。"也可以证明苏轼曾有不止一两位侍妾。 ⑧独朝云者随予南迁:苏轼贬谪惠州时,跟随在他身边的侍妾只有朝云一人。 ⑨尝有子曰乾儿,未期而夭:曾经生过一个儿子叫乾儿,没到一岁就夭折了。初生之时,苏轼曾为他取名叫苏遁,小名乾儿。朝云生子在元丰六年,至元丰七年苏轼量移汝州东行途中,此子夭折,未满一岁。 ⑩不似杨枝别乐天:我身边这位朝云,与樊素离开白居易全然不同。意思是说朝云没有离开自己。杨枝,代指白居易爱妾樊素。 ⑪恰如通德伴伶玄:就好像樊通德长久陪伴伶玄一样。通德,汉代伶玄的爱妾。《四库全书提要·赵飞燕外传》:"《飞燕外传》一卷,旧本题汉伶玄撰。末有玄自序,称字子于,潞水人。由司空小吏历三署,刺守州郡,为淮南相。其妾樊通德,为樊嬺弟子不周之子,能道飞燕姊弟故事,于是撰

《赵后别传》。" ⑫阿奴络秀不同老：阿奴指苏轼发妻王弗，络秀指苏轼继室王闰之。此句言王弗和王闰之都没能与自己白头偕老。阿奴，古代丈夫对妻子的称谓。络秀，典出《晋书·列女·周颛母李氏传》："周颛母李氏，字络秀，汝南人也。少时在室，颛父浚为安东将军，时尝出猎，遇雨，过止络秀之家。会其父兄不在，络秀闻浚至，与一婢于内宰猪羊，具数十人之馔，甚精办而不闻人声。浚怪使觇之，独见一女子甚美，浚因求为妾。其父兄不许，络秀曰：'门户殄瘁，何惜一女？若连姻贵族，将来庶有大益矣。'父兄许之。遂生颛及嵩、谟。而颛等既长，络秀谓之曰：'我屈节为汝家作妾，门户计耳。汝不与我家为亲亲者，吾亦何惜余年。'颛等从命，由此李氏遂得为方雅之族。"此处隐指王弗之父王方在女儿死后又将侄女嫁给苏轼当继室。 ⑬天女维摩总解禅：《维摩诘经》："时维摩诘室有一天女，见诸天人闻所说法，便现其身，即以天花散诸菩萨大弟子上。花至诸菩萨即皆堕落；至大弟子，便著不堕。一切弟子神力去花，不能令去。尔时天（女）问舍利弗：'何故去花？'答曰：'此花不如法，是以去之'……尔时维摩诘语舍利弗：'是天女已曾供养九十二亿诸佛，已能游戏菩萨神通，所愿具足，得无生忍，住不退转，以本愿故，随意能现，教化众生。'"意思是说天女已经能够游戏菩萨，与佛相通。此处以天女喻朝云，以维摩喻自己，意谓二人之间早已灵性相通。 ⑭经卷药炉新活计：读经烧炼成了我二人生活中的新内容。 ⑮舞衫歌扇旧因缘：唱歌跳舞已经是旧日姻缘了。朝云善歌舞，曾以此侍奉苏轼数年。旧因缘，曾经的生活内容。 ⑯丹成：仙丹炼成。逐我三山去：追随我到三神山而去。三山，传说中海上蓬莱、方丈、瀛洲三座神山。 ⑰不作巫阳云雨仙：不再做巫山之阳云雨之仙。云雨，指男女之间的缠绵性爱。《文选》宋玉《高唐赋》："昔者楚襄王与宋玉游于云梦之台，望高唐之观。其上独有云气，崒兮直上，忽兮改容，须臾之间，变化无穷。王问玉曰：'此何气也?'玉对曰:'所谓朝云者也。'王曰:'何谓朝云?'玉曰:'昔者先王尝游高唐,怠而昼寝,梦见一妇人曰:"妾巫山之女也,为高唐之客。闻君游高唐,原荐枕席。王因幸之。"去而辞曰:"妾在巫山之阳,高丘之阻,旦为朝云,暮为行雨。朝朝暮暮,阳台之下。"旦朝视之如言。故为立庙,号曰朝云。'"

[解析]

　　这是一首满含真情又不乏调笑的小诗,作于作者贬谪惠州之后的绍圣元年(1094)十一月。正如诗叙中所言,苏轼贬惠州,其家别的侍妾都离开了他,只有朝云执意跟随他前往岭南。苏轼到了惠州后,对佛学更有兴趣,朝云也随之信佛,故而苏轼认为朝云不仅仅是个非常聪颖的女子,更是最能理解他的人,一直对她疼爱有加。陶宗仪《书史会要》卷六说:"朝云字子霞,姓王氏,钱塘人,苏轼之侍妾。敏而好义,学轼楷书,颇得其法。"《宋人轶事汇编》卷一二引《林下偶谈》记载了一则令人断肠的故事说:"子瞻在惠州,与朝云闲坐。时青女初至,落木萧萧,凄然有悲秋之意。命朝云把大白,唱'花褪残红'。朝云歌喉将转,泪满衣襟。子瞻诘其故,曰:'奴所不能歌者,枝上柳绵吹渐少,天涯何处无芳草也。'子瞻曰:'我方悲秋,汝又伤春矣。'朝云不久亡,坡终身不听此词。"可见苏轼与朝云间的感情是多么深厚。绍圣三年(1096)七月,朝云患病而卒。据宋人朱彧《萍洲可谈》卷一载:"广南食蛇,市中鬻蛇羹,东坡妾朝云随谪惠州,尝遣老兵买食之,意谓海鲜,问其名,乃蛇也,哇之,病数月,竟死。"其实这很可能仅仅是朝云死的一个诱因,究其根源,还是受不了岭南的瘴毒而死。朝云的死对苏轼来说,打击之大可想而知。朝云死后,苏轼不仅为她写了墓志铭,还"有诗悼之,及作墓志,又于惠州栖禅寺大圣塔葬处作亭覆之,名之六如亭"(王宗稷《东坡先生年谱》)。朝云死后,苏轼写过一篇《荐朝云疏》对她追荐,此疏以极其哀伤之情写道:"轼以罪责,迁于炎荒。有侍妾王朝云,一生辛勤,万里随从。遭时之疫,遘病而亡。念其忍死之言,欲托栖禅之下。故营幽室,以掩微躯。方负浼渎精蓝之愆,又虞惊触神祇之罪。而既葬三日,风雨之余,灵迹五踪,道路皆见。是知佛慈之广大,不择众生之细微。敢荐丹诚,躬修法会。伏愿山中一草一木,皆被佛光;今夜少香少花,遍周法界。湖山安吉,坟墓永坚。接引亡魂,早生净土。不论幽显,凡在见闻,俱证无上之菩提,永脱三界之火宅。"

这首诗里充满了道、佛两家之说,反映出作者到惠州后,对朝廷的信仰已经所剩无几,更多的是祈求道家之说成仙飞升,祈求佛家之说保佑自己脱离苦海,这也是一个历尽沧桑的老人内心深处最无奈的选择。从中我们还可以看出,晚年的苏轼早已抛却了男女之爱,他和朝云之间的关系,已经从男女之爱升华到精神之恋。据说他的弟子秦观得知只有朝云跟随他南来,最终死在惠州,还跟他开了个不大不小的善意玩笑,写了首《南歌子》赠之:"霭霭迷春态,溶溶媚晓光,不应容易下巫阳,只恐翰林前世是襄王。暂为清歌住,还因暮雨忙,瞥然归去断人肠。断人肠,空使兰台公子赋《高唐》。"(葛立方《韵语阳秋》) 意思是说苏轼携朝云南来,就是因为放不下她的美色,舍不得与她断了云雨。这可真是冤枉了苏轼。看看这首诗就会明白,此时的苏轼早已超脱了男女之爱,把朝云当成了精神寄托,这首诗给我们的启发也正在此处。男女之间的爱,最初无疑是由于姿色的美艳,时间久了,支撑这种爱的支柱,必须是两心相通,才能爱得永久,爱得真切,不因姿色的变化而变化。

发洪泽中途遇大风复还^①

风浪忽如此,吾行欲安归^②?挂帆却西迈^③,此计未为非^④。洪泽三十里，安流去如飞⑤。居民见我还，劳问亦依依⑥。携酒就船卖⑦，此意厚莫违。醒来夜已半，岸木声向微⑧。明日淮阴市⑨，白鱼能许肥⑩。我行无南北，适意乃所祈⑪。何劳弄澎湃⑫，终夜摇窗扉。妻孥莫忧色⑬，更有箧中衣⑭。

[注释]

①洪泽：洪泽湖，中国第四大淡水湖，在今江苏省西部淮河下游，苏北平原淮安、宿迁两市境内。　②吾行欲安归：（风浪如此之大）我此行能到何处呢？意思是说风浪太大，完全不可能按原计划行进。　③挂帆却西迈：挂上船帆掉头不再向西而行。意思是说原本应该向西而行，如今遇到狂风大浪，船帆已经不听使唤。却西迈，改变原来西行的计划。　④此计未为非：这个主意未必不正确。　⑤洪泽三十里，安流去如飞：洪泽湖水路三十里，（返回原地时）船行得稳稳当当而且飞快。　⑥依依：关切之貌。　⑦携酒就船卖：带着美酒来到我的船边叫卖。　⑧岸木声向微：岸上的树木已经没多大声响。意谓风力已弱，吹打树木的呼啸声不像原来那么可怕了。　⑨淮阴：宋代为楚州，在今江苏省淮安，在洪泽湖以东。　⑩白鱼能许肥：那里的白鱼能有多么肥美呢。　⑪我行无南北，适意乃所祈：我行走本没有什么东西南北之分，只要能令自己惬意就是最好的。此句一语双关，表面上说这次出行不必计较南还是北，内里的意思是这辈子已经习惯了南北西东到处行走。　⑫何劳弄澎湃：何必非要跟狂风巨浪过不去。弄澎湃，在澎湃的风浪中搏击。　⑬妻孥（nú）：老婆孩子。莫忧色：不必面带忧愁。　⑭更有箧（qiè）中衣：（觉得寒冷时）衣匣里自有御寒的衣服。

[解析]

这首诗作于神宗熙宁四年（1071）秋。这一年开封府推官苏轼因上书对神宗购买浙灯一事提出批评，受到谏官弹劾，自请出京，调任杭州通判。杭州之命初下在这一年的六月，苏轼七月出京，九月抵达颍州，十月到达扬州。按照这个时间表，此诗具体写作的时间当在熙宁四年九月、十月间，此时作者应该走在自颍州向扬州去的路上，在洪泽湖遇到了大风，于是原路返回，写下此诗。

全诗洋溢着一种面对困难善于应对的乐观态度：本来应该向西行进，既然遇到了大风，何不返回原地，等风停了再走？人活在世上不能太认死理儿，该灵活时就得灵活对待。比如这场风，你若是非要按原计划行进，很可能船翻人亡，退一步海阔天空，迟一天又有什么关系？再说淮阴的白鱼我还没吃过瘾呢，返回去更好，我又能吃到美味的白鱼了，这是不是也可以叫"塞翁失马焉知非福"呢？看看船上的妻儿，似乎面带忧色，这有什么嘛！如果怕冷，衣箱里有的是衣裳，多穿几件不就没事了——任何事在苏轼眼里都无所谓，而且总能有办法加以解决。

此诗表面上说的是洪泽湖遇风而退，实则暗中寓有自己遭贬后的达观态度：从安逸的汴京放到杭州，不就像今天在洪泽遇风道理相同吗？我苏轼难道因为这点挫折就怨天尤人过不下去了？没那回事，只不过是暂时回避一下而已！再说到了杭州，怎见得就比不上在汴京舒畅？此诗给我们的启迪是：遇到困难千万不要气急败坏，或者硬跟困难顶着干，不妨先退一步再等机会，或许困难就会自行消退，也未可知。凡事多往乐观处想，对自己有利，对别人也没什么害处，该有多好！

雨后行菜圃

梦回闻雨声①，喜我菜甲长②。平明江路湿③，并岸飞两桨。天公真富有,膏乳泻黄壤④。霜根一蕃滋⑤,风叶渐俯仰⑥。未任筐筥载⑦,已作杯盘想⑧。艰难生理窄⑨,一味敢专飨⑩?小摘饭山僧⑪,清安寄真赏⑫。芥蓝如菌蕈⑬,脆美牙颊响⑭。白菘类羔豚⑮,冒土出蹯掌⑯。谁能视火候,小灶当自养⑰。

[注释]

①梦回:睡醒之后。 ②菜甲:菜初生时的嫩叶。杜甫《宾至》诗:"自锄稀菜甲,小摘为情亲。"长:生长。 ③平明:天刚亮。 ④膏乳泻黄壤:珍贵的雨水洒落在黄土地上。 ⑤霜根:白色的草木根。此处指蔬菜的根。蕃滋:生长势头很好。 ⑥风叶渐俯仰:菜叶已经在风中俯仰起伏。 ⑦未任筐筥(jǔ)载:还(太幼小)不能成筐地采摘。筥,圆形的竹筐。 ⑧已作杯盘想:已经在考虑如何烹食它们了。 ⑨艰难生理窄:生计艰难,生活困窘。 ⑩一味敢专飨(xiǎng):任何一种蔬菜都不敢独自享用。意谓这些菜还要分给别人吃。飨,请人受用共食。 ⑪小摘饭山僧:少许采摘一些,拿给山里的僧人们吃。 ⑫清安:指前面说到的山僧。李白《古朗月行》诗:"羿昔落九乌,天人清且安。"后以清安代指仙人或高僧。真赏:值得欣赏之物。即送给高僧的菜蔬。 ⑬芥蓝:又名甘蓝、芥蓝菜,一年生草本植物,可食用。如菌蕈(xùn):堪比美味的蘑菇。蕈,一种可以食用的白蘑菇。 ⑭脆美牙颊响:谓口感清脆,嚼食时牙和脸颊都会发出脆响。 ⑮白菘(sōng):即今大白菜。类:类似于。羔豚:小猪。指肥嫩的猪肉。 ⑯冒土:钻出地面。蹯(fán)掌:兽类动物的足掌。 ⑰小灶当自养:自家的小锅灶完全可以奉养全家。

[解析]

这首诗作于绍圣二年(1095),即作者被贬到惠州的第二年。由于当时饮食匮乏,为解决一家人的吃饭问题,苏轼开辟了一块菜地,不久蔬菜嫩芽便纷纷出土。看着自己的劳动有了收获,作者满怀喜悦地写下此诗。

这是一首类似散文的叙事诗,题材并不复杂,所咏的对象也很单纯,但因作者是个感情世界极为丰富的人,所以面对喜人的菜蔬,他不仅要好好地描述一番,还想到以后如何吃它们,由此联想到它们的美味,差不多快流出口水了。一生怀有善良之心的苏轼此时又想到了山里的高僧朋友,于是表示这些蔬菜不能独自享用,还要给山僧们送去一些,他们见到如此鲜嫩的菜蔬,一定会奉为珍宝,大加赞赏,还免不得要夸奖我老苏几句。全诗表现了作者乐观豁达的人生态度,即便在政治上遭受如此重击、生活上遭遇如此困顿的情况下,仍能自寻快乐,而且毫不吝惜,肯于将十分珍贵的菜蔬分给僧人吃,很值得今天的我们深思和效仿。

豆　粥

君不见滹沱流澌车折轴①,公孙仓皇奉豆粥②。湿薪破灶自燎衣③,饥寒顿解刘文叔④。又不见金谷敲冰草木春⑤,帐下烹煎皆美人。萍齑豆粥不传法,咄嗟而办石季伦⑥。干戈未解身如寄⑦,声色相缠心已醉⑧。身心颠倒自不知⑨,更识人间有真味⑩。岂如江头千顷雪色芦⑪,茅檐出没晨烟孤⑫。地碓春秔光似玉⑬,沙瓶煮豆软如酥⑭。我老此身无著处⑮,卖书来问东家住⑯。卧听鸡鸣粥熟时,蓬头曳履君家去⑰。

[注释]

①滹沱:河流名,在今河北省西部。源出山西省繁峙县东南的泰戏

山，东流入河北平原，在献县与滏阳河汇合为子牙河。至天津市会北运河入海。流澌（sī）：流水。车折轴：《史记·范雎蔡泽列传》："吾马病，车轴折。"此句是说当年汉光武帝征战中原时的状况，可与下面的注释参照阅读。　②公孙：指后汉征西大将军冯异，字公孙。仓皇奉豆粥：指光武帝刘秀在饶阳时没有食物，冯异献上豆粥解其饥饿，使其重振精神。《后汉书·冯异传》："冯异字公孙，颍川父城人也。……及王郎起，光武自蓟东南驰，晨夜草舍，至饶阳无蒌亭。时天寒烈，众皆饥疲，异上豆粥。明旦，光武谓诸将曰：'昨得公孙豆粥，饥寒俱解。'"　③湿薪破灶自燎衣：言光武帝刘秀以湿柴烤衣裳。此句仍在说刘秀征战中原时的景况。《后汉书·冯异传》："及至南宫，遇大风雨，光武引车入道傍空舍，异抱薪，邓禹热火，光武对灶燎衣。异复进麦饭菟肩。因复度滹沱河至信都，使异别收河间兵。还，拜偏将军。从破王郎，封应侯。"　④饥寒顿解刘文叔：是"使刘文叔饥寒顿解"的倒装。文叔，刘秀的字。《后汉书·光武帝纪》上："世祖光武皇帝讳秀，字文叔，南阳蔡阳人，高祖九世之孙也。"　⑤金谷：金谷园，晋代石崇的别业，故址在今河南省洛阳老城东北七里。《晋书·石崇传》："崇有别馆在河阳之金谷，一名梓泽。……财产丰积，室宇宏丽。后房百数，皆曳纨绣，珥金翠。丝竹尽当时之选，庖膳穷水陆之珍。与贵戚王恺、羊琇之徒以奢靡相尚。"敲冰：敲冰煮茶（或粥）。　⑥萍齑（jī）豆粥不传法，咄嗟而办石季伦：《世说新语·汰侈》："石崇为客作豆粥，咄嗟便办，恒冬天得韭萍齑。又牛形状气力不胜王恺牛，而与恺出游，极晚发，争入洛城，崇牛数十步后迅若飞禽，恺牛绝走不能及。每以此三事为扼腕，乃密货崇帐下都督及御车人，问所以。都督曰：'豆至难煮，唯豫作熟末，客至，作白粥以投之。韭萍齑是捣韭根，杂以麦苗尔。'复问驭人牛所以驶。驭人云：'牛本不迟，由将车人不及，制之尔。急时听偏辕，则驶矣。'恺悉从之，遂争长。

石崇后闻,皆杀告者。" ⑦干戈未解身如寄:此句言当年刘秀身处干戈未宁的战乱时期,一身如寄,能喝上豆粥,已属难得。 ⑧声色相缠心已醉:此句言石崇豪奢无度,声色相缠,心志已经迷乱,以豆粥为上佳食品。 ⑨身心颠倒自不知:身心已经颠倒,失去了正常的认知和意识。此句言无论是刘秀还是石崇,当时都处在非正常状态。 ⑩更识人间有真味:意谓刘秀、石崇在非正常的状态下喝上豆粥,便认为此物才是人间真正的美味。 ⑪岂如江头千顷雪色芦:哪里比得上江边上千里雪白的芦笋。此句是作者自称将要久居的常州宜兴江边有很多美景和可食之物。 ⑫茅檐出没晨烟孤:茅草搭成的屋檐参差不齐,清晨的炊烟只有自家一缕。此句是作者想象独居常州乡间的景象。 ⑬地碓(duì):放在地上用于捣米的工具。舂秔(jīng):舂捣粳米。光似玉:经过舂捣的粳米光洁如玉。此句言将来自己捣米而食,自得其乐。 ⑭沙瓶:可用作煮食物的沙陶罐。 ⑮我老此身无著处:我年纪已老身无定处。意谓入不了朝又回不去家乡,四处流落。 ⑯卖书:出卖书法作品。来问东家住:来到宜兴向东家购买一个居所。苏轼在黄州时,曾在常州宜兴购买了一处宅院。《与王定国书》:"近在常州宜兴买得一小庄子,岁可得百余硕,似可足食。"《舆地纪胜》卷六《常州·古迹》:"东坡别业在宜兴县滆湖,去县四十里。诗所谓'买田阳羡吾将老',即此地也。"不过这件事并不顺利,苏轼买田之后,原主人反悔,为此苏轼不得不与他打官司,最终胜诉。 ⑰蓬头曳履君家去:蓬头垢面趿拉着鞋子到你家串门。苏轼宜兴买田后,央烦当地友人蒋公裕代为照管。此处"君家",即指蒋公裕家。苏轼《与蒋公裕启》:"轼启:近别,想体中佳胜。田事想烦经画,今遣侄孙斋钱赴州纳。有所买牛车等钱。本欲擘画百缗足,今只有省陌,请收检支用。如少,不过来年正、二月,续得面纳也。余惟万万自爱,不宣。轼顿首公裕蒋君良亲足下。(元丰八年)十月二日。"

[解析]

　　这首诗作于元丰八年（1085），作者自黄州团练副使量移汝州，途中得旨允许其到常州宜兴居住之时。早在黄州贬谪期间，苏轼就做好了不能再回朝为官的思想准备，于是择机在常州购买了一块田地，准备在那里终老余生。元丰七年他得到朝廷赦免量移汝州的圣命后，曾向朝廷要求到常州居住，朝廷很快准许了他的请求，于是他便朝常州进发，并设想着到常州后的种种生活场景。他是个非常热爱生活的人，想到那时会自己舂米熬粥，于是兴致骤起，写下此诗。

　　作者先引用了历史上关于豆粥的两个典故：一个是后汉光武帝在战争期间冻饿交加，得到冯异一碗豆粥后，得以恢复元气继续征战的故事；另一个是晋代石崇以豆粥为炫耀的故事。在苏轼看来，刘秀在穷途之中喝到豆粥，一定认为天下最好吃的东西就是豆粥；石崇在穷奢极欲的状态下喝豆粥，就如同今天的大款们吃腻了山珍海味，到农家院里喝碗粗粮粥意思相同。二者都是在非正常的状态下，对豆粥做出不同的过度反应（认为天下最好吃的莫过于豆粥），故而都不属于正常的生活，完全不值得羡慕。由此过渡到自己的未来：江边有取之不尽的芦笋，自己舂出的米洁白如玉，自己煮出的豆粥香甜无比，那才叫神仙日子呢！反正老苏这辈子注定是身如转蓬，没有定处，流落了这么久，该到常州享享清福了。

　　这首诗所反映出的依旧是作者达观处事的思想境界：世上的事本没有对错好坏，关键是看你自己怎么看待它。仕途的路已被堵死就不活了？根本犯不上嘛。在常州踏踏实实地喝碗豆粥，不也乐在其中吗？"世路如今已惯，此心到处悠然"，那才是一个读书人应有的态度呢。《苏轼文集》中还有一篇《楚颂帖》写得更有意思："吾来阳羡，船入荆溪，意思豁然，如惬平生之欲。逝将归老，殆是前缘。王逸少云：'我卒当以乐死。'殆非虚言。吾性好种植，能手自接果木，尤好栽橘。阳羡在洞庭上，柑橘栽至易得。暇当买一小园,种柑橘三百本。屈原作《橘颂》,吾园若成,当作一亭,名之曰'楚颂'。元丰七年十月二日书。"(见本人编撰的《苏轼文集编年笺注》卷七十五)好家伙,人家东坡先生不但自己舂米自己熬粥,还要开辟一个果园,种植柑橘三百棵呢。此诗给我们的启示是:不管遇到多大的麻烦和多重的打击,都必须保持一颗沉稳的心,冷静地对待眼前所发生的一切,办法总能想出来,世上没有过不去的坎儿。按说苏轼现在就已经"丢了公职",全得靠自谋生路了,可他并没有气急败坏、捶胸顿足,反而是把未来的生活安排得有滋有味。您记着,遇到麻烦,捶胸顿足一点用也没有,白白地折磨自己。

次韵张舜民自御史出倅虢州留别①

玉堂给札气如云②,初喜湘累复佩银③。樊口凄凉已陈迹④,班心突兀见长身⑤。江湖前日真成梦⑥,鄂杜他年恐卜邻⑦。此去若容陪坐啸⑧,故应客主尽诗人⑨。

[注释]

①张舜民:《宋史·张舜民传》:"张舜民字芸叟,邠州人。中进士第,为襄乐令。王安石倡新法,舜民上书言:'便民所以穷民,强内所以弱内,辟国所以蹙国。以堂堂之天下,而与小民争利,可耻也。'时人壮之。元丰中,朝廷讨西夏,陈留县五路出兵,环庆帅高遵裕辟掌机密文字。王师无功,舜民在灵武诗有'白骨似沙沙似雪',及官军'斫受降城柳为薪'之句,坐谪监邕州盐米仓;又追赴郦延诏狱,改监郴州酒税。

会赦北还，司马光荐其才气秀异，刚直敢言，以馆阁校勘为监察御史。上疏论西夏强臣争权，不宜加以爵命，当兴师问罪，因及文彦博，左迁监登闻鼓院。台谏交章乞还职，不听。通判虢州，提点秦凤刑狱。召拜殿中侍御史。"自御史出倅虢州：从监察御史的职位上出为虢州通判。参上文。虢州，宋代州名，治所在今河南省灵宝市。　②玉堂给札气如云：谓张舜民赴试翰林院的答卷气势如虹。王文诰注："（张舜民）元祐初还朝，赴试玉堂，有《即事》诗上主、文二内翰云：'晚陪策试玉堂深。'是时先生为内相，见其起废，服绯佩银，试于玉堂而喜也。"玉堂，宋代对翰林院的别称。　③初喜湘累复佩银：当初贬谪郴州没有忧色，如今再加重用，成为服绯佩银的高官。湘累，湖湘一带，此处特指郴州（今湖南郴州）。　④樊口凄凉已陈迹：作者自注："昔与张同游武昌樊口，来诗中及之。"张舜民遭贬时，苏轼正在黄州团练副使任上。张舜民专程到黄州看望苏轼。张舜民《郴行录》二："（元丰六年）壬戌早，次黄州，见知州大夫杨寀、通判承议孟震、团练副使苏轼，会于子瞻所居。晚，食于子瞻东坡雪堂。子瞻坐诗狱，谪此已数年。黄之士人出钱，于州之城东隅地筑矶，乃周瑜败曹操之所。州在大江之湄，北附黄岗，地形高下，公府居民，极于萧条，知州厅事敝陋。国朝王禹偁尝谪此。丙寅，同苏子瞻游武昌樊山，山之巅有郊天台，即孙权即位郊天之处。食罢，移舟离黄州，泊对岸樊溪口。苏子瞻以舟涉江，同诣武昌县。"樊口，即上文所谓"武昌樊山"。　⑤班心突兀见长身：作者自注："台吏谓御史立处为班心。"此句意谓张舜民在御史台任职期间敢怒敢言，立身刚正。　⑥江湖前日：指元丰年间苏轼与张舜民皆遭贬谪的旧事。　⑦鄠（hù）杜：陕西省户县及长安杜陵。此处泛指关中一带。他年恐卜邻：意谓日后苏某很可能与你比邻而居。　⑧坐啸：闲聊，指为官清闲没有政事可做。　⑨客主尽诗人：客人和主人都应该是诗人。张舜民善作诗，著有《画墁集》百卷，诗作甚多，故苏轼称其为诗人。

[解析]

  这首诗作于哲宗元祐二年（1087），作者当时在朝任翰林学士、知制诰。对张舜民，虽然说不上是多有深交的朋友，但苏轼对他一直抱有好感，对其刚直敢言甚为钦敬。元祐初张舜民回朝任监察御史后，对很多朝廷大事都敢于提出自己的见解，甚至不惜开罪权贵，他这次遭贬出任虢州通判，就是因为得罪了权臣文彦博。当时老臣文彦博声名赫赫，且深得太皇太后高氏的信任，又是司马光亲自举荐的耆旧老臣，一般人不敢妄言。据《宋史全文》卷十三中载："（元祐二年三月）甲辰，诏张舜民特罢监察御史，依前权判登闻鼓院。先是，舜民言：'夏人政乱，强臣争权，乾顺存亡未可知，朝廷未宜遽加爵命。近差封册使刘奉世等愿勿遣，缘大臣有欲优假奉世者为是过举。'大臣，指文彦博也，故舜民有是责。傅尧俞乞速赐追还，以协《易》不远复之义。王岩叟言：'舜民言果是，则有益于聪明；果非，则何伤于彦博？'"意思是说文彦博派遣刘奉世出使西夏，完全是出于对刘的偏爱，而不是出以公心。此事在当时曾引起不少大臣的反感，比如上文所引王岩叟之言：如果张舜民说得对，对帝王来说是一种补益；如果说得不对，对文彦博也没有造成多少伤害。可惜太皇太后高氏为了大局和保护文彦博的体面，还是把张舜民打发出了朝廷。

  不管这件事谁是谁非，苏轼对张舜民的勇气是给予了充分肯定，并将自己也摆到了与张舜民相同的位置上，半开玩笑半认真地说：你我二人都曾因敢谏而遭贬，那都是以前的事了。如今你再次因谏遭贬，我苏某恐怕也难以自全其身。万一不久后我也步你后尘，你可要允许我做你的邻居哟。到那时咱们不再涉足政事，自由自在地吟诗为乐，岂不美哉？这种调侃看似平易，实则满含着苏轼对权臣蛮横的无奈，以及对张舜民遭贬的怜惜和同情。

苏轼文选

前赤壁赋①

壬戌之秋②,七月既望③,苏子与客泛舟游于赤壁之下。清风徐来,水波不兴。举酒属客④,诵明月之诗⑤,歌窈窕之章⑥。少焉⑦,月出于东山之上,徘徊于斗牛之间⑧。白露横江,水光接天。纵一苇之所如⑨,凌万顷之茫然⑩。浩浩乎如冯虚御风⑪,而不知其所止;飘飘乎如遗世独立⑫,羽化而登仙⑬。

于是饮酒乐甚,扣舷而歌之。歌曰:"桂棹兮兰桨⑭,击空明兮溯流光⑮。渺渺兮予怀⑯,望美人兮天一方⑰。"客有吹洞箫者,倚歌而和之⑱。其声呜呜然,如怨如慕,如泣如诉,余音袅袅,不绝如缕。舞幽壑之潜蛟⑲,泣孤舟之嫠妇⑳。

苏子愀然㉑,正襟危坐,而问客曰:"何为其然也㉒?"客曰:"'月明星稀,乌鹊南飞'㉓,此非曹孟德之诗乎㉔?西望夏口㉕,东望武昌㉖,山川相缪㉗,郁乎苍苍,此非孟德之困于周郎者乎㉘?方其破荆州㉙,下江陵㉚,顺流而东也,舳舻千里㉛,旌旗蔽空,酾酒临江㉜,横槊赋诗㉝,固一世之雄也,而今安在哉?况吾与子渔樵于江渚之上㉞,侣鱼虾而友麋鹿㉟,驾一叶之扁舟,举匏樽以相属㊱,寄蜉蝣于天地㊲,渺沧海之一粟㊳。哀吾生之须臾㊴,羡长江之无穷,挟飞仙以遨游,抱明月而长终,知不可乎骤得㊵,托遗响于悲风㊶。"

苏子曰:"客亦知夫水与月乎?逝者如斯㊷,而未尝往也;盈虚者如彼㊸,而卒莫消长也。盖将自其变者而观之,则天地曾不能以一瞬㊹；自其不变者而观之，则物与我皆无尽也，而又何羡乎？且夫天地之间，物各有主，苟非吾之所有，虽一毫而莫取。惟江上之清风，与山间之明月，耳得之而为声，目遇之而成色，取之无禁，用之不竭，是造物者之无尽藏也㊺，而吾与子之所共适。"

客喜而笑，洗盏更酌。肴核既尽㊻，杯盘狼藉㊼。相与枕藉乎舟中，不知东方之既白。

[**注释**]

①赤壁：又叫赤鼻矶，在今湖北省黄冈市临长江处。 ②壬戌：元丰五年（1082）。此时苏轼为黄州团练副使。 ③既望：农历每月的十六日。 ④属（zhǔ）客：斟酒劝客。 ⑤明月之诗：指《诗经·陈风·月出》。 ⑥窈窕之章：《月出》诗的第一章："月出皎兮，舒窈纠兮，劳心悄兮。" ⑦少焉：不大功夫。 ⑧斗牛：南斗和牵牛，二十八宿中的两个星宿名。 ⑨纵一苇之所如：任凭小船自由漂流。 ⑩凌万顷之茫然：凌驾于宽阔迷茫的大江之上。 ⑪冯虚御风：驾驭清风行于虚空之中。冯，通"凭"。 ⑫遗世独立：遗落尘世，独存于天地之间。 ⑬羽化：道教称飞升成仙为羽化。 ⑭桂棹兮兰桨：桂树、木兰制成的精美船桨。 ⑮击空明：船桨击打着月光照亮的江水。溯（sù）流光：逆行于月光浮动的水面之上。 ⑯渺渺兮予怀：我的心胸辽阔幽远。予，我。 ⑰望美人兮天一方：遥望美人，却在天的那边。美人，喻君王。 ⑱倚歌而和之：按照我歌声的旋律伴奏。 ⑲舞幽壑之潜蛟：使深谷中潜伏的蛟龙起舞。 ⑳泣孤舟之嫠（lí）妇：使孤舟上的寡妇哭泣。嫠妇，寡妇。 ㉑愀（qiǎo）然：忧愁变色的样子。 ㉒何为其然也：乐曲为什么显得如此凄哀呢？ ㉓"月明"二句：曹操《短歌行》中的诗句。其诗第一章云："月明星稀，乌鹊南飞，绕树三匝，无枝可依。" ㉔曹孟德：曹操，字孟德。 ㉕夏口：古城名，三国时孙权所

建。在今湖北省武汉市武昌区。　㉖武昌：宋代鄂州州治所在地。　㉗相缪（móu）：连续不断。　㉘孟德之困于周郎：曹操为周瑜所困。汉献帝十三年，孙吴联合刘备在赤壁火烧曹操战船，曹军大败。按：曹操与周瑜所战的赤壁在今湖北省嘉鱼县长江边，与黄冈市的赤鼻矶不是一处。此处是苏轼假历史故事来抒发感情，并未苛求地点的真实。　㉙破荆州：后汉献帝建安十三年七月，曹操南击荆州。八月，荆州刺史刘表病卒。九月，刘表的儿子刘琮以荆州投降曹操。荆州，汉刺史州名，在今湖北襄阳市。　㉚下江陵：曹操占领荆州后，又于当阳长坂击败刘备，进攻江陵。江陵，汉郡名，在今湖北省江陵县。　㉛舳舻（zhú lú）：长方形的大船。　㉜酾（shī）酒临江：将酒洒入大江之中，表示誓师。　㉝横槊（shuò）：横执长矛。槊，古代一种类似于长矛的兵器。　㉞江渚：江中的小洲。　㉟侣鱼虾而友麋鹿：与鱼虾和麋鹿为朋友，指隐居生活。　㊱匏（páo）樽：葫芦制成的酒器。匏，葫芦。　㊲蜉蝣（fú yóu）：一种很小的飞虫，夏末生于水边，生命只有几个小时。此句意谓人生不过如蜉蝣寄托于天地之间，生命极为短促。　㊳渺沧海之一粟：人就如同一粒粟米，十分渺小。　㊴须臾：片刻。　㊵知不可乎骤得：深知时光不可能屡屡取得。　㊶托遗响于悲风：将洞箫的余音留在凄风之中。　㊷"逝者如斯"二句：流去的时光就像江水一样，但又像从未流去（因为江水永远奔流，并无根本性的变化）。　㊸"盈虚者如彼"二句：忽圆忽缺的感觉就像月亮一样，最终既没有消亡，也没有长大（因为月亮圆而复缺，缺而复圆）。　㊹天地曾（zēng）不能以一瞬：天地万物竟瞬间也没有停止过运动。　㊺造物者之无尽藏（zàng）：是大自然中用之无尽的宝藏。　㊻肴核：菜肴果品。　㊼狼藉：纵横散乱的样子。

[解析]

这篇赋写于神宗元丰五年（1083）七月，即苏轼因乌台诗案被贬为黄州团练副使的第三年夏天。作者初到黄州时，犹如惊弓之鸟，表现得十分低调，生怕再因一言一动得罪朝廷而受到更加严厉的处罚。然而俗话说江山易改，本性难移，时间一久，乐观外向的苏轼便再也拘管不住奔放的情绪，与人的交往也渐渐多了起来。从他的文集观察，这段时期他写诗写词也多了，日子反倒过得轻松了不少。

苏轼是个内心极为丰富、感情极为浓烈的人，已经历三年多谪宦生涯的他，的确被磨掉了不少棱角，内心的激越仿佛也在逐渐为更深层次的人生思考所取代。全篇文字写得低回婉转，深沉凝重，曲折地表现了内心的苦闷和不平。他认为对于人生，应该从两个方面去看，就其变化而言，荣辱得失都会发生轮回转替；就其不变而言，物和我都是无尽的。表现出古代士子善于平衡心态的旷达人生态度。

全文的画面感很强，在交代完时间和地点之外，随之而出的便是"苏子与客泛舟游于赤壁之下"。当时的江面是什么样的呢？清风缓缓地吹拂过来，水面没有大的波浪——这也在侧面向读者宣示：自己与客人的心境都十分平和，于是乎以下的情景便都在这种平和的笼罩之下发生了。在浩渺的大江之上，他们所乘的小舟宛如凌空乘风而行，不知道它将停留在什么地方。那么船上的人呢？自然也如脱离了尘世，无所牵挂，大有随之飞升成仙的可能了——这正是作者此时最明显的思想特征：当他无法从尘世得到解脱时，自然而然将道家升仙的理论搬出来，似乎只有这样，他的心灵才能找到归宿。但行文到此，仅仅是个表面性的交代，远不是他想要表现思想的全部。作者很巧妙地把画面拉回现实，与客人既饮酒又唱歌，还有客人吹起了洞箫。由于洞箫的声音凄切呜咽，接着引出作者的发问："为什么奏出如此凄怨的乐声呢？"客人的回答把话题转到了此地曾经发生过的一段真实的历史，而那段历史，正可成为今人的借鉴：想当年曹操夺取荆州，攻破江陵，顺流东下之时，巨大的战舰千里相连，猎猎旌旗遮蔽了天空。面对大江痛饮美酒，横握长矛慷慨吟诗，无疑是当世之豪杰,如今又在什么地方呢?既然如此,还不如我等把鱼虾当作伴侣,把麋鹿作为朋友,驾着小船举杯劝酒,将蜉蝣般短暂的生命随意寄托在天地之间。

接下来才是全文的精华。作者有感而发:江水看似不断地涌流,实际上却并没有流走;月亮时圆时缺,最终也没有消逝和增长。天地之间,万物各有其主宰,倘若本不是我应当拥有之物,即使一丝一毫也不该去占有。只有江上的清风和山间的明月,听到了便是美妙之音,看到了便是美丽之色,得到这些不会有人禁止,享用这些可以没有穷尽,这是大自然给予所有人的无穷宝藏,是我和你都可以享受到的恩赐——这既是作者当时平衡心态的最终成果,也是今天我们很有必要反复重温的金玉良言。

后赤壁赋

是岁十月之望①,步自雪堂②,将归于临皋③。二客从予,过黄泥之坂④。霜露既降,木叶尽脱,人影在地,仰见明月,顾而乐之,行歌相答⑤。已而叹曰:"有客无酒,有酒无肴,月白风清,如此良夜何⑥?"客曰:"今者薄暮,举网得鱼,巨口细鳞,状似松江之鲈,顾安所得酒乎?"归而谋诸妇⑦。妇曰:"我有斗酒,藏之久矣,以待子不时之需。"

于是携酒与鱼,复游于赤壁之下。江流有声,断岸千尺。山高月小,水落石出。曾日月之几何⑧,而江山不可复识矣!予乃摄衣而上⑨,履巉岩,披蒙茸⑩,踞虎豹⑪,登虬龙⑫,攀栖鹘之危巢⑬,

俯冯夷之幽宫⑭,盖二客不能从焉。划然长啸⑮,草木震动,山鸣谷应,风起水涌。予亦悄然而悲,肃然而恐,凛乎其不可留也。反而登舟,放乎中流,听其所止而休焉。

时夜将半,四顾寂寥。适有孤鹤,横江东来⑯,翅如车轮,玄裳缟衣⑰;戛然长鸣⑱,掠予舟而西也。须臾客去,予亦就睡。梦一道士,羽衣蹁跹⑲,过临皋之下,揖予而言曰⑳:"赤壁之游乐乎?"问其姓名,俯而不答。"呜呼噫嘻!我知之矣。畴昔之夜㉑,飞鸣而过我者,非子也耶?"道士顾笑,予亦惊寤。开户视之,不见其处。

[注释]

①是岁:元丰五年。 ②雪堂:苏轼贬到黄州后所建的堂名。因堂的四壁画的是雪景,故名。 ③临皋:亭名,故址在今湖北省黄冈市南长江之滨。是苏轼贬到黄州后的住所之一。 ④黄泥之坂:从雪堂至临皋亭经过之处。 ⑤行歌相答:边走边唱,相互酬答。 ⑥如此良夜何:将如何度过这样的良宵? ⑦谋诸妇:向妻子询问。此时苏轼的妻子是继室王闰之。 ⑧曾日月之几何:这才过了几天啊。苏轼写《前赤壁赋》到现在仅仅过了三个月。 ⑨摄衣:撩起衣襟。 ⑩披蒙茸:披开杂生的乱草。 ⑪踞虎豹:蹲坐在状如虎豹的巨石上。 ⑫登虬(qiú)龙:攀缘虬龙一样的大树枝。虬,传说中无角的龙。 ⑬栖鹘(gǔ):栖息于树上的鹘。鹘,一种鸷鸟,即隼。危巢:树高处的鸟窝。 ⑭冯夷:传说中的水神。 ⑮划然:高而长的啸声。 ⑯横江东来:横穿长江由东飞过来。 ⑰玄裳缟(gǎo)衣:形容孤鹤全身白羽,如人穿白绸衣,尾部纯黑,如人披黑氅。古人以上衣为衣,下衣为裳。 ⑱戛(jiá)然:高而

尖的鸣叫声。　⑲羽衣：道士所穿的道服。古人称道士升仙为羽化，故道士又称为羽客，所穿的衣服称为羽衣。蹁跹（pián xiān）：飘舞轻快的样子。　⑳揖予：向我拱手施礼。　㉑畴昔之夜：昨天夜里。

[解析]

　　这篇赋写于元丰五年（1083）十月，即上篇写完后的第三个月。作者把不同季节的景色做了生动的描绘，画面非常逼真。与上一篇相比，本文的出世情绪更加浓烈些，以至把飞鹤想象成了梦中的道士。从写作技巧上说，本篇仍延续了《前赤壁赋》尽可能突出画面感的特点，甚至把日期、路径、主客间的对话、与妻子的交流都明明白白地做了交代：这年十月十五日，我从东坡雪堂出发，打算回临皋亭去。有两位客人跟随着我，一起走过黄泥坂。这时霜露已经降下，树叶也都脱落了。我们的身影倒映在地上，抬头望见天空悬挂的明月。四下顾望，心里十分惬意，于是一面行走一面吟诗，相互唱和酬答。过了一会儿，我叹惜道："有宾客却没有美酒，即使有了酒也没有菜肴。明月皎洁，清风送爽，如此美好的夜晚，我们怎么可以将它错过呢？"一位宾客说："今天傍晚，我撒网捕到了一条鱼，大嘴巴，细鳞片，其形状和淞江的鲈鱼非常相似。不过，到哪里能够弄到酒呢？"苏某回到家中与妻子商量，妻子说："我有一斗酒，已经珍藏了很久，就是为了应付先生突然的需求。"一番铺垫之后，几个人再次来到江边，发现与上次来没隔多久，情景却发生了巨大的变化，甚至难以辨认了：由于山势很高，月亮显得小了许多，水位降低后，礁石都裸露出来了。接下来写作者与客人上岸攀爬，这时，促使他思想发生巨变的一幕出现了：一只白鹤横穿江面从东方飞过来，翅膀如车轮一般大小，尾部的黑羽如同黑色的长裙，满身的白羽如同洁白的衣衫，高声尖叫着，擦过小船继续向西飞去。正是由于见到了这一幕，所以回到家里他做了个梦，梦见一位道士穿着羽毛编织的大氅，问他说："赤壁之游快乐吗？"当苏轼问其姓名时,他却低头不答。作者猛然醒悟:"昨夜边飞边叫经过苏某小船的白鹤,不就是先生吗?"道士回头而笑。到此为止,作者想要表达的思想和盘托出:他深深感到仅仅有《前赤壁赋》中的旷达和淡定还远远不够,还需要真正做到"遗世独立,羽化而登仙",才能彻底摆脱世间的种种凡俗——"遗世独立,羽化而登仙"的境界在前篇中仅仅是一种想象和探索,而在这一篇里,已经成了作者最高的理想。

刑政论

《书》曰:"临下以简,御众以宽①。"此百世不易之道也。昔汉高帝约法三章②,萧何定律九篇而已③。至于文、景,刑措不用④。历魏至晋⑤,条目滋章⑥,断罪所用,至二万六千二百七十二条⑦,而奸益不胜⑧,民无所措手足。唐及五代止用律令⑨,国初加以注疏⑩,情文备矣⑪。今编敕续降⑫,动若牛毛⑬,人之耳目所不能周,思虑所不能照,而法病矣⑭。臣愚谓当熟议而少宽之⑮。人主前旒蔽明⑯,黈纩塞耳⑰,耳目所及,尚不敢尽,而况察人于耳目之外乎?今御史六察⑱,专务钩考簿书⑲,责发细微⑳,自三公九卿救过不暇㉑。夫详于小必略于大,其文密者,其实必疏。故近岁以来,水旱盗贼,四民流亡,边鄙不宁㉒,皆不以责宰相,而尚书诸曹㉓,文牍繁重㉔,穷日之力书纸尾不暇㉕,此皆苛察之过也㉖。不可以不变。

《易》曰:"理财正辞,禁民为非曰义㉗。"先王之理财也,必继之以正辞,其辞正,则其取之也义。三代之君㉘,食租衣税而已㉙,是以辞正而民服㉚。自汉以来,盐铁酒茗之禁㉛,称贷榷易之利㉜,皆心知其非而冒行之㉝,故辞曲而民为盗㉞。今欲严刑妄赏以去盗㉟,不若捐利以予民㊱,衣食足而盗贼自止。夫兴利以聚财者㊲,人臣之利也,非社稷之福。省费以养财者,社稷之福也,非人臣之利。何以言之?民者国之本,而刑者民之贼㊳。兴利以聚财,必先烦刑以贼民,国本摇矣㊴,而言利之臣先受其赏。近岁宫室城池之投㊵,南蛮西夏之师㊶,车服器械之资,略计其费,不下五千万缗㊷,求其所补,卒亦安在?若以此积粮,则沿边皆有九年之蓄㊸,西夷北边㊹,望而不敢近矣。赵充国有言:"湟中谷斛八钱,吾谓籴三百万斛,羌人不敢动矣㊺。"不待烦刑贼民,而边鄙以安。然为人臣之计则无功可赏。故凡人臣欲兴利而不欲省费者,皆为身谋,非为社稷计也。人主不察,乃以社稷之深忧,而徇人臣之私计㊻,岂不过其矣哉?

[**注释**]

①临下以简,御众以宽:出自《尚书·大禹谟》,意谓身为帝王,对臣民的要求要尽量简约,对他们的约束要尽量宽和。此句孔颖达疏:"《论语》云:'居敬而行简,以临其民,不亦可乎?'是临下宜以简也。又曰:'宽则得众。''居上不宽,吾何以观之哉?'是御众宜以宽也。"②汉高帝约法三章:《汉书·高祖本纪》:"十一月,召诸县豪桀曰:'父老苦秦苛法久矣,诽谤者族,耦语者弃市。吾与诸侯约,先入关者王之,吾当王关中。与父老约,法三章耳:杀人者死,伤人及盗抵罪。余悉除去秦法。'"汉高帝,西汉高祖刘邦。 ③萧何定律九篇:《汉书·刑法志》:"其后四夷未附,兵革未息,三章之法不足以御奸,于是相国萧何

攈摭秦法，取其宜于时者，作律九章。萧、曹为相，填（镇）以无为，从民之欲而不扰乱，是以衣食滋殖，刑罚用稀。"萧何，西汉初丞相。 ④至于文、景，刑措不用：到了汉文帝、汉景帝时期，置刑法而不用。汉文帝刘恒（前203—前157），高祖刘邦第四子，西汉第三位皇帝。刘恒为人宽容平和，不事张扬。高祖死后吕后专权，及吕后死，太尉周勃、丞相陈平等消灭诸吕，迎立代王刘恒入京为帝，是为文帝。刘恒即位后励精图治，废除肉刑，使汉朝进入强盛安定的时期。汉景帝刘启（前188—前141），文帝刘恒第五子。他在位期间，推行削藩之策，平定七国之乱，巩固中央集权，勤俭治国，发展生产、减轻赋税。后世称这段时间为"文景之治"。刑措：刑罚。《史记·周本纪》："成康之际，天下安宁，刑错四十余年不用。"裴骃集解："错，置也。民不犯法，无所置刑。" ⑤历魏至晋：历经三国曹魏到司马氏的晋朝。魏国（220—265），三国时期割据政权之一，后世史家多称曹魏。后汉延康元年（220），曹操之子曹丕逼迫献帝禅让，正式取代了后汉王朝。曹丕建国后定都洛阳。至魏咸熙二年（265），权臣司马炎篡魏，改国号为晋，曹魏灭亡。 ⑥条目滋章：定罪用的条目越来越膨胀。 ⑦断罪所用，至二万六千二百七十二条：马端临《文献通考》卷一六四《刑考》三载："汉承秦制，萧何定律，除参夷连坐之罪，增部主见知之条，益事律《兴》《厩》《户》三篇，合为九篇。……后人生意，各为章句。孙叔宣、郭令卿、马融、郑元诸儒章句，十有余家，家数十万言。凡断罪所当由用者，合二万六千二百七十二条，七百七十三万二千二百余言，言数益繁，览者益难。" ⑧奸益不胜（shēng）：犯罪之事却越来越多，数不胜数。 ⑨唐及五代止用律令：《文献通考》卷一六六《刑考》五："唐之刑书有四，曰：律、令、格、式。令者，尊卑贵贱之等数，国家之制度也；格者，百官有司之所常行之事也；式者，其所常守之法也。凡邦国之政，必从事于此三者。其有所违及人之为恶而入于罪戾者,一断以律。律之为书,因隋之旧,为十有二篇:一曰名例,二曰卫禁,三曰职制,四曰户婚,五曰厩库,六曰擅兴,七曰贼盗,八曰斗讼,九曰诈伪,十曰杂律,十一曰捕亡,十二曰断狱。其用刑有五:一曰笞,二曰杖,三曰徒,四曰流,五曰死,乃古大辟之刑也。"五代,唐朝灭亡后,中原地区出现了后梁、后唐、后晋、后汉和后周五个政权,后人称五代,或称五代十国时期。 ⑩国初加以注疏:指宋太祖建隆四年(963),由判大理寺窦仪主持编订完成的《宋建隆重详定刑统》,后世简称《宋刑统》,太祖诏令颁行全国。 ⑪情文备矣:何种犯罪应该如何处罚,写得清清楚楚。情文,内容与形式。 ⑫编敕续降:编敕一发再发。编敕,皇帝临时颁布的敕令。编敕最初并不是具有稳定性和普遍性的法律条文,往往是法官遇到难解之题,提交朝廷,帝王根据自己的意愿提出处置意见,法官遵照施行。这类敕令多了,便由相关部门编辑成书,称为编敕。 ⑬动若牛毛:多如牛毛。 ⑭法病矣:原本正式的法律条文反倒不再施行,使法典出现了严重问题。 ⑮当熟议而少宽之:应该详细讨论并尽可能减少编敕的约束力。 ⑯前旒(liú)蔽明:《孔子家语·入官》:"古者圣主冕而前旒,所以蔽明也。"旒,冕冠前后悬垂的玉串。《礼记·玉藻》:"天子玉藻,十有二旒。" ⑰黈纩(tǒu kuàng)塞耳:《文选》张衡《东京赋》:"夫君人者,黈纩塞耳,车中不内顾。"薛综注:"黈纩,言以黄绵大如丸,悬冠两边,当耳,不欲妄闻不急之言也。"黈纩,黄绵所制的小球。悬于冠冕之上,垂于两耳旁,以示不欲妄听是非。《淮南子·主术》:"故古之王者,冕而前旒,所以蔽明也;黈纩塞耳,所以掩聪;天子外屏,所以自障。" ⑱御史六察:宋代监察御史分察六部六事,号六察之官。《宋史·职官志》四:"监察御史六人,掌分察六曹及百司之事,纠其谬误,大事则奏劾,小事则举正。迭监祠祭。岁诣三省、枢密院以下轮治。凡六察之事,稽其多寡当否,岁终条具殿最，以诏黜陟。"　⑲专务：全部心思都用在其上。钩考簿书：钩稽考察文书中的漏洞或线索。　⑳责发细微：发现其中细微之处。意思是说专门寻找那些可以忽略不计没有多大价值的线索。　㉑三公九卿：泛指朝廷最高级的官员。救过不暇：补救过失都赶不及。　㉒边鄙：边疆偏远地区。　㉓尚书诸曹：即尚书省各部。后汉以来，尚书省成为全国最高政务机构，后代沿用。唐代尚书省分为六部，即吏部、户部、礼部、兵部、刑部、工部。宋代前期政务由中书省承担，元丰五年改制后恢复唐制。　㉔文牍繁重：文书审阅的工作量过于繁重。意谓文书如山，很多都来不及细看。　㉕穷日之力书纸尾不暇：一天到晚拼尽全力在文书尾部书写批阅意见。　㉖苛察：苛细的探究和审查。　㉗理财正辞，禁民为非曰义：意谓帝王治理国家，对财货的使用应该有节制，并有严格而合情理的号令，禁止百姓为非作歹，使他们都懂得什么叫仁义。此语出自《周易·系辞》下。孔颖达疏云："言圣人治理其财，用之有节，正定号令之辞，出之以理，禁约其民为非僻之事，勿使行恶，是谓之义。义，宜也。言以此行之，而得其宜也。"　㉘三代：夏、商、周。　㉙食租衣税：谓当时的天子吃的是百姓的粮租，穿的是百姓的赋税。此句为互文见义的修辞，即言天子吃穿都出于百姓合理的租税。　㉚辞正而民服：言词中正而百姓信服。　㉛盐铁酒茗之禁：指汉代以来，盐、铁、酒、茶都实行官府专卖，禁止民间自行贸易的政策。　㉜称贷榷（què）易之利：放债贸易的利润。称贷，指放债。榷易，指贸易。此句言举凡放债和榷贷的利润，都由官府直接掌控，坐收其利。　㉝皆心知其非而冒行之：明知道这是在盘剥和掠夺百姓利益，却还要强力推行（这些法令）。　㉞辞曲而民为盗：理由过于勉强，致使百姓都变成了盗贼。　㉟严刑妄赏以去盗：通过严酷的刑罚和不恰当的奖赏来平息盗贼蔓延。　㊱不若捐利以予民：不如把利益让给百姓。　㊲兴利以聚财：以获取利益为目的而聚敛钱财。　㊳刑者民之贼：刑罚对于百姓来说无异于贼寇。 ㉟国本：立国的基础和根本。 ㊵近岁宫室城池之投：近年来用于修建宫室和城池的投入。 ㊶南蛮西夏之师：用于平定南蛮和西夏叛乱的军队开支。南蛮，指神宗熙宁、元丰间湖南五溪蛮、梅山蛮向朝廷发难之事，见《宋史·蛮夷传》。西夏，指神宗元丰年间西夏主秉常及其国母梁氏不断进犯宋朝西北之事，以及刚刚修建的水洛城被西夏攻破，损失极其惨重的事。 ㊷缗（mín）：宋代铜钱的计量单位，一缗等于一千铜钱。 ㊸九年之蓄：《礼记·王制》："国无九年之蓄，曰不足；无六年之蓄，曰急；无三年之蓄，曰国非其国也。"

㊹西夷北边：指西北的西夏政权和北面的契丹政权。 ㊺湟中谷斛八钱，吾谓籴三百万斛，羌人不敢动矣：湟中地区的粮食每斛八钱，我买入三百万斛，羌人就不敢轻举妄动。《汉书·赵充国传》："羌降者万余人矣。充国度其必坏，欲罢骑兵屯田，以待其敝。作奏未上，会得进兵玺书，中郎将卬惧，使客谏充国曰：'诚令兵出，破军杀将以倾国家，将军守之可也。即利与病，又何足争？一旦不合上意，遣绣衣来责将军，将军之身不能自保，何国家之安？'充国叹曰：'是何言之不忠也！本用吾言，羌虏得至是邪？往者举可先行羌者，吾举辛武贤，丞相御史复白遣义渠安国，竟沮败羌。金城、湟中谷斛八钱，吾谓耿中丞，籴二百万斛谷，羌人不敢动矣。'"颜师古注："中丞，耿寿昌也，为司农中丞。言豫储粮食，可以制敌。"湟中，古地名，在今青海省东部，距西宁不远。斛（hú），古代计量单位，每斛为十斗。赵充国字翁孙，陇西上邽（今甘肃省天水）人，后移居湟中。熟知匈奴及氐羌习性。汉武帝时，随贰师将军李广利出击匈奴，拜为中郎，后任大将军都尉、后将军等职。宣帝神爵元年（前61），平定羌人叛乱，并开展屯田，遂使西边宁静无事。 ㊻徇人臣之私计：依从了大臣为自身谋的奸计。

苏轼诗文选 | 177

[解析]

本文是《上初即位论治道二首》中的第二篇，作于元祐元年（1086）自登州入朝之后。所谓"上初即位"，指的是神宗死后，他儿子赵煦继承皇位。苏轼出于对朝廷的关爱，特地上书讲论新帝治国之道。

这篇文章写于神宗驾崩之后，而宋神宗和王安石这两个名字，无疑可以与变法画上等号，因此本文的政治色彩就非常强烈，针对性也十分明确，无非是劝诫刚刚即位的哲宗皇帝，千万不要重蹈神宗的覆辙，应该果断彻底地废除新法。文章提出两个重要的观点，并分别加以论述，形成了全文的两大部分。第一个观点是《尚书》中的"临下以简，御众以宽"。作者列举了汉代初年刘邦、萧何"约法三章""定律九篇"的历史经验，说明为帝王者治理国家不可过于苛细，应抓住根本，抓住要害，以简明和宽厚为本，让百姓能够生活在比较宽松的政治和经济环境中，尤其不能动辄施用刑罚。从这个意义上说，苏轼是不同意完全"依法治国"的，他认为对百姓施以仁德，比什么法都有成效得多。这个观点与司马光的说法大同小异，司马光也曾提出过"法愈密而国愈乱"的理论，来驳斥王安石的变法主张。单纯就法而言，苏轼也认为不能朝令夕改，动辄以编敕说话，这样做的后果是把既有的成法都打乱了，形成了当权者的话就是法的无法局面，百姓何所是从？与其编织密不透风的法网，不如删繁就简安静治民，让百姓得到休养生息，百姓自然不会动不动就造反去当盗贼。与此相反，假如朝廷与百姓锱铢必较，争毫末之利，百姓反倒会怨气冲天，甚至拿出"民不畏死奈何以死惧之"的气概与官府抗争。

第二个观点是《周易》中的"理财正辞，禁民为非曰义"。作者认为，想让百姓诚心诚意地拥戴朝廷，朝廷也必须要做到合理使用钱财、拿出能说服百姓的理由来取得百姓的信服。作者列举三代之君，他们本身不奢侈，无欲求，简单的吃喝取自正常的税赋，老百姓是完全可以接受的。

如果为帝王者奢侈无度，以不合情理的方法对百姓巧取豪夺，百姓当然不可能心服口服。接着作者把矛头直接指向王安石，认为王安石变法根本不是从国家、人民利益着想，完全是出于一己之私，想通过变法巩固自己的权位，进而成为流芳百世的有为之臣。可惜他的出发点错了，他没有辅佐帝王爱民如子，没有劝说帝王施以仁政，却在精细地计算着每年能从百姓口袋里掏出多少钱财装入国库，这与司马光批评王安石"与小民争锥末之利"的说法不谋而合。作者劝告哲宗皇帝，要想做个万世流芳的帝王，不但不能依靠王安石之流的新法，还必须反其道而行之，以爱民为根本，只有如此，国家才能稳固，百姓才能安堵。苏轼的这些观点对于今天来讲，依然有着可以借鉴的意义。比如他提出变法改革的根本目的是为了让百姓过上更好的日子，如果得到相反的结果，那真的要认真考虑和反思了。

教战守策

夫当今生民之患①，果安在哉②？在于知安而不知危，能逸而不能劳。此其患不见于今③，将见于他日。今不为之计④，其后将有所不可救者。昔者先王知兵之不可去也，是故天下虽平⑤，不敢忘战。秋冬之隙⑥，致民田猎以讲武⑦，教之以进退坐作之方⑧，使其耳目习于钟鼓旌旗之间而不乱⑨，使其心志安于斩刈杀伐之际而不慑⑩。是以虽有盗贼之变，而民不至于惊溃。及至后世，用迂儒之议，以去兵为王者之盛节⑪，天下既定，则卷甲而藏之。数十年之后，甲兵顿弊⑫，而人民日以安于佚乐⑬。卒有盗贼之警⑭，则相与恐惧讹言，不战而走。开元、天宝之际⑮，天下岂不大治？惟其民安于太平之乐，酣豢于游戏酒食之间⑯，其刚心勇气，消耗钝眊⑰，痿蹶而不复振，是以区区之禄山一出而乘之⑱，四方之民，兽奔鸟窜，乞为囚虏之不暇⑲，天下分裂，而唐室因以微矣。

盖尝试论之。天下之势，譬如一身。王公贵人所以养其身者，岂不至哉⑳？而其平居常苦于多疾。至于农夫小民，终岁劳苦而未尝告疾，此其故何也？夫风雨、霜露、寒暑之变，此疾之所由生也㉑。农夫小民，盛夏力作，而穷冬暴露㉒，其筋骸之所冲犯，肌肤之所浸渍，轻霜露而狎风雨㉓，是故寒暑不能为之毒。今王公贵人处于重屋之下㉔，出则乘舆，风则袭裘㉕，雨则御盖㉖，凡所以虑患之具㉗，莫不备至。畏之太甚而养之太过，小不如意㉘，则寒暑入之矣㉙。是故善养身者，使之能逸而能劳，步趋动作，使其四体狃于寒暑之变㉚，然后可以刚健强力，涉险而不伤。

夫民亦然。今者治平之日久，天下之人骄惰脆弱，如妇人孺子不出于闺门，论战斗之事，则缩颈而股栗，闻盗贼之名，则掩耳而不愿听。而士大夫亦未尝言兵㉛，以为生事扰民，渐不可长㉜。此不亦畏之太甚而养之太过欤？

且夫天下固有意外之患也，愚者见四方之无事，则以为变故无自而有㉝，此亦不然矣。今国家所以奉西北之虏者㉞，岁以百万计，奉之者有限㉟，而求之者无厌，此其势必至于战。战者，必然之势也。不先于我，则先于彼，不出于西，则出于北。所不可知者，有迟速远近㊱，而要以不能免也㊲。天下苟不免于用兵，而用之不以渐㊳，使民于安乐无事之中，一旦出身而蹈死地，则其为患必有所不测㊴。故曰：天下之民知安而不知危，能逸而不能劳。此臣所谓大患也。

臣欲使士大夫尊尚武勇，讲习兵法。庶人之在官者⑩，教以行阵之节。役民之司盗者㊶，授以击刺之术。每岁终则聚于郡府，如古都试之法㊷，有胜负，有赏罚，而行之既久，则又以军法从事㊸。然议者必以为无故而动民㊹，又悚以军法㊺，则民将不安，而臣以为此所以安民也㊻。天下果未能去兵，则其一旦将以不教之民而驱之战㊼。夫无故而动民，虽有小恐，然孰与夫一旦之危哉㊽？今天下屯聚之兵，骄豪而多怨，陵压百姓而邀其上者㊾，何故？此其心以为天下之知战者，惟我而已。如使平民皆习于兵，彼知有所敌㊿，则固已破其奸谋而折其骄气。利害之际，岂不亦甚明欤？

[注释]

①生民：民众。《诗经·大雅》有《生民》一篇。 ②果安在：究竟在哪里？ ③不见于今：不在今天出现。见，"现"的古字。 ④为之计：为此早有考虑，想出对策。 ⑤平：和平安定。 ⑥秋冬之隙：秋收后入冬比较空闲的时候。 ⑦致民：召集民众。田猎：以军事编制的形式打猎。讲武：讲述战阵之事。 ⑧进退坐作：进攻退守、卧倒起立。 ⑨钟鼓旌旗：古代军队作战的指挥标志，击鼓以明进退，观旗以知号令。 ⑩斩刈（yì）：斩杀。不慴：不害怕。 ⑪去兵：减少军队的数量。盛节：美德、圣德。 ⑫甲兵：盔甲武器。顿弊：损折锈蚀，不能再用。 ⑬佚乐：即"逸乐"，安逸享乐。 ⑭卒：通"猝"，突然间。 ⑮开元、天宝：唐玄宗李隆基的两个年号。开元自公元713年至741年，天宝自742年至756年。这一段时间物阜民安，史称"开元盛世"。 ⑯酣豢：纵情享乐。 ⑰钝眊（mào）：迟钝萎缩。眊，眼睛昏花。 ⑱区区：小

小。禄山：安禄山，唐玄宗时平卢节度使，天宝十四年，安禄山突然起兵叛唐，挥师南下，所过之处如入无人之境，仅两个月的时间便打到了黄河边上。乘之：钻了唐王朝缺乏战备的空子。⑲乞为囚虏之不暇：乞求成为囚犯俘虏都来不及。⑳至：周到细致。㉑此疾之所由生也：这些正是造成疾病的原因。㉒穷冬：寒冷的冬天。暴露：身体很多部位都露在外面。㉓轻霜露而狎风雨：对霜露侵害毫不在意，对风吹雨打早习以为常。㉔重屋：两层的楼房。㉕袭裘：穿上皮衣。㉖御盖：打伞。古人称伞为盖。㉗虑患之具：防止风霜雨雪侵害的用具。㉘小不如意：稍不留心。㉙寒暑入之：由寒暑所致的疾病就侵入肌体了。㉚四体：四肢，泛指身体。狃：适应。㉛言兵：谈论战争之事。㉜渐不可长：刚有苗头便扼杀，不让它发展。㉝变故：突发的事变。无自而有：没有可能发生。㉞西北之虏：指西北地区的西夏和北部的辽国。虏：中原政权对异族政权的蔑称。㉟奉之者有限：所纳的岁贡财货是有限的。㊱迟速远近：指战争是很快就发生，还是推迟发生；在边远地区发生，还是在近地发生。㊲要：总而言之。㊳用之不以渐：所使用的兵卒不循序渐进地进行训练。㊴为患必有所不测：那时所出现的祸患有多严重，是很难估计的。㊵庶人之在官者：指为官府服役的平民百姓。㊶役民之司盗者：为官府缉捕盗贼的差役。㊷都试：古代一种考试武士的制度。汉代规定，每年立秋时总试骑兵，论战讲武。㊸军法从事：用正规军队的法令严格教练，严行赏罚。㊹议者：议论政事的大臣。㊺悚以军法：又听说用严厉的军法约束民众。㊻此所以安民：这才是真正意义上的安定民众。㊼一旦：有朝一日。㊽孰与夫一旦之危：和有朝一日不懂作战白白送死比起来，哪个更危险呢？㊾邀其上：要挟朝廷。㊿彼知有所敌：使他们明白，没有他们，朝廷照样有人抵御外侵。

[解析]

  本文属策论之文,是作者《策别安万民》六篇中的第五篇,作于仁宗嘉祐六年(1061)。作者认为,国家和平安定久了,百姓就会不自觉地安于现状,耽于享乐,而忘记了西、北两边还有契丹和西夏对中原虎视眈眈。当此之时,朝廷应当时时刻刻防备外敌入侵,使百姓懂得,一旦战争爆发,每个人都能拿起武器与敌人作战,保卫自己的家园。作者一针见血地指出:天下百姓知安而不知危,能逸而不能劳,确实是国家极大的忧虑。

  文章从细处见大,从比喻中见推演哲理。作者认为:天下兴亡安危的大势,就像人的身体。王公贵人对自身的保养难道不周到吗?但他们常常为多病患所苦。再看那些农夫小民,终年劳苦却很少生病,这是什么原因呢?理论上说,风雨、霜露、寒暑的变化是疾病产生的根源,而农夫小民盛夏时奋力劳作,隆冬时身体暴露,筋骨经常冒着烈日寒风,肌肤经常被雨雪霜露所浸泡,他们对风雨霜露的侵袭反倒习惯了,所以严寒酷暑并不能对他们造成损害。如今王公贵人住在高大深邃的屋宇中,出门就乘车,刮风时就穿上皮衣,下雨时就撑开伞盖,凡可以保护自己的用具,没有一件不准备齐全。对外界风寒的畏惧太过分,对自己身体的保养也太过分,稍不注意,就会受风中暑。因此善于保养身体的人,应该使自己能逸能劳,经常锻炼身体,使身体习惯于寒暑的变化,才可以使身体刚健有力,经受各种侵袭而不致受害。民众也是同样的道理。如今太平的时日很长了,天下人骄惰脆弱,如同妇人小孩足不出户,谈论起战争就缩着脖子,双腿战栗;听见盗贼之名就捂住耳朵不愿意听。士大夫也从不谈论战争之事,认为这是制造事端骚扰惊吓民众。这不是和对外界风寒的畏惧太过分而对自己的身体保养太过分道理相同吗?这两段话今天读起来,无论是于国还是于己,都具有很强的现实意义。

既然是论文,那就不仅仅是打比方这么简单,还必须针对严酷的现实予以棒喝。作者接着说:国家总会有意外的变故,如今国家用来供奉契丹和西夏的财货每年数以百万计,供奉者财力有限,而要求者却贪得无厌,这样下去必然会引发战争,不是我们首先开战,就是他们首先开战,不是与西夏战,就是与契丹战,无非是发生的时间快慢、地点远近不同而已。国家免不了发生战争,又不能使人民接受必要的战时训练,一旦他们面对战争,结果是不可设想的。这是苏轼的焦虑,也是他所以提出朝廷必须要有应对之策的根源。于是他又提出,应当使官吏们都重视军备,讲论兵法。基层官吏要把队列的节制调度教给他们,军队中的官员,要把刺杀的本领教给他们,按古代总考的方法让他们较量胜负,进行赏罚,只有这样才能真正安定民众。没发生战争就开始训练百姓,虽然会使百姓产生一些恐惧,但与一旦参战就白白送死比起来哪个更危险?如今禁军骄横霸道,动不动怨气冲天。对下欺压百姓,对上强求要挟,之所以敢于如此跋扈,是因为他们认为天下懂得打仗的人只有自己。如果让百姓都习于作战,禁军将士都知道还有与自己一样懂得作战的人,就足以击败其奸谋,摧折其骄横了。

有意思的是,这些卓有建树的议论,被后来力主变法的王安石所采用,可见宋朝的君子们大多都不是以好恶待人,而是以是否对国家有益为标准。司马光、苏轼、王安石所以都受到后人的景仰,说明他们人格上都是完美的,有些争论,甚至是赌上前程的彼此不屈,也不过是"英雄所见不同"而已。

谏买浙灯状[①]

熙宁四年正月□日,殿中丞、直史馆、判官告院[②]、权开封府推官臣苏轼状奏③：右臣向蒙召对便殿④，亲奉德音⑤，以为凡在馆阁⑥，皆当为朕深思治乱，指陈得失，无有所隐者。自是以来，臣每见同列，未尝不为道陛下此语，非独以称颂盛德，亦欲朝廷之间如臣等辈，皆知陛下不以疏贱间废其言，共献所闻，以辅成太平之功业。然窃谓空言率人，不如有实而人自劝⑦。欲知陛下能受其言之实，莫如以臣试之。故臣愿以身先天下试其小者⑧，上以补助圣明之万一，下以为贤者卜其可否，虽以此获罪，万死无悔。

臣伏见中使传宣下府市司买浙灯四千余盏⑨，有司具实直以闻⑩，陛下又令减价收买，见已尽数拘收，禁止私买，以须上令⑪。臣始闻之，惊愕不信，咨嗟累日。何者？窃为陛下惜此举动也。臣虽至愚，亦知陛下游心经术⑫，动法尧、舜，穷天下之嗜欲，不足以易其乐；尽天下之玩好，不足以解其忧，而岂以灯为悦者哉？此不过以奉二宫之欢⑬，而极天下之养耳⑭。然大孝在乎养志，百姓不可户晓，皆谓陛下以耳目不急之玩，而夺其口体必用之资。卖灯之民，例非豪户，举债出息，畜之弥年。衣食之计，望此旬日。陛下为民父母，唯可添价贵买，岂可减价贱酬？此事至小，体则甚大。凡陛下所以减价者，非欲以与此小民争此豪末，岂以其无用而厚费也？如知其无用，何必更索？恶其厚费，则如勿买。且内庭故事，每遇放灯，不过令内东门杂物务临时收买⑮，数目既少，又无拘收督迫之严，费用不多，民亦无憾⑯。故臣愿追还前命，凡悉如旧。京城百姓，不惯侵扰，恩德已厚，怨谤易生⑰，可不慎欤？可不畏欤？

近日小人妄造非语，士人有展年科场之说⑱，商贾有京城榷酒之议⑲，吏忧减俸，兵忧减廪。虽此数事，朝廷所决无，然致此纷纷,亦有以见陛下勤恤之德未信于下,而有司聚敛之意或形于民⑳。方当责己自求,以消谗慝之口。而台官又劝陛下以严刑悍吏捕而戮之㉑,亏损圣德,莫大于此。而又重以买灯之事,使得因缘以为口实㉒,臣实惜之。方今百冗未除,物力凋弊,陛下纵出内帑财物㉓,不用大司农钱㉔,而内帑所储,孰非民力?与其平时耗于不急之用,曷若留贮,以待乏绝之供?故臣愿陛下将来放灯与凡游观苑囿宴好赐予之类,皆饬有司,务从俭约。顷者诏旨裁减皇族恩例㉕,此实陛下至明至断,所以深计远虑,割爱为民。然窃揆其间㉖,不能无少望于陛下㉗,惟当痛自刻损,以身先之,使知人主且犹若此,而况于吾徒哉?非惟省费,亦且弭怨。昔唐太宗遣使往凉州讽李大亮献其名鹰㉘,大亮不可,太宗深嘉之。诏曰:"有臣若此,朕复何忧?"明皇遣使江南采鸂鶒㉙,汴州刺史倪若水论之,为反其使㉚。又令益州织半臂背子㉛、琵琶捍拨㉜、镂牙合子等㉝,苏许公不奉诏㉞。李德裕在浙西㉟,诏造银盝子妆具二十事㊱,织绫二千匹,德裕上疏极论,亦为罢之。使陛下内之台谏有如此数人者,则买灯之事,必须力言;外之有司有如此数人者,则买灯之事,必不奉诏。陛下聪明睿圣,追迹尧、舜,而群臣不以唐太宗、明皇事陛下,窃尝深咎之。臣忝备府僚㊲,亲见其事,若又不言,臣罪大矣。陛下若赦之不诛,则臣又有非职之言大于此者㊳,忍不为陛下尽之?若不赦,亦臣之分也。谨录奏闻,伏候敕下。

[注释]

①谏买浙灯:熙宁四年元宵节前,神宗为讨太皇太后曹氏和皇太后高氏的高兴,下旨在汴京收买浙式丝灯四千多盏。订货时讲好了价钱,元宵

将至收买丝灯时,朝廷竟然压低了购价。为此身为开封府推官的苏轼愤然上书,指责朝廷购买浙灯本已属于无端的浪费,又和小民争丝毫锥末之利,实在是不应该。这封奏疏递上之后,立即遭到王安石等人的指斥。苏轼知道自己不可能有所作为,于是自请出京,担任了杭州通判,以避风险。 ②判官告院:北宋官名,掌文武官员、将校告身及封赠等事并代表朝廷签发文书。 ③权:代理。开封府推官:开封府属官之一,协助府尹审理狱讼案件。当时苏轼兼任判官告院和开封府推官二职,而以开封府推官为主要官职。 ④便殿:皇帝上朝之余召见个别大臣议事的小殿。 ⑤德音:皇帝的声音。 ⑥馆阁:北宋史馆、昭文馆和集贤院合称为三馆,进入馆阁是当时士子们高升的必由之路。阁,指秘阁,也是储备人才的育贤之处。 ⑦有实而人自劝:自己拿出实际行动给别人看,才会起到真正劝励他人的作用。 ⑧以身先天下试其小者:以自身先于其他人用一件小事做个试验。 ⑨下府市司:下达到开封府和市易司。苏轼此时担任开封府属官,所以对此事了解比较详细。 ⑩具实直以闻:开具实际需要的钱数报告朝廷。 ⑪上令:朝廷下一步的旨令。 ⑫游心经术:心思都用在学习经术上面。 ⑬二宫:指太皇太后曹氏和皇太后高氏。高氏是神宗的生母,曹氏是仁宗的皇后。 ⑭极天下之养:意思是说神宗为了表示孝心,肯用天下之物产来孝敬二宫。 ⑮内东门:即内东门小殿,是皇帝、太后临时召见大臣议政的一间小殿,在大内前殿与后宫相交之处。杂物务:相当于内东门小殿临时办公厅,负责处理在这里发生的一应开销。 ⑯民亦无憾:百姓也没有怨恨。憾,这里是恨的意思。 ⑰怨讟(dú)易生:怨恨很容易产生。讟,痛恨,怨恨。 ⑱士人有展年科场之说:士子们中间传言今年的会试可能要推迟一年。展年,向后推迟一年。这是奸人故意造出的谣言,目的是想挑起社会的混乱。 ⑲商贾有京城榷(què)酒之议:商贾中间在流传朝廷准备在汴京征收高额酒税的消息。

⑳有司聚敛之意或形于民：有关部门聚敛民财的意图已经被百姓看破。 ㉑台官：御史台的官员。 ㉒口实：借口。 ㉓内帑（tǎng）财物：由内府掌管不受国家审计的内廷财产。 ㉔大司农：古代九寺之一，又叫司农卿，是主管全国资产收支的部门。 ㉕裁减皇族恩例：指按照比例对宗室贵族例行的赏赐和支给进行裁减。 ㉖揆（kuí）：揣度，猜想。 ㉗少望：一些怨恨。望，怨恨。 ㉘"唐太宗遣使往凉州讽李大亮献其名鹰"六句：据《资治通鉴》载，贞观三年冬，唐太宗派使节到凉州。凉州都督李大亮有一只很好的鹰，使者暗示李大亮，要他把鹰进献给太宗，李大亮给太宗上密表说："陛下一向拒绝畋猎，而使节却要臣把鹰献给陛下。如果这真是陛下的意思，则与陛下一贯的主张大相背离；如果只是使节自作主张，便是陛下用人不当。"太宗得奏，对大臣说："李大亮称得上忠诚正直。"亲书诏令予以褒奖，并赏赐他胡瓶一只、荀悦《汉纪》一部。 ㉙"明皇遣使江南采鹧鸪"四句：据《旧唐书·倪若水传》载，开元四年，唐明皇命宦官到江南采鹧鸪等名禽，途径汴州，刺史倪若水上书劝谏。明皇心知其非，遂召宦官返回长安。 ㉚为反其使：为此而召还那位使臣。 ㉛益州：今四川省成都市。半臂背子：短袖的背心。 ㉜琵琶捍拨：弹奏琵琶所用的拨子。 ㉝镂牙合子：外观上镂刻着豁牙的盒子。 ㉞苏许公：苏颋，字廷硕，京兆武功（今陕西省武功县）人。历任监察御史、给事中、中书舍人等。明皇时由工部侍郎参知政事，袭父爵，号小许公。与燕国公张说威望相当，世称"燕许"。 ㉟李德裕在浙西：李德裕字文饶，真定赞皇（今河北省赞皇县）人，历翰林学士、浙西观察使、西川节度使、兵部尚书、尚书左仆射等职。文宗大和七年（838）、武宗开成五年（840）两度为相。早在宝历元年（825）七月，敬宗命浙西打造银盝子妆具二十件，李德裕上奏称本道金银概不外流。敬宗心知其非，遂罢造作。 ㊱银盝（lù）子妆具：古代小型妆盒。往往为多

层套装，盏体方形，盖顶四周向下倾斜。 ㉛忝(tiǎn)备府僚：即备员于开封府担任府僚。忝，有辱，古汉语的谦辞。 ㉜臣又有非职之言大于此者：臣还会拿出不在自己职权范围内却比购买浙灯更严重的事上奏。

[解析]

　　熙宁四年（1071），作者三十六岁，任判官告院兼开封府推官。作者认为节俭首先要从帝王本身做起，才能为百官万民做出好的榜样。继而提出朝廷压低价格购买浙灯，更是欺骗和剥削平民百姓的不当之举。王者只有取信于民，才能得到百姓的拥护，否则就会失去民心。本疏上奏之后，神宗有心接受批评，谁知御史弹劾他言语过失，苏轼没有进行申辩，自请外任，很快出为杭州通判。《宋史全文》的记载是："（熙宁二年十二月乙亥）有中旨下开封府减价买浙灯四千余枝。权推官、殿中丞、直史馆苏轼言：'陛下游心经术，动法尧、舜，而岂以灯为悦哉？此不过以奉二宫之欢耳。且卖灯皆细民，安可贱酬其直？愿亟罢之。'上纳其言。轼因奏书献三言曰：'愿陛下结人心，厚风俗，存纪纲。'书凡七千余言。轼素不为王安石所喜，使权开封府推官，欲以多事困之也。而轼决断精敏，声闻益远，论事益不休。"看来得罪了权相王安石，连神宗皇帝都救不了他。

　　本文属于臣僚给皇帝所上的书状，所以遣词用语都比较直白易懂，整体文字读起来没有太大的障碍，我们只要把当时的历史背景搞清楚，就能充分理解作者的用心了。

　　自熙宁二年（1069）开始，王安石变法便如火如荼地展开了。这次变法遭到了很多大臣的强烈反对，上起宰辅大臣如韩琦、富弼、文彦博、张方平等，下至一般官员，纷纷给神宗上书，请求新法缓行甚至将其废止，理由是王安石新法的核心是与民争利。苏轼当时也在反对新法的阵营之中，王安石对他十分不满，把他调到开封府担任地方官，尽可能不让他介入朝廷政事。按理说皇帝为两宫太后买灯的事，与身在开封府任职的苏轼毫无关系，但苏轼得知此事后，不顾越职言事的风险愤然上书，甚至把这件事上升到朝廷欺骗和盘剥细民、会失去百姓拥护的高度，可谓一针见血，毫不留情。这种文字自然会让神宗不快，紧跟神宗的王安石更是要借此机会报复苏轼，于是将他彻底赶出了汴京。

这篇文章体现的是苏轼作为朝官敢于直抒胸臆的无畏精神，读来令人深感敬佩。在苏轼看来，犯颜直谏才是真正的忠君，可惜他这一点忠心并没有得到应有的回报，反而成了他仕途蹭蹬的开端。但他仍旧无怨无悔，始终坚持着"居庙堂之高则忧其民，处江湖之远则忧其君"的为官信条。

范文正公文集叙①

庆历三年②，轼始总角入乡校③，士有自京师来者，以鲁人石守道所作《庆历圣德诗》示乡先生④。轼从旁窃观，则能诵习其词。问先生以所颂十一人者何人也⑤，先生曰："童子何用知之？"轼曰："此天人也耶⑥，则不敢知；若亦人耳，何为其不可？"先生奇轼言⑦，尽以告之，且曰："韩、范、富、欧阳，此四人者，人杰也。"时虽未尽了了⑧，则已私识之矣⑨。嘉祐二年⑩，始举进士至京师，则范公殁⑪。既葬，而墓碑出⑫，读之流涕，曰："吾得其为人⑬。"盖十有五年而不一见其面，岂非命也欤？

是岁登第，始见知于欧阳公⑭，因公以识韩、富⑮，皆以国士待轼⑯，曰："恨子不识范文正公。"其后三年⑰，过许⑱，始识公之仲子今丞相尧夫⑲。又六年，始见其叔彝叟京师⑳。又十一年㉑，遂与其季德孺同僚于徐㉒。皆一见如旧。且以公遗藁见属为叙㉓。又十三年㉔，乃克为之㉕。

呜呼！公之功德，盖不待文而显㉖，其文亦不待叙而传。然不敢辞者，自以八岁知敬爱公，今四十七年矣！彼三杰者㉗，皆得从之游，而公独不识，以为平生之恨。若获挂名其文字中，以自托于门下士之末㉘，岂非畴昔之愿也哉㉙！

古之君子，如伊尹、太公、管仲、乐毅之流㉚，其王霸之略㉛，皆素定于畎亩中㉜，非仕而后学者也。淮阴侯见高帝于汉中㉝，论刘、项短长㉞，画取三秦㉟，如指诸掌㊱。及佐帝定天下，汉中之言，无一不酬者㊲。诸葛孔明卧草庐中㊳，与先主策曹操㊴、孙权，规取刘璋㊵，因蜀之资㊶，以争天下，终身不易其言㊷。此岂口传耳受尝试为之而侥幸其或成者哉？

公在天圣中㊸，居太夫人忧㊹，则已有忧天下致太平之意，故为万言书以遗宰相㊺，天下传诵。至用为将㊻，擢为执政㊼，考其平生所为，无出此书者㊽。今其集二十卷，为诗赋二百六十八，为文一百六十五。其于仁义礼乐、忠信孝弟，盖如饥渴之于饮食㊾，欲须臾忘而不可得㊿。如火之热，如水之湿，盖其天性有不得不然者。虽弄翰戏语㉛，率然而作㉜，必归于此㉝。故天下信其诚，争师尊之㉞。孔子曰："有德者必有言㉟。"非有言也㊱，德之发于口者也。又曰："我战则克，祭则受福㊲。"非能战也，德之见于怒者也。元祐四年四月十一日。

[注释]

①范文正公：范仲淹，苏州吴县（今江苏省苏州吴中区）人，真宗大中祥符年间中进士。仁宗时为吏部员外郎、知开封府。因得罪宰相吕夷

简，罢知饶州。西夏元昊反，他守边多年，号令严明，敌不敢犯，拜枢密副使，进参知政事。因立志革除弊政，又被贬为河东陕西宣抚使，迁户部侍郎，徙青州。卒后谥曰文正。叙，同序，这是作者为避祖父苏序之讳临时改用的字。②庆历三年：公元1043年。③总角：童年。古代儿童把头发束在头的两端，称为总角。乡校：地方上的学校。④石守道：石介，字守道，兖州奉符（今山东省兖州）人。仁宗天圣八年（1030）进士，曾通判濮州，后罢官，隐居徂徕山下耕田授学，人称为徂徕先生。范仲淹、富弼、杜衍、韩琦等人入朝执政，石介认为他们都是当朝英杰，因此仿韩愈《元和圣德诗》作《庆历圣德诗》一首，盛赞一时朝廷得人。乡先生：乡校中的老师。⑤十一人者：指石介《庆历圣德诗》中所赞颂的韩琦、范仲淹、富弼、杜衍、晏殊、贾昌朝、章得象、欧阳修、余靖、蔡襄、王素。⑥天人：神仙。⑦奇轼言：对我的话深感惊奇。⑧未尽了了：对他们了解得不十分清楚。⑨私识之：内心已经牢牢记下了他们的名字。⑩嘉祐二年：公元1057年。⑪范公殁：范仲淹病逝于仁宗皇祐四年（1052）。⑫墓碑出：指欧阳修所作《资政殿学士户部侍郎范公神道碑铭》已在世间流传。⑬得其为人：了解到他的品质。⑭见知于欧阳公：得到欧阳修的青睐。此句指嘉祐二年欧阳修知贡举，拔擢苏轼进士高第的事。⑮因公以识韩、富：由于欧阳公的引荐而结识了韩琦、富弼。⑯国士：全国最杰出的士子。⑰其后三年：嘉祐五年，公元1060年。⑱许：许州，北宋州名，治所在今河南省许昌市。⑲仲子：第二子。今丞相尧夫：指苏轼写此文时担任丞相的范纯仁。纯仁字尧夫，神宗时历知河中府、和州、庆州，哲宗元祐中官中书侍郎。⑳"又六年"二句：即英宗治平三年，公元1066年。叔，排行第三。此指范仲淹第三子范纯礼，元祐中为给事中，徽宗时知开封府，擢尚书右丞（副相）。㉑又十一年：即神宗熙宁十年，公元1077年。㉒其季：范仲淹最小的儿子。德孺：范仲淹第四子范纯粹，字德孺。同僚于徐：同在徐州为官。苏轼熙宁末担任徐州知州，范纯粹为其幕僚。 ㉓藁（gǎo）：文稿。见属为序：嘱托我为范文正的文集写一篇序。属，通"嘱"。 ㉔又十三年：即哲宗元祐四年，公元1089年。 ㉕乃克为之：终于写完了这篇序文。 ㉖不待文而显：不靠文章的显扬而流传后世。 ㉗三杰：指韩琦、富弼、欧阳修。 ㉘自托于门下士之末：寄身于范公的门生之列。末，指最晚的门生。 ㉙畴（chóu）昔：往昔。 ㉚伊尹：商汤之相，曾辅佐汤灭夏，被尊为阿衡（宰相）。太公：周初的姜尚。他曾垂钓于渭水之滨，周文王出猎时载归，立为师。他曾辅佐武王灭商，建立周朝，封于齐，为齐国之祖。管仲：管夷吾，春秋齐桓公时的宰相。他辅佐桓公，九合诸侯，成为东方盟主。乐毅：战国时人。初在赵，后赴燕，燕昭王任为大将，连破齐国七十余城。昭王死后，为躲避谗害，逃到赵国。 ㉛王霸之略：经邦治国的宏大谋略。 ㉜素定于畎（quǎn）亩中：早在入仕之前的平民阶段就已经蓄于胸中。 ㉝淮阴侯：汉初大将韩信。楚汉相争时，韩信先随项羽，不得重用，后投刘邦，拜为大将，破魏、赵，东击齐，屡立战功。刘邦建国后，封为楚王，后降为淮阴侯。高帝：汉高祖刘邦，西汉开国皇帝。汉中：旧地名，在今陕西省汉中市。 ㉞论刘、项长短：刘邦拜韩信为大将后，韩信为刘邦分析刘、项双方的长处和不足。 ㉟画取三秦：谋划先取秦中之地。三秦，指今陕西中部及北部地区。 ㊱如指诸掌：如同运于手掌之中。 ㊲无一不酬者：没有一句话没得到验证。 ㊳诸葛孔明：诸葛亮。他曾隐居于南阳隆中。刘备兵败后，曾三顾茅庐，向诸葛亮求教。诸葛亮向他讲述天下大势，提出了联吴抗曹的方针。后任蜀汉丞相。 ㊴先主：三国时蜀汉主刘备。策：策划应付。 ㊵规取：依计攻取。刘璋：东汉末任益州牧。后因接纳刘备入蜀，刘备趁势夺取蜀中，刘璋被流放到偏远之乡。 ㊶因蜀之资：凭借蜀中的人力

苏轼诗文选 | 193

物力，即以蜀中为根据地。 ㊷不易其言：不改变初衷。 ㊸天圣：仁宗赵祯的年号，公元1023年至1032年。据《范文正公年谱》载，范仲淹于天圣四年（1026）丁母忧。 ㊹居太夫人忧：为太夫人守丧。太夫人，指范仲淹的母亲谢氏。 ㊺万言书：指范仲淹在守母丧期间所作的《上宰相书》，该书中论述当时朝政之失，民间之病，言辞肯切，共计一万余字。遗：呈交。 ㊻用为将：被朝廷任命为军事将领。康定元年(1040)，范仲淹与韩琦并为陕西经略安抚副使。 ㊼擢：提拔。执政：宰相。仁宗庆历三年，范仲淹被任命为枢密副使，进入朝廷中枢。随后不久，升为参知政事，相当于副相。 ㊽无出此书者：意谓范仲淹平生立身行事，与他的文章保持了一致。没有做出言行不一的事。 ㊾如饥渴之于饮食：像饥饿干渴的人见到了食物和水一样。意谓十分热衷。 ㊿欲须臾忘而不可得：想让他忘记片刻都做不到。 (51)弄翰戏语：随意而为的游戏笔墨。 (52)率然而作：未经思虑所写的文章。 (53)必归于此：一定归结到仁义、礼乐、忠信、孝悌的范畴。 (54)师尊之：像尊敬师长一样尊敬他。 (55)有德者必有言：出自《论语·宪问》，意谓有道德的人一定有名言。 (56)非有言：并不仅仅是名言。 (57)“我战则克”二句：出《礼记·礼器》，意思是说有道之人深深懂得战胜敌人之道，有祭祀必然获得福泽。

[解析]

本文是作者为名臣范仲淹文集写的一篇序文。作者从幼年在乡校即听到范仲淹大名说起，回顾了范仲淹毕生“先天下之忧而忧，后天下之乐而乐”的伟人襟怀。对这位堪比伊尹、太公、管仲、乐毅以及诸葛亮的贤哲表达了深深的爱戴和景仰。

文章总体格调深沉凝重，看似娓娓道来的寻常笔墨，寄托了作者对一代伟人的无比崇敬之情。开篇用了一个很有童趣的故事引出主人公：庆历三年，我刚进乡校读书，有个从京城来的读书人，拿出鲁人石介守道所作的《庆历圣德诗》给乡学老师看。我从旁边偷偷看了几眼,就已能背诵那些诗句。我问老师诗中歌颂的十一个人是什么人,老师说:"小孩子知道这些干什么?"我说:"这些人要是天上的神仙,那我自然不敢多问;如果也是世间凡人,有什么不能问呢?"老师对我的话感到很惊奇,就全都告诉了我,还说:"韩琦、范仲淹、富弼、欧阳修,这四个人是最杰出的人。"当时我虽然不完全了解他们,但已经记住他们的大名了。这一段文字的高明之处在于:它不仅十分自然地引出范文正公,还表现出作者本人关心国家大事的好奇之心,客观上把作者自己也带入了那个年代,这一点是当时作者完全没想到的。接下来作者把时空推移到嘉祐二年,作者到京师参加进士考试,恰赶上范文正公去世。读完刚刚竖起的碑文,作者感动得热泪直流。而后不无遗憾地感慨:自打听范公大名到他去世十五年之久,竟然没能赶上见他一面——一个与范公从未谋面的新科进士,读罢碑文如此动情,究竟是为什么呢?作者并没有直接揭开个中原因,也没有连篇累牍地介绍范公一生的功业勋劳,而是用了一个巧妙的手段,用结识范公三个儿子为引子,说到范公之子请他写一篇文集的序言,作者的感慨也由此得到迸发和升华:呜呼!范公的功德,不用靠他的文章来显现,他的文章也用不着靠我的序言来传播。而我之所以不敢推辞为范公文集写序的原因,是因为我从八岁起就敬重爱戴范公,到如今已经四十七年。平生没能结识范公,已经是天大的遗憾。如果能让自己的名字出现在范公的文集中,使我能自称为范公门生中的最末者,难道不是我素来的大愿吗?这样的结构自然无痕,情感的宣泄也可以追溯到源头了。

  一般说来,为前人的文集写序,既不能简单重复前人的成就,又不能游离于原书主旨太远,于是作者用简而又简的几句话概括了范公的一生:范公在天圣年间为其母守孝时,就已经有了为天下而忧,要使天下太平的大志,所以作万言书呈给宰相,为天下人所传诵。后来范公被用为将军,又被提拔为执政大臣,考察他平生的所作所为,没有任何背离这个宗旨的行为。全文最后用孔子的话做结:"有德行的人一定会有言论。"苏轼意在告诉读者:若想全面了解范公的一生,还是请仔细阅读他的文集吧。若想成为范公那样的一代伟人,那就把他"先天下之忧而忧,后天下之乐而乐"的名言当作座右铭吧。

田表圣奏议叙①

故谏议大夫②、赠司徒田公表圣奏议十篇③。呜呼田公,古之遗直也④。其尽言不讳⑤,盖自敌以下,受之有不能堪者⑥,而况于人主乎?吾是以知二宗之圣也⑦。自太平兴国以来⑧,至于咸平⑨,可谓天下大治,千载一时矣。而田公之言,常若有不测之忧,近在朝夕者,何哉?古之君子,必忧治世而危明主⑩。明主有绝人之资,而治世无可畏之防。夫有绝人之资必轻其臣⑪;无可畏之防必易其民⑫。此君子之所甚惧也。方汉文时,刑措不用⑬,兵革不试,而贾谊之言曰:"天下有可长太息者,有可流涕者,有可痛哭者⑭。"后世不以是少汉文⑮,亦不以是甚贾谊⑯。由此观之,君子之遇治世而事明主,法当如是也。

谊虽不遇⑰,而其所言略已施行,不幸早世⑱,功烈不著于时⑲。然谊尝建言,使诸侯王子孙各以次受分地⑳,文帝未及用,历孝景至武帝,而主父偃举行之,汉室以安㉑。今公之言,十未用五六也㉒,安知来世不有若偃者举而行之欤㉓?愿广其书于世,必有与公合者,此亦忠臣孝子之志也。

[注释]

①田表圣：田锡，字表圣，蜀中人。《文献通考》卷二三四《经籍考》六十一："田表圣《咸平集》五十卷。晁氏曰：'宋朝田锡字表圣，其先京兆人，唐末徙于蜀。国初，与胡旦、何士宗齐名，中兴国三年进士第。历相台、桐庐、淮阳、海陵四郡守，知制诰，终于谏议大夫。范仲淹、司马光读其书，皆称其直谅，苏轼亦以比贾谊云。'陈氏曰：'首卷有奏议十二篇，即东坡所序。锡之子孙无显者，端平初，游似为成都漕，奏言：朝廷方用端拱、咸平之旧纪元，而臣之部内乃有端拱、咸平之直臣，宜褒表之以示劝。愿下有司议谥。博士徐清叟议谥曰献翼。今汉嘉田氏子孙，不知在亡，而文集版之在州者，亦毁于兵烬矣。'"田锡，《宋史》卷二九三、《东都事略》卷三九有传；《范文正公集》卷十二、《名臣碑传琬琰集》中集卷二、嘉靖《洪雅志》卷五都载有范仲淹所作的《赠兵部尚书田公墓志铭》。 ②故谏议大夫：《宋史·田锡传》："（咸平）五年，再掌银台，览天下奏章，有言民饥盗起及诏敕不便者，悉条奏其事。上对宰相称锡得争臣之体，即日以本官兼侍御史知杂事，擢右谏议大夫、史馆修撰。" ③赠司徒：田锡卒后，初赠工部侍郎，载于《东都事略》及《宋史》本传。此处所说赠司徒，当是后来追赠之官。《宋史·职官志》九："太师、太傅、太保谓之三师；太尉、司徒、司空谓之三公。" ④遗直：直道而行有古贤者遗风的人。 ⑤尽言不讳：在皇帝面前直言不讳，绝不遮遮掩掩。 ⑥自敌以下，受之有不能堪者：从政敌之下，听了他的话还有无法忍受的。敌，指与自己有不同政见的人。 ⑦二宗：指太宗、真宗。古开国皇帝称"祖"，其后者称"宗"。此句宋人郎晔注云："锡当太宗时，上言军国要机者一，朝廷大体者四。太宗尝称锡有文行，敢言。真宗谓刘（李）沆曰：'田锡，直臣也。何天夺之速？朝廷每有小

缺失，方在思虑，锡之章表已至。'" ⑧太平兴国：宋太宗年号，公元976年至984年，共不足九年。 ⑨咸平：宋真宗年号，公元998年至1003年，共六年。 ⑩忧治世而危明主：为大治之世感到忧虑，为开明君主感到危机。 ⑪有绝人之资必轻其臣：正因为有非同一般人的才能，肯定会看轻大臣。 ⑫无可畏之防必易其民：正因为没有值得担心的事值得提防，肯定会使百姓变得慵懒。 ⑬方汉文时，刑措不用：参看本书《刑政论》注④。 ⑭天下有可长太息者，有可流涕者，有可痛哭者：《汉书·贾谊传》："天下初定，制度疏阔。诸侯王僭拟，地过古制，淮南、济北王皆为逆诛。谊数上疏陈政事，多所欲匡建，其大略曰：'臣窃惟事势，可为痛哭者一，可为流涕者二，可为长太息者六。若其它背理而伤道者，难遍以疏举。'" ⑮少汉文：认为汉文帝有多少错误。 ⑯甚贾谊：认为贾谊说得太过分。 ⑰谊虽不遇：贾谊虽然没有得到太多的重用。《汉书·贾谊传》："贾谊，洛阳人也，年十八，以能诵诗书属文称于郡中。河南守吴公闻其秀材，召置门下，甚幸爱。……文帝召以为博士。是时，谊年二十余，最为少。每诏令议下，诸老先生未能言，谊尽为之对，人人各如其意所出。诸生于是以为能。文帝说之，超迁，岁中至太中大夫。谊以为汉兴二十余年，天下和洽，宜当改正朔，易服色制度，定官名，兴礼乐。乃草具其仪法，色上黄，数用五，为官名悉更，奏之。文帝谦让未皇也。然诸法令所更定，及列侯就国，其说皆谊发之。于是天子议以谊任公卿之位。绛、灌、东阳侯、冯敬之属尽害之，乃毁谊曰：'洛阳之人年少初学，专欲擅权，纷乱诸事。'于是天子后亦疏之，不用其议，以谊为长沙王太傅。" ⑱早世：过早地死亡。贾谊死时年仅三十三岁（前200—前168）。 ⑲功烈不著于时：《汉书·贾谊传》："谊亦夭年早终，虽不至公卿，未为不遇也。" ⑳使诸侯王子孙各以次受分地：令当时诸侯王的子孙各以其祖的原封地为界，不得扩展。《汉书·贾谊传》：

"割地定制,令齐、赵、楚各为若干国,使悼惠王、幽王、元王之子孙毕以次各受祖之分地,地尽而止,及燕、梁它国皆然。其分地众而子孙少者,建以为国,空而置之,须其子孙生者,举使君之。诸侯之地其削颇入汉者,为徙其侯国及封其子孙也。地制壹定,宗室子孙莫虑不王,下无倍畔之心,上无诛伐之志,故天下咸知陛下之仁。"颜师古注:"列侯国邑在诸侯王封内而犬牙相入者,则正其疆界,令其隔绝也。封其子孙者,分诸侯王之国邑,各自封其子孙,而受封之人若有罪黜,其地皆入于汉,故云颇入也。"郎晔注云:"《治安策》请割地定制,令齐、赵、燕、梁诸国子孙毕以次受祖之分地。" ㉑主父偃举行之,汉室以安:后来为相的主父偃施行了这一建议,使汉朝得以久安。《汉书·景十三王传》:"于是上乃厚诸侯之礼,省有司所奏诸侯事,加亲亲之恩焉。其后更用主父偃谋,令诸侯以私恩自裂地分其子弟,而汉为定制封号,辄别属汉郡。汉有厚恩,而诸侯地稍自分析弱小云。"《汉书·主父偃传》:"主父偃,齐国临菑人也。学长短从横术,晚乃学《易》、《春秋》、百家之言。……偃数上疏言事,迁谒者、中郎、中大夫。岁中四迁。"郎晔注:"《主父偃传》云:偃说上曰:'今诸侯子弟或十数,而适嗣代立,余虽骨肉,无尺地之封。愿陛下令诸侯得推恩分子弟,以地侯之。彼人人喜得所愿,上以德施,实分其国,不削自销弱矣。'于是上从其计。" ㉒十未用五六也:意谓田锡提出的奏议,十条之中有五六条都没有被采纳。 ㉓安知来世不有若偃者举而行之欤:怎能知道将来没有像主父偃那样的大臣施行(田锡的)奏议呢?

[解析]

这篇文章作于元祐初年(1086)作者在朝廷担任翰林学士、知制诰之时。作者对前朝直臣田锡非常敬重,所以为其《奏议集》写下此序。文章以田锡与汉代名臣贾谊相比照,认为这两个人有很多相似之处。第一,敢于直言，表现了一个忠直之臣有言必进的大君子之风；其次，二人的奏议都出现在治世而非乱世，表明二人都有"忧治世而危明主"的远见卓识；第三，二人的奏议在当朝被采用的并不多，但这并不说明他们的奏议没有价值和意义。作者以主父偃施行贾谊削藩建议为例，称田锡的种种建议，未必不在今后的某个时间、由某个大臣举而行之。自古以来，忧治世而危明主才是为大臣者理应具备的优秀品质，因为一般情况下，大臣们为了全躯保妻子，往往对人主阿谀过多，忧之者少，而苏轼最为赞赏的，恰恰是田锡具备了这种品质，为后来为臣者树立了很好的榜样。洪迈《容斋续笔》卷五《汉唐二武》中说："东坡云：'古之君子，必忧治世而危明主，明主有绝人之资，而治世无可畏之防。'美哉斯言。汉之武帝、唐之武后，不可谓不明，而巫蛊之祸、罗织之狱，天下涂炭，后妃公卿，交臂就戮，后世闻二武之名则憎恶之。蔡确作诗，用郝甑山上元间事，宣仁谓以吾比武后；苏辙用武帝奢侈穷兵虚耗海内为谏疏，哲宗谓至引汉武上方先朝。皆以之得罪。人君之立政，可不鉴兹？"即便是当朝的洪迈，都对"忧治世而危明主"赞不绝口，且举出最有力的证据证明：再圣明的君主也有糊涂的时候，若无像田锡这样的骨鲠大臣直言相谏，其后果就是巫蛊之祸、罗织之狱。苏轼认为，田锡的这种品质，很值得为帝王者引为借鉴。

眉州远景楼记①

吾州之俗，有近古者三：其士大夫贵经术而重氏族②，其民尊吏而畏法，其农夫合耦以相助③。盖有三代、汉、唐之遗风，而他郡之所莫及也。始朝廷以声律取士④，而天圣以前⑤，学者犹袭五代之弊，独吾州之士，通经学古，以西汉文词为宗师。方是时，四方指以为迂阔⑥。至于郡县胥吏⑦，皆挟经载笔，应对进退⑧，有足观者。而大家显人⑨，以门族相上，推次甲乙，皆有定品，谓之江乡⑩。非此族也，虽贵且富，不通婚姻。其民事，太守、县令，如古君臣，既去，辄画像事之，而其贤者，则记录其行事以为口实，至四五十年不忘。商贾小民，常储善物而别异之⑪，以待官吏之求。家藏律令，往往通念而不以为非，虽薄刑小罪，终身有不敢犯者。岁二月，农事始作。四月初吉⑫，谷稚而草壮，耘者毕出。数十百人为曹⑬，立表下漏⑭，鸣鼓以致众，择其徒为众所畏信者二人，一人掌鼓，一人掌漏⑮，进退作止，惟二人之听。鼓之而不至⑯，至而不力⑰，皆有罚。量田计功，终事而会之⑱，田多而丁少，则出钱以偿众⑲。七月既望⑳，谷艾而草衰㉑，则仆鼓决漏㉒，取罚金与偿众之钱，买羊豕酒醴，以祀田祖㉓，作乐饮食，醉饱而去，岁以为常。其风俗盖如此。故其民皆聪明才智，务本而力作㉔，易治而难服㉕。守、令始至，视其言语动作，辄了其为人。其明且能者，不复以事试，终日寂然。苟不以其道，则陈义秉法以讥切之，故不知者以为难治。

今太守黎侯希声㉖，轼先君子之友人也㉗。简而文㉘，刚而仁㉙，明而不苛㉚，众以为易事㉛。既满将代㉜，不忍其去，相率而留之，上不夺其请㉝。既留三年㉞，民益信，遂以无事。因守居之北墉而增筑之㉟，作远景楼，日与宾客僚吏游处其上。轼方为徐州㊱，吾州之人以书相往来，未尝不道黎侯之善，而求文以为记。

嗟夫，轼之去乡久矣。所谓远景楼者，虽想见其处，而不能道其详矣。然州人之所以乐斯楼之成而欲记焉者，岂非上有易事之长，而下有易治之俗也哉？孔子曰："吾犹及史之阙文也。有马者借人乘之。今亡矣夫㊲！"是二者㊳，于道未有大损益也，然且录之。今吾州近古之俗，独能累世而不迁，盖耆老昔人岂弟之泽㊴，而贤守令抚循教诲不倦之力也，可不录乎？若夫登临览观之乐，山川风物之美，轼将归老于故丘，布衣幅巾㊵，从邦君于其上㊶，酒酣乐作，援笔而赋之，以颂黎侯之遗爱，尚未晚也。元丰七年四月十五日记。

[注释]

①眉州：宋朝属成都府路，在今四川省眉山市，为苏轼的乡郡。 ②贵经术而重氏族：尊重经学研究，重视家族传统。 ③合耦（ǒu）以相助：并肩而耕，意思是彼此互助。耦，二人并肩而耕。《周礼·地官·里宰》郑玄注："二耜为耦，此言两人相助，耦而耕也。" ④以声律取士：指以试诗赋为主要内容的科举考试。 ⑤天圣：宋仁宗的第一个年号，公元1023年至1032年，共十年。 ⑥迂阔：迂腐守旧而不通时变。 ⑦胥（xū）吏：郡县中办理具体事务的吏人，即今天所谓的办事员。 ⑧挟（xié）经载笔，应对进退：手里拿着经书，头上簪着笔，在官府里行为举止都很守规矩。 ⑨大家显人：豪门显贵之人。 ⑩江乡：唐孟浩然《晚春卧病寄张八》诗有"念我平生好，江乡远从政"之语。后以江乡代指外出做官者很多的水乡。 ⑪常储善物而别异之：经常会另外储藏些好东西。 ⑫初吉：即朔日，农历每月的初一。 ⑬数十百人为曹：几十上百人为一个集体。 ⑭立表下漏：设置一个计时的滴漏。 ⑮一人掌鼓，一人掌漏：一个人负责击鼓，一个人掌握时间。漏，滴漏，古代的计时器。 ⑯鼓之而不至：击鼓后还不到规定地点集合。 ⑰至而不力：虽然来到劳动场地但耍懒不肯出力。 ⑱终事而会之：劳作之事结束后再统一计算决定。 ⑲田多而丁少，则出钱以偿众：田地较多而劳动力少的，由大伙儿帮忙完成，

但需要出钱给帮助他的人作为补偿。　⑳七月既望：七月十六。古代历法，初一叫朔，月末叫晦，月中十五叫望。望日后的一天叫既望。　㉑谷艾：谷苗正在生长的旺期。　㉒仆鼓决漏：意谓一人敲鼓发号令，一人看钟漏掌握时间。仆，敲击。　㉓田祖：传说中初始耕田者，即后稷。　㉔务本而力作：重视农业根本而努力耕作。　㉕易治而难服：容易以礼义治理，却很难用强制的命令将他们制服。　㉖太守黎侯希声：名錞，字希声，神宗熙宁年间担任眉州知州。　㉗先君子：苏轼对其父苏洵的尊称。　㉘简而文：处事简约为人斯文。　㉙刚而仁：性格刚直却很讲求仁义。　㉚明而不苛：遇事明察而不苛暴。　㉛易事：容易相处。事，事奉。　㉜既满将代：任期已满将要受代。宋代地方郡守任满后，须等待接替他的下任郡守来到后做完交代方能离任。　㉝上不夺其请：朝廷没有违拗当地百姓的请求。　㉞既留三年：谓黎希声知州在眉州又留任了三年。宋代郡守任期一般为三年，再留三年，叫作"再任"。　㉟守居之北墉（yōng）：知州居所的北墙。墉，高墙。　㊱轼方为徐州：我正担任着徐州知州。　㊲"吾犹及史之阙文也"三句：大意是说我还能见到史书上的阙文。好比说自己有马而不会调教，就借给懂得调教马的人先骑，如今这样的人没有了。这几句话见《论语·卫灵公》。孔颖达疏："史是掌书之官也。文，字也。古之良史，于书字有疑则阙之，以待能者，不敢穿凿。孔子言我尚及见此古史阙疑之文。'有马者借人乘之'者，此举喻也。喻己有马不能调良，当借人乘习之也。'今亡矣夫'者，亡，无也。孔子自谓及见其人如此，阙疑至今，则无有矣。言此者，以俗多穿凿。"　㊳是二者：指见到史书有阙文和有马者借给别人乘之两件事。意谓这两件事似乎都是无关紧要的小事（孔子尚且把它记下来，更何况黎侯之爱民之举呢）。　㊴岂弟（kǎi tì）：和乐平易而厚道的人。《诗经·小雅·青蝇》说："岂弟君子，无信谗言。"　㊵幅巾：古代平民男子以全幅细绢裹头的头巾。

㊶邦君：乡郡的太守。

[解析]

　　本文是作者应家乡百姓之邀写的一篇记文。虽名为记，但主要叙述的是家乡淳朴的民风，以及担任乡郡太守的黎錞爱养百姓、察而不苛的美好风范。作者笔下的地方官并没有惊天动地的业绩，但其心系百姓，宽以御民的古贤者风范却很能感动人。作者认为，地方官应该首先为当地人民谋福祉，为了赢得上司的好评而压榨盘剥百姓，就是残民。

　　读罢此文，我们首先感到的是作者对家乡无比的眷恋和骄傲，因为家乡的水土不仅养育了乡民，也养育了自己——家乡的百姓什么样，我苏轼也是什么样，我们不会耍奸，不会失信，懂得如何做个令人信服的人。他之所以要说这些，一定是联想到自己离开家乡外出做官，经受了怎样的尔虞我诈和钩心斗角，这样看来，苏轼众多描写对家乡感情的诗文，就不是无源之水了。

　　有着这样可亲可爱的家乡父老，如今又有了黎侯这样可亲可爱的眉州知州，二者几乎可以合而为一了。从文中可以看出，黎侯担任知州时，一向以爱民为本，是个典型的亲民好官。"简而文，刚而仁，明而不苛，众以为易事。既满将代，不忍其去，相率而留之，上不夺其请。既留三年，民益信，遂以无事。因守居之北墉而增筑之，作远景楼，日与宾客僚吏游处其上。"这段话并不啰唆，但真真切切地将黎侯为官之箴写尽无遗。就黎侯本人的性格而言，也具有蜀中人的质朴和义气，同时又有读书人的木讷和正直。苏轼在《东坡志林》里记载着一个小故事，说黎錞生性质木，行动迟缓，爱开玩笑的刘攽戏称他为"黎檬子"。黎錞不晓得"檬子"为何意，所以也没放在心上。有一天他与朋友骑马经过集市，遇见一个卖檬子树的人大声叫卖"梨檬子"，这才猛然省悟，并为自己的"迂"而捧腹大笑，差点从马上跌下来。人们总认为古代的大君子都是眉目舒朗的英俊男子，其实君子只表现在他的为人行事之间，与长相和性格没有必然的联系。见到这位"黎檬子"，就能感受到大君子的风范了。为官一任造福一方，这是古代很多贤者的座右铭。不管是古代还是当今，身为父母官如果只想着贪赃受贿，那只能是百姓不可饶恕的罪人。

庄子祠堂记

庄子，蒙人也①。尝为蒙漆园吏②。没千余岁，而蒙未有祀之者。县令秘书丞王竞始作祠堂③，求文以为记。

谨按《史记》，庄子与梁惠王、齐宣王同时，其学无所不窥，然要本归于老子之言。故其著书十余万言，大抵率寓言也。作《渔父》《盗跖》《胠箧》，以诋訾孔子之徒④，以明老子之术⑤。此知庄子之粗者⑥。余以为庄子盖助孔子者，要不可以为法耳⑦。楚公子微服出亡，而门者难之。其仆操箠而骂曰："隶也不力。"门者出之⑧。事固有倒行而逆施者⑨。以仆为不爱公子则不可⑩；以为事公子之法亦不可⑪。故庄子之言，皆实予而文不予⑫，阳挤而阴助之⑬，其正言盖无几⑭。至于诋訾孔子，未尝不微见其意。其论天下道术，自墨翟、禽滑厘、彭蒙、慎到、田骈、关尹、老聃之徒⑮，以至于其身⑯，皆以为一家⑰，而孔子不与⑱，其尊之也至矣⑲。

然余尝疑《盗跖》《渔父》，则若真诋孔子者。至于《让王》《说剑》，皆浅陋不入于道。反复观之，得其《寓言》之终曰："阳子居西游于秦⑳，遇老子。老子曰：'而睢睢，而盱盱㉑，而谁与居。太白若辱㉒，盛德若不足㉓。'阳子居蹵然变容㉔。其往也，舍者将迎其家㉕，公执席㉖，妻执巾栉㉗，舍者避席，炀者避灶㉘。其反也，舍者与之争席矣。"去其《让王》《说剑》《渔父》《盗跖》四篇，以合于《列御寇》之篇，曰："列御寇之齐，中道而反，曰：'吾惊焉，吾食于十浆，而五浆先馈㉙。'"然后悟而笑曰："是固一章也㉚。"庄子之言未终，而昧者剿之以入其言㉛。余不可以不辨。凡分章名篇皆出于世俗，非庄子本意㉜。元丰元年十一月十九日记。

[注释]

①蒙：古地名，宋代属亳州，在今安徽省蒙城县。 ②尝为蒙漆园吏：曾经担任过蒙地漆园的小吏。据《史记·老子韩非列传》注，蒙在春秋时属于梁国。漆园故城在曹州（今山东省曹县）以北。 ③县令秘书丞王竞：意谓王竞以秘书丞之官担任蒙城县令。秘书丞是北宋元丰改制前的寄禄官，县令则是王竞具体担任的职事官。 ④诋訾（zī）：毁谤，非议。这句说庄子的《渔父》《盗跖》《胠箧》等篇，看起来都是反驳孔子的。 ⑤"庄子与梁惠王"至"以明老子之术"八句：这些文字都是《史记·老子韩非列传》中《庄子传》的原文。今合三家注大略列出其注解：漆园故城在曹州冤句县北十七里。大抵，犹言大略也。其书十余万言，率皆立主客，使之相对语，故云"偶言"。又音寓，寓，寄也。胠箧，犹言开箧也。胠，开也。箧，箱类也。此庄子三篇名，皆诬毁自古圣君、贤臣、孔子之徒，营求名誉，咸以丧身，非抱素任真之道也。谓诋讦毁訾孔子也。 ⑥此知庄子之粗者：这些话只是那些对庄子思想认识不深的人比较粗浅的见解。 ⑦余以为庄子盖助孔子者，要不可以为法耳：我倒是认为庄子实际上是帮助孔子说话的人，只不过他的话不能引为法而

已。 ⑧"楚公子微服出亡"至"门者出之"五句：不知其出处。清赵翼《陔余丛考》卷四十说这几句话出自《左传》，但经查《左传》中并无此语。微服，为隐藏真实身份避人耳目而改换常人之服。这段话意思是说楚国公子改换民服出逃，守门人不肯放他出去，公子的仆人拿起棍子打公子，骂他道："你这奴才，为什么早不出去！"守门人以为公子是仆人，便放他出门了。 ⑨倒行而逆施：做事违反常规，违背情理。 ⑩以仆为不爱公子则不可：把这种做法看成是仆人不敬爱公子是不对的。 ⑪以为事公子之法亦不可：认为这就是仆人应当侍奉公子的正常做法也是不对的。 ⑫皆实予而文不予：都属于实际上支持，但文字上却不表现出支持甚至拿出相反的态度。予，赞同。 ⑬阳挤而阴助之：表面上排挤攻击，实质上是在帮他（孔子）说话。 ⑭其正言盖无几：他正面支持孔子的话寥寥可数。 ⑮墨翟（dí）：春秋宋国大夫，善守御，倡节用。禽滑（gǔ）厘：《庄子·天下》成玄英疏解说："姓禽，字滑厘，墨翟弟子也。"彭蒙、田骈（pián）、慎到，都是老庄学说的追随者。《庄子·天下》成玄英疏解说："姓彭，名蒙；姓田，名骈；姓慎，名到，并齐之隐士，俱游稷下，各著书数篇。"关尹：和老子同时人，著有《关尹子》九篇。老聃（dān）：即写《道德经》的老子。 ⑯以至于其身：包括他本人在内。 ⑰皆以为一家：都看成是一家之言。 ⑱孔子不与：唯独不包括孔子。意思是说庄子并没敢把孔子学说也当成诸子一类的一家之言。 ⑲尊之也至矣：对孔子的尊崇可谓登峰造极了。 ⑳阳子居：成玄英疏："阳子居，姓杨，名朱，字子居。" ㉑而睢睢（suī suī），而盱盱（xū xū）：睢睢，仰目而视的样子。盱盱，张目直视的样子。 ㉒太白若辱：人过于廉洁清白，也就等于污辱。 ㉓盛德若不足：德行过于美盛，反而像是不足。 ㉔蹴（cù）然：愧悚的样子。 ㉕舍者将迎其家：旅店里的人打算去迎接他的家人。 ㉖公执席：主人拿着席子。 ㉗巾栉（zhì）：梳子毛巾等盥洗的用具。　㉘炀者避灶：燃火做饭的厨师避开灶台。　㉙吾食于十浆，而五浆先馈：意谓列子因为口渴，来到客舍，十家中有五家出于对他的敬畏，没等他买便主动送了上来，列子不知为何，故而十分惊惧。　㉚是固一章：这些文字原本就是同一章中的内容。　㉛剸之：将它割裂开来。　㉜凡分章名篇皆出于世俗，非庄子本意：《庄子》一书的分别章节并为每一篇取名，都是出于世俗凡人，并不是庄子本人的意思。

[解析]

　　本文虽然名为《庄子祠堂记》，看似记叙文，然而文中真正记载祠堂的文字几近于无，实际上是一篇学术性的论文，体现出作者对学术问题的深刻思考。作者通过《庄子》某些文字或篇章的研究，用反向思维的逻辑推论出庄子的思想和墨翟、禽滑厘、彭蒙、慎到、田骈、关尹等人有本质区别，相反，却与孔子的思想有很多相通之处，甚至从根底上是赞同孔子学说的。这种认识未必正确，但作者勤于思考的做法，提出一家之言的勇气，很值得我们认真学习。

盖公堂记

　　始吾居乡，有病寒而咳者，问诸医①，医以为蛊②，不治且杀人③。取其百金而治之，饮以蛊药，攻伐其肾肠，烧灼其体肤，禁切其饮食之美者④。期月而百疾作⑤，内热恶寒，而咳不已，累然真蛊者也⑥。又求于医，医以为热⑦，授之以寒药，旦朝吐之，暮夜下之⑧，于是始不能食。惧而反之⑨，则钟乳⑩、乌喙杂然并进⑪，而瘭疽痈疥眩瞀之状⑫，无所不至。三易医而疾愈甚⑬。里老父教之曰:"是医之罪,药之过也。子何疾之有?人之生也,以气为主,食为辅。今子终日药不释口,臭味乱于外⑭,而百毒战于内,劳其主⑮,隔其辅⑯,是以病也。子退而休之,谢医却药而进所嗜⑰,气完而食美矣⑱,则夫药之良者,可以一饮而效。"从之。期月而病良已⑲。

昔之为国者亦然。吾观夫秦自孝公以来,至于始皇⑳,立法更制,以镌磨锻炼其民㉑,可谓极矣。萧何、曹参亲见其斫丧之祸㉒,而收其民于百战之余,知其厌苦憔悴无聊㉓,而不可与有为也㉔,是以一切与之休息,而天下安。始参为齐相㉕,召长老诸先生问所以安集百姓,而齐故诸儒以百数,言人人殊㉖,参未知所定。闻胶西有盖公㉗,善治黄老言㉘,使人请之。盖公为言:治道贵清净而民自定。推此类具言之㉙。参于是避正堂以舍盖公㉚,用其言而齐大治㉛。其后以其所以治齐者治天下㉜,天下至今称贤焉。

吾为胶西守㉝,知公之为邦人也㉞,求其坟墓、子孙而不可得,慨然怀之。师其言,想见其为人,庶几复见如公者。治新寝于黄堂之北㉟,易其弊陋,达其壅蔽㊱,重门洞开㊲,尽城之南北,相望如引绳㊳。名之曰"盖公堂"。时从宾客僚吏游息其间㊴,而不敢居,以待如公者焉。

夫曹参为汉宗臣㊵,而盖公为之师,可谓盛矣。而史不记其所终,岂非古之至人得道而不死者欤?胶西东并海㊶,南放于九仙㊷,北属之牢山㊸,其中多隐君子㊹,可闻而不可见,可见而不可致㊺。安知盖公不往来其间乎?吾何足以见之㊻?

[注释]

①问诸医:向医者求问。诸,"之于"的合音。 ②蛊(gǔ):人腹

中的寄生虫。《周礼·秋官·庶氏》："庶氏掌除毒蛊。"郑玄注："毒蛊，虫物而病害人者。" ③不治且杀人：如不及时治疗，可能会危及生命。 ④禁切其饮食之美者：禁止他再吃美味食物。切，制约。 ⑤期（jī）月：一个月。百疾：各种各样的病痛。 ⑥累然真蛊者：一副衰惫之态，好像真成了患蛊病的人。累然，羸惫之貌。 ⑦医以为热：医者认为他患的是热病。热，中医指肝胆湿热上蒸之疾。 ⑧下之：即今俗称拉稀，拉肚子。 ⑨惧而反之：心里害怕，又返回去找医者。 ⑩钟乳：钟乳石，或名石钟乳，中药名。《太平御览》卷九八七引《本草经》："石钟乳，一名留公乳，味甘温。生山谷。明目益精，治咳逆上气，安五脏百节，通利九窍。" ⑪乌喙（huì）：中药附子的别称，因其块茎形如似乌喙而得名。《急就篇》卷四："乌喙附子椒芜华。"颜师古注："乌喙，形似乌之觜也。"《太平御览》卷九九引《广雅》："附子，一岁为萴子，二岁为乌喙，三岁为附子，四岁为乌头，五岁为天雄。" ⑫瘭（lǐn）：寒战。《广韵》："瘭，粟体。"疽（jū）：皮肤肿胀坚硬的毒疮。《灵枢经·痈疽》："热气淳盛，下陷肌肤，筋髓枯，内连五藏，血气竭，当其痈下，筋骨良肉皆无余，故命曰疽。"痈（yōng）：毒疮。《急就篇》卷四："痈疽瘛疭痿痹痕。"颜师古注："痈之言壅也，气壅否结，里肿而溃也。痈之久者曰疽。"疥：疥疮。宋玉《登徒子好色赋》："旁行踽偻，又疥且痔。"眩瞀（mào）：昏愦迷乱。《后汉书·方术·郭宪传》："乃伏地称眩瞀，不复言。"李贤注："瞀，乱也。" ⑬三易医而疾愈甚：换了三位医者，病情却越发严重了。 ⑭臭（xiù）味：泛言各种气味。《孟子·尽心下》："口之于味也，目之于色也，耳之于声也，鼻之于臭也，四肢之于安佚也，性也。" ⑮劳其主：即劳其心。古人以心为五脏之主。 ⑯隔其辅：谓使心与其他器官相隔开来。辅，辅骨。《素问·骨空论》："髃下为辅，辅上为腘。"王冰注："腘下为辅骨。" ⑰谢医却药而进所嗜：不要再找医者，也不要再吃药，只管爱吃什么就吃什么。 ⑱气完而食美：气血充盈，吃什么都觉得香甜。 ⑲期月而病良已：一个月以后所有的病全好了。 ⑳秦自孝公以来，至于始皇：从秦孝公到秦始皇。《史记·秦本纪》："献公卒，子孝公立，年已二十一岁矣。……孝公卒，子惠文君立。是岁，诛卫鞅。……惠王卒，子武王立。韩、魏、齐、楚、越皆宾从。……武王死时，昭襄王为质于燕，燕人送归，得立。……五十四年，王郊见上帝于雍。五十六年秋，昭襄王卒，子孝文王立。……孝文王除丧，十月己亥即位，三日辛丑卒，子庄襄王立。……（四年）五月丙午，庄襄王卒，子政立，是为秦始皇帝。" ㉑镌（juān）磨：磨磋。此处有折磨之意。锻炼：罗织罪名而陷人于罪。《后汉书·韦彪传》："锻炼之吏，持心近薄。"李贤注："言深文之吏，入人之罪，犹工冶陶铸锻炼，使之成熟也。" ㉒萧何、曹参亲见其所丧之祸：萧何和曹参亲眼见到秦朝摧残伤害其民的祸害。萧何、曹参，都是汉初的宰相。 ㉓知其厌苦憔悴无聊：知道百姓对峻法的憎恨，以及因峻法导致的民不聊生。无聊，不聊生计。 ㉔不可与有为：不可能与这样的百姓共有天下。 ㉕始参为齐相：当初曹参为齐国丞相时。西汉初年，仍部分保留分封制，实行郡国并存的制度。齐国，汉初的封国之一。 ㉖言人人殊：每个人有每个人的说法。 ㉗闻胶西有盖（gě）公：听说胶西有位盖公。胶西，西汉侯国名，属齐，都城在今山东省诸城。盖公，姓盖的老者。盖在姓氏中读为"葛"音。 ㉘善治黄老言：对黄老之学颇有研究。黄老之学是产生于战国时代的哲学、政治思想流派，尊传说中的黄帝和老子为创始人，因而得名。其主旨提倡无为而治。 ㉙推此类具言之：以此类推，讲述得非常具体。 ㉚避正堂以舍盖公：腾出自己的正堂让盖公居住，以表示对盖公的敬重。 ㉛用其言而齐大治：采纳盖公的主张，齐国得到了很好的治理。 ㉜其后以其所以治齐者治天下：后来曹参当了汉朝的宰相，用曾经治理齐国的方法治理天下。

以上文字出自《汉书·萧何曹参传》："孝惠元年,除诸侯相国法,更以参为齐丞相。参之相齐,齐七十城。天下初定,悼惠王富于春秋,参尽召长老诸先生,问所以安集百姓。而齐故诸儒以百数,言人人殊,参未知所定。闻胶西有盖公,善治黄老言,使人厚币请之。既见盖公,盖公为言治道贵清静而民自定,推此类具言之。参于是避正堂,舍盖公焉。其治要用黄老术,故相齐九年,齐国安集,大称贤相。" ㉝吾为胶西守:我担任了密州知州。"为胶西守",字面意思是担任胶西的守臣。苏轼自熙宁七年五月至熙宁十年年初为密州知州。 ㉞知公之为邦人:得知盖公就是本州人。 ㉟治新寝于黄堂之北:在黄堂北面新建了一座住所。黄堂,古代太守衙中的正堂。《后汉书·郭丹传》:"敕以丹事编署黄堂,以为后法。"李贤注:"黄堂,太守之厅事。" ㊱达其壅蔽:将原来壅蔽之物全都铲除挪移。达,通达。 ㊲重门洞开:指州衙的几层门都完全敞开。 ㊳相望如引绳:前后相望,如同一根拉直了的绳子。 ㊴从宾客僚吏游息其间:与宾客僚佐在盖公堂里盘桓休息。 ㊵宗臣:世所敬仰的名臣。《汉书·萧何曹参传赞》:"淮阴、黥布等已灭,唯何、参擅功名,位冠群臣,声施后世,为一代之宗臣,庆流苗裔,盛矣哉!"颜师古注:"言为后世之所尊仰,故曰宗臣也。" ㊶胶西东并(bàng)海:意谓密州的地理形势是东面靠着大海。并,通"傍",挨着,靠着。 ㊷九仙:山名,在今山东省诸城市境内。《读史方舆纪要》卷三十五:"九仙山,(常山)县西南七十里。高耸摩空,峰峦十有一,盘石十有八。苏轼以为奇秀不减于雁荡。" ㊸牢山:即崂山。《读史方舆纪要》卷三十五:"劳山,(在高密)县东南六十里。二山相连,东滨大海,其高大者曰大劳,差小者曰小劳,周围八十里,高二十五里。《齐记》:泰山虽言高,不如东海劳。劳亦作'崂',或误为'牢',又误为'劳盛山'。" ㊹隐君子:隐居的高士。《史记·老子韩非列传》:"老子,隐君子也。" ㊺可见而不可致:即使可以见到，也难以将他请到州里来（议政）。㊻**安知盖公不往来其间乎？吾何足以见之**：怎么见得盖公没有在那里来往呢？可惜我苏轼卑微渺小，不足以见到他。这是将盖公神话的说法，推想他未必没有活到今天。

[解析]

　　这篇文章作于神宗熙宁八年（1075），作者任密州知州一年左右之时。王安石变法自熙宁二年逐渐铺开，到此时已经过了五六年，新法的弊端也在逐渐显现出来。作者此前担任杭州通判时，对新法的危害感受还不太真切，一是因为诸项新法的推行基本上都是由北向南，杭州那时受新法影响还不深远；二是由于杭州地处江南鱼米之乡，即便有些新法已经推行，百姓所受伤害也不算太重。密州则不同，原本就属于比较贫瘠的州郡，再加上新法推行急如星火，所显现出的弊端就十分显明。苏轼刚到密州时，莫说州中百姓，就连他这个父母官，都要靠采摘野菜勉强度日，另一方面却还要违心地推行朝廷颁布的新法，故而抵触情绪日益高涨。应该说，本文是作者带着很强烈的不满情绪写出来的。

　　文章开篇并没有直接介入新法的讨论，而是以一个颇有哲理的小故事起手，说他早年在老家时，有个人觉得不舒服，去找医生诊断。该医生断定他患的是寄生虫病，于是给他开了不少治疗蛊病的药。花了"百金"之多的药资不说，还把他治得百病皆生，内热恶寒，咳嗽不已。此人害怕，又去找另一位医生，该医生称其患了热病，于是给他开了很多去热的药，弄得他从早到晚不是吐就是泻，痛苦不堪。没办法他只得再去找医生，这位医生更狠，竟然给他开了钟乳、乌喙之类的虎狼之药，害得他满身长疮，病得更加厉害。这时一位乡邻看不过去，对他说：其实你本来就没有什么病，之所以成了现在这副模样，全都是医生和药物惹的祸。我劝你不要再找医生，更不要再乱吃药，想吃点什么就吃点什么，一个月以后肯定会好起来。此人照办之后一个月，果然什么病都没有了。这件事究竟是寓言还是真事并不重要,重要的是它给出了一个参照系:治病道理如此,治国理民的道理是否也是如此?于是作者进入正题:当年曹参治理齐国,征求了很多人的意见,结果是言人人殊,莫衷一是。就在此时,他向一位耆老盖公求教,盖公给他讲了一番与民休息的道理。曹参采纳了盖公的建议,没过多久,齐国果然大治。后曹参当了汉朝的丞相,依然按照治理齐国那套办法治国,国家也得到了很好的治理。作者的矛头直指熙宁新法,他认为天下本来无事,王安石是无事生事,弄得全国上下鸡飞狗跳,民不聊生,这和庸医治病越治越坏有什么区别?

全文层次分明,论事精到,环环相扣,大有韩非子文章的气势,令人难以寻到反驳之机。洪迈《容斋五笔》卷四《东坡文章不可学》说:"东坡作《盖公堂记》。……是时熙宁中,公在密州,为此说者,以讽王安石新法也。其议论病之三易,与秦汉之所以兴亡治乱,不过三百言而尽之。"这种赞扬丝毫不为过。至今读此文,对于作者思辨之犀利、文笔之精炼,谁能不大加赞赏?然而抛开王安石变法的功过不说,单从一般道理来看,细读此文,总感到还有一点疑问:这位苏知州的思想是不是有点过于保守了?时代在变,国情在变,仅仅依靠黄老无为的理论治理国家,真的能够放之四海而皆准吗?凡事不可乱来是对的,凡事一切不变,恐怕未必完全正确。

喜雨亭记①

亭以雨名,志喜也②。古者有喜,则以名物,示不忘也。周公得禾,以名其书③;汉武得鼎,以名其年④;叔孙胜狄,以名其子⑤。其喜之大小不齐,其示不忘一也。

余至扶风之明年⑥，始治官舍⑦，为亭于堂之北，而凿池其南，引流种树，以为休息之所。是岁之春⑧，雨麦于岐山之阳⑨，其占为有年⑩。既而弥月不雨⑪，民方以为忧。越三月乙卯⑫，乃雨，甲子又雨，民以为未足，丁卯，大雨，三日乃止。官吏相与庆于庭，商贾相与歌于市，农夫相与抃于野⑬，忧者以乐，病者以愈，而吾亭适成。于是举酒于亭上以属客，而告之曰："五日不雨，可乎？"曰："五日不雨，则无麦。""十日不雨，可乎？"曰："十日不雨，则无禾。"无麦无禾，岁且荐饥⑭，狱讼繁兴，而盗贼滋炽⑮，则吾与二三子⑯，虽欲优游以乐于此亭⑰，其可得耶？今天不遗斯民⑱，始旱而赐之以雨，使吾与二三子，得相与优游而乐于此亭者，皆雨之赐也。其又可忘耶？

既以名亭，又从而歌之，曰：使天而雨珠，寒者不得以为襦⑲。使天而雨玉，饥者不得以为粟。一雨三日，繄谁之力⑳？民曰太守㉑，太守不有㉒。归之天子，天子曰不然。归之造物㉓，造物不自以为功。归之太空，太空冥冥㉔。不可得而名，吾以名吾亭。

[注释]

①喜雨亭：作者于宋仁宗嘉祐六年（1061）担任凤翔府判官，次年三月，凤翔普降喜雨，作者所建的亭正好落成，故取名为喜雨亭。 ②志喜：记载当时的喜庆。 ③周公得禾，以名其书：周公在郊野得到异禾，两株共生一穗。他把此禾献给成王，成王又转送给周公，于是周公作《嘉禾》之文。今原文已失，仅篇名存于《尚书》这部书中。 ④汉武得鼎，以名其年：汉武帝元狩七年（前116），在汾水岸边获得一件古鼎，于是将年号改为元鼎。 ⑤叔孙胜狄，以名其子：春秋时，鲁文公派叔孙

得臣领兵抗击北狄,俘获北狄君长侨如。为纪念此次战争的胜利,叔孙得臣为自己的儿子取名为侨如。　⑥扶风:汉代三辅之右扶风,宋代建为凤翔府。在今陕西省凤翔县。　⑦始治官舍:开始修治官署屋舍。　⑧是岁:指嘉祐七年(1062)。　⑨雨麦:天上下麦雨。岐山之阳:岐山的南面。岐山是山名,在今陕西省岐山县。　⑩其占为有年:占卜所得的示兆是丰收之年。古称丰收之年为"有年"或"大有年"。这种说法自《左传》始。　⑪弥月:整整一个月。　⑫越三月:到了农历三月。　⑬抃(biàn):高兴,欢乐。　⑭荐饥:闹饥荒。　⑮滋炽(chì):滋生猖獗,越来越猖獗。　⑯二三子:你们几个人。犹今言"诸位""各位"。　⑰优游:悠闲自在地游赏。　⑱不遗斯民:没有忘记和遗弃百姓。　⑲襦(rú):短袄。此处泛指御寒的衣服。　⑳繄(yī)谁之力:是谁的力量所致呢?繄,发语词,无义。　㉑太守:秦汉至隋代对郡里最高行政长官的称呼。宋代州府最高长官叫知州、知府。此处用旧称代指知凤翔府。　㉒不有:不将此功据为己有。　㉓造物:造物主,传说中创造万物的天帝。　㉔冥冥:高远空虚之貌。

[解析]

　　这篇记文是苏轼刚刚步入仕途不久的作品,他当时担任凤翔府节度判官,正在奋发有为的年龄和积极向上的阶段,所以此文写得热情洋溢,读之令人感到活力四射。作者把喜得雨水、有了收成当成最大的快乐,他认为当官就是要为黎民百姓谋福祉,这样才能上应天心,下顺民意。全文直白明朗,写作很有层次。

　　文章开篇直接切入主题:亭子用"雨"来命名,是为了纪念一桩喜事。随后举出很多古代有了喜事便用这件喜事来命名的例子:周公得到周成王馈赠的禾,就用《嘉禾》来作为书的名字;汉武帝在汾水上得到宝鼎,就用"元鼎"作为年号;叔孙战胜了狄人,俘虏了狄人的酋长侨如,就用"侨如"作为自己儿子的名字。这些喜事虽然有大有小，但为了表示纪念的用意是一致的。这几句话不但非常有力地证明了自己为何要用"喜雨"为小亭命名，而且让我们领教了这位年轻官员的博学多识，这样一来，文章就显得隽永，逗起了读者的兴味。这种写法虽然出现在散文当中，仔细寻思，也觉得是借鉴了《诗经》中"赋比兴"中的起兴。请注意，起兴无论是在《诗经》中还是在其他诗文中，都必须适可而止，太多太烦就不叫起兴，而叫啰唆了，这一点苏轼掌握得恰到好处，于是赶紧说正事儿——亭子的历史：来到凤翔的第二年，府里开始修建官舍，在大堂北边建了一个亭子，又在亭南开凿了一个水池，引水种树，作为休息之所——最初这座小亭仅仅是个供人休息的地方，也就是说，最初这座亭子跟"雨"没有任何关系。接下来过渡到雨的问题：这年春天，岐山南下了一场麦雨，这预示着本年是丰收之年。多么奇妙，说雨却先说"麦雨"，这就把读者的好奇心勾了出来：麦雨和雨水是什么关系呢？于是接着又道：自打那场麦雨下过后，一个多月没下雨，于是百姓开始忧虑了。到三月乙卯这一天，终于下起雨来，甲子这一天又下了雨，可百姓认为雨水还很不丰足，丁卯这天，下起了滂沱大雨，一直下了三天才停。你看，到此为止并没有几句话，却已经从"志喜"说道"麦雨"，又说到下了场雨，再说到又下了场雨，继续说到一场大雨下了三天三夜。自然已经尽力了，该说人了吧？你看，官吏们在庭院里互相庆贺，商贾们在集市上欢歌笑语，农夫们在田野中拍手叫好，忧愁的人由此兴高采烈，患病的人由此恢复健康，而我的亭子恰好也在这时落成了。铺垫了半天，总算又折回到亭子上来了。

昊天上帝不用再说，该说这亭子里的活动了，这项活动完全用对答的形式来表现，看上去既有哲理又有童趣：我问宾客说："再过五天不下雨行不行？"宾客答："再过五天不下雨，麦子就没收成了。"我又问："再过十天不下雨行不行？"宾客答："再过十天不下雨，今年的全部收成都泡汤了。"这段小孩子般的对话结束后，作者觉得应该转到另一个层面来了：麦子收不上来，就是灾荒之年，灾荒之年里狱讼就会繁杂，盗贼就会兴起，我和你们再想优哉游哉地在这座小亭里饮酒笑谈，还能做得到吗？如今干旱之后，上天赐给人们雨水，我们总不该把这般好事都忘记吧？

苏轼是个很会说话的人，他用歌词的形式，把该感谢的对象统统颂扬了一遍：一场大雨下了三天三夜，这是谁的力量？百姓说是太守，太守不敢当。归功于天子，天子说不是。归功于造物者，造物者也不认为是自己的功劳。归功于太空，太空又是如此的浩渺幽冥。既然不知道究竟应该把这美好的雨水归功于谁，我就用来作为我的亭名吧。您看，一场雨在苏轼笔下，既属于太守之功，又属于天子之功，还没忘了老天这个主宰，不管是谁看了这篇文章，应该都是皆大欢喜吧？如果用几个词来评述此文，我给出的答案是：风趣、神趣、意趣、童趣。

凌虚台记①

国于南山之下②，宜若起居饮食与山接也③。四方之山，莫高于终南④。而都邑之丽山者⑤，莫近于扶风⑥。以至近求最高，其势必得⑦。而太守之居，未尝知有山焉。虽非事之所以损益，而物理有不当然者⑧，此凌虚之所为筑也。方其未筑也，太守陈公杖屦逍遥于其下⑨，见山之出于林木之上者，累累如人之旅行于墙外而见其髻也⑩，曰："是必有异。"使工凿其前为方池，以其土筑台，高出于屋之危而止⑪。然后人之至于其上者，恍然不知台之高，而以为山之踊跃奋迅而出也。公曰："是宜名凌虚。"以告其从事苏轼⑫，而求文以为记。

轼复于公曰⑬："物之废兴成毁，不可得而知也。昔者荒草野田，霜露之所蒙翳⑭，狐虺之所窜伏⑮，方是时，岂知有凌虚台耶？废兴成毁相寻于无穷⑯，则台之复为荒草野田，皆不可知也。尝试与公登台而望，其东则秦穆之祈年、橐泉也⑰，其南则汉武之长杨、五柞⑱，而其北则隋之仁寿⑲、唐之九成也⑳。计其一时之盛，宏杰诡丽㉑，坚固而不可动者，岂特百倍于台而已哉？然而数世之后，欲求其仿佛㉒，而破瓦颓垣无复存者，既已化为禾黍荆棘丘墟陇亩矣，而况于此台欤？夫台犹不足恃以长久，而况于人事之得丧，忽往而忽来者欤？而或者欲以夸世而自足，则过矣。盖世有足恃者，而不在乎台之存亡也。"既已言于公，退而为之记。

[注释]

①凌虚台：陈希亮任凤翔府知府时修建的台名。 ②国于南山之下：建国在终南山之下。终南山在今陕西省西安市以南，从西安即可望见，故曰汉、唐等朝代都建国都于南山之下。 ③宜若：好像。起居饮食与山接：人们的起居饮食都会和大山发生某些联系。 ④四方之山，莫高于终南：秦川以南所有的山，没有比终南山更高的。 ⑤都邑之丽山：都城附近壮丽的山峦。 ⑥扶风：凤翔府的旧称。汉代的凤翔称为右扶风，为长安三辅之一。 ⑦其势必得：依照情理肯定会得到。 ⑧物理：万事万物的规律。 ⑨太守陈公：仁宗嘉祐初年凤翔府知府陈希亮。他是仁宗天圣年间的进士，此时年事已高，卸任后便致仕，卜居于河南洛阳。杖屦(jù)：穿着便鞋拄着手杖。屦，古代用麻葛制成的一种鞋。逍遥于其下：

信步行走在山下。 ⑩人之旅行于墙外而见其髻也：此句为比喻，意谓那些凸出林木之上的山峦，如同人行走在墙外看不到人，只看到他的发髻。旅行：成群结队地行走。 ⑪屋之危：屋宇最高处的屋脊。危，高峻。 ⑫从事：古代对属官的通称。苏轼当时担任签书凤翔府判官，故泛称为从事。 ⑬复于公：回答陈公说。 ⑭蒙翳（yì）：覆盖遮蔽。 ⑮狐虺（huī）：狐狸和蛇。虺，蝮蛇一类的毒蛇。 ⑯相寻：辗转相衔，周而复始。 ⑰秦穆之祈年：春秋时期秦穆公修建的祈年宫。据《汉书·地理志》颜师古注，祈年宫为秦惠公所建，并非秦穆公时修建。秦孝公所建当是橐泉宫，大概是作者当时记忆有误。 ⑱汉武之长杨、五柞（zuò）：汉武帝修建的长杨宫和五柞宫。长杨宫故址在今陕西省周至县东南。原本为秦朝旧宫，汉武帝时重修。因宫院之中有垂杨数亩，故名。五柞宫故址也在周至县东南，为汉朝之离宫，宫院内有五株柞树，故名。 ⑲隋之仁寿：仁寿宫，隋文帝开皇十三年修建的宫殿，故址在今陕西省麟游县。是隋文帝杨坚的避暑离宫，入唐后改称为九成宫。 ⑳唐之九成：九成宫，即隋代的仁寿宫。唐太宗贞观五年重修，因山有九重，改名为九成宫。 ㉑宏杰诡丽：规模宏大，形体壮丽。 ㉒仿佛：影子，遗迹。

[解析]

　　这篇记文作于作者担任凤翔府属僚之时。当时作者年轻气盛，为文大有纵横捭阖、贯通古今的气概，所以全篇气势恢宏，而且一贯到底，愈发激昂。文章的主旨在于通过万物消长的规律，讲述了物质世界沧海桑田的轮回变换都不会以人的意志为转移，强调唯有勤政为民的功业，才能在人世的长河中得到永恒的道理。

　　苏轼的文章，一般都会在起始部分进行卓有兴味、看似游离却一定与主题密切相关的铺垫，本文也是如此。最先入手的是"国"，历代之国都，这是一个多么大的概念！国都在何处呢？在南山之下，于是引出

"山",这个概念就比"国"低了一个平台；随后两句"四方之山,莫高于终南。而都邑之丽山者,莫近于扶风",把山这个总概念进行了拆分,缩减到终南山一座山上面,进而再缩减到"扶风见到的南山",这就如同拍电影的摄像师,先把一个广阔镜头展示给观众,然后一步步向前推,最终推到了具象的扶风南山这个近景。不过您别以为这就是最近的景了,还有比这更近的呢：镜头接着推,进一步推到扶风太守的居所,奇怪的是,这里虽然在南山之下,却又忽然间见不到山了,这究竟是为什么呢？哈哈,原来知府大人就住在山上,所以意识不到身边的山,你说奇也不奇？其实说奇也不足为奇,因为万物之理都会有不尽如人意之处,那好,那就接着把镜头推下去,一直推到底。底是什么？原来就是凌虚台——绕了那么大一个弯子,才算说到了凌虚台。

一座小台有什么值得大惊小怪的？且看苏轼如何敷衍吧。这位扶风从事可真能联想,他又把好不容易聚焦到凌虚台的镜头进行了大幅度的拉伸,重新回到大历史中的成败兴衰上面,侃侃言道："万物的兴起衰败创立毁灭,都是难以预料的。过去这里是荒草野地,风霜雨露任意遮蔽吹打,狐狸长蛇纵情奔跑藏匿。那个时候,谁会知道能矗起一座凌虚高台？兴起衰败创立毁灭是交替无穷的,这样说来,此台今后或许会重新变成荒郊野地,都是不得而知的。"估计这番话把当时的陈太守说得云里雾里,不晓得这位聪明绝顶的属僚还有什么诡异的话要讲。果不其然,苏轼接着说道："请太守大人随我登台四望,看见了吗？此台东边是秦穆公的祈年殿和橐泉宫,南边是汉武帝的长杨宫和五柞宫,北边是隋朝的仁寿宫和唐朝的九成宫。想想当时的盛况,这都是些何等宏伟壮观、结构奇巧、外形精美、坚不可摧的高大建筑,岂止是比咱这凌虚台强上百倍千倍？"随后一个大喘气,意味深长地说："然而数代之后,再想看看它们的遗迹,就连破瓦断墙都难觅其踪,早就变成谷物荆棘、荒山农田了！"

写到这里,苏轼认为应该赶紧停笔,做出最终结论了:"太守大人如果想以此台炫耀于世而感到自足,那就错了。世上也有足以赖之流传的,但并不在于此台的存在还是毁亡。"他故意留下的小尾巴是什么,到此已经无须饶舌,那就是只有勤政爱民,才能让自己永久地活在人们的心中。

超然台记①

凡物皆有可观②。苟有可观,皆有可乐,非必怪奇玮丽者也③。餔糟啜醨皆可以醉④,果蔬草木皆可以饱。推此类也,吾安往而不乐?夫所为求福而辞祸者,以福可喜而祸可悲也。人之所欲无穷⑤,而物之可以足吾欲者有尽。美恶之辨战乎中⑥,而去取之择交乎前⑦,则可乐者常少,而可悲者常多。是谓求祸而辞福。夫求祸而辞福,岂人之情也哉⑧?物有以盖之矣⑨。彼游于物之内,而不游于物之外。物非有大小也⑩,自其内而观之,未有不高且大者也。彼挟其高大以临我⑪,则我常眩乱反覆⑫,如隙中之观斗⑬,又乌知胜负之所在⑭。是以美恶横生⑮,而忧乐出焉。可不大哀乎?

余自钱塘移守胶西⑯,释舟楫之安⑰,而服车马之劳⑱;去雕墙之美⑲,而庇采椽之居⑳;背湖山之观㉑,而行桑麻之野㉒。始至之日,岁比不登㉓,盗贼满野,狱讼充斥。而斋厨索然㉔,日食杞菊㉕。人固疑余之不乐也。处之期年㉖,而貌加丰㉗,发之白者,日以反黑㉘。余既乐其风俗之淳,而其吏民亦安予之拙也㉙,于是治其园圃,洁其庭宇,伐安丘、高密之木以修补破败㉚,为苟完之计㉛。而园之北,因城以为台者旧矣㉜,稍葺而新之。时相与登览,放意肆志焉。南望马耳、常山㉝，出没隐见，若近若远，庶几有隐君子乎㉞？而其东则卢山㉟，秦人卢敖之所从遁也㊱。西望穆陵㊲，隐然如城郭，师尚父、齐桓公之遗烈㊳，犹有存者。北俯潍水㊴，慨然太息，思淮阴之功㊵，而吊其不终㊶。台高而安，深而明，夏凉而冬温。雨雪之朝，风月之夕，余未尝不在，客未尝不从。撷园蔬㊷，取池鱼，酿秫酒㊸，瀹脱粟而食之㊹，曰：乐哉游乎！方是时，余弟子由适在济南㊺，闻而赋之㊻，且名其台曰"超然"。以见余之无所往而不乐者，盖游于物之外也㊼。

[注释]

①超然台：故址在今山东省诸城市北城遗址。今诸城市内尚有一条超然台路。 ②可观：可供观赏的某个方面。 ③怪奇玮丽：状貌奇险形容瑰丽。玮丽，华美。曾巩《代人祭李白文》："玮丽瑰奇，大巧自然。" ④餔（bū）糟啜醨（chuò lí）：吃滤酒之后所剩的酒糟、酒饼和残酒。餔，吃。醨，残酒，酒渣。 ⑤人之所欲无穷：人的欲望是没有止境的。 ⑥美恶之辨战乎中：什么是美什么是丑，在每个人的心中都需要分辨和拣择。 ⑦去取之择交乎前：选择什么摒弃什么就摆在每个人的面前。 ⑧岂人之情也哉：难道是人之常情吗？ ⑨物有以盖之：被纷杂的俗物覆盖蒙蔽住了。 ⑩物非有大小：俗物并没有大小之分。 ⑪挟：夹持。临我：面对我们，摆在我们面前。 ⑫眩乱反覆：眼花缭乱，迷惘难辨。 ⑬隙中之观斗：在门缝里观看格斗。 ⑭乌知胜负之所在：怎么能知道谁胜谁负呢。 ⑮美恶横生：美好和丑恶的感觉无端地生出。意思是说这些所谓美和恶，都是出自人的感觉而并非真实。 ⑯钱塘：旧郡名，宋代为杭州。此前苏轼曾担任杭州通判。移守胶西：调任密州知州。胶西，旧

郡名，宋代为密州，治所在今山东省诸城市。《东坡先生年谱》："（熙宁七年）先生年三十九，在杭州通判任。……五月，乃有移知密州之命。"

⑰释舟楫之安：抛弃了出门乘船的安适生活。杭州为多水之乡，物产丰富，生活优裕，故云。　⑱服车马之劳：从事于乘车跨马的劳苦。密州在北方，出门乘车跨马，容易令人感到疲倦。　⑲雕墙：有雕饰彩绘的墙壁，代指华美的建筑。这一句还是在说抛开了杭州优雅舒适的生活。⑳蔽：遮蔽。此处指居住。采椽：建造粗陋的房屋。《韩非子·五蠹》："尧之王天下也，茅茨不剪，采椽不斫。"意思是屋前的椽头没有经过取齐和雕琢。此句仍在说密州生活之艰苦。　㉑背湖山之观：离开了湖山胜景的观赏。杭州有湖山之胜，故云。　㉒适：来到。桑麻之野：采桑种麻的黄土地。这句仍指密州的自然状态。　㉓岁比不登：连年歉收。　㉔斋厨：餐厅厨房。此处指饮食供给。索然：稀少的样子。　㉕日食杞菊：每天只能吃些野菜。杞，枸杞；菊，野菊花。泛指野菜。　㉖处之期（jī）年：在这里度过了整整一年。期，周年。　㉗貌加丰：面庞更加丰润。㉘发之白者，日以反黑：曾经白了的头发，一天天地变黑了。　㉙拙：朴厚无为。此处指以镇静治理州郡。　㉚安丘：宋代县名，在密州西北。高密：宋代县名，也在密州西北，今二县仍名安丘、高密。　㉛苟完：苟且安身歇宿。　㉜因城以为台：借助城墙而建筑的台榭。　㉝马耳：山名，在今山东省诸城南五里。常山：在诸城南二十里。　㉞隐君子：隐居不仕的高士。　㉟卢山：在山东省诸城东南三十里。　㊱卢敖：战国时燕国人。秦灭燕后，召卢敖入朝为博士，欲使之求仙。卢敖不应诏，隐居于此山，后遂称此山为卢山。所从遁：所隐居之处。　㊲穆陵：古关名，故址在今山东省临朐南的大岘山。　㊳师尚父：即姜太公吕尚。他曾辅佐周武王有功，被尊为尚父，封于齐，为齐国之初祖。齐桓公：春秋时齐国国君。他在丞相管仲的辅佐下，数十年间一跃成为东方霸主，为春秋五霸之

首。遗烈：被后人传诵不歇的经天纬地的功业。　㊴潍水：河流名，发源于山东省诸城东南的石门镇，北经诸城、潍县、昌邑流入莱州湾。　㊵淮阴：指汉初淮阴侯韩信。韩信初事项羽不得志，后归刘邦，连破赵、魏，收复齐地。楚将龙且率二十万大军救齐，韩信与之夹潍水列阵，大破龙且之军。　㊶吊其不终：凭吊这位盖世英雄未得善终。韩信由楚王降为淮阴侯后，仍为刘邦所疑，未久吕后以谋反罪将韩信处死。　㊷撷（xié）园蔬：采摘园中的蔬菜。　㊸秫（shú）酒：粗稻酿制的酒。　㊹瀹（yuè）脱粟：煮糙米。瀹，煮。脱粟，仅仅脱掉壳的粗米。　㊺子由：苏轼弟苏辙的字。此时苏辙在齐州担任掌书记。济南：宋代为齐州，在今山东省济南市。　㊻赋之：为此台写了一篇赋。　㊼游于物之外：置身于凡俗之外。取"超然物外"而名其台，言其志。

[解析]

　　这篇文章是作者从杭州通判改任密州知州一年后的作品。密州属于北方贫瘠地区，作者身为一州父母官，也经常"餔糟啜醨"，甚至与通判一道挖野菜充饥，其物质条件和杭州无法相比。但作者始终抱着一种超然物外的乐观态度，在艰苦条件下寻找快乐。本文还隐含了另一层意思，即王安石变法不但没有使百姓得到实惠，反而令他们陷入了更严重的贫困之中，透露了作者对国家前途命运的深深忧虑。

　　文章整体格调深沉浑厚，与苏轼很多慷慨言志之作相比，也显得更加稳重，而这种稳重中隐含了作者对生命意义的思考。作者认为，一般人都企图在一生中尽可能地避祸求福，这本没有什么错，至今人家挂的春联，大都是求福避祸的吉祥话语，但实际上祸福并不以人的意志为转移，何况尘俗之人所认为的福和祸，未必就是真正的福和祸，因为人们对福祸的判断力非常有限，有时候甚至根本分不清何为福，何为祸，于是得到相反的结果，也是常有的事。他认为这个道理并不复杂，只要能给人带来快乐的事物就是福，相反就是祸。打比方说：他从江山如画、丰衣足食的杭州调任采橡桑麻、年岁不登的密州，看起来是由福转祸，但这件事看你怎么理解。一、这里很穷，有时候只能吃野菜度日，结果是什么呢？面庞红润，白发变黑，你说野菜就一定比不过香米更适合人的生存之需吗？二、这里很穷，于是乎盗贼满野，狱讼充斥，从另一个角度说，这正好给了知州大有作为的良机，尽可能地解除百姓的饥寒，让他们像自己一样渡过难关，结果是什么呢？一年后密州治安得到了空前的改善，这不也令他很有成就感吗？老子说："祸兮福之所倚，福兮祸之所伏。"此话是很有道理的，但这番道理必须要站在全方位多角度去看，才能得其真谛。让作者更为高兴的是，弟弟苏辙对他的理论大加赞赏，并且替他将此台命名为"超然台"。今将苏辙之文附录于此，以见古代贤者的心是何等的相通。苏辙《超然台赋（并叙）》："子瞻既通守余杭，三年不得代。以辙之在济南也，求为东州守。既得请高密，其地介于淮海之间，风俗朴陋，四方宾客不至。受命之岁，承大旱之余孽，驱除蟊蝗，逐捕盗贼，虞恤饥馑，日不遑给。几年而后少安，顾居处隐陋，无以自放，乃因其城上之废台而增葺之。日与其僚览其山川而乐之，以告辙曰：'此将何以名之？'辙曰：'今夫山居者知山，林居者知林，耕者知原，渔者知泽，安于其所而已。其乐不相及也，而台则尽之。天下之士，奔走于是非之场，嗷于荣辱之海，嚣然尽力而忘反，亦莫自知也。而达者哀之，二者非以其超然不累于物故邪。《老子》曰：虽有荣观，燕处超然。尝试以超然命之，可乎？'因为之赋以告曰：东海之滨，日气所先。肖高台之陵空兮，溢晨景之洁鲜。幸氛翳之收霁兮，逮朋友之燕闲。舒堙郁以延望兮，放远目于山川。设金罍与玉斝兮，清醪洁其如泉。奏丝竹之愤怒兮，声激越而眇绵。下仰望而不闻兮，微风过而激天。曾陟降之几何兮，弃溷浊乎人间。倚轩楹以长啸兮，袂轻举而飞翻。极千里于一瞬兮，寄无尽于云烟。前陵阜之汹涌兮，后平野之漭漫。乔木蔚其蓁蓁兮，兴亡忽乎满前。怀故国于天末兮，限东西之险艰。飞鸿往而莫及兮，落日耿其夕躔。嗟人生之漂摇兮，寄流梗于海壖。苟所遇而皆得兮，遑既择而后安。彼世俗之私已兮，每自予于曲全。中变溃而失故兮，有惊悼而汍澜。诚达观之无不可兮，又何有于忧患。顾游宦之迫隘兮，常勤苦以终年。盍求乐于一醉兮，灭膏火之焚煎。虽昼日其犹未足兮，俟明月乎林端。纷既醉而相命兮，霜凝磴而跰蹮。马踯躅而号鸣兮，左右翼而不能鞍。各云散于城邑兮，徂清夜之既阑。惟所往而乐易兮，此其所以为超然者邪。"

文与可画筼筜谷偃竹记^①

竹之始生，一寸之萌耳，而节叶具焉。自蜩腹蛇蚹以至于剑拔十寻者^②，生而有之也^③。今画者乃节节而为之，叶叶而累之，岂复有竹乎^④？故画竹必先得成竹于胸中，执笔熟视，乃见其所欲画者，急起从之，振笔直遂，以追其所见，如兔起鹘落^⑤，少纵则逝矣^⑥。与可之教予如此。予不能然也^⑦，而心识其所以然。夫既心识其所以然而不能然者，内外不一，心手不相应，不学之过也。故凡有见于中而操之不熟者^⑧，平居自视了然^⑨，而临事忽焉丧之^⑩，岂独竹乎？子由为《墨竹赋》以遗与可曰^⑪："庖丁，解牛者也，而养生者取之^⑫。轮扁，斫轮者也，而读书者与之^⑬。今夫夫子之托于斯竹也^⑭，而予以为有道者，则非耶？"子由未尝画也，故得其意而已。若予者，岂独得其意？并得其法。

与可画竹，初不自贵重，四方之人持缣素而请者^⑮，足相蹑于其门。与可厌之，投诸地而骂曰："吾将以为袜材。"士大夫传之，以为口实⑯。及与可自洋州还⑰，而余为徐州⑱。与可以书遗余曰："近语士大夫，吾墨竹一派，近在彭城⑲，可往求之。袜材当萃于子矣⑳。"书尾复写一诗，其略曰："拟将一段鹅溪绢㉑，扫取寒梢万尺长㉒。"予谓与可："竹长万尺，当用绢二百五十匹，知公倦于笔砚，愿得此绢而已。"与可无以答，则曰："吾言妄矣，世岂有万尺竹也哉？"余因而实之，答其诗曰："世间亦有千寻竹，月落庭空影许长㉓。"与可笑曰："苏子辩则辩矣，然二百五十匹，吾将买田而归老焉。"因以所画筼筜谷偃竹遗予，曰："此竹数尺耳，而有万尺之势。"筼筜谷在洋州，与可尝令予作《洋州三十咏》，筼筜谷其一也。予诗云："汉川修竹贱如蓬㉔，斤斧何曾赦箨龙㉕。料得清贫馋太守㉖，渭滨千亩在胸中㉗。"与可是日与其妻游谷中，烧笋晚食，发函得诗，失笑喷饭满案。

元丰二年正月二十日，与可没于陈州㉘。是岁七月七日，予在湖州曝书画㉙，见此竹，废卷而哭失声㉚。昔曹孟德《祭桥公文》有"车过""腹痛"之语㉛，而予亦载与可畴昔戏笑之言者㉜，以见与可于予亲厚无间如此也。

[注释]

①筼筜（yún dāng）谷：宋代洋州（今陕西省洋县）的一道山谷。筼筜是一种皮薄节长而竿高的竹子。此谷盛产这种竹，故名。偃竹：倒伏或倾斜的竹子。　②蜩（tiáo）腹蛇蚹（fù）：像蝉破壳而出，像蛇长出鳞片。蜩，蝉。蚹，蛇腹下用于爬行的横鳞。剑拔：像宝剑一样挺拔。十寻：古代以八尺为一寻。十寻，八十尺，极言其高。　③生而有之：是它

生长才具有的状态。　④岂复有竹乎：那还能有竹子的神韵吗？　⑤兔起鹘（hú）落：兔子刚刚跃起，隼便以极快的速度降落下来。鹘，比鹰小的一种鸷鸟，即隼。飞行速度极快，所以作者以它为喻。　⑥少纵则逝：稍稍一放松，机会（灵感）就会逝去。　⑦予不能然：我做不到这一点。　⑧有见于中：心里十分明白。　⑨平居自视了然：平常时自认为已经（对某事物）十分清楚。　⑩临事忽焉丧之：事到临头突然间什么都忘记了。　⑪子由：苏轼弟苏辙。《墨竹赋》：苏辙专为文同所画墨竹写的一篇赋，收在他的文集《栾城集》第十七卷中，文长不录。　⑫庖丁，解牛者也，而养生者取之：《庄子·养生主》篇里的一则故事，说庖丁向文惠王讲解自己杀牛的经验，文惠王听完，说道："善哉！吾闻庖丁之言，得养生焉。"意思是通过庖丁的讲述，悟出了养生的道理。　⑬轮扁，斫轮者也，而读书者与之：《庄子·天道》篇里的一则故事，说桓公在堂上读书，轮扁问他读什么书，接着对桓公说："斫轮，徐则甘而不固，疾则苦而不入，不徐不疾，得之于手而应于心。"桓公从中悟出了读书的道理。　⑭夫子：对文与可的敬称。　⑮缣（jiān）素：绢素。此处指作画用的画布。缣，双丝织成的浅黄色细绢。　⑯口实：谈资，说话的笑料。　⑰与可自洋州还：指文同任洋州知州任满回京复命。　⑱余为徐州：我正担任徐州知州。苏轼熙宁十年从密州知州改任徐州知州。　⑲"近语士大夫"三句：意谓文同因求画人太多，于是放话说，墨竹一派的主要画家，最近已经转移到徐州去了。彭城，徐州郡名。　⑳袜材当萃于子：作袜子的材料这回可以集中到你那里了。　㉑鹅溪绢：产于四川盐亭县鹅溪的绢帛。唐代为贡品，宋代人书法绘画尤重此材。　㉒寒梢：显得很清冷的竹梢。　㉓影许长：竹影大概真有那么长。　㉔汉川：洋州郡名。宋代的州郡既有州名，又有相应的郡名，如许州许昌郡、洋州汉川郡之类。贱如蓬：便宜得像蓬草一样。　㉕斤斧：斧子。

箨（tuò）龙：竹笋。箨，竹笋上一片一片的皮。　㉖馋太守：嘴馋的洋州知州。指文同爱吃竹笋。　㉗渭滨千亩：指竹。《史记·货殖列传》中有"陈夏千亩漆，齐鲁千亩桑麻，渭川千亩竹，此其人皆与千户侯等"之说，所以后人常用"渭川千亩"代指竹。　㉘陈州：宋代州名，在今河南省淮阳县。　㉙予在湖州曝书画：苏轼元丰二年（1079）春自徐州知州改任湖州知州。曝书画，晾晒书画。　㉚废卷：丢开画卷。　㉛"车过""腹痛"之语：曹操《祭桥公文》中有"车过三步，腹痛勿怪"的话。作者以此语抒发对逝者文同的祭奠之情。　㉜畴昔：以往。

[解析]

　　这是一篇脍炙人口的优美散文，千余年来被人传诵不歇。当今常用成语"成竹在胸""稍纵则逝"等，都出自本文。作者在议论文同画竹经验的同时，总结出了一条做人和做事都必须遵循的哲理，就是做事一定要有准备，有构想，有定力，有长期的经验积累，有果断的处理态度，才能把事情做好。缺乏准备或临事犹豫，都会导致失败。从这个意义上说，本文是一篇教人如何做事成功的经验之谈。

　　作者不急于讲说"成功学"的大道理，而是先从"竹之始生"说起。竹子刚刚冒出笋芽，就注定了它的特性：它的竹节和鳞片，"自蜩腹蛇蚹以至于剑拔十寻者，生而有之也"。这是在告诉人们：任何事物都有它的规律性和固有的属性，想要解决该事物本身的任何问题，首先要把它的规律性和属性弄清楚。这一点看起来像废话，然而事物的特点和规律的确如此。今天很多人做事不能成功，究其根本，就是没能把事物的属性和特征研究透彻便匆匆下手，其结果肯定是以失败告终。不信的话，还可以拿画竹为例：很多人抓不住竹子的特性，粗粗一看便下笔画竹，一个节一个节地往上堆，一片叶一片叶地往上染，那样画出的就不是活生生的竹子，而只能称其为竹节加竹叶，即便硬说画的是竹，也只是株死了的竹子。

大道理说再多也没用，还是就竹说竹。怎样才能把握住竹子的特性呢？"画竹必先得成竹于胸中，执笔熟视，乃见其所欲画者，急起从之，振笔直遂，以追其所见，如兔起鹘落，少纵则逝矣。"这些话听起来有点儿玄乎，所以作者说：这只是文与可教我的方法，真正画起来，还是无法准确地掌握其要领，但这番道理我是明白了——心里有了竹，才能画好竹，如果心里还没有竹子的神韵，是无论如何没办法画出来的。这就出现了一个现象：心和手不能相应。怎么才能做到心手相应呢？还是弟弟苏辙的解释比较形象，他说：庖丁是善于杀牛的人，养生者可以从中领悟游刃有余的道理。轮扁是制造车轮的人，读书人对他所发表的意见却十分赞许。苏轼认为苏辙的话也还只是讲论了把握事物变化的道理，要想真把事物的内在规律把握住，还有一个实践的过程，这个过程同样不能缺少——庖丁的"游刃有余"、轮扁的"运斤成风"，内中也包含了实践的过程，试想，如果他们仅仅停留在理论上，怎么可能做到得心应手？这就又给我们提出了一个告诫：要想把一件事做成功，除了理论之外还必须要有充分的实践。

画竹的议题说到这里戛然而止，接下来的文字拐了一百八十度，转到了文与可的做人上。苏轼笔下的文同，是个颇具童心童趣而且有点任性的性格。恰恰是因为文同心中没有一点尘俗气，才能把竹子画得栩栩如生。苏轼说：与可画竹，开始自己并不怎么看重，但四方之人拿着白绢请他作画，一个接一个到他家来。与可非常厌烦，把这些绢都扔到地上大骂道："我把它们都做了袜子。"士大夫们把这句话传开来，成为一时笑谈。看了这句话，我不禁思绪联翩：当今的画家，作画大都是为了卖钱，很少有像文同那样白给人画不收钱的了，这种画在苏轼看来不可能有生气，不过是画匠之作骗人钱财罢了。当今搞艺术的、学医学的，都应该是以得心应手为上的个体研究者，而且首先应是具有无私品格的人。如果把一切都与金钱画上等号，就很难成为高手，充其量是个伪装得如同"节节而为之，叶叶而累之"的匠人而已，即便他自称为大师，我们也不要去理会他。

石钟山记①

《水经》云②："彭蠡之口③，有石钟山焉。"郦元以为下临深潭④，微风鼓浪，水石相搏⑤，声如洪钟。是说也，人常疑之。今以钟磬置水中⑥，虽大风浪，不能鸣也，而况石乎。至唐李渤始访其遗踪⑦，得双石于潭上，扣而聆之⑧，南声函胡⑨，北音清越⑩，桴止响腾⑪，余韵徐歇⑫，自以为得之矣。然是说也，余尤疑之。石之铿然有声者，所在皆是也，而此独以钟鸣，何哉？

元丰七年六月丁丑⑬，余自齐安舟行适临汝⑭，而长子迈将赴饶之德兴尉⑮，送之至湖口⑯，因得观所谓石钟者。寺僧使小童持斧，于乱石间择其一二扣之，空空焉⑰，余固笑而不信也。至暮夜月明，独与迈乘小舟至绝壁下，大石侧立千仞⑱，如猛兽奇鬼，森然欲搏人⑲。而山上栖鹘⑳，闻人声亦惊起，磔磔云霄间㉑。又有若老人咳且笑于山谷中者。或曰，此鹳鹤也。余方心动欲还㉒，而大声发于水上，噌吰如钟鼓不绝㉓，舟人大恐。徐而察之㉔，则山下皆石穴罅㉕，不知其深浅，微波入焉，涵澹澎湃而为此也㉖。舟回至两山间，将入港口，有大石当中流，可坐百人，空中而多窍㉗，与风水相吞吐，有窾坎镗鞳之声㉘，与向之噌吰者相应，如乐作焉。

因笑谓迈曰："汝识之乎㉙？噌吰者，周景王之无射也㉚。窾坎镗鞳者，魏庄子之歌钟也㉛。古之人不余欺也㉜。事不目见耳闻，而臆断其有无，可乎？"郦元之所见闻，殆与余同㉝，而言之不详。士大夫终不肯以小舟泊绝壁之下，故莫能知。而渔工水师，虽知而不能言。此世所以不传也㉞。而陋者乃以斧斤考击而求之，自以为得其实。余是以记之，盖叹郦元之简，而笑李渤之陋也。

[注释]

①石钟山：山名，在今江西湖口县鄱阳湖畔。《读史方舆纪要》卷八十五："石钟山有二：在县治南者曰上钟山，县治北者曰下钟山。《水经注》：石钟山西枕彭蠡，连峰叠嶂，壁立峭削，其西南北皆水，四时如一，白波撼山，响如洪钟，因名。宋苏轼尝游此，复广道元之说，为《石钟山记》。"　②《水经》：汉代桑钦所著的地理书，以后又有人陆续增补，三国时最后成书。是一部专记天下河流水道的专著。　③彭蠡：湖泊名，即今江西省境内的鄱阳湖。　④郦元：郦道元，北魏范阳涿鹿（今河北省涿鹿）人。他曾写过《水经注》，是研究中国古代河流水道的重要著作。　⑤相搏：相互撞击。　⑥钟磬（qìng）：古代两种打击乐器名，钟由金属铸成，磬由玉或石制成。　⑦李渤：唐代洛阳人，曾担任过江州刺史。　⑧扣而聆之：击打这两块石头并仔细辨识它们发出的声音。　⑨南声函胡：南面那块石头发出的声音洪大而沉闷。函胡，声音重浊而含混。　⑩北音清越：北面那块石头发出的声音清脆悦耳。　⑪枹（fú）止响腾：鼓槌停下后，它的余音还在震荡回响。枹，鼓槌。　⑫余韵徐歇：一波一波的余响消逝得很慢。　⑬元丰七年：公元1084年。　⑭齐安：旧郡名，宋代名黄州。舟适：坐船去。汝：汝州，在今河南省汝州市。苏轼此时奉命自黄州团练副使量移汝州安置。　⑮迈：苏迈，字伯达，苏轼的长子。此时被授予德兴县尉之职。饶：饶州，治所在今江西省波阳。德兴：在今江西省德兴市。尉：县尉，掌一县弓箭手、兵士巡警、抓捕盗贼

等事。⑯湖口：宋代县名，属江州，在今江西省湖口县，因鄱阳湖入江之口而得名。⑰空空：石块被敲击时发出的闷响。⑱侧立：壁立，直上直下地耸立。⑲森然：阴森可怖之貌。搏人：搏击人。⑳鹘（gǔ）：鸟名，即鹘鹠，形似鹤而没有红顶。㉑磔（zhé）磔：鸟鸣叫发出的嘎嘎声。㉒心动：由于惊惧而忐忑的感觉。㉓噌吰（cēng hóng）：洪亮的声音。㉔徐而察之：随后侧耳细听。㉕穴罅（xià）：洞穴。㉖涵澹澎湃：水波腾涌。㉗空中：中间是空的。多窍：有很多小的洞穴。㉘窾坎镗鞳（kuǎn kǎn tāng tà）：打击钟鼓等物所发出的声音。㉙汝识之乎：你还记得吗。㉚周景王：周灵王之子，公元前544年至前520年在位。无射（yì）：周景王二十四年（前496）时所铸的钟名。㉛魏庄子：春秋时晋国大夫魏绛。歌钟：演奏用的编钟。《左传·襄公十一年》载：晋侯把郑国送来的歌钟等赏赐给魏绛。㉜不余欺：没有欺骗我们。㉝殆与余同：可能和我相同。㉞不传：没有把真相传播开来。

[解析]

　　这篇记文作于元丰八年（1085），当时作者自黄州量移汝州，途经江西湖口时，亲自到石钟山考察该山发出响声的原因。傅藻《东坡纪年录》有更具体的记载说："（元丰八年）六月九日，作《石钟山记》。"全文写得细致入微，谁能想到此时苏轼尚在贬谪之中，竟还能有如此兴致。其实宋朝士子的心胸一般都比较开阔，即便在仕途蹭蹬之际，也会巧用江山美景来调整心态。比如与苏轼同时期的张舜民，因为不同意朝廷五路大军征讨西夏作了两首不敬的诗，被贬到湖南郴州，那部《郴行录》，就是赴贬所的途中写的。了解了宋朝士子的心态再看此文，就不会觉得太奇怪了。

　　本文属于游记性质。大旨是说作者为了探究石钟山为何声如洪钟，亲自到山间一睹究竟，最终揭开谜底。文章通过自己探寻的过程，揭示出对任何事物,都必须透过现象弄清其实质,而不能人云亦云。开篇引用《水经》之语,说明石钟山所在的位置,接着引出大地理学家郦道元的说法:"此山下临深潭,微风鼓起浪花,水石互相撞击,声如洪钟,因此才以石钟为山命名。"而这个说法却经常引起人们的怀疑,理由是什么呢?如果现在把钟磬放在水里,就是出现再大的风浪,也不可能使它鸣响,更何况是石头呢?到了唐朝,李渤开始寻访其地,在水潭边上找到了一对石头,叩击后仔细聆听,其中有南方那种沉闷重浊的声音,也有北方那种清亮激越的声音,鼓槌停止敲击后,声音腾起,余音袅袅渐渐消失,他自以为得到了其中的奥妙。作者说,他的说法更令我怀疑,因为敲击石头发出铿锵之声在哪儿都是一样的,而唯独这里的声音像钟声,这又是为什么呢?这种层层递进的写法,很容易引起读者的兴趣,会使读者不自觉地跟着他的思路向前探究。

接下来说到自己探究的过程和结果:元丰七年六月丁丑,我从黄州乘船到汝州,恰好长子苏迈也要到饶州德兴县去任县尉,我把他送到湖口,因而得以观察所谓石钟山。寺中的高僧让小童拿着斧头,在乱石之间选择了一两块敲击,石头发出闷闷的响声,我仍然不相信这种响声是钟声。入夜后,我单独与苏迈乘着小船到了绝壁之下,那儿有块石壁侧立千仞,状如猛兽恶鬼,山上栖息的鹘鸟听到我们的响动受惊飞起,在云间嘎嘎鸣叫。我又听到了一种像老人咳嗽并在山谷中大笑的声音。有人说这就是鹳鹤的叫声。我正要返回时,一种很大的声音从水面上传来,就如钟鼓敲击接连不断。我仔细观察,发现山下布满了石洞,且无法知道它们的深浅,水波进入洞中时汹涌澎湃,才发出敲钟一样的响声。船回到两山之间将要入港时,发现水流中间有块巨石,上可容纳一百多人,石头是空心的,表面有很多孔,与风势水浪相互吞吐,发出时而沉闷时而响亮的声音,与刚才类似洪钟的响声相呼应,真像在演奏乐曲——问题的根源找到了,作者露出欣慰的笑容对儿子说:"这沉郁的声音,宛如周景王所筑的无射钟发出的声音。这洪亮的声音,就像是晋大夫魏绛的编钟所发出的声音。凡事不亲眼见到亲耳听到,只凭臆想去判断它的有无,是不可能得到真相的。"

李氏山房藏书记①

象犀珠玉怪珍之物,有悦于人之耳目,而不适于用。金石草木丝麻五谷六材②,有适于用,而用之则弊,取之则竭。悦于人之耳目而适于用,用之而不弊,取之而不竭,贤不肖之所得,各因其才,仁智之所见各随其分,才分不同,而求无不获者,惟书乎?

自孔子圣人,其学必始于观书。当是时,惟周之柱下史老聃为多书③。韩宣子适鲁,然后见《易象》与鲁《春秋》④。季札聘于上国,然后得闻《诗》之风、雅、颂⑤。而楚独有左史倚相,能读《三坟》《五典》《八索》《九丘》⑥。士之生于是时,得见《六经》者盖无几⑦,其学可谓难矣。而皆习于礼乐,深于道德,非后世君子所及。自秦、汉以来,作者益众⑧,纸与字画日趋于简便。而书益多,士莫不有,然学者益以苟简,何哉?余犹及见老儒先生,自言其少时,欲求《史记》《汉书》而不可得,幸而得之,皆手自书⑨,日夜诵读,惟恐不及。近岁市人转相摹刻诸子百家之书,日传万纸,学者之于书,多且易致如此,其文词学术,当倍蓰于昔人⑩,而后生科举之士,皆束书不观⑪,游谈无根⑫,此又何也?

余友李公择,少时读书于庐山五老峰下白石庵之僧舍⑬。公择既去,而山中之人思之,指其所居为李氏山房。藏书凡九千余卷。

公择既已涉其流，探其源，采剥其华实，而咀嚼其膏味⑭，以为己有，发于文词，见于行事，以闻名于当世矣。而书固自如也⑮，未尝少损。将以遗来者，供其无穷之求，而各足其才分之所当得。是以不藏于家，而藏于其故所居之僧舍，此仁者之心也。

余既衰且病，无所用于世，惟得数年之闲，尽读其所未见之书，而庐山固所愿游而不得者，盖将老焉。尽发公择之藏，拾其余弃以自补，庶有益乎？而公择求余文以为记，乃为一言，使来者知昔之君子见书之难，而今之学者有书而不读为可惜也。

[注释]

①李氏：李常，字公择，江西人，仁宗皇祐初年进士。李常少年时曾在庐山楞伽院读书。离开那里后，楞伽寺僧虚其室而不敢居，藏书室中近万卷，以表对李常的纪念。当地人称之为李氏山房。　②六材：《礼记·曲礼》下所载的土工、金工、石工、木工、兽工、草工，叫作六材。　③周之柱下史老聃：老子姓李名聃，曾担任周朝的柱下史。柱下史即后世之史官。　④韩宣子适鲁，然后见《易象》与鲁《春秋》：《左传·昭公二年》载，晋侯派韩宣子聘于鲁，观书于太史氏，见《周易》与鲁国国史《春秋》，说道："周礼尽在鲁矣。"　⑤季札聘于上国，然后得闻《诗》之风、雅、颂：《左传·襄公二十九年》载，吴国公子季札到北方访问，听到各国的国风和《小雅》、《大雅》、三颂，深为感慨。　⑥左史倚相，能读《三坟》《五典》《八索》《九丘》：《左传·昭公十二年》载，楚国左史倚相经过楚王面前时，楚王对臣下称赞他说："你们要善待他，他是位能读《三坟》《五典》《八索》《九丘》的良史。"　⑦《六经》：儒家的六部经典，指《易经》《尚书》《诗经》《春秋》《周礼》《乐经》。

⑧作者益众：写书的人越来越多。　⑨手自书：亲手抄写。　⑩倍蓰(xǐ)：一倍、五倍。古代称五倍为蓰。　⑪束书不观：把书束之高阁根本不去读。　⑫游谈无根：缺乏根底的肤浅之说。　⑬庐山五老峰：江西省庐山香炉峰下的高峰。　⑭涉其流，探其源，采剥其华实，而咀嚼其膏味：这几句话出自韩愈的《答李翊书》，意思是说读书要探究本源，知其流变，在阅读的过程中吸收其营养，丰富自己的思想。　⑮书固自如：书还是那些书，并没有损坏或消失。

[解析]

　　这是一篇游记。作者元丰七年（1084）从黄州团练副使量移汝州团练副使途中，在江西庐山逗留了半个多月，在游庐山时，见到故友李常少年时的读书堂，写下这篇文章，其主旨非常鲜明，就是劝告人们要认真刻苦地读书，而且要读圣贤之书，才能领会古代圣贤的遗意，提高自己的修养，开阔自己的眼界。

　　苏轼写文章很善于在正题之前做足必要的铺垫，这样的做法不仅能增强文采，更具有循序渐进之功。晋代顾恺之吃甘蔗时，总是从末梢开始。有人告诉他说，甘蔗不是这样吃法，最甜之处是根部，你应该从根部开始吃才对。顾恺之明知自己错了，还要强词夺理：你懂什么，这叫作渐入佳境！这篇文章正是渐入佳境的典范。作者从人们最珍爱的"象犀珠玉怪珍之物"说起，接着告诉读者说，这些东西的确"有悦于人之耳目，而不适于用"；换个话题又说："金石草木丝麻五谷六材，有适于用，而用之则弊，取之则竭。"这就摆出了两类事物，一类好玩儿没有实际用处，另一类有实际用处而容易败坏。那么世上有没有既是珍宝又能用之而不弊，取之而不竭的宝物呢？有，而且只有一物，那就是书。

　　何以见得如此呢？作者开始不厌其烦地罗列史证，从孔子、老子说到韩宣子、吴季札，进而到自己尚能见到的老儒先生，都对书情有独钟，才能成就其光辉的一生，且那时得到书是件很难的事，接着说到如今，书籍的印刷已经有了重大突破，人们获取书籍不再是什么难事，恰恰如此，人们反倒不把书当成什么宝物，也不再认真探究了。说到这里，关于书的问题都已讲透，于是笔锋一转回到自己朋友李公择的身上：公择少年时在庐山五老峰下的白石庵僧舍中读书。他离去后，山中僧人们很怀念他，把他的居室称为李氏山房。公择已经弄清了各家学术的源流，把它们化为自己的东西，融于自己的辞章之内，运用于行事之中，已经闻名于当世。而那些书还保持着原貌，一点儿也没有损坏。公择打算把这些书留给后学之人，满足别人无穷的求知欲望，使他们根据各自的才能和需求去选择阅读。因此没有把这些书藏在家中，而是收藏在他过去居住的僧舍中，这是仁者的一番心意。这段文字不但揭示了李公择饱读经史而闻名天下的过程，更表现出他希望这些书能更好地为后人服务，使更多的人从中受益的美好品德。今天的我们，获取任何一本书都易如反掌，可真正能够认真研读的人不是更多，反而是更少了，这种怪现象，难道不值得我们认真反思吗？

祭韩忠献公文[①]

维元祐八年[②]，岁次癸酉，十一月初一日乙亥，端明殿学士兼翰林侍读学士、左朝奉郎、定州路安抚使兼马步军都总管、知定州军州事、上轻车都尉、赐紫金鱼袋苏轼，谨以清酌庶羞之奠[③]，昭告于魏国忠献公之灵：

呜呼！我生虽晚，尚及昔人[④]。堂堂魏公，河岳之神[⑤]。四十余年⑥，其德日新⑦。钟鼎有尽，竹帛莫陈⑧。惟其大节，蔽以一言：忠以事君，允也上臣⑨。我与弟辙，来自峨岷⑩。公罔罗之⑪，若获凤麟。契阔艰难，手书见采⑫。勿以大匠⑬，笑彼汗颜⑭。援手拯溺⑮，期我于仁。岂知无用，既老益顽。意广才疏，将归丘园⑯。上未忍弃，畀之中山⑰。公治此邦⑱，没食其民⑲。我独何幸，敬践后尘。公惟人杰，而不自贤。堂名阅古⑳，以古律身㉑。况我小生，罕见寡闻。敢不师公，治民与军？虽无以报，不辱其门。

[注释]

①韩忠献公：仁宗、英宗、神宗三朝宰相韩琦，曾为北宋中期的政治稳定做出过杰出贡献，死后谥曰忠献。《宋史》有传。 ②元祐八年：公元1093年。这一年垂帘听政的太皇太后高氏病逝，哲宗亲政，时局大变，苏轼从朝廷出任定州知州。 ③清酌：清酒。庶羞：多种美味食品。 ④尚及昔人：还能见到前朝这位赫赫名臣。 ⑤河岳：古代黄河与五岳的合称。 ⑥四十余年：指韩琦在仁宗、英宗、神宗三朝担任重要官职长达四十多年。 ⑦其德日新：其人的美德与日俱增。 ⑧竹帛莫陈：史书都无法记载你的功德。竹帛，上古没有纸张前的书写工具。《史记·孝文帝纪》："祖宗之功德著于书帛，施于万世。" ⑨允也上臣：堪称贤德的宰臣。上臣，最杰出的贤臣。 ⑩来自峨岷：苏轼是蜀中眉州人，故自称来自峨眉山、岷江一带。 ⑪罔罗：同"网罗"，谓得到宰相韩琦的收用。 ⑫手书见采：此谓写给韩琦的书信建议都得到了他的采纳。 ⑬大匠：巨匠哲人。 ⑭汗颜：因羞愧而汗发于颜面。泛指惭愧。 ⑮援手拯溺：伸出援手，救人于危难。《孟子·离娄上》："嫂溺，援之以手。" ⑯将归丘园：即将回到乡野。丘园，家乡或乡间。《周易·贲卦》："贲

于丘园。"孔颖达疏:"丘谓丘墟,园谓园圃,唯草木所生,是质素之所。"后多指隐居之处。 ⑰畀(bì)之中山:投放到中山府任职。中山府,即定州的府名,在今河北省定州市。 ⑱公治此邦:韩琦自仁宗庆历八年(1048)四月至皇祐五年(1053)正月期间任定州知州。 ⑲没(mò)食其民:意谓直到韩琦死后,定州人民还在祭奠他。古代称受到后人祭祀为血食。没,古同"殁"。 ⑳堂名阅古:韩琦知定州时,修建了一座厅堂,名叫阅古堂,自著有《阅古堂记》。 ㉑以古律身:用古代贤哲的高标准来要求自己。

[解析]

　　本文是苏轼元祐八年(1093)来到定州后祭奠韩琦的一片祭文。韩琦是北宋著名的三朝元老,为北宋王朝的稳定和发展做出过杰出的贡献。苏轼年轻时曾得到韩琦的青睐,其父苏洵死后,又受到韩琦助葬的馈赠。从行文来看,本文没有罗列韩琦一生的丰功伟绩,只选取了他在定州任上修建阅古堂一个侧面加以陈述,颇显繁简得宜。

　　苏轼的一生,几乎没有哪个时期不与王安石变法息息相关。他安葬完父亲苏洵和夫人王弗回到汴京,就赶上变法如火如荼地展开,年轻气盛的他对新法中存在的很多问题提出异议,很快受到王安石的排挤,从中央部门下放到开封府当了个推官。此时他还没意识到再与新法对抗下去有多么的危险,正在这时,神宗压低价格为两后购买浙灯的事出现,苏轼愤然上书,写下了惹火烧身的《谏买浙灯状》(详见本书所收),改革派正愁揪不住他的小辫子,于是他被再贬到杭州当了个通判。此后调任密州、徐州、湖州知州,因固执地不配合新法实施,刚到湖州不久,便因写诗谤讪皇帝贬为黄州团练副使,一待就是四五年。神宗驾崩后,太皇太后高氏垂帘听政,启用保守派名臣司马光执政,清算熙宁新法,苏轼也随之受到重用,从元祐初到元祐八年,堪称是他一生中的黄金时期。尽管此间他也曾受到改革派人物的诬陷和弹劾，但总体上还没有受到致命的打击。元祐八年高氏去世，政局大变，苏轼自然是在劫难逃，先被发落到定州，没几天贬到广南的英州，还没到任，再贬惠州别驾、惠州安置，几年后更是到了海南岛，达到了他苦难历程的最巅峰。这篇文章的写作时间，恰好是苏轼从得意到失意的转折点，此时他满腹的委屈和愤懑可想而知。与其说本文是在祭奠韩琦，毋宁说是他面对前朝名臣剖白自己的心志："我与弟辙，来自峨岷。公周罗之，若获凤麟。契阔艰难，手书见采。勿以大匠，笑彼汗颜。援手拯溺，期我于仁。"说得多么沉浑。随后述说自己没有给前贤争气，自称不堪造就，年纪衰老反而更加顽顿。承蒙皇上不弃，将自己安置在这里担任守臣。有幸的是，这里曾经是韩公守土的旧地，能够步韩公后尘来到此邦，已是莫大的荣幸。苏某仰慕韩公风采的同时，也暗自发誓，一定要以前贤为楷模，治理一郡军民之政，绝不辱没韩公的门风。其实这正是在表达自己忠于国家忠于人民的坚定决心，也是在表达坚持正义反对蠹民的一贯操守，以韩公为榜样，以"阅古"为鞭策，光明磊落，不负初心。用这种方法将自己的失意与前辈的风采有机结合，体现的是大君子风范，而不是戚戚于个人的利弊得失。

淮阴侯庙碑[①]

应龙之所以其神者[②]，以其善变化而能屈伸也。夏则天飞[③]，效其灵也[④]；冬则泥蟠[⑤]，避其害也。当嬴氏刑惨网密[⑥]，毒流海内。销锋镝[⑦]，诛豪俊。将军乃辱身污节[⑧]，避世用晦[⑨]，志在鹊起豹变[⑩]，食全楚之租[⑪]，故受馈于漂母[⑫]；抱王霸之略[⑬]，蓄英雄之壮图，志轻六合⑭，气盖万夫，故忍耻胯下⑮。洎乎山鬼反璧⑯，天亡秦族。遇知己之英主，陈不世之奇策⑰。崛起蜀汉⑱，席卷关辅⑲。战必胜，攻必克，扫强楚，灭暴秦。平齐七十城⑳，破赵二十万㉑。乞食受辱，恶足累大丈夫之功名哉㉒？然使水行未殒，火流犹潜㉓。将军则与草木同朽，麋鹿俱死。安能持太阿之柄㉔，云飞龙骧㉕，起徒步而取侯王㉖？噫！自古英伟之士，不遇机会，委身草泽，名埋灭而无称者㉗，可胜道哉？乃碑而铭之。铭曰：

书轨新邦㉘，英雄旧里。海雾朝翻，山烟暮起。宅临旧楚，庙枕清淮。枯松折柏，废井荒台。我停单车，思人望古。淮阴少年，有目无睹㉙。不知将军，用之如虎㉚。

[注释]

①淮阴侯：汉初大将韩信。《史记·淮阴侯列传》："淮阴侯韩信者，淮阴人也。始为布衣时，贫无行，不得推择为吏，又不能治生商贾，常从人寄食饮，人多厌之者。……信钓于城下，诸母漂，有一母见信饥，饭信，竟漂数十日。信喜，谓漂母曰：'吾必有以重报母。'母怒曰：'大丈夫不能自食，吾哀王孙而进食，岂望报乎！'淮阴屠中少年有侮信者，曰：'若虽长大，好带刀剑，中情怯耳。'众辱之曰：'信能死，刺我；不能死，出我袴下。'于是信孰视之，俛出袴下，蒲伏。一市人皆笑信，以为怯。及项梁渡淮，信杖剑从之。" ②应龙：传说中有翼的龙。相传大禹治水时，有应龙以尾画地成河，令水入海。《楚辞·天问》："河海应龙，何画何历？鲧何所营？禹何所存？"《文选》班固《答宾戏》："应龙潜于潢污，鱼鼋媟之。"吕延济注："应龙，有翼之龙也。"任昉《述异记》卷上："龙五百年为角龙，千年为应龙。" ③夏则天飞：夏天时就

在天上飞舞。　④效其灵：应验它兴云作雨的本领。　⑤泥蟠（pán）：在泥水中盘伏。　⑥嬴氏：秦为嬴姓诸侯，始皇名嬴政，故称其为嬴氏。　⑦销锋镝（dí）：秦始皇统一全国后，将武器收集起来集中销毁，铸为金人，以示天下一统。《史记·秦始皇本纪》："收天下兵聚之咸阳，销以为钟鐻，金人十二，重各千石，置廷宫中。"　⑧将军乃辱身污节：谓韩信在那个时候以羞辱自身玷污名节的方式混迹于污秽之间（自存）。　⑨用晦：隐藏才能不使外露。《周易·明夷》："君子以莅众，用晦而明。"王弼注："藏明于内，乃得明也；显明于外，巧所辟也。"　⑩豹变：像豹文般发生显著变化。幼豹长大后脱去绒毛，变得光泽而有文采。《周易·革卦》："君子豹变，其文蔚也。"孔颖达疏："润色鸿业，如豹文之蔚缛。"　⑪食全楚之租：谓韩信得志之后被封为楚王，拥有整个楚地的财富。《史记·淮阴侯列传》："汉五年正月，徙齐王信为楚王，都下邳。"　⑫受馈于漂（piǎo）母：曾得到漂母的馈赠。《史记·淮阴侯列传》："常数从其下乡南昌亭长寄食，数月，亭长妻患之，乃晨炊蓐食。食时信往，不为具食。信亦知其意，怒，竟绝去。信钓于城下，诸母漂，有一母见信饥，饭信，竟漂数十日。信喜，谓漂母曰：'吾必有以重报母。'母怒曰：'大丈夫不能自食，吾哀王孙而进食，岂望报乎！'"见本文注①。　⑬抱王霸之略：怀抱着成王成霸的宏图大略。　⑭六合：古称天地四方。《庄子·齐物论》："六合之外，圣人存而不论；六合之内，圣人论而不议。"成玄英疏："六合者，谓天地四方也。"　⑮忍耻胯下：指韩信年轻时曾遭屠夫胯下之辱。《史记·淮阴侯列传》："淮阴屠中少年有侮信者，曰：'若虽长大，好带刀剑，中情怯耳。'众辱之曰：'信能死，刺我；不能死，出我袴下。'于是信孰视之，俛出袴下，蒲伏。一市人皆笑信，以为怯。"　⑯洎（jì）乎：到了。山鬼反璧：山鬼，山神。反璧，谓山神预示秦朝将终，故以璧返回人间。意思是说到了秦末大乱之时。

《史记·秦始皇本纪》:"(三十六年)秋,使者从关东夜过华阴平舒道,有人持璧遮使者曰:'为吾遗滈池君。'因言曰:'今年祖龙死。'使者问其故,因忽不见,置其璧去。使者奉璧具以闻。始皇默然良久,曰:'山鬼固不过知一岁事也。'退言曰:'祖龙者,人之先也。'使御府视璧,乃二十八年行渡江所沉璧也。" ⑰不世:不世出,当代所无。 ⑱崛起蜀汉:指韩信真正崛起是在汉中之地。韩信初在项羽麾下,郁郁不得志,转投刘邦,刘邦特地为他筑坛,拜为大将。汉中(今陕西省安康)乃蜀地与中原相交之处,故仍称为蜀地。汉,刘邦的封号。 ⑲席卷关辅:拿下关辅之地如卷席一般。关辅,关中三辅,今陕西省关中平原地区。 ⑳平齐七十城:此事发生在韩信破赵之后。韩信破赵,引兵东攻齐地。辩士郦食其先已说服齐王田广,韩信遂攻之,田广逃,遂平齐七十余城。《史记·淮阴侯列传》:"信引兵东,未渡平原,闻汉王使郦食其已说下齐,韩信欲止。范阳辩士蒯通说信曰:'将军受诏击齐,而汉独发间使下齐,宁有诏止将军乎?何以得毋行也?且郦生(食其)一士,伏轼掉三寸之舌,下齐七十余城,将军将数万众,岁余乃下赵五十余,为将数岁,反不如一竖儒之功乎?'于是信然之,从其计,遂渡河。齐已听郦生,即留纵酒,罢备汉守御。信因袭齐历下军,遂至临菑。齐王田广以郦生卖己,乃亨(烹)之,而走高密,使使之楚请救。……汉四年,遂皆降,平齐。"

㉑破赵二十万:击败赵国二十万大军。《史记·淮阴侯列传》:"汉王遣张耳与信,俱引兵东,北击赵、代。后九月,破代兵。……信与张耳以兵数万,欲东下井陉击赵。赵王、成安君陈余闻汉且袭之也,聚兵井陉口,号称二十万。……韩信使人间视,知其(广武君)不用,还报,则大喜,乃敢引兵遂下。未至井陉口三十里,止舍。夜半传发,选轻骑二千人,人持一赤帜,从间道萆山而望赵军。……信乃使万人先行,出,背水陈。赵军望见而大笑。平旦,信建大将之旗鼓,鼓行出井陉口,赵开壁击之,大

战良久。于是信、张耳详弃鼓旗，走水上军。水上军开入之，复疾战。赵果空壁争汉鼓旗，逐韩信、张耳。韩信、张耳已入水上军，军皆殊死战，不可败。信所出奇兵二千骑，共候赵空壁逐利，则驰入赵壁，皆拔赵旗，立汉赤帜二千。赵军已不胜，不能得信等，欲还归壁，壁皆汉赤帜，而大惊，以为汉皆已得赵王将矣，兵遂乱，遁走。于是汉兵夹击，大破虏赵军，斩成安君泜水上，禽赵王歇。"　㉒恶（wū）足累大丈夫之功名：哪里至于给大丈夫成就功名带来牵累？　㉓水行未殄，火流犹潜：此为五行相代之说。古代帝王、朝代更替，象数家往往以五行生克的理论相推演。秦朝以水德王。汉高祖代周伐秦，又为火德。此句意谓倘若暴秦未灭，汉祚未兴（韩信仅仅是个布衣而已）。《史记·秦始皇本纪》："始皇推终始五德之传，以为周得火德，秦代周德，从所不胜。方今水德之始，改年始，朝贺皆自十月朔。"《汉书·律历志》："汉高祖皇帝，伐秦继周。木生火，故为火德。天下号曰汉。"　㉔太阿（ē）：古宝剑名，相传为春秋时欧冶子、干将所铸。《文选》李斯《上书秦始皇》："垂明月之珠，服太阿之剑。"李善注："《越绝书》曰：楚王召欧冶子、干将作铁剑二枚，二曰太阿。"持太阿之柄，意思是得以手握利剑平定天下。　㉕云起龙骧：意谓风云乍起，神龙腾跃。龙骧，又作"龙襄"，龙昂举之貌。《汉书·叙传下》："云起龙襄，化为侯王。割有齐楚，跨制淮梁。"颜师古注："襄，举也。"　㉖起徒步而取侯王：凭借着一介平民的身份而得以封侯封王。　㉗名堙（yīn）灭而无称：威名湮没无闻，得不到后人称道。堙，埋没。　㉘书轨：文字相同车轨相同。言天下一统，归于文治。《礼记·中庸》："今天下车同轨，书同文。"　㉙淮阴少年，有目无睹：淮阴那个羞辱韩信的少年，实在是有眼无珠。　㉚用之如虎：一旦得到帝王的任用，就如同猛虎一般所向无敌。

[解析]

　　这篇文章作于哲宗元祐七年（1092），当时作者出任扬州知州，途经淮阴，瞻拜韩信之庙，情由中出，写下此文。读罢此文我们能深深感到，作者对一千年前的名将韩信非常崇敬，认为他才是真正意义上的大英雄。作者写这篇文章是有所取舍的，他没有回避韩信年轻时乞食于漂母、在市上受到少年胯下之辱两件事，意在说明古往今来的英雄豪杰未必非要有显赫的家世，平民出身的韩信只需一个慧眼的刘邦，照样能够横扫六合，为刘邦打下天下，成为后世崇仰的人物。接下来描写韩信的卓著战绩，用了极具概括性的语言，真切地勾画出了一位战无不胜的军事家，读之令人荡气回肠，举手加额。但细细读来，我们发现了两个"漏洞"，一是在最后那段铭文当中，作者勾画出的淮阴侯庙竟然是"枯松折柏，废井荒台"的凄凉景象。这绝不是无意间的描绘，恰恰说明这位空前绝后的大将军后世的悲凉凄怆。对于这一点，作者是深感遗憾的，在他心里，像韩信这样的人物，应该得到万世崇奉，可惜孤零零坐落在淮水之滨的这座庙宇，很少得到人们的瞻仰和膜拜，表现出作者对前世伟人往往被后人忽视的现象十分痛心：一个民族如果没有对前贤英烈的崇奉之情，这个民族就是冷血的！第二个"漏洞"是作者没提到韩信的死。他似乎对那句"高鸟尽良弓藏、狡兔死走狗烹"有些忌讳，尤其是在这样庄重的场合里，他不愿让英雄不得善终的妖氛冲淡了对英雄的敬意，这或许也是他与生俱来的善良给他的暗示吧。

潮州韩文公庙碑①

匹夫而为百世师②，一言而为天下法③。是皆有以参天地之化④，关盛衰之运。其生也有自来，其逝也有所为。故申吕自岳降⑤，傅说为列星⑥，古今所传，不可诬也。孟子曰："吾善养吾浩然之气⑦。是气也，寓于寻常之中，而塞乎天地之间。"卒然遇之⑧，则王、公失其贵，晋、楚失其富，良、平失其智⑨，贲、育失其勇⑩，仪、秦失其辩⑪，是孰使之然哉？其必有不依形而立，不恃力而行，不待生而存，不随死而亡者矣。故在天为星辰，在地为河岳。幽则为鬼神，而明则复为人。此理之常，无足怪者。

自东汉以来，道丧文弊⑫，异端并起。历唐贞观、开元之盛⑬，辅以房、杜、姚、宋而不能救⑭。独韩文公起布衣，谈笑而麾之，天下靡然从公，复归于正，盖三百年于此矣。文起八代之衰⑮，而道济天下之溺⑯，忠犯人主之怒⑰，而勇夺三军之帅⑱。岂非参天地，关盛衰，浩然而独存者乎？盖尝论天人之辨，以谓人无所不至，惟天不容伪。智可以欺王公，不可以欺豚鱼；力可以得天下，不可以得匹夫匹妇之心。故公之精诚，能开衡山之云⑲，而不能回宪宗之惑⑳；能驯鳄鱼之暴㉑，而不能弭皇甫镈、李逢吉之谤㉒；能信于南海之民，庙食百世，而不能使其身一日安于朝廷之上。盖公之所能者，天也㉓；所不能者，人也㉔。

始，潮人未知学，公命进士赵德为之师㉕。自是潮之士，皆笃于文行。延及齐民㉖，至于今，号称易治。信乎孔子之言："君子学道则爱人，小人学道则易使也㉗。"潮人之事公也，饮食必祭，水旱疾疫，凡有求必祷焉。而庙在刺史公堂之后，民以出入为艰。前守欲请诸朝作新庙㉘，不果。元祐五年，朝散郎王君涤来守是邦㉙，凡所以养士治民者，一以公为师。民既悦服，则出令曰："愿新公庙者听。"民欢趋之。卜地于州城之南七里，期年而庙成㉚。

或曰："公去国万里㉛，而谪于潮，不能一岁而归㉜。没而有知，其不眷恋于潮，审矣。"轼曰："不然。公之神在天下者，如水之在地中，无所往而不在也。而潮人独信之深，思之至，焄蒿凄怆㉝，若或见之。譬如凿井得泉，而曰水专在是，岂理也哉？"元丰七年，诏封公昌黎伯㉞，故榜曰"昌黎伯韩文公之庙㉟"。潮人请书其事于石。因作诗以遗之，使歌以祀公。其词曰：

公昔骑龙白云乡㊱，手抉云汉分天章㊲。天孙为织云衣裳㊳，飘然乘风来帝旁。下与浊世扫秕糠，西游咸池略扶桑㊴。草木衣被昭回光㊵，追逐李杜参翱翔㊶，汗流籍湜走且僵㊷。灭没倒景不可忘㊸，作书诋佛讥君王㊹。要观南海窥衡湘㊺，历舜九疑吊英皇㊻。祝融先驱海若藏㊼，约束蛟鳄如驱羊。钧天无人帝悲伤㊽，讴吟下招遣巫阳㊾。犦牲鸡卜羞我觞㊿，于粲荔丹与蕉黄(51)。公不少留我涕滂(52)，翩然被发下大荒(53)。

[注释]

①潮州：宋代州名，在今广东省潮州市。唐代韩愈曾担任过潮州刺史。韩文公庙：据《大明一统志》载，韩愈庙在潮州韩山半山、韩江东岸。 ②匹夫：普通人。这里指韩愈。百世师：品德学问永为后代表率的哲人。 ③一言而为天下法：一句话成为天下人效法的准则。 ④天地之化：天地间的钟灵造化。 ⑤申吕自岳降：《诗经·大雅·崧高》："崧高维岳，骏极于天。维岳降神，生甫及申。"申吕，申伯及吕侯，周代的卿士。 ⑥傅说（yuè）：商王武丁之相，曾辅佐高宗武丁安邦治国，为古代儒家推崇的贤人。为列星：意谓傅说上应列星。《晋书·天文志》说：

"傅说一星,在尾后。傅说主章祝,巫官也。" ⑦"吾善养吾浩然之气"四句:出自《孟子·公孙丑》上篇。意思是说君子善于培养浩然之气,这种气平常是无法感知的,但它却能时时刻刻充塞于天地之间。 ⑧卒(cù)然:即"猝然",突然之间。遇之:与我的浩然之气相遭遇。

⑨良、平:汉代开国宰相张良、陈平。《史记》《汉书》均有传。

⑩贲、育:战国时勇士孟贲与夏育。《汉书·司马相如传》颜师古注:"孟贲,古之勇士也,水行不避蛟龙,陆行不避豺狼,发怒吐气,声响动天。夏育,亦猛士也。" ⑪仪、秦:战国时期纵横家张仪与苏秦。张仪主张连横,苏秦主张合纵。 ⑫道丧文弊:大道沦丧,文章萎弊。 ⑬贞观、开元:唐太宗和唐玄宗使用的两个年号。这两个时期是唐代的盛世。

⑭房、杜、姚、宋:唐初名臣房玄龄、杜如晦、姚崇、宋璟。新、旧《唐书》均有传。 ⑮八代:指自东汉以来,历魏、晋、宋、齐、梁、陈、隋共八个朝代。文起八代之衰,谓韩愈能在八代文章萎弊之风的基础上重新振起。 ⑯道济天下之溺:以正道挽救了天下士人的沉沦。 ⑰忠犯人主之怒:谓韩愈以一腔忠诚犯颜力谏。韩愈曾上书谏迎佛骨,反对帝王崇尚佛学而荒废国政,因此被贬为潮州刺史。 ⑱勇冠三军之帅:谓其勇气高于三军之帅。 ⑲开衡山之云:使衡山的乌云开霁。衡山是湖南境内的一座山,其上经常是乌云密布。 ⑳不能回宪宗之惑:不能开解宪宗的愚惑。元和十四年(819),宪宗派使者去凤翔迎取佛骨,韩愈毅然上表,痛斥佛之不可信,请求将佛骨"投诸水火,永绝根本,断天下之疑,绝后代之惑"。宪宗得表大怒,要处韩愈以极刑。宰相裴度及朝中大臣极力救解,使韩愈免于一死,贬为潮州刺史。 ㉑能驯鳄鱼之暴:据《新唐书·韩愈传》载,韩愈到潮州后,闻知境内恶溪中鳄鱼为害,将附近百姓的牲口都吃光了,于是作《祭鳄鱼文》,劝鳄鱼尽快搬迁。不久,恶溪之水西迁六十里,自此潮州境内永无鳄鱼之患。 ㉒不能弭皇甫镈

(bó)、李逢吉之谤：皇甫镈，德宗贞元间进士。为监察御史，迁吏部员外郎、判度支，改户部侍郎。宪宗时加御史大夫。蔡州平定后，升任同中书门下平章事。又荐方士，为宪宗制长生之药以固宠。后宪宗服药致死，贬死崖州。李逢吉，德宗时左拾遗。宪宗元和时，迁给事中、太子侍读。拜门下侍郎、同中书门下平章事。这两个人都是举朝侧目的阴邪小人。　㉓公之所能者，天也：谓韩公所能之事是依从天道而行的事，如劝诫鳄鱼之类。　㉔所不能者，人也：无能为力的，是涉及人事的事，如不能谏止崇佛、不能阻挡邪佞小人的诽谤之类。　㉕进士赵德：据顺治《潮州府志·科名部》载，赵德为海阳人，大历十三年（778）进士。著有《昌黎文录序》。　㉖齐民：黎民百姓。　㉗君子学道则爱人，小人学道则易使也：出自《论语·阳货》。何晏集解说："道，谓礼乐也。乐以和人，人和则易使。"　㉘前守：此前的潮州知州。守，指郡守、知州。　㉙元祐五年，朝散郎王君涤来守是邦：《广东通志》卷二三八载："王涤字长源，莱州人。元祐五年知潮州。"元祐五年是1090年。这一年苏轼在杭州知州任上。　㉚期（jī）年：一年之后。　㉛公去国万里：谓韩愈离开国都万里之遥。唐代都城在长安，离潮州非常遥远。　㉜不能一岁而归：没到一年就离开潮州了。　㉝焄（hūn）蒿：祭祀时祭品所发出的气味。后亦指祭祀。此句说潮州人祭祀韩愈时往往十分凄凉悲怆。焄，通"荤"，指带有辛辣味道的菜。　㉞元丰七年，诏封公昌黎伯：按，东坡此处所记时间有误。《宋史·礼志·吉礼八》载："熙宁七年，礼官言：'请自今春秋释奠，以孟子配食，荀况、扬雄、韩愈并加封爵，以世次先后，从祀于左丘明二十一贤之间。'诏如礼部议，荀况封兰陵伯，扬雄封成都伯，韩愈封昌黎伯，令学士院撰赞文。"则韩愈封昌黎伯在熙宁七年（1074）而不在元丰七年（1084）。　㉟榜曰：揭其牌匾为。榜，牌匾。　㊱骑龙白云乡：谓仙逝。《庄子·天地》："乘彼白云，游于帝乡。"　㊲云汉：天河。

天章：谓日月星辰。喻美好之诗文。 ㊳天孙：织女星。《史记·天官书》："婺女，其北织女。织女，天女孙也。" ㊴咸池：传说日浴之处。《淮南子·天文》："日出于旸谷，浴于咸池。"扶桑：传说日出于扶桑之下，拂其树杪而升，因谓日出之处。 ㊵昭回光：谓星辰光耀回转。 ㊶李杜：唐代大诗人李白、杜甫。 ㊷籍湜（shí）：韩愈弟子张籍和皇甫湜。张籍字文昌，苏州人。贞元十四年（798）在汴州认识韩愈。韩愈为汴州进士考官，张籍被荐，次年在长安进士及第。皇甫湜字持正，睦州新安（今浙江建德）人。元和元年（806）进士，历陆浑县尉、工部郎中、东都判官等职。与李翱都是韩愈的学生。 ㊸灭没倒景：指佛学颠倒上下的学说。 ㊹作书诋佛讥君王：指韩愈所上《谏迎佛骨表》。 ㊺要观南海窥衡湘：朝廷要他到潮州去观测南海，途中凭吊了洞庭湖和湘水。意思是被贬到潮州，途经湖湘。 ㊻九疑：舜南巡时死在苍梧，葬于九嶷山，其妻女英、娥皇前往追寻，也死在湘水之中。 ㊼祝融：火神。《史记·楚世家》说："重黎为帝喾高辛居火正，甚有功，能光融天下，帝喾命曰祝融。"先驱：为他开路。海若：大海。 ㊽钧天：上天。 ㊾巫阳：古代传说中的女巫。《楚辞·招魂》："帝告巫阳曰：'有人在下，我欲辅之。魂魄离散，汝筮予之。'"后往往用于招魂的神巫。 ㊿犦（bó）牲：用于祭祀的牛。犦，单峰驼。羞我觞：为我不够丰厚的祭祀感到惭愧。 ㈤于粲：事物鲜明美好的叹词。荔丹与蕉黄：荔枝的鲜红和芭蕉的金黄。 ㈡涕滂：涕泗滂沱的缩写。 ㈢翩然：轻捷的样子。被发：即披发，披散着头发。大荒：极荒远之处。《文选》左思《吴都赋》："出乎大荒之中，行乎东极之外。"刘逵注："大荒，谓海外也。"此处指韩愈所归去的仙乡。

[解析]

　　本文是苏轼碑文中的名篇。哲宗元祐五年（1090），苏轼再次出任杭州知州。此时潮州知州王涤新修韩愈庙,请他为此庙写一篇碑文。苏轼一向崇敬韩愈的文章,更敬佩他的为人,于是借歌颂韩愈铮铮铁骨、引领文学潮流、感天动地却不能为朝廷奸邪小人所容等美德抒发自己相似的遭遇,并激励自己要以韩愈为榜样,坚持君子之节操,做一个被人民记挂怀念的有用之人。

大概是苏轼写此文时情绪激荡,且大有自比于韩愈之心,又处在仕途蹭蹬的当口,故此文虽长却一气呵成,用典虽多却如未加思索,洋洋洒洒,读之令人荡气回肠。因之也产生了不少名句,成为后人经常引用的经典词语。如"匹夫而为百世师,一言而为天下法。"(一个普通人而成为百代宗师,一句话而成为天下人遵循的准则)如解说浩然之气:"不依形而立,不恃力而行,不待生而存,不随死而亡者矣。故在天为星辰,在地为河岳。幽则为鬼神,而明则复为人。"(不依照常形而显现,不凭借气力而移动,不等待降生而存在,不跟随死亡而消失。所以它在天表现为星辰,在地表现为山河。处在幽暗之处就成为鬼神,处在光明之地就又变成人)如称扬韩愈振兴古文:"文起八代之衰,而道济天下之溺。"(文章崛起于八代衰弊之际,以正道挽救了天下士人的沉沦)又如赞赏韩愈敢于逆人主之鳞谏迎佛骨:"忠犯人主之怒,而勇夺三军之帅。"(以忠心劝谏触犯人主之怒,而其勇气却如直夺三军的将帅)再如感慨韩愈的精诚:"能开衡山之云,而不能回宪宗之惑;能驯鳄鱼之暴,而不能弭皇甫镈、李逢吉之谤;能信于南海之民,庙食百世,而不能使其身一日安于朝廷之上。盖公之所能者,天也;所不能者,人也。"(韩公的精诚,能够驱开衡山的乌云,却不能驱散宪宗的迷惑;能够使残暴的鳄鱼驯服,却不能平息皇甫镈、李逢吉的诽谤;能够取信于南海之滨的民众,以致建庙祭祀百世不绝,却不能使自己安安稳稳端立于朝廷之上一天。这样看来,韩公能做到的是改变自然之物;

而他不能做到的，是改变人）这些都是座右铭式的至理名言，对后世君子的涵育、对后世文章启迪，其能量都是不可估算的。

三槐堂铭①

天可必乎②？贤者不必贵，仁者不必寿。天不可必乎？仁者必有后。二者将安取衷哉？吾闻之申包胥曰③："人众者胜天，天定亦能胜人。"世之论天者，皆不待其定而求之，故以天为茫茫。善者以怠④，恶者以肆⑤，盗跖之寿⑥，孔颜之厄⑦，此皆天之未定者也。松柏生于山林，其始也困于蓬蒿，厄于牛羊。而其终也，贯四时阅千岁而不改者，其天定也。善恶之报，至于子孙，而其定也久矣。吾以所见所闻所传闻考之，而其可必也审矣。国之将兴，必有世德之臣⑧，厚施而不食其报，然后其子孙能与守文太平之主共天下之福⑨。

故兵部侍郎、晋国王公显于汉、周之际⑩，历事太祖、太宗，文武忠孝，天下望以为相，而公卒以直道不容于时⑪。盖尝手植三槐于庭，曰："吾子孙必有为三公者。"已而其子魏国文正公相真宗皇帝于景德、祥符之间，朝廷清明、天下无事之时⑫，享其福禄荣名者十有八年⑬。今夫寓物于人，明日而取之，有得有否⑭。而晋公修德于身，责报于天，取必于数十年之后，如持左券⑮，交手相付。吾是以知天之果可必也。吾不及见魏公，而见其子懿敏公⑯。以直谏事仁宗皇帝，出入侍从将帅三十余年⑰，位不满其德⑱。天将复兴王氏也欤？何其子孙之多贤也。世有以晋公比李栖筠者⑲，其雄才直气，真不相上下，而栖筠之子吉甫⑳，其孙德裕㉑，功名富贵，略与王氏等，而忠信仁厚，不及魏公父子。由此观之，王氏之福盖未艾也㉒。懿敏公之子巩与吾游㉓，好德而文，以世其家。吾是以录之。铭曰：

呜呼休哉！魏公之业，与槐俱萌。封植之勤，必世乃成。既相真宗，四方砥平㉔。归视其家，槐阴满庭。吾侪小人，朝不及夕㉕。相时射利㉖，皇恤厥德㉗。庶几侥幸，不种而获。不有君子，其何能国㉘？王城之东，晋公所庐。郁郁三槐，惟德之符㉙。呜呼休哉！

[注释]

①三槐：周代宫廷外种有三棵槐树，三公朝天子时，面向三槐而立。后因以三槐喻三公。宋初的王祐曾手植三槐于庭，曰："吾子孙必有为三公者。"后其子王旦果然当了宰相，当时谓之"三槐王氏"。 ②天可必乎：上天有必然不变的规律吗？ ③申包胥：春秋楚国大夫，曾与伍子胥是好朋友，后伍子胥因父遭谗害而逃至吴国，楚昭王十五年，用计助吴攻破楚国。申包胥赴秦国求救，秦哀公拿不定主意，申包胥"哭秦庭七日，救昭王返楚"，哀公终被感动而出兵救楚。楚复国后，申包胥拒不受赏，躲到山里隐居起来。 ④善者以怠：好人也就懈怠了。 ⑤恶者以肆：凶恶的人就会更加肆无忌惮。 ⑥盗跖（zhí）：柳下跖，春秋时期奴隶起义的领袖。史书称其杀人无数，且食人肝。盗跖活了很大岁数，是古代的长寿者。 ⑦孔颜：孔子和他的得意弟子颜回。孔子一生屡遭厄难；颜回年纪轻轻就死了。 ⑧世德：累世的功德。 ⑨守文太平之主：守护传承祖宗基业的太平之君。 ⑩故兵部侍郎、晋国王公：王旦之父王祐。兵部侍郎、晋国公都是王祐死后追赠的官爵。显于汉、周之际：显名于五代的后

汉、后周两个朝代。 ⑪以直道不容于时：因刚直守正不为当世所容。
⑫其子魏国文正公：王旦，死后追封魏国公，谥曰文正。《宋史》有传。相真宗皇帝于景德、祥符之间：在真宗景德、大中祥符年间担任宰相。
⑬享其福禄荣名者十有八年：据《宋史·宰辅表》，王旦自咸平四年（1001）三月担任参知政事（副相），景德三年（1006）二月为首相，至仁宗天禧元年（1017）九月去世，前后一共十八个年头。 ⑭寓物于人，明日而取之，有得有否：把东西寄存在别人处，明天去取，有的能取回，有的就取不回来了。 ⑮左券：古代的契约。一式两份，分为左右。
⑯其子懿敏公：王旦之子王素，字仲仪，死后谥曰懿敏。《宋史》有传。 ⑰出入侍从将帅三十余年：《宋史·王素传》载，他曾担任过知谏院，知定州、渭州、成德军、太原府，入朝知通进银台司，为官三十余年。 ⑱位不满其德：谓他的官职并不高，和他的高尚品德相比是不相称的。 ⑲李栖筠：字贞一，唐玄宗天宝七年进士，赵州赞皇（今河北省赞皇）人。唐肃宗驻于灵武时，栖筠选精卒七千赴难，擢为殿中侍御史。安史之乱平定后，又擢为吏部员外郎，判吏部南曹。因受宰相元载忌妒，出为常州刺史。平卢行军司马许杲谋叛，朝廷任李栖筠为浙西都团练观察使平叛，以功进兼御史大夫。又弹劾元载任人不善，为元载压制，忧郁而卒。 ⑳栖筠之子吉甫：字弘宪。德宗时，任驾部员外郎。宪宗即位，征为考功员外郎、知制诰。又为翰林学士、中书舍人，深得宪宗信任。以中书侍郎同平章事，封赞皇县侯，徙赵国公。后因党争，自请出为淮南节度使。暴疾卒。 ㉑其孙德裕：字文饶。历任翰林学士、浙西观察使、西川节度使、兵部尚书，文宗大和七年（833）、武宗开成五年（840）两度为相。封卫国公。后因党争失败，宣宗即位，贬荆南，又贬潮州。 ㉒未艾：没有衰落。 ㉓懿敏公之子巩：王巩，字定国，王旦之孙，前宰相张方平的女婿。苏轼守徐州，王巩往访。苏轼得罪，王巩亦谪宾州。 ㉔四

方砥平：谓天下太平，四方蛮夷都没有骚动。砥，本指磨刀石，喻平坦。　㉕吾侪（chái）小人，朝不及夕：我们这些小人物，战战兢兢朝不保夕。这是作者自谦的说法。　㉖相时射利：根据时运谋取自己的利益，用来养家糊口。　㉗皇恤厥德：哪里还能顾得上修养德行。皇恤，无暇顾及。　㉘不有君子，其何能国：没有真正的大君子，怎能治理好一个国家。　㉙惟德之符：那就是王公阴德的见证。

[解析]

　　这篇文章是作者为朋友王巩写的一篇铭文。王巩的父亲是名臣王素，祖父是名相王旦，曾祖则是矢志振兴王氏家族的宋初名臣王祐。作者回忆了王祐手植三槐于庭时立下的名言，赞美了王旦为稳定宋朝所做的贡献、其子王素出入朝廷三十余年的丰功伟绩，以及与王巩的深情厚谊，用情深厚真挚，感人肺腑。

　　文章开篇发了一通议论之后，开始介绍王巩家族的历史：故兵部侍郎、晋国公王祐显名于后汉、后周时期，入宋后在太祖、太宗两朝为官，能文能武忠诚孝顺，天下人都盼望他能担任宰相，而王公最终因刚直守正不为当时所容。他曾亲手在庭院中种植了三株槐树，说："我的后代子孙一定会有成为三公的。"后来他的儿子，被封为魏国公的文正公王旦在真宗朝景德和大中祥符年间担任宰相，享受富贵荣华达十八年之久。我没赶上见到魏国公，而见到了他的儿子懿敏公王素。他以直言极谏辅佐仁宗皇帝，侍从天子出将入相三十多年，这莫不是上天将要复兴王氏一族吗？由此看来，王氏一族的福分正方兴未艾。懿敏公的儿子王巩和苏某多有交往，他崇尚仁德，才华横溢，继承了良好的家风。

　　本文的点睛之笔恰恰是最后那段有韵的铭文，用情极深，我们不妨将它翻译成现代文字，与读者共同欣赏：呜呼哀哉！魏公的勋业，和他所种的槐树一同茂盛。他对槐树寄予的希望，经过多年的努力一定能达到。文正公做了真宗朝的宰相，把国家治理得安定平和。回到家中看那槐树，已是树荫撒满庭院。我们这些小人物，早上想不到晚上的事，寻找时机谋取利益，哪里顾得上修养品德。还有的人心怀侥幸，不耕种就希图收获。这世上如果没有君子，怎么能治理好泱泱大国？都城的东边，就是晋公的房舍。那郁郁葱葱的三株槐树，就是王公仁德的见证！

王元之画像赞①（并叙）

《传》曰："不有君子，其能国乎②？"余尝三复斯言③，未尝不流涕太息也④。如汉汲黯⑤、萧望之⑥、李固⑦，吴张昭⑧，唐魏郑公⑨、狄仁杰⑩，皆以身徇义。招之不来，麾之不去，正色而立于朝。则豺狼狐狸，自相吞噬，故能消祸于未形⑪，救危于将亡。使皆如公孙丞相⑫、张禹⑬、胡广⑭，虽累千百⑮，缓急岂可望哉⑯？故翰林王公元之，以雄文直道独立当世⑰，足以追配此六君子者⑱。方是时，朝廷清明，无大奸慝⑲，然公犹不容于中⑳。耿然如秋霜夏日㉑，不可狎玩㉒，至于三黜以死㉓。有如不幸而处于众邪之间，安危之际，则公之所为，必将惊世绝俗，使斗筲穿窬之流心破胆裂㉔，岂特如此而已乎？始余过苏州虎丘寺㉕，见公之画像㉖，想其遗风余烈，愿为执鞭而不可得㉗。其后为徐州㉘，而公之曾孙汾为兖州㉙，以公墓碑示余，乃追为之赞，以附其家传云㉚。

维昔圣贤，患莫己知㉛。公遇太宗，允也其时㉜。帝欲用公，公不少贬㉝。三黜穷山，之死靡憾㉞。咸平以来㉟，独为名臣。一时之屈，万世之信㊱。纷纷鄙夫㊲，亦拜公像。何以占之，有泚其颖㊳。公能汕之，不能已之㊴。茫茫九原㊵，爱莫起之㊶。

[注释]

①王元之：王禹偁，字元之，又字符之。北宋著名直臣。《宋史·王禹偁传》："王禹偁字符之，济州钜野人。太平兴国八年擢进士，授成武主簿。徙知长洲县，就改大事评事。召试，擢右拾遗、直史馆。……拜左司谏、知制诰。……未几，判大理寺，请论道安罪，坐贬商州团练副使，岁余移解州。四年，召拜左正言，……直弘文馆，求补郡以便奉养，得知单州，赐钱三十万。至郡十五日，召为礼部员外郎，再知制诰。……至道元年，召入翰林为学士，知审官院兼通进银台封驳司。坐谤讪，罢为工部郎中、知滁州。……移知扬州。真宗即位，迁秩刑部。……复知制诰。咸平初，预修《太祖实录》，直书其事。时宰相张齐贤、李沆不协，意禹偁议论轻重其间。出知黄州。……四年，州境二虎斗，其一死，食之殆半。群鸡夜鸣，经月不止。冬雷暴作。禹偁手疏引《洪范传》陈戒，且自劾。……是日，命徙蕲州。……至郡未逾月而卒，年四十八。"　②不有君子，其能国乎：意谓没有大君子，怎么能够治理好国家。《左传·文公十二年》："襄仲曰：'不有君子，其能国乎？国无陋矣。'"　③三复斯言：多次地吟咏这两句话。　④太息：叹息。　⑤汲黯：西汉直臣。汉武帝时为谒者，出为东海太守，有政绩。召为主爵都尉，位列九卿。因好面折廷争，武帝称其为社稷之臣。后以小罪免官，居田园数年，召拜淮阳太守，卒于任。《汉书·汲黯传》："汲黯字长孺，濮阳人也。……为荥阳令。黯耻为令，称疾归田里。上闻，乃召拜为中大夫。以数切谏，不得久留内，迁为东海太守。黯学黄老言，治官理民，好清静，择丞史任之。其治，责大指而已，不细苛。黯多病，卧闺合内不出。岁余，东海大治，称之。上闻，召为主爵都尉，列于九卿。治务在无为而已，弘大体，不拘文

法。黯为人性倨，少礼，面折不能容人之过。合己者善待之，不合己者弗能忍见，士亦以此不附焉。然好游侠，任气节，内行修洁。好直谏，数犯主之颜色。"　⑥萧望之：字长倩，萧何六世孙，东海兰陵人。历任大鸿胪、御史大夫。汉元帝即位后，以前将军领尚书事辅佐朝政，甚受尊重。后遭宦者弘恭、石显等诬告下狱，愤而饮鸩自杀。《汉书》有传。　⑦李固：东汉名臣。历任荆州刺史、太山太守、大司农、太尉，对朝廷屡有谏言。后受到梁冀忌恨。质帝崩后与梁冀争辩，不肯立刘志（即汉桓帝）为帝，遭梁冀诬告被害。《后汉书·李固传》："李固字子坚，汉中南郑人，司徒郃之子也。固貌状有奇表，鼎角匿犀，足履龟文。少好学，常步行寻师，不远千里。遂究览坟籍，结交英贤。四方有志之士，多慕其风而来学。京师咸叹曰：'是复为李公矣。'……甘陵刘文、魏郡刘鲔各谋立蒜为天子，梁冀因此诬固与文、鲔共为妖言，下狱。门生勃海王调贯械上书，证固之枉，河内赵承等数十人亦要铁锁诣阙通诉，太后明之，乃赦焉。及出狱，京师市里皆称万岁。冀闻之大惊，畏固名德终为己害，乃更据奏前事，遂诛之，时年五十四。"　⑧张昭：三国吴大臣。《三国志·吴书·张昭传》："张昭字子布，彭城人也。……汉末大乱，徐方士民多避难扬土，昭皆南渡江。孙策创业，命昭为长史、抚军中郎将，升堂拜母，如比肩之旧，文武之事，一以委昭。……策临亡，以弟权托昭，昭率群僚立而辅之。……昭虽谏争，常笑而不答。魏黄初二年，遣使者邢贞拜权为吴王。贞入门，不下车。昭谓贞曰：夫礼无不敬，故法无不行。而君敢自尊大，岂以江南寡弱，无方寸之刃故乎？贞即遽下车。拜昭为绥远将军，封由拳侯。权于武昌，临钓台，饮酒大醉。权使人以水洒群臣曰：'今日酣饮，惟醉堕台中，乃当止耳。'昭正色不言，出外车中坐。权遣人呼昭还，谓曰：'为共作乐耳，公何为怒乎？'昭对曰：'昔纣为糟丘酒池长夜之饮，当时亦以为乐，不以为恶也。'权默然，有惭色，遂罢酒。

……昭每朝见,辞气壮厉,义形于色,曾以直言逆旨,中不进见。……年八十一,嘉禾五年卒。" ⑨魏郑公:唐代名臣魏征。郎晔注:"征有志胆,每进谏,虽逢上怒,神色不徙。"新、旧《唐书》均有传。 ⑩狄仁杰:郎晔注:"武后承唐中衰,操杀生柄,劫制天下,而操神器。仁杰蒙耻奋忠,以权大谋,引张柬之等,卒复唐室。"新、旧《唐书》均有传。 ⑪消祸于未形:将祸患消灭在未发之前。 ⑫公孙丞相:西汉大臣公孙弘。郎晔注:"弘每朝会议,不肯面折廷争。"《汉书·公孙弘传》:"每朝会议,开陈其端,使人主自择,不肯面折庭争。于是上察其行慎厚,辩论有余,习文法吏事,缘饰以儒术,上说之,一岁中至左内史。弘奏事,有所不可,不肯庭辩。常与主爵都尉汲黯请间,黯先发之,弘推其后,上常说,所言皆听,以此日益亲贵。"颜师古注:"不于朝廷显辩论之。" ⑬张禹:东汉大臣。郎晔注:"禹持禄保位,被阿谀之讥。"《后汉书·张禹传》:"张禹字伯达,赵国襄国人也。" ⑭胡广:东汉大臣。郎晔注:"广性泥柔,无謇直之风。及共李固定策,大义不全,以此讥毁于时。"《后汉书·胡广传》:"胡广字伯始,南郡华容人也。……为汝南太守,入拜大司农。汉安元年,迁司徒。质帝崩,代李固为太尉,录尚书事。以定策立桓帝,封育阳安乐乡侯。以病逊位。又拜司空,告老致仕。寻以特进征拜太常,迁太尉,以日食免。复为太常,拜太尉。……灵帝立,与太傅陈蕃参录尚书事,复封故国。以病自乞。会蕃被诛,代为太傅,总录如故。时年已八十,而心力克壮。" ⑮虽累千百:(这样的大臣)即便有成百上千。 ⑯缓急:偏义复合词,意谓急难或危急变故之时。可望:能够指望他们吗? ⑰以雄文直道独立当世:《东都事略·王禹偁传》:"禹偁辞章敏赡,喜谈世事,臧否人物,以正自持,故屡摈斥。所与游必儒雅,荐宠后进如孙何、丁谓,遂皆名重一时。" ⑱追配此六君子:上可以与六君子相比而无愧。六君子,指汲黯、萧望之、李固,张昭,魏徵、狄仁杰。 ⑲奸慝（tè）：奸邪之徒。 ⑳不容于中：不为朝廷所容。 ㉑耿然：刚正不阿之貌。 ㉒狎玩：轻侮戏弄。 ㉓三黜（chù）以死：郎晔注："元之当太宗至道中，召入翰林为学士。坐谤讪，罢为工部郎中，出知滁州，移扬州。真庙嗣位，召还，复知制诰。咸平初，罢守本官、知黄州。逾年，移蕲州。时已疾甚，肩舆上道，顷之，卒，年四十八。" ㉔斗筲（shāo）：卑贱。《后汉书·郭太传》："早孤，母欲使给事县廷。林宗曰：'大丈夫焉能处斗筲之役乎？'"穿窬（yú）：挖墙洞和爬墙头，皆窃贼之所为。《论语·阳货》："其犹穿窬之盗也欤！"何晏集解："穿，穿壁；窬，窬墙。" ㉕虎丘寺：苏州古寺名，在阊门外山塘街。范成大《吴郡志》卷三十二："云岩寺，即虎丘山寺，晋司徒王珣及弟王珉之别业也。咸和二年，舍以为寺，即剑池而分东西，今合为一。寺之胜闻天下，四方游客过吴者，未有不访焉。" ㉖见公之画像：郎晔注："元之尝知苏州长洲县，今画像尚存虎丘。虎丘先名海涌山。《吴越春秋》云：阖闾葬国西，发下都之士十万人作冢，铜棺三重，水银为池，金玉为凫雁，扁诸之剑三千，方员之口三千，槃郢、鱼肠之剑在焉。葬后三日，金精之气上扬，化为虎，踞其坟，故号虎丘。" ㉗愿为执鞭而不可得：想替王公挥鞭驾车都不够资格。执鞭，持鞭驾车，指卑贱的差役。《论语·述而》："富而可求也，虽执鞭之士，吾亦为之。" ㉘为徐州：担任徐州知州。 ㉙公之曾孙汾：王禹偁的曾孙王汾。《宋史》《东都事略》均无传。《全宋文》卷二〇二八王汾小传说："王汾字彦祖，钜野人，王禹偁曾孙。治平四年以诗赋中第，诏充秘阁校理。熙宁二年，同考试国子监举人。元丰中，为祠部郎中、权知河中军府事。元祐三年，迁左中散大夫、直秘阁，为秘书少监。同年十二月，拜右谏议大夫，以口吃辞免。四年，出知明州。五年，权兵部侍郎。六年九月，以宝文阁待制出知齐州。绍圣中致仕，后入元祐党籍。"为兖州：担任兖州知州。兖州，在今山东省兖州市。　㉚以附其家传：以此附在王禹偁家传之后。家传，记述家人前辈事迹以传示子孙的传记文字。　㉛维昔圣贤，患莫己知：古代那些圣贤之人，最担心的是得不到帝王的知晓和理解。　㉜公遇太宗，允也其时：王公有幸遇到了圣明的太宗皇帝，可谓正当其时。　㉝帝欲用公，公不少贬：太宗皇帝想要大用王公，王公并没有因此而稍屈其节。意即没有小人得志的喜形于色。　㉞之死靡憾：直到临死也没有抱憾。《诗经·鄘风·柏舟》："之死矢靡它。"毛亨传："靡，无；之，至也。"　㉟咸平：宋真宗年号，公元998年至1003年，共六年。　㊱一时之屈，万世之信：意谓当世虽然受了很多委屈，身后却能光耀万世。信，通"伸"，谓得以伸张其志。　㊲纷纷鄙夫：四方而来的卑鄙小人。鄙夫，人品鄙陋见识浅薄之辈。　㊳有泚（cǐ）其颡（sǎng）：因羞愧而冒汗的样子。《孟子·滕文公》上："其颡有泚，睨而不视。夫泚也，非为人泚，中心达于面目。"赵岐注："泚，汗出泚泚然也。"　㊴公能泚之，不能已之：谓王禹偁之德能使小人感到羞愧，却不能中止小人的无耻行径。意谓小人本性使然，很难改变。　㊵九原：春秋时晋国卿大夫的墓地。刘向《新序·杂事》四："晋平公过九原而叹曰：'嗟乎！此地之蕴吾良臣多矣，若使死者起也，吾将谁与归乎？'"亦泛指墓地。此处指王禹偁的墓地。　㊶爱莫起之：虽然爱戴王公，却无力使王公重生。

[解析]

本文作于元丰元年（1078）作者任徐州知州之时。当时王禹偁的曾孙王汾在兖州为官，特地将其曾祖的墓志铭拿到徐州，请作者为其写几句话。苏轼感喟之余，写下此文。

文中颂扬了太宗时期著名的骨鲠大臣王禹偁的高尚品格，且将他与历史上的汲黯、萧望之、李固、张昭、魏征、狄仁杰六位敢于直谏的名臣相比，认为王公的忠直丝毫不比这六个人逊色。不仅如此，作者又举出相反的几位反面大臣如公孙弘、张禹、胡广之流,并毫不留情地说:像这样只求保全自身利禄的无用之徒,就算朝廷中有成百上千,遇到危急之时,能指望得上他们吗?这种反衬的写法,更突出了王禹偁境界之高尚。事实也的确如此,历数古代敢于为国直谏、为民请命的大臣,其实并不很多。比如后汉时匈奴威胁中原,朝廷大臣相顾失色,却想出用一个弱女子出塞和亲的馊主意,那还要这些吃白饭拿俸禄的大臣有什么用?任何一个王朝里,帝王身边如果围满了邪佞小人,尽皆全躯保妻子之臣,这个王朝就一定没有力量,特别是国家遇到生死存亡的危难时刻,身为帝王者方知身边没有可用之人,那将是怎样一种绝望?遗憾的是,帝王往往喜欢这些顺从他意志的佞臣,而不喜欢为江山社稷忧虑的直臣,这真是一个走不出的怪圈。同样在宋朝,而且就在苏轼死后没多久,大奸臣章惇、蔡京、蔡卞等人就围绕在徽宗身边,一切迎合着徽宗的喜好:徽宗喜欢山水木石,他们就会不顾人民死活地玩起了花石纲,修起了比颐和园还要恢宏的艮岳;徽宗喜好女色,他们就不遗余力地上供美女,甚至敢为徽宗幽会妓女李师师打前站。这些投帝王所好的作为,最终将徽宗送到了冰天雪地的五国城。苏轼是个有历史责任感的士子,他的一生与王禹偁相比,其实也是毫不逊色的。纵览《苏轼文集》我们可以发现,这位敢怒敢言的古人,给朝廷写过多少劝谏文字,又多少回受到奸邪之徒的打压,然而这丝毫没有影响后人对他的景仰和爱戴。可以说,王禹偁所有的高贵品质,在苏轼身上都能看到,可惜宋朝帝王身边围绕的奸邪小人太多了,正直之臣几乎没有存身之地,这也给后世为帝王者提供了十分惨痛的教训。王禹偁的事迹,包括苏轼本人的事迹清清楚楚地告诉后人,什么样的大臣才是真正可以依赖的。当然,我们似乎是在无端地替古人担忧,因为宋朝以后那么多帝王,不还是义无反顾地走着徽宗的老路吗?

文与可飞白赞①

呜呼哀哉！与可岂其多好②？好奇也欤③？抑其不试故艺也④？始余见其诗与文，又得见其行草篆隶也，以为止此矣。既没一年，而复见其飞白。美哉多乎，其尽万物之态也。霏霏乎其若轻云之蔽月⑤，翻翻乎其若长风之卷旆也⑥，猗猗乎其若游丝之萦柳絮⑦，袅袅乎其若流水之舞荇带也⑧。离离乎其远而相属⑨，缩缩乎其近而不隘也⑩。其工至于如此，而余乃今知之，则余之知与可者固无几，而其所不知者，盖不可胜计也。呜呼哀哉！

[注释]

①文与可：文同，梓州梓潼（今四川省梓潼）人，苏轼的表亲。善诗、文、篆、隶、行、草、飞白，尤其善画竹。历知陵州、洋州、湖州，元丰初卒。《宋史》有传。飞白：书法的一种。相传东汉灵帝时修饰鸿都门，匠人用刷白粉的扫帚写字，蔡邕见到后，模仿其姿态作"飞白书"。这种书法在笔画中丝丝露白，像是枯笔所写。 ②岂其多好（hào）：难道是他爱好很广泛吗？ ③好奇：喜好新奇之事。 ④抑其不试故艺：抑或是不愿蹈袭既有的技艺。 ⑤霏霏：浓密繁盛之貌。 ⑥翻翻：翻卷的样子。旆（pèi）：古代旌旗末端状如燕尾的垂旒。亦泛指旌旗。 ⑦猗（yī）猗：姿态柔美的样子。 ⑧袅袅：身姿袅娜的样子。 ⑨离离：疏落披离的样子。 ⑩缩缩：不舒张而卷曲的样子。

[解析]

苏轼是个诗书画篆无不精通的奇才，但他平生谦虚，从不自以为是，发现别人有一技之长，定会赞不绝口。这篇文章写他发现文同所写的飞白书，又是一番津津乐道。这种喜好言人之长、乐于成人之美的君子风范，很值得我们学习。不论是古代还是今天，总有一些人的眼睛有毛病，他们最爱盯住别人的错处，一有发现，便攻其一点不计其余，而且会用最尖刻、最阴损的语言把别人说得一无是处，以显示他自身的博学多闻。如果我们仔细考察便会发现，这些人恰恰都是半瓶子水，并没有多少真才实学，不过是靠无德来引起别人的关注而已，因此我们又看到，真正的君子是不会与这类人争短论长的。

  本文字数不多，讲述的内容也不复杂，不过是说自己对这位表亲的了解还很不全面，原先只知道他除了画竹之外，还擅长诗歌和散文，其后又领教了他的行书、草书、隶书和小篆，认为他的技能差不多就这些了吧。文同死后一年，又见到了他的飞白书。随后用了大量文字来赞美文同的飞白书：浓密繁盛者如轻柔之云遮蔽了月亮，往复翻卷者如大旗在长风中翻飞飘舞。娇柔美妙者如游丝缠绕于柳絮之间，婀娜多姿者如荇菜叶子飘浮在流水之上，稀疏披离者看似淡远却彼此相连，卷曲自然者看似太近却不显冗杂。这些文字不仅形象，而且极具艺术之美，仿佛已与文同的飞白融为一体不可分割，为我们学习作文技巧提供了非常精美的范本。

石菖蒲赞[①]

  《本草》[②]："菖蒲，味辛温[③]，无毒。开心[④]，补五脏，通九窍[⑤]，明耳目。久服轻身不忘[⑥]，延年益心智，高志不老[⑦]。"注云："生石碛上硬节者[⑧]，良。生下湿地大根者，乃是昌阳[⑨]，不可服。"

韩退之《进学解》云："訾医师以昌阳引年⑩，欲进其狶苓⑪。"不知退之即以昌阳为菖蒲耶，抑谓其似是而非不可以引年也？凡草木之生石上者，必须微土以附其根。如石韦⑫、石斛之类⑬，虽不待土，然去其本处，辄槁死⑭。惟石菖蒲并石取之，濯去泥土，渍以清水，置盆中，可数十年不枯。虽不甚茂，而节叶坚瘦，根须连络，苍然于几案间，久而益可喜也。其轻身延年之功，既非昌阳之所能及；至于忍寒苦，安澹泊，与清泉白石为伍，不待泥土而生者，亦岂昌阳之所能仿佛哉？余游慈湖山中⑮，得数本，以石盆养之，置舟中。间以文石⑯、石英⑰，璀璨芬郁，意甚爱焉。顾恐陆行不能致也⑱，乃以遗九江道士胡洞微⑲，使善视之。余复过此，将问其安否。赞曰：

清且泚⑳，惟石与水。托于一器，养非其地。瘠而不死，夫孰知其理㉑？不如此，何以辅五藏而坚发齿㉒？

[注释]

①石菖蒲：中药名，亦简称石蒲。其茎可以入药。 ②《本草》：上古时期的一部药学书籍，全名为《神农本草经》。 ③辛温：辛辣温和。中药讲究酸甜苦辣咸五味和温热凉寒四气。 ④开心：开阔心胸，疏散身体中的郁气。 ⑤九窍：泛指人身体的各个孔窍，如二便、口鼻，也包括身上的毛孔。 ⑥轻身不忘：身体轻健，保持良好的记忆力。中医指体内没有浊气为身轻。 ⑦高志不老：志气更高，长生不老。 ⑧石碛（qì）：多石的沙滩。概（jī）节：多节。概，稠密。 ⑨昌阳：南朝梁陶弘景《名医别录》认为昌阳和菖蒲是不同的两种植物，宋代医书《圣济总录》则把昌阳作为菖蒲的别名。 ⑩訾（zī）：指责。引年：增加年寿。

苏轼诗文选 | 267

⑪豨苓（xī líng）：又叫猪苓，中药名，一年生草本植物，茎上有灰白色的毛，叶对生，椭圆或卵形。能治糖尿病。 ⑫石韦：中药名，附生蕨类植物。有驱邪利尿的功效。 ⑬石斛：中药名，又名不死草、还魂草、林兰、金钗花。有行气去痹、轻身延年的功效。 ⑭槁死：干枯而死。 ⑮慈湖：湖泊名，在今湖北省大冶市东。 ⑯文石：有花纹的美石。 ⑰石英：一种矿物质，质地坚硬而脆。 ⑱陆行不能致：在陆地上行走无法护持它。 ⑲九江：即江州，在今江西省九江市。作者自黄州沿长江东下，将在慈湖得到的石菖蒲一直置于船中。到了九江后改为陆路南行，只能将菖蒲留在那里托人照管。 ⑳清且泚（cǐ）：清澈鲜明。泚，鲜明之貌。 ㉑孰知其理：谁能知晓它生长的原理。 ㉒辅五藏：调理五脏。藏，通"臟"，简化后为"脏"。

[解析]

元丰七年（1084）四月，苏轼自黄州量移汝州，他想借此机会前往筠州（今江西省高安县）看望弟弟苏辙。途经慈湖时，采集了几本石菖蒲，于是借题发挥写下了这篇赞文。文中说石菖蒲不待土而能活，甚至数十年不枯，又说此物能忍受寒苦，安于淡泊，喜与清泉白石为伍，体现了作者身处逆境时顽强不屈的坚忍性格和高洁的情操。

然而这仅仅是透过纸背体味到的大道理，本文除了要表现这些道理之外，还有几点也给我们很有益的启示。第一，石菖蒲本身并不是什么名贵之物，但在作者眼里却非常可爱。这是苏轼平民意识的体现：对物如此，对人当然也是如此，古往今来，很多人都对所谓名贵植物非常醉心，收藏家如此，甚至平民养花养草、养猫养狗莫不如此，譬如养狗，人们动辄以贵妇人、西施、约克夏相炫耀，很少有人对小柴狗情有独钟，就是这种追求名品的思想体现。苏轼则不然，他把极为普通的石菖蒲看得异常宝贵，不以其为野生小草而鄙薄它。第二，对任何事物都肯于研究的精神。文中用了不少笔墨讲论菖蒲和昌阳的区别，甚至不惜引经据典，最终得出结论：菖蒲不是昌阳，昌阳仅仅是一种类似菖蒲的植物，不能入药。苏轼凡事喜欢寻根究底的习惯，在他很多文章中都有所体现，比如本书所收的《石钟山记》也是如此。第三，对审美的高追求。作者得到石菖蒲后，并不是将它随便养在水中，而是"间以文石、石英，璀璨芬郁"。可以想见，经过作者这番装扮，原本并不惹眼的石菖蒲，宛然成了精美的盆景，而且是按照本人意愿设计和制作出的盆景，增加了石菖蒲的本身美和装饰美。第四，爱养万物的博爱精神。作者从九江改走陆路，无法继续呵护菖蒲，于是将它寄养在道士胡洞微处，免得菖蒲在陆路遭受荼毒。不仅如此，他还像小孩子一样叮嘱胡洞微：你必须好好替我养着，过不了多久我还会返回这里的。大爱能施及于草木，其他就可想而知了。

题《笔阵图》①

笔墨之迹，托于有形，有形则有弊②。苟不至于无，而自乐于一时，聊寓其心，忘忧晚岁，则犹贤于博弈也③。虽然，不假外物而有守于内者④，圣贤之高致也⑤。惟颜子得之⑥。

[注释]

①《笔阵图》：原本题下注云："王晋卿所藏。"《笔阵图》是一部论述写字笔画的重要书法著作，阐述了执笔、用笔的具体方法。旧题卫夫人作，也有人怀疑是王羲之所作。《书史会要》卷三："卫夫人铄字茂猗，廷尉展之女，恒之从妹，汝阴太守李矩之妻，中书郎充之母。受法于蔡琰。善正、

行、篆、隶。撰《笔阵图》，行于世。"《法书要录》卷一："王右军《题卫夫人笔阵图后》：'夫纸者，阵也。笔者，刀槊也。墨者，鍪甲也。水砚者，城池也。心意者，将军也。本领者，副将也。'" ②有形则有弊：既有形体存在，就一定会有不尽人意之处。意谓任何事物都不可能完美无缺。 ③贤于博弈：比下棋更有意义。 ④不假外物而有守于内：不借助外在条件而内心有所把持。 ⑤高致：高尚的志趣和格调。 ⑥颜子：指唐代大书法家颜真卿。《书史会要》卷五："颜真卿字清臣，琅邪人，师古五世孙。……欧阳修获其断碑而跋之云：'如忠臣烈士，道德君子，庄严尊重，使人畏而爱之。虽其残缺，不忍弃也。'其为名流所高如此。后之俗学，乃求其形似之末，以谓蚕头燕尾，仅乃得之，曾不知以锥画沙之妙，其心通而性得者，非可以糟粕议之也。"

[解析]

这是一篇题跋，是作者偶然见到《笔阵图》后有感而发的作品，究竟作于何年今已无从查考，但据文中"忘忧晚岁"之说，很有可能是在惠州或儋州贬所时所作。

苏轼一生酷爱书法，他既是一个书法家，又是一个书法鉴赏家，他的文集中关于书法的诗文很多，皆因情有所钟之故。此文虽然短小，却明显地分成了两部分，第一部分写自己酷爱书法，尽管还不那么完美，但只要能"自乐于一时"就很好了，总要比整天下棋有意义得多。看来苏轼对下棋之类的消闲玩意儿很不感兴趣。他的《次韵钱穆父会饮》诗自注就说："世有作诗如弈棋，弈棋如饮酒，饮酒乃天戒之语。仆于棋、酒二事俱不能也。"不过此老倒还不算太执拗，他还有一首《观棋》诗说："予素不解棋，尝独游庐山白鹤观，观中人皆阖户昼寝，独闻棋声于古松流水之间，意欣然喜之，自尔欲学，然终不解也。儿子过乃粗能者，儋守张中日从之戏，予亦隅坐，竟日以为厌也。"意思是说儿子与儋州知州张中下棋时,自己也会坐在旁边观看。第二部分骤然升华,作者说,不借助于外在之物而能"有守于内",那就是圣贤的高致了。能做到这一步的,怕是只有颜真卿一人。他这样说,是把做人与写字有机地联系在一起,他认为字写得好,做人又做到极致,的确是很难的。言外之意,苏某即便达不到颜真卿的境界,也要有意地向他学习和看齐。

题张乖崖书后①

以宽得爱②,爱止于一时。以严得畏,畏止于力之所及。故宽而见畏,严而见爱③,皆圣贤之难事,而所及者远矣④。张忠定公治蜀⑤,用法之严似诸葛孔明。诸葛孔明与公遗爱皆至今⑥,盖尸而祝之⑦,社而稷之。元祐六年闰八月十三日,过陈,见公之曾孙祖⑧,以轼蜀人,德公宜深⑨,故出公遗墨⑩,求书其后。

[注释]

①张乖崖:北宋前期名臣张咏,号乖崖。王偁《东都事略·张咏传》:"张咏字复之,濮州鄄城人也。……出知成都府。时李顺乱后,寇掠之际,民多胁从。咏移文,谕以朝廷恩信,使各归田里。……入拜给事中,为御史中丞。以工部侍郎出知杭州。知永兴军。归朝,求知颍州,真宗乃命知升州。转工部尚书,进礼部。……出知陈州。……卒,年七十。……赠右仆射,谥曰忠定。……尝号乖崖公,以为乖则违众,崖不利物云。" ②以宽得爱:以宽纵获得人们的爱戴。 ③宽而见畏,严而见爱:为政尚宽却能令人敬畏,治民甚严却能得到人们的爱戴。 ④所及者

远：这种爱戴才是最持久的。 ⑤张忠定公治蜀：张咏曾两次担任益州知州。一次在太宗淳化五年（994），另一次在真宗咸平六年（1003）。《续资治通鉴长编》卷三十六："（淳化五年九月）先是，参知政事苏易简荐枢密直学士、虞部郎中张咏可属西川事，诏咏知益州，既而留半载不行，至是，始命赴部。"同书卷五十四："（咸平六年四月）庚午，成都阙守，朝议难其人，上以工部侍郎、知永兴军张咏前在蜀为政明肃，勤于安集，远民便之，甲申，加咏刑部侍郎，充枢密直学士、知益州。"同书卷六十一："（景德二年八月）丙戌，西川转运使黄观言益州将吏民庶举留知州张咏，诏褒之。" ⑥诸葛孔明与公遗爱皆至今：诸葛亮和张咏在蜀中的遗爱都能流传至今。遗爱，留于后世而被人追怀的德行、恩惠和对当地百姓所做的贡献。 ⑦尸而祝之：立尸而祝祭。此"尸"字非今"尸体"之意，古代祭祀前人时刻木为人以象征被祭者，称为尸。后所立的神主也称为尸。《庄子·逍遥游》："庖人虽不治庖，尸祝不越樽俎而代之矣。"郭象注："庖人尸祝，各安其所。"成玄英疏："尸者，太庙之神主也；祝者，则今太常太祝是也；执祭版对尸而祝之，故谓之尸祝也。" ⑧过陈，见公之曾孙祖：途经陈州时，见到张咏的曾孙张祖。 ⑨以轼蜀人，德公宜深：因为苏轼是蜀中人，对张咏在蜀时的功绩有更深的感受。 ⑩出公遗墨：取出张咏留下的真迹墨宝。

[解析]

　　本文作于元祐六年（1091）作者自汴京赴颍州知州途中，是一篇临时应邀所写的题跋。当张祖拿出其祖张咏的手泽请求作者写几句话时，作者自然不能推辞，因为张咏治蜀的功业，一直在士民之间广泛流传。《蜀中广记》卷四十七专章记载道："（张咏知益州时）李顺构乱，王继恩、上官正总兵攻讨。城中屯兵三万人，而无半月之食。咏访知盐价素高而廪有余积，乃下其估，听民以米易盐，民争趋之，未逾月，得米数十万斛。

复檄继恩分兵邻州，不数日减城中兵半。咏计军食有二岁之备，遂奏罢关中粮饷。及（上官）正顿师不进，咏以言激之，勉其亲行，仍盛为供帐，举爵属军校曰：'尔曹蒙国厚恩，此行当平荡丑类。若老师旷日，即此地还，为尔死所矣。'（上官）正乃决行深入，大致克捷。寇略之际，民多胁从。咏移文谕以朝廷恩信，使各归田里，且曰：'前日李顺胁民为贼，今日吾化贼为民，不亦可乎？'大修荒政，岁籴米六万石，以广储蓄，蜀人赖之。民间讹言有白头翁午后食人儿女，一郡嚣然。咏戮造讹者，一郡帖息。初，蜀士不乐仕宦，咏敦勉郡之贤者张及、李畋、张逵就举，三人悉登科，士由是知劝。丁外艰，起复。久之，复命知益州。会遣谢涛巡抚西蜀，上因令传谕咏曰：'得卿在蜀，朕无西顾之忧矣。'归朝，卒于陈。"由此可见张咏在蜀中时，在平定李顺之乱中起到了决定性作用。上官正怯于杀敌，张咏恩威并重，促使上官正下定决心，这正是苏轼所谓"宽而见畏，严而见爱"的典型事例。除此之外，张咏在蜀时，还对盐政、交子的使用都进行了大胆的改革和创新，其中交子的创始，成为至今使用纸币的雏形。张咏回朝后，朝廷命其为陈州知州，到州一个多月便因病辞世。据此文大致推断，张咏的后人很可能一直在陈州居住。

本文文字不多，却尽在赞美能够有益于一方的古贤臣，很值得今天为官者作为一面镜子照一照自己。

跋欧阳文忠公书

"贺下不贺上"①，此天下通语。士人历官一任，得外无官谤②，中无所愧于心，释肩而去，如大热远行，虽未到家，得清凉馆舍，一解衣漱濯，已足乐矣。况于致仕而归，脱冠珮③，访林泉④，顾平生一无可恨者⑤，其乐岂可胜言哉？

　　余出入文忠门最久⑥，故见其欲释位归田，可谓切矣⑦。他人或苟以藉口⑧，公发于至情⑨，如饥者之念食也，顾势有未可者耳。观与仲仪书⑩，论可退之节三⑪，至欲以得罪病而去⑫。君子之欲退，其难如此，可以为进者之戒。

[注释]

　　①贺下不贺上：当时官场常用语。意谓高官致仕当贺，贺其安养天年。高官再迁则无须致贺，致贺则有阿谀逢迎之嫌。　②外无官谤：身外没有对为官者的指斥弹劾。　③冠佩：古代官员的官帽和佩饰。　④林泉：山林泉石，指隐居之处。骆宾王《上兖州张司马启》："虽则放旷林泉，颇得闲居之趣。"　⑤可恨者：值得遗憾的事。恨，通"憾"。　⑥余出入文忠门最久：苏轼嘉祐二年参加省试时，欧阳修就是那一榜的主考官，东坡得第，乃欧阳修之门生，其后一向尊奉之，又与欧阳修次子欧阳棐结为姻亲。　⑦可谓切矣：真称得上情真意切发自肺腑了。　⑧苟以藉口：意谓很多官员内心并不真想离开官位，只不过矫情求退以塞众人之口，因其明知朝廷会有挽留之章，这样人情也做了，官位也保住了，看起来冠冕堂皇。东坡认为这种人很卑微也很虚伪。　⑨公发于至情：谓欧阳修数次求退，都是出于真情，没有任何矫揉造作。苏轼所以如此说并非恭维欧阳修，而是看出欧阳修对王安石变法非常反感又无可奈何，所以断定他是真心想要离开官场。　⑩与仲仪书：今本《欧阳修集》所载欧阳修写给王素的书信共计十七首，大多作于仁宗嘉祐年间，有两简作于英宗治平年间，没有提及致仕的内容。这里苏轼所见有"论可退之节三，至欲以得罪病而去"的书信大概已经散佚，今不可见。仲仪，苏轼好友王巩之父王素的字。　⑪可退之节三：可以致仕的理由有三条。　⑫至欲以

得罪病而去：甚至想到要以自己有罪或有病为由申请致仕。

[解析]

　　这篇文章作于元祐六、七年间担任颍州知州时。所跋当为欧阳修写给王素的书信，应该是欧阳修之子欧阳棐或欧阳辩拿给苏轼看的。在这封信中，欧阳修提到他已多次上书朝廷请求致仕。欧阳修一生光明磊落，年轻时便因切责高若讷不救范仲淹获罪，被贬到夷陵任县令。其后大凡朝廷大事，他都能做到知无不言言无不尽。仁宗皇帝正是看中了他的忠荩，于庆历三年（1043）将他从滑州通判的职位上召回朝廷，命其知谏院，为此布衣石介专门写了一篇《庆历圣德诗》加以庆贺，然而他也因此受到了群小的嫉恨。庆历五年，名臣杜衍、范仲淹、韩琦、富弼等人先后因所谓结党之名遭到罢免，欧阳修愤然上书为诸贤辩解，这就更加触怒了保守派人物，于是谏官钱明逸弹劾欧阳修与其外甥女张氏犯法有财产牵连，被送到开封府审理。当时开封府知府杨日严前不久才受过欧阳修弹劾，对他怀恨在心，自然不肯秉公办事。不久，欧阳修便因莫须有的罪名被贬到滁州任知州，从此在州郡行走十余年，没有回到京师。神宗即位后，任用王安石推行新法，朝中很多名臣都表示反对，欧阳修也公开提出不同意见，然而此时神宗和王安石紧密地结合在一起，即便老丞相韩琦等人一再反对，还是挡不住变法的推行。在这种无力回天的情况下，欧阳修自然萌生了致仕之想。据《欧阳文忠公年谱》载，自熙宁元年始，"连上表乞致仕，不允"。继而朝廷命他担任青州知州。经过几年地方官任后，于熙宁四年又担任了蔡州知州。"公在蔡，累章告老。六月甲子，以观文殿学士、太子少师致仕。"总算遂了心愿。本人所撰《欧阳修集编年笺注》卷九十四，有熙宁元年的《亳州乞致仕表》五篇、《亳州乞致仕札子》四篇，卷九十五有《蔡州再乞致仕表》三篇、《蔡州再乞致仕札子》两篇，如此密集地请求致仕，在宋朝的确不多见，难怪苏轼说他"发于至情，如饥者之念食也"。

在当官这件事上,古今是一理的,即便到了晚年,肯于主动请求致仕离朝者为数也不会很多。正因为如此,作者才更感到欧阳修具有不恋权位的高风亮节。而对于那些伪善者,苏轼用辛辣的笔墨进行了勾勒,说他们完全是"苟以藉口"。两相对比,欧阳修的磊落和大度,当然更加令人敬佩。

惠州祭枯骨文①

尔等暴骨于野,莫知何年。非兵则民,皆吾赤子。恭惟朝廷法令,有掩骼之文②;监司举行③,无吝财之意。是用一新此宅④,永安厥居。所恨犬豕伤残,蝼蚁穿穴。但为藂冢⑤,罕致全躯。幸杂居而靡争,义同兄弟;或解脱而无恋,超生人天⑥。

[注释]

①惠州:在今广东省惠州,苏轼晚年贬谪的地方。 ②骼(gé):枯骨、尸骨。 ③监司:宋代中央之下、州郡之上有一级区划叫路,各路中设有经略安抚使、转运使、提点刑狱、提点常平等官。这些官员都负有监察州郡的职责,统称为"监司"。举行:执行。 ④此宅:指收葬无名枯骨的大坟墓。 ⑤藂冢:聚集在一起的群坟。藂,"丛"的异体字。 ⑥超生人天:佛教称人死以后转世托生为超生。人天,佛教谓人界与天界。此处指重新托生为人。

[解析]

这是作者在惠州贬所时写的一篇祭文,所祭对象为路边死人的残骨。

作者对于这些无名的死难者寄予了无限的同情,不愿看到他们的尸骨暴露于荒野之中,故而与监司官员一起收葬了这些骨殖,并祈愿他们的灵魂得以安宁,来世超生为人。从中我们可以体会到作者与生俱来的仁爱之心。

亡妻王氏墓志铭

治平二年五月丁亥①,赵郡苏轼之妻王氏卒于京师②。六月甲午,殡于京城之西③。其明年六月壬午,葬于眉之东北彭山县安镇乡可龙里先君、先夫人墓之西北八步④。轼铭其墓曰:

君讳弗,眉之青神人⑤,乡贡进士方之女⑥。生十有六年而归于轼。有子迈⑦。君之未嫁,事父母;既嫁,事吾先君、先夫人,皆以谨肃闻。其始,未尝自言其知书也。见轼读书,则终日不去,亦不知其能通也。其后轼有所忘,君辄能记之。问其他书,则皆略知之。由是始知其敏而静也。从轼官于凤翔⑧,轼有所为于外,君未尝不问知其详。曰:"子去亲远,不可以不慎。"日以先君之所以戒轼者相语也。轼与客言于外,君立屏间听之,退必反覆其言曰:"某人也,言辄持两端⑨,惟子意之所向,子何用与是人言?"有来求与轼亲厚甚者,君曰:"恐不能久。其与人锐,其去人必速⑩。"已而果然。将死之岁,其言多可听,类有识者。其死也,盖年二十有七而已。始死,先君命轼曰:"妇从汝于艰难⑪,不可忘也。他日汝必葬诸其姑之侧⑫。"未期年而先君没⑬,轼谨以遗令葬之。铭曰:

君得从先夫人于九原⑭,余不能。呜呼哀哉!余永无所依怙⑮。

君虽没,其有与为妇何伤乎?呜呼哀哉!

[注释]

①治平二年:1065年。这一年苏轼刚刚从凤翔府幕僚任满回到汴京。 ②赵郡:唐宋时赵州的郡名,在今河北省赵县。这里指苏轼的郡望。 ③殡:临时安排死者遗体。 ④眉:眉州,苏轼的故乡。彭山县:眉州属县,在今四川省彭山县。先君、先夫人:苏轼的父亲苏洵和母亲程氏。 ⑤青神:在今四川省青神县。 ⑥乡贡进士:科举时代中乡举的贡士。宋朝的举子须先通过乡试,才有资格参加次年年初在京城举行的国家级会试和天子主持的殿试,殿试通过后才真正成为进士。所谓"乡贡进士",其实还不是进士,只是当时人们对通过乡举者的一种尊称。方之女:据宋朝王宗稷所编《东坡先生年谱》考证,王弗并不是王方的亲生女儿,而是他兄弟家的女儿,由他抚养长大。准确地说,王弗应该是王方的侄女。 ⑦有子迈:王弗生过一个儿子苏迈。是苏轼的长子。 ⑧官于凤翔:苏轼嘉祐六年(1061)中制科后,被授予凤翔府签判。 ⑨言辄持两端:意思是说话圆滑,主人爱听什么他就说什么。 ⑩其与人锐,其去人必速:他和人结交太快,抛弃人也会很快。 ⑪从汝于艰难:在你最困难的时候嫁给你。王弗嫁给苏轼时,苏轼还没有中进士。 ⑫葬诸其姑之侧:安葬在他婆婆程氏的坟墓之旁。 ⑬未期年而先君没:王弗死后不到一年,苏洵也去世了。苏洵死于治平三年四月戊申。 ⑭九原:春秋时期晋国大夫的墓地。后用来代指墓地。 ⑮无所依怙(hù):失去了依靠。

[解析]

本文是作者为亡妻王弗写的墓志铭。苏轼和王弗结婚时,王弗才十六岁。这位女子是苏轼生命中的第一个伴侣,她聪慧贤淑,在青年苏轼心目中留下了极美好的印记。文章记述了王弗不少生活琐事,让人读了之后感到十分真切。十年之后，苏轼还梦见王弗，并写下那首情真意切的《江神子》："十年生死两茫茫，不思量，自难忘。"不知感动了多少人。

作者在文中娓娓回忆了爱妻不少的往事，比如孝敬公婆、善于读书，虽然都是一笔带过，却为王弗的整体形象做了必要的铺垫。其后记载了几件令他终生难忘的往事：她跟随我任职于凤翔府，我在外面做了什么，她没有一次不问得仔仔细细。她说："你远离父母，处事不能不谨慎。"每天都用先父告诫我的话提醒我。我与客人在外室交谈，她就站在屏风后边听，回到屋中就反复地说："某某人说话两面讨好，一味顺着你的心思说，你跟这种人交谈有什么意思？"有个人来想和我结交成亲密朋友，她说："恐怕不能长久。他能与人这么快成为密友，背叛你也一定会很快。"这些事看起来并不算轰轰烈烈，却细致入微地刻画了王弗的聪明和机警，这或许也是苏轼无比怀念王弗的重要原因。全文如泣如诉，令人唏嘘。

朝云墓志铭①

东坡先生侍妾曰朝云，字子霞，姓王氏，钱塘人②。敏而好义，事先生二十有三年，忠敬若一。绍圣三年七月壬辰③，卒于惠州，年三十四。八月庚申，葬之丰湖之上栖禅山寺之东南④。生子遁，未期而夭⑤。盖常从比丘尼义冲学佛法⑥，亦粗识大意。且死，诵《金刚经》四句偈以绝⑦。铭曰：

浮屠是瞻⑧，伽蓝是依⑨。如汝宿心⑩，惟佛之归。

[注释]

①朝云：苏轼担任杭州通判时所收的侍妾，当时她只有十三岁。元丰

六年（1083），朝云生了一子，取名苏遁，小名乾儿，一年后夭折。朝云是陪伴在苏轼身边时间最久的女人，对苏轼忠心耿耿，直到绍圣年间病死在惠州。她死后，苏轼非常悲痛，写了这篇墓志铭来悼念她。②钱塘：宋代县名，在今浙江省杭州。③绍圣三年：1096年。此时苏轼被贬到惠州已经三个年头。④丰湖：惠州境内的湖泊名。⑤未期（jī）而夭：没到一年就夭折了。期，周年。⑥常：通"尝"，曾经。比丘尼：佛教称归入佛门且受持具足戒的女子。即俗称的尼姑。⑦《金刚经》：佛教经典名。偈（jì）：阐述佛理的诗。绝：死去。⑧浮屠：又作"浮图""佛陀"，即佛。⑨伽（qié）蓝：又作"僧伽蓝"，意为众园，又称僧院。原指僧众所居的园林，后用来称佛教寺院。⑩宿心：本来的心意。

[解析]

　　这是一篇短小的墓志铭，死者是位伴随了他二十余年的红粉知己。全文没有心肝俱摧的哀怨，更多的是些佛家之语，这是为什么呢？因为作者被残酷的政治倾轧折磨得万念俱灰时，要想求得心里宁静，唯有寄托于佛门，所以文中看不出更多的悲怆与哀伤，但作者内心的无奈与无助却溢于言表：他希望爱妾在佛的抚慰下能够安眠，也希望自己死后同样能如此宁静与安然。他实在太惧怕这个变诈百出的可恶世界了。

荐鸡疏①

　　罪莫大于杀命，福无过于诵经。某以业缘②，未忘肉味，加之老病，困此蒿藜③。每翦血毛，以资口腹。惧罪修善，施财解冤。爰念世无不杀之鸡，均为一死；法有往生之路④，可济三途⑤。是用每月之中，斋五戒道者庄悟空⑥，两日转经若干卷⑦，救援当月所杀鸡若干只。伏望佛慈，下悯微命，令所杀鸡，永离汤火，得生人天⑧。

[注释]

①荐：追荐。疏：疏文，向神灵陈述事项的一种文体。　②业缘：佛教语，即因缘果报的过程。老百姓通常所谓的业缘，多简单地指人在尘世上的未尽之缘。　③蒿藜：野蒿子和蒺藜。泛指杂草。此处代指流放地黄州。④往生：佛教净土宗认为，人能一心念佛，与阿弥陀佛的愿力相感应，死后便能前往西方净土，化生于莲花之中。　⑤三途：佛教语。佛教称地狱道为火途，畜生道为血途，恶鬼道为刀途。可济三途，意思是说可以挽救三途之上冤死的亡灵。　⑥五戒：佛教以不杀生、不偷盗、不邪淫、不妄语、不饮酒为五戒。庄悟空：庄严地体会空的道理。　⑦转经：翻来覆去地读经。　⑧得生人天：能转世托生为人。

[解析]

这是一篇苦中作乐的戏谑小文。作者被贬到黄州，精神极度苦闷。有一天他想吃鸡，宰杀之际，他信口吟诵了这篇疏文。表面看似乎在为鸡鸣不平，实则也在感叹被人豢养之物，都是任人宰割的可怜虫，不知道自己何时才能脱离苦海，"得生人天"。

东坡羹颂

东坡羹，盖东坡居士所煮菜羹也。不用鱼肉五味①，有自然之甘。其法以菘②，若蔓菁③、若芦菔④、若荠⑤，皆揉洗数过，去辛苦汁⑥。先以生油少许涂釜缘及瓷碗⑦，下菜汤中。入生米为糁⑧，及少生姜，以油碗覆之，不得触，触则生油气，至熟不除。其上置甑⑨，炊饭如常法，既不可遽覆，须生菜气出尽乃覆之。羹每沸涌，遇油辄下，又为碗所压，故终不得上。不尔羹上薄饭，则气不得达而饭不熟矣。饭熟，羹亦烂，可食。若无菜，用瓜、茄，皆切破，不揉洗，入罨⑩，熟赤豆与粳米半为糁。余如煮菜法。应纯道人将适庐山⑪，求其法以遗山中好事者。以颂问之：

甘甘尝从极处回⑫，咸酸未必是盐梅⑬。问师此个天真味⑭，根上来么尘上来⑮？

[注释]

①五味：各种烹调用的调料。 ②菘（sōng）：即今大白菜，南朝时期传入中国，很长时期受到士大夫阶层的喜爱。 ③蔓菁：又名芜菁，蔬菜名。今仍称为蔓菁。 ④芦菔（fú）：即萝卜。 ⑤荠：荠菜，一二年生草本植物。叶丛生，羽状分裂，叶被毛茸。嫩叶可以食用。 ⑥去辛苦汁：去掉野菜的辛辣味和苦味。 ⑦釜缘：锅的边缘，俗称锅沿儿。 ⑧入生米为糁（shēn）：即加入生米熬粥之意。 ⑨甑（zèng）：蒸食物所用的炊具，底部有孔，古用陶、青铜制成，后用木制。俗名甑子，今陕西尚有地方小吃名甑糕，即用此物蒸成。 ⑩罨（yǎn）：捕鱼鸟用的网子，此处为覆盖之意。 ⑪应纯道人：苏轼家乡眉州的道士。元丰中，他和巢谷等曾专程到黄州来看望苏轼。适庐山：到庐山去。 ⑫甘甘尝从极处回：意谓甜到极点，反而不觉得甜了。甘甘，甜到不能再甜。 ⑬盐梅：古代主要的两种调味品。《尚书·说命》中有"若作和羹，尔惟盐

梅"的说法。 ⑭天真味：纯粹自然的味道。 ⑮根上来么尘上来：是从根上来的呢，还是从尘上来的？这是一句双关语。根，佛家指能产生感觉、善恶观念的机体或精神。佛教以色、声、香、味、触、法为六尘，眼、耳、鼻、舌、身、意为六根。根尘相接，便产生六识，然后才导致种种烦恼。

[解析]

这篇小文是苏轼元丰四、五年间谪居黄州时所作。此时作者虽然身处逆境，但能时时保持积极乐观的人生态度，苦中作乐，不为挫折摧垮。这种精神很值得今人学习。

细细思量这所谓的"东坡羹"，其实并没有发现多少特别之处。如果一定要找出它的特点，无非是不放鱼肉、不放调料，甚至连盐都不放，尽量保持羹的自然香气。再就是所谓"以油碗覆之，不得触，触则生油气，至熟不除。其上置甑，炊饭如常法，既不可遽覆，须生菜气出尽乃覆之"。严格说来，这其实是在故弄玄虚，好让读者觉得他的烹调是有特殊要求的，我曾经按照苏轼这番叙述做过一次"东坡羹"，然后又故意打破他所说的那套程序，不以生油涂锅沿，也不涂碗边，其结果与前者没有任何区别，足见此老是在故意忽悠人。苏轼是个十分有意趣的人，喜欢自己做些食品，且说起来一套一套的，很有惑人之处。不过了解他的人都知道，那并不是他的烹调技术有多高，只说明他的文笔实在是太厉害。比如他喜欢自己酿酒，吹得神乎其神，实际上并非如此。叶梦得《避暑录话》卷上记载说："苏子瞻在黄州作蜜酒不甚佳，饮者辄暴。下蜜水腐败者尔。尝一试之，后不复作。在惠州作桂酒，尝问其二子迈、过云，亦一试之而止，大抵气味似屠苏酒。二子语及，亦自抚掌大笑。二方未必不佳，但公性不耐事，不能尽如其节度。姑为好事借以为诗，故世喜其名。"意思是说苏轼在黄州时曾自制蜜酒，凡喝过的人，没有一个不跑肚拉稀的。

在惠州又酿造什么桂酒，还特地写过一篇《桂酒颂》，曾问他两个儿子苏迈和苏过，两兄弟只喝了一口就绝不再喝。事后与叶梦得说起此事，二人都拍着巴掌大笑不止。两个酿酒方未必不好，只是苏轼性子急躁，不能尽按原方酿制。好事之徒看了《桂酒颂》，还以为此老真的会酿酒，其实他不过是炫人耳目，让别人为他的破酒写诗好玩罢了。了解了苏轼这段历史，您还相信他的"东坡羹"吗？可话说回来，苏轼的味道不在羹，在于他能在那样艰苦无望的境况下还有心思研究什么东坡羹，这才是最值得我们学习和敬佩的。

仁祖圣德[1]

温成皇后乳母贾氏[2]，宫中谓之"贾婆婆"。贾昌朝连结之[3]，谓之姑姑[4]。台谏论其奸[5]，吴春卿欲得其实而不可[6]。近侍有进对者曰[7]："近日台谏言事，虚实相半，如贾姑姑事，岂有是哉？"上默然久之，曰："贾氏实曾荐昌朝[8]。"非吾仁宗盛德，岂肯以实语臣下耶[9]？

[注释]

①仁祖圣德：仁宗皇帝的圣德。按，此文《东坡志林》题作《贾婆婆荐昌朝》。参看本文注③。　②温成皇后：仁宗最宠爱的贵妃张氏。《宋史·后妃传》："张贵妃，河南永安人也。祖颖，进士第，终建平令。父尧封，亦举进士，为石州推官卒。时尧封史尧佐补蜀官，尧封妻钱氏求挈孤幼随之官，尧佐不收恤，以道远辞。妃幼无依，钱氏遂纳于章惠皇后

宫寝。长得幸,有盛宠。妃巧慧多智数,善承迎,势动中外。庆历元年,封清河郡君,岁中为才人,迁修媛。忽被疾,曰:'妾姿薄,不胜宠名,原为美人。'许之。皇祐初,进贵妃。后五年薨,年三十一。仁宗哀悼之,追册为皇后,谥温成。"　③贾昌朝:仁宗时大臣。《宋史·贾昌朝传》:"贾昌朝字子明,真定获鹿人。……累迁尚书礼部郎中、史馆修撰。进龙图阁直学士、权知开封府,迁右谏议大夫、权御史中丞兼判国子监。以工部侍郎充枢密使,寻拜同中书门下平章事、集贤殿大学士,仍兼枢密使。居两月,拜昭文馆大学士,监修国史。……嘉祐元年,进封许国公,又兼侍中,寻以同中书门下平章事为枢密使。三年,……以保平军节度、陕州大都督府长史移大名府兼安抚使。英宗即位,徙凤翔节度使,加左仆射、凤翔尹,进封魏国公。治平元年,以侍中守许州,力辞弗许。明年,以疾留京师,乃以左仆射、观文殿大学士判尚书都省,卒,年六十八,谥曰文元。"连结之:有意与贾婆婆套近乎拉关系。　④谓之姑姑:称她为本家姑姑。　⑤台谏:指北宋前期的御史台和谏院,都是纠察官员违规行为的机构。　⑥吴春卿:吴育,字春卿。此时为谏官。《宋史·吴育传》:"吴育字春卿,建安人也。……历三司盐铁、户部二判官。寻以本官供谏职。除同修起居注,遂知制诰,进翰林学士,累迁礼部郎中。庆历五年,拜右谏议大夫、枢密副使。居数月,改参知政事。……卒,年五十五。"欲得其实而不可:想要将此事调查清楚却无从下手。　⑦近侍:皇帝身边的宰辅大臣。进对:应皇帝之召而单独言事。　⑧贾氏实曾荐昌朝:贾婆婆的确向朕举荐过贾昌朝。　⑨以实语臣下:将实情告诉大臣。

[解析]

　　这篇文章十分短小,内涵却发人深省。作者截取了仁宗时的一件小事,在寻常缕述之中,将仁宗的仁德表现得非常真切而感人。一般说来,有些对自己不利或者不光彩的事,皇帝是不会主动张扬出来的。比如贾婆婆举荐贾昌朝，而仁宗确实因这份荐举授予了贾昌朝高官，在台谏官员铆足劲儿非要把昌朝的丑事查个水落石出之际，仁宗居然主动将实情吐露给了宰辅大臣，这实际上等于向朝廷百官承认了自己的错误。苏轼对仁宗皇帝的赞扬是由衷发出的，因为敢于承认自己失误的皇帝，在中国历史上极为罕见——皇帝尚能如此，百官大臣该怎么做，还用再去教导他们吗？人们常说仁宗一朝是大宋朝历史上最清明、最仁爱的一朝，的确不是妄言而是公论。《宋史·仁宗纪》说：仁宗的恭俭仁恕是出于天性的，每当遇到水旱灾荒，或是密祷于禁中，或是光着脚站在殿下。有司请求为他修建花苑，他说："我享受着先帝的苑囿还认为太广，有什么必要大肆扩建？"日常所穿的衣服，都是洗了又洗的旧衣，宫里的帐幕大多用粗布做成，很少使用绫罗绸缎。"在位四十二年之间，吏治若偷惰，而任事蒐残刻之人；刑法似纵弛，而决狱多平允之士。国未尝无弊幸，而不足以累治世之体；朝未尝无小人，而不足以胜善类之气。君臣上下恻怛之心，忠厚之政，有以培壅宋三百余年之基。子孙一矫其所为，驯致于乱。《传》曰：'为人君，止于仁。'帝诚无愧焉。"陆游曾无限怀念地说过：祖宗涵养的人才，仁宗一朝为盛。这种良好的风气一直到靖康前后还存留着余绪。他的意思是说，到了高宗南渡之后，再寻找那时的仁人志士就很难了。

书刘庭式事①

予昔为密州②，殿中丞刘庭式为通判③。庭式，齐人也④。而子由为齐州掌书记⑤，得其乡间之言以告予⑥，曰："庭式通礼学究⑦。未及第时，议娶其乡人之女，既约而未纳币也⑧。庭式及第，其女以疾，两目皆盲。女家躬耕⑨，贫甚，不敢复言。或劝纳其幼女。庭式笑曰：'吾心已许之矣。虽盲，岂负吾初心哉？'卒娶盲女⑩，与之偕老。"盲女死于密⑪，庭式丧之⑫，逾年而哀不衰，不肯复娶。予偶问之："哀生于爱，爱生于色。子娶盲女，与之偕老，义也。爱从何生，哀从何出乎？"庭式曰："吾知丧吾妻而已，有目亦吾妻也，无目亦吾妻也。吾若缘色而生爱，缘爱而生哀，色衰爱弛⑬，吾哀亦忘。则凡扬袂倚市⑭，目挑而心招者⑮，皆可以为妻也耶⑯？"予深感其言，曰："子功名富贵人也⑰。"或笑予言之过，予曰："不然，昔羊叔子娶夏侯霸女，霸叛入蜀，亲友皆告绝，而叔子独安其室，恩礼有加焉⑱。君子是以知叔子之贵也⑲，其后卒为晋元臣⑳。今庭式亦庶几焉㉑，若不贵，必且得道。"时坐客皆怃然不信也㉒。昨日有人自庐山来，云："庭式今在山中，监太平观㉓，面目奕奕有紫光，步上下峻坂㉔，往复六十里如飞，绝粒不食，已数年矣。此岂无得而然哉㉕？"闻之喜甚，自以吾言之不妄也，乃书以寄密人赵杲卿。杲卿与庭式善，且皆尝闻余言者。庭式字得之，今为朝请郎㉖。杲卿字明叔，乡贡进士，亦有行义。元丰六年七月十五日，东坡居士书。

[注释]

①刘庭式：苏轼当密州知州时的密州通判。《宋史·刘庭式传》："刘庭式字得之，齐州人，举进士。苏轼守密州，庭式为通判。……庭式后监太平观，老于庐山，绝粒不食，目奕奕有紫光，步上下峻坂如飞，以高寿终。"　②予昔为密州：作者自言任密州知州时。王宗稷《东坡先生年谱》："（熙宁七年甲寅，先生年三十九）在杭州通判任。……五月，乃有

移知密州之命。……熙宁十年丁巳,先生年四十二,在密州任,就差知河中府。" ③殿中丞:宋代带职官名,即以殿中丞的资格任密州通判。通判:宋代州郡主要官员,名义上在知州之下,但负有监督知州及其他官员的监察职责。 ④齐人:齐州人,即今山东省济南人。 ⑤子由为齐州掌书记:弟弟苏辙正担任齐州掌书记。《苏颍滨年表》:"(熙宁六年)四月,枢密使文彦博罢,以守司徒兼侍中判河阳。彦博辟辙为学官。辙有谢启。已而改齐州掌书记。"掌书记,宋代州郡中的文职幕僚。 ⑥得其乡闾(lǘ)之言以告予:把从刘庭式家乡听到的事告诉了我。上古以二十五家为闾,一万二千五百家为乡。后因指民众聚居之处,亦代指家乡或故乡。 ⑦通礼学究:宋代科举名目中,有三礼(《周礼》《仪礼》和《礼记》),又有学究一科。所谓"通礼学究",即指通晓三礼的学究。 ⑧既约而未纳币:已经有了婚约还没有纳币。纳币:古代婚礼六礼之一。纳吉后择日具书,送聘礼至女家,女家受礼复书,婚姻乃定。俗称"过定",即今所谓往女家送聘礼之意。此言"既约而未纳币",意谓这门婚事尚未最终定下,完全可以另议。 ⑨女家躬耕:女方家只是靠种地吃饭的农民。 ⑩卒娶盲女:最终还是娶了这位失明的女子为妻。 ⑪盲女死于密:这位盲人妻子就死在密州。 ⑫丧之:为她举行了很正式的葬礼。按,这件事的原委古书中所记不一。沈括《梦溪笔谈》卷九载:"朝士刘廷式,本田家。邻舍翁甚贫,有一女,约与廷式为婚。后契阔数年,廷式读书登科,归乡闾。访邻翁,而翁已死;女因病双瞽,家极困饿。廷式使人申前好,而女子之家辞以疾,仍以佣耕,不敢姻士大夫。廷式坚不可,曰:'与翁有约,岂可以翁死子疾而背之?'卒与成婚。闺门极雍睦,其妻相携而后能行,凡生数子。廷式尝坐小谴,监司欲逐之,嘉其有美行,遂为之阔略。其后廷式管干江州太平宫而妻死,哭之极哀。苏子瞻爱其义,为文以美之。" ⑬色衰爱弛:美色丧失后,爱意就没有了。

⑭扬袂（mèi）倚市：扬起衣袖炫其美色的女人和倚门卖笑的女人。《文选》宋玉《高唐赋》："其少进也，晰兮若姣姬。扬袂鄣日，而望所思。"李善注："扬袂，举袖也。如美人之举袖，望所思也。"《史记·货殖列传》：'刺绣文不如倚市门。" ⑮目挑而心招：用眼睛挑逗，用媚态勾引。 ⑯皆可以为妻也耶：这样的女人都可以作为妻子吗？ ⑰子功名富贵人：你将来必然成为取得功名的富贵之名臣。意思是说你的所为比起那些所谓的功名富贵之徒，不可同日而语，前途不可限量。 ⑱"羊叔子娶夏侯霸女"至"恩礼有加焉"五句：宋人郎晔注："(《晋书》)《羊祜传》云：祜字叔子，长七尺三寸，美须眉，善谈论。郡将夏侯威异之，以兄霸之女妻焉。后霸之降蜀也，姻亲多告绝。祜独安其室，恩礼有加焉。"意谓羊祜娶了夏侯霸的女儿为妻，后来夏侯霸投降了蜀国，亲戚大多与夏侯一族断绝了来往，而羊祜却照常对妻子爱护备至，甚至比原来更加体贴。 ⑲君子是以知叔子之贵：君子们因此得知羊祜才是真正意义上的品格高贵。 ⑳卒为晋元臣：最终成为晋朝的重臣。 ㉑今庭式亦庶几焉：如今刘庭式的所为跟羊祜相差无几。 ㉒怃（wǔ）然：惊愕之貌。《后汉书·祢衡传》："(刘)表怃然为骇。"李贤注："怃然，怪之也。" ㉓监太平观：宋代祠禄官名。《宋史·职官志》九："宋制，设祠禄之官，以佚老优贤。先时员数绝少，熙宁以后乃增置焉。……时朝廷方经理时政，患疲老不任事者废职，欲悉罢之。乃使任宫观，以食其禄。王安石亦欲以此处异议者，遂诏：'宫观毋限员。并差知州资序人。以三十月为任。'又诏：'杭州洞霄宫、亳州明道宫、华州云台观、建州武夷观、台州崇道观、成都玉局观、建昌军仙都观、江州太平观、洪州玉隆观、五岳庙自今并依嵩山崇福宫、舒州灵仙观置管干或提举、提点官。'"监太平观，即监江州太平观，又称提举江州太平兴国宫。 ㉔峻坂：崎岖险峻的山路。 ㉕无得而然：没有积阴德就能得到的。 ㉖朝请郎：宋代文散官

名。属宋前期二十九阶之第十八阶，正七品上。

[解析]

  这篇文章作于元丰六年（1083），当时作者还在黄州任团练副使，距其任密州知州已经过去了六七年。这是一篇读过之后令人灵魂震颤的好文章，作者叙述了一个发生在密州通判刘庭式身上的真实故事：山东汉子刘庭式没中进士之前与邻家一女子订了婚，谁知天有不测风云，刘庭式苦读数年中了进士后，邻翁已死，订婚的女子也因病致盲。按照当时礼法，刘庭式完全可以毁掉婚约另娶其他女子，然而刘庭式毅然决然地与盲女结为夫妻，且走到哪里带到哪里。女子在密州时因病而亡，刘庭式哀毁欲绝，按照礼法为妻子办了丧事，一年后每每提起，还是禁不住哀伤不已，甚至表示以后绝不再娶，以致对亡妻的悼念。苏轼以世俗观念问刘庭式：男女之间的爱意，最初都是为美色所吸引，你妻子是个盲人，哪里还谈得上女色？刘庭式侃侃答道："有目亦吾妻也，无目亦吾妻也。吾若缘色而生爱，缘爱而生哀，色衰爱弛，吾哀亦忘。则凡扬袂倚市，目挑而心招者，皆可以为妻也耶？"一句话把能言善辩的苏轼噎住了，于是意味深长地说道："这样的人才算得上真正的贵人。他将来要么当大官，要么必将得道。"文章对刘庭式忠于爱情、忠于约定、恪守诚信的美德大加赞赏，不由他不写文章加以褒扬。其实岂止是苏轼一人，除了上面提到的沈括之外，南宋吴曾的《能改斋漫录》（卷十四）、谢采伯的《密斋笔记》（卷一）都将此事记载在自己的著作中，赞赏之情溢于言表。吴曾还举了个例子说："予偶读《唐摭言》载，孙泰，山阳人，少师皇甫颖，守操，颇有古贤之风。泰妻即姨女也，先是，姨老以二女为托，曰：'其长幼损一目，汝可娶其女弟。'姨卒，泰娶其姊。或诘之，泰曰：'其人有废疾，非泰何适？'皆服泰之义。乃知古人已先刘庭式为之矣。"谢采伯则说："夫妇之伦得矣。"

娶妻是男子人生中最大的事，刘庭式能够做到这一步难能可贵，为后人做出了光辉的榜样。遗憾的是，时至今日，莫说像刘庭式这样的大君子，一些稍有成功的男子，不是说把妻子抛弃就抛弃了吗？他们甚至可以"无理由退货"，这样的人在今天不是越来越少，而是越来越多，多到了令人瞠目结舌的地步。如果这些人读到此文，会不会臊得吃不下饭睡不着觉？

书　谤

吾昔谪黄州，曾子固居忧临川，死焉①。人有妄传吾与子固同日化去，且云："如李长吉时事②，以上帝召他③。"时先帝亦闻其语，以问蜀人蒲宗孟④，且有叹息语⑤。今谪海南，又有传吾得道，乘小舟入海不复返者，京师皆云，儿子书来言之⑥。今日有从黄州来者，云太守何述言⑦：吾在儋耳，一日忽失所在，独道服在耳，盖上宾也⑧。吾平生遭口语无数，盖生时与韩退之相似，吾命在斗间而身宫在焉⑨。故其诗曰："我生之辰，月宿斗直⑩。"且曰："无善声以闻，无恶声以扬。"今谤我者，或云死，或云仙，退之之言，良非虚尔。

[注释]

①曾子固居忧临川，死焉：《名臣碑传琬琰集》中编卷四十九曾肇《曾舍人巩行状》："公讳巩，字子固，建昌军南丰人。……公嘉祐二年进士及第，为太平州司法参军，召编校史馆书籍。历馆阁校勘、集贤校理，

兼判官诰院。尝为《英宗实录》检讨官，不逾月罢，出通判越州。历知齐、襄、洪州，进直龙图阁、知福州兼福建路兵马铃辖，赐绯衣银鱼。召判太常寺，未至，改知明州，徙亳州，又徙沧州，不行，留判三班院，迁史馆修撰、管勾编修院兼判太常寺。元丰五年四月，擢试中书舍人，赐服金紫。九月丁母忧。明年四月丙辰，终于江宁府，享年六十有五。"居忧，古代父母死后，子女须守孝三年，叫作丁忧。临川，旧郡名，即江西抚州，在今江西省抚州市。死焉，死于丁忧期间。　②李长吉：唐代诗人李贺。《新唐书·李贺传》："李贺字长吉，宗室郑王之后。父名晋肃，以是不应进士，韩愈为之作《讳辨》，贺竟不就试。手笔敏捷，尤长于歌篇。其文思体势，如崇岩峭壁，万仞崛起，当时文士从而效之，无能仿佛者。其乐府词数十篇，至于云韶乐工，无不讽诵。"　③上帝召他：《唐才子传》卷五："李贺字长吉，……忽疾笃，恍惚昼见人绯衣驾赤虬腾下，持一版书，若太古雷文，曰：'上帝新作白玉楼成，立召君作记也。'贺叩头辞，谓母老病，其人曰：'无上比人间差乐，不苦也。'居顷，窗中勃勃烟气，闻车声甚速，遂绝。死时才二十七，莫不怜之。"　④蒲宗孟：神宗时大臣。《宋史·蒲宗孟传》："蒲宗孟字传正，阆州新井人。第进士，调夔州观察推官。……熙宁元年，改著作佐郎。……同修起居注、直舍人院、知制诰，帝又称其有史才，命同修两朝国史，为翰林学士兼侍读。……帝察其不阿，欲大用，拜尚书左丞。……仅一岁，御史论其荒于酒色及缮治府舍过制，罢知汝州。逾年，加资政殿学士，徙亳、杭、郓三州。……方徙河中，御史以惨酷劾，夺职知虢州。明年，复知河中，还其职。帅永兴，移大名。宗孟厌苦易地，颇默默不乐，复求河中。卒，年六十六。"　⑤有叹息语：神宗就苏轼是否已死之事询问蒲宗孟，蒲宗孟说未必是实。《春渚纪闻》卷六："公在黄州，都下忽盛传公病殁。裕陵（神宗）以问蒲宗孟，宗孟奏曰：'日来外间似有此语，然亦未知的实。'

裕陵将进食，因叹息再三曰：'才难！'遂辍饭而起，意甚不怿。" ⑥儿子书来言之：儿子写信来说到这件事。据《苏轼年谱》考证，儿子指的是留在京师的苏轼次子苏迨。 ⑦太守何述：此处有误，太守名字当为"柯述"。据本人所撰《宋两广大郡守臣易替考》，柯述于绍圣四年至元符二年任广州知州。宋朝儋州属广南东路，在广东经略安抚使柯述治下。此句是说有人从黄州来海南，途经广州时，听广州知州柯述说起（苏轼仙去之事）。关于柯述，本书所选《异鹊》诗中已经提到过，读者可以参看。此时柯述年事已高。 ⑧上宾：死的婉称。《逸周书·太子晋解》："吾后三年，上宾于帝所。"孔晁注："言死必为宾于上帝之所。" ⑨命在斗间而身宫在焉：命，旧时星相家谓命宫，术士以本人生时加太阳宫，顺数遇卯即为命宫。如太阳在子宫，生于酉时，即以酉时加于子宫，顺数到午遇卯，即为其人之命宫。身宫：术士谓先天之命所处为命宫，后天之身所处为身宫，自命宫起，以十二宫推之。此句意谓命宫、身宫皆在牛斗之间，为平生灾厄之兆。 ⑩我生之辰，月宿斗直：意谓我出生之时，月为宿，斗为值日星官。韩愈《三星行》诗："我生之辰，月宿南斗。牛奋其角，箕张其口。牛不见服箱，斗不挹酒浆。箕独有神灵，无时停簸扬。无善名已闻，无恶声已扬。名声相乘除，得少失有余。三星各在天，什伍东西陈。嗟汝牛与斗，汝独不能神。"

[解析]

这篇文章作于元符二年（1099），作者当时谪居于儋州。文章的主要内容是什么呢？是"毁谤"。这个词语用不着再做解释，谁都明白。苏轼的本事在于，任何一件看似寻常的小事到了他笔下，立刻会变得意趣横生。你看，当年贬谪黄州时，曾巩因守丧悲哀过度而猝死，于是有人开始传闻，说你们记得贬谪黄州的那个苏轼吗？他是和曾巩同一天死的。而且还有鼻子有眼儿地说："苏轼的死和唐朝李贺颇为相似，都是上帝有意把他召去的。"有句俗话说"谣言说上百遍就成了事实",我说谣言说得越是离奇,就越能抓人眼球。你说不是吗?苏轼被上帝召回天庭,连神宗皇帝都半信半疑不敢轻易说"不",厉害不厉害?

如今贬到儋州,谣言再度出现了。这一回说苏轼是成仙得道,驾一叶之轻舟入海不返。有个从黄州来的熟人说得更是出神入化,口称他在广州时,太守柯述说苏轼在儋州有一天突然失踪,"独道服在耳,盖上宾也"——人没了,道服还在,这不是升仙又是什么?柯述老人家当时已经八十多岁高龄,应该不会说假话吧?可惜说不说假话,和年龄、身份并没有任何关系。

现实生活中,这类事例所在多有,很多人都能随口举出三个五个甚至十个八个,有很多人受到的诬谤比苏轼更甚。"捕风捉影""莫须有"这些经典词语,绝不会因科技的发展而消亡,我们还是首先做好自己,其次对于来自各方的无端诬谤,守住三个字就行:不理它!

书海南风土

岭南天气卑湿,地气蒸溽①,而海南为甚。夏秋之交,物无不腐坏者。人非金石,其何能久?然儋耳颇有老人②,年百余岁者,往往而是,八九十者不论也③。乃知寿夭无定,习而安之,则冰蚕火鼠④,皆可以生。吾尝湛然无思⑤,寓此觉于物表⑥,使折胶之寒无所施其冽⑦,流金之暑无所措其毒⑧,百余岁岂足道哉?彼愚老人者⑨,初不知此特如蚕鼠生于其中,兀然受之而已⑩。一呼之温,一吸之凉,相续无有间断,虽长生可也。庄子曰:"天之穿之,日夜无隙,人则固塞其窦⑪。"岂不然哉?九月二十七日,秋霖雨不止,顾视帏帐,有白蚁升余⑫,皆已腐烂,感叹不已。信手书。时戊寅岁也⑬。

[注释]

①地气蒸溽(rù):地下的湿气上升让人感到潮湿闷热。 ②儋耳:即儋州,在今海南省儋州市。颇有老人:有很多长寿老人。 ③八九十者不论:八九十岁的人不值一提,根本算不上高寿。 ④冰蚕:传说中一种生于霜雪中的蚕。王嘉《拾遗记·员峤山》:"有冰蚕长七寸,黑色,有角有鳞,以霜雪覆之,然后作茧,长一尺,其色五彩,织为文锦,入水不濡,以之投火,经宿不燎。"火鼠:传说中的一种异鼠,其毛可织为火浣布。《太平御览》卷八二○引张勃《吴录》:"日南北景县有火鼠,取毛为布,烧之而绩,名火浣布。" ⑤湛(zhàn)然无思:处之泰然,安静而没有思绪。 ⑥寓此觉于物表:以这种感受处在世俗之外。 ⑦折胶:谓天气严寒,胶因冻而折断。《汉书·晁错传》:"欲立威者,始于折胶。"颜师古注:"秋气至,胶可折。" ⑧流金:高温熔化金属。言气候之酷热。陆机《演连珠》之四九:"烈火流金,不能焚景,沉寒凝海,不能结风。" ⑨彼愚老人:那些看似愚昧的老者。 ⑩兀然:昏然无知之貌。受之:指毫无知觉地接受它。 ⑪天之穿之,日夜无隙,人则固塞其窦:《庄子·外物》:"物之有知者恃息。其不殷,非天之罪。天之穿之,日夜无降,人则顾塞其窦。胞有重阆,心有天游。室无空虚,则妇姑勃谿;心无天游,则六凿相攘。"成玄英疏:"降,止也。自然之理,穿通万物,自昼及夜,未尝止息。窦,孔也。流俗之人,反于天理,壅塞根窍,室逆不通。"意思是说上天已经把世间所有事物安排妥当,形成无懈可击的自然之理。 ⑫白蚁:一种类似于蚂蚁的昆虫,体软而小,通常长而圆,有

白色、淡黄色，赤褐色及黑褐色数种。头能自由活动。触角念珠状，腹基粗壮，前后翅等较长，多生于南方潮热地区。　⑬戊寅岁：哲宗元符元年（1098），是作者到海南儋州贬所的第二年。

[解析]

　　这篇文章作于元符元年（1098），当时作者谪居海南儋州。本文粗看起来似乎是在讲海南的奇闻：在那样恶劣的自然条件中，却存在着无数位百岁老人，八九十岁的人比比皆是，根本不值一提。这种奇特的现象自然引起了"好事者"苏轼的思考：人的寿命长短没有什么规律可言，只要对现有条件安之若素，就能出现奇迹；喜好冰冷的冰蚕和喜好炎热的火鼠，应该不可能并存吧？不，那只是世俗所谓的常理，如果心能入定，照样可以并存，它们都会生存得很好。

　　于是联想到自己：本来是中土大陆的人，如今被流放到炎热无比的海岛，按理说没几天存活的可能，很快就会死去。然而奇迹发生了，自打来到这"非人所居"的烟瘴之地，不但没有死，反而活得好好的。细细想来，原来是由于自己"湛然无思"，并将这种无思寓于"物表"，于是冰蚕火鼠并存的奇观活现在眼前，您觉得不可思议吗？不，只不过一般的人悟不出这番道理，愁闷嗟怨，过不了多久就死了。这种死并非蛮烟瘴雨夺去他的性命，实在是他本人要了自己的命——不然的话，我苏轼健健康康地活到现在该怎么解释？由此又戏谑地畅想：只要老苏有这个能耐，说不定在这里活上一百多岁也不是不可能。苏轼是个任何时候都能开解自己的乐天派，换了别人被流放儋州，肯定日日痛不欲生，可他却能跟自己开这么有趣的玩笑。当然，这与当地官员的悉心照顾也是分不开的。费衮《梁溪漫志》卷四说："元祐党祸，烈于炽火，小人交扇其焰，傍观之君子深畏其酷，惟恐党人之尘点污之也。而东坡之在儋，儋守张中事之甚至，且日从叔党棋以娱东坡。洎张解官北归，坡凡三作诗送之。鲁直之在戎，戎守彭知微每遣吏李珍调护其逆旅之事，无不可人意。当是之时，而二守乃能如此，其义气可书，张竟以此坐谪云。"儋州知州张中对苏轼的呵护，也是他得以无忧的必要条件。看来任何时候任何地方，都还有良知的好人存在，张中宁可冒着被罢官被流放的风险，照拂苏轼父子于编管之中，仅从这一点来说，我们不仅要记住挣扎在海南荒岛上的苏轼，还要记住这位可敬的张知州。

书柳子厚《牛赋》后①

岭外俗皆恬杀牛②，而海南为甚。客自高、化载牛渡海③，百尾一舟④，遇风不顺，渴饥相倚以死者无数⑤。牛登舟，皆哀鸣出涕。既至海南，耕者与屠者常相半⑥。病不饮药⑦，但杀牛以祷⑧，富者至杀十数牛。死者不复云⑨，幸而不死⑩，即归德于巫⑪。以巫为医，以牛为药。间有饮药者⑫，巫辄云："神怒，病不可复治。"亲戚皆为却药⑬，禁医不得入门，人、牛皆死而后已。地产沉水香⑭，香必以牛易之黎⑮。黎人得牛，皆以祭鬼，无脱者⑯。中国人以沉水香供佛，燎帝求福⑰；此皆烧牛肉也⑱，何福之能得？哀哉！予莫能救，故书柳子厚《牛赋》以遗琼州僧道赟⑲，使以晓喻其乡人之有知者⑳，庶几其少衰乎㉑？庚辰三月十五日记㉒。

[注释]

①柳子厚：唐代大散文家柳宗元，字子厚。《牛赋》：柳宗元曾经写过的一篇赋。参看本文解析部分。　②岭外：五岭以南，古代称两广地

区。恬:谓态度平静,满不在乎。恬杀牛,意谓根本不把杀牛当一回事。 ③客:指以贩牛为主的客商。高:高州,属广南西路,治所在今广东省高州东北。《元丰九域志》卷九称其治所在电白县。化:化州,属广南西路,治所在今广东省化州。 ④百尾一舟:每百头牛装一船。 ⑤渴饥相倚:又饥又渴。 ⑥耕者与屠者常相半:意谓有幸活着被运到海南的牛,一半用来为人犁田,一半则被人杀掉。 ⑦病不饮药:(人)得了病不吃药。 ⑧但杀牛以祷:仅仅是杀牛以祈祷病愈。 ⑨死者不复云:病死的人就不用说了。 ⑩幸而不死:有幸没有病死的。 ⑪归德于巫:将其成功之德归于(杀牛)这种巫术。 ⑫间有饮药者:间或也会有吃药治病的人。 ⑬亲戚皆为却药:亲属们会将他的药物全部拿走(不让他再吃)。 ⑭地产:当地出产。沉水香:即沉香。《南越笔记》卷十四《沉香》:"峤南火地,太阳之精液所发,其草木多香。有力者皆降皆结。而香木得太阳烈气之全,枝干根株,皆能自为一香。故语曰:'海南多阳,一木五香。'海南以万安黎母东峒香为胜。其地居琼岛正东,得朝阳之气又早,香尤清淑,多如莲萼、梅英、鹅黎、蜜脾之类,焚之少许,氛氲弥室,虽煤烬而气不焦,多酝藉而有余芬。" ⑮香必以牛易之黎:意谓北人想要取得沉香,必须要用牛与当地的黎人做交换。 ⑯无脱者:没有一头牛能够逃脱(被杀祭鬼的命运)。 ⑰燎帝:以香烟缭绕祈求天帝赐福。 ⑱此皆烧牛肉:这里竟然都用烧牛肉的方法(祈求病愈)。 ⑲遗(wèi):赠予。琼州僧道赟(yūn):琼州僧号道赟的高僧。琼州,宋代州名,在今海南省海口市琼山区。 ⑳其乡人之有知者:他老乡当中那些有良知的人。 ㉑庶几其少衰:抑或能使这种不良风气稍稍得到遏制。 ㉒庚辰:宋哲宗、徽宗交替的元符三年(1100)。

[解析]

　　这篇文章作于元符三年(1100)三月。据王宗稷《苏东坡年谱》载,元符二年闰九月，友人姜君弼从琼州来到儋州跟从苏轼学习。第二年三月，姜君弼返回琼州。此文当是委托姜君弼带给琼州高僧道赟的。为什么要写这么一篇文章呢？一是苏轼近来看到柳宗元所作的《牛赋》有所联想，二是对海南人动辄杀牛的陋习深感不忍，故而写此文交给有道之人道赟，希望他首先动员其老家之人改掉这些陋习，还那些可怜的牛一条活命。

作者是个有仁爱之心的大君子，他不仅对人类充满爱心，对一切生灵无不如此，如在黄州杀鸡时，专门写一篇《荐鸡疏》表达对生命的尊重；在惠州时将无名尸骨收拾掩埋等，都体现了他与生俱来的人性之美。这篇文章不仅仅是在说生灵的存在与死亡，而是对生灵遭受残忍折磨表达了彻心彻骨的悲悯。作者以自己的所见所闻，先把牛到达海南这一路所遭受的摧残给予了真实细致的描写，他说：贩牛客从高州、化州将成群的牛装进船只时，完全没想到这些牛的生存环境，一百头牛挤在狭小的空间里，一旦遇到风浪耽搁进岛，便会有相当数量的牛死掉。这些可怜的生命有幸来到岛上，已经受尽折磨，难免"哀鸣出涕"了。随后说到这些牛在海岛上的命运，一半会成为耕牛，一半会被杀掉吃肉。更有甚者，这里的人们得了病不去医治，仅仅以杀牛来祈求康复。有些明智的人希望得到药物医治，还会受到巫者的阻拦。在作者眼里，不论海南人如何处置无辜的牛，都是非常残忍的行为，是他无法接受却又无力改变的现实。苏轼是个信佛的人，所以他想到求助于佛祖之力来遏制这种残忍行径，这正是他写此文的最终目的。全文体现的是作者痛彻心扉的悲悯之情，这种情怀对于今天那些把杀生当成乐趣的人来说，有着非常现实的教育意义：动物和人一样，不可能永生不死，且因为人这种高级动物的特殊属性，又不可能不宰杀动物以满足生存之需，但让它们如何结束生命，则是考察一个人是否具有悲悯之心的重要尺度。一个对动物毫无怜悯之情任意虐杀的人，也不会有多少人情味。自古以来儒家和佛家一样重视生命。《孟子·梁惠王上》有个故事，就很能说明儒者爱惜生命的态度:"王坐于堂上,有牵牛而过堂下者。王见之,曰:'牛何之?'对曰:'将以衅钟。'王曰:'舍之!吾不忍其觳觫,若无罪而就死地。'对曰:'然则废衅钟与?'曰:'何可废也?以羊易之。'……(孟子)曰:'王若隐其无罪而就死地,则牛羊何择焉?……是乃仁术也,见牛未见羊也。君子之于禽兽也,见其生不忍见其死,闻其声不忍食其肉。是以君子远庖厨也。'"孟子认为梁惠王具有了"不忍之心",就可能成为仁爱之主。

为了满足对柳宗元《牛赋》感兴趣的读者所需,这里将《牛赋》附录于下:"若知牛乎?牛之为物,魁形巨首,垂耳抱角,毛革疏厚。牟然而鸣,黄钟满脰。抵触隆曦,日耕百亩。往来修直,植乃禾黍。自种自敛,服箱以走。输入官仓,己不适口。富穷饱饥,功用不有。陷泥蹙块,常在草野。人不惭愧,利满天下。皮角见用,肩尻莫保。或穿缄縢,或实俎豆。由是观之,物无逾者。不如羸驴,服逐驽马。曲意随势,不择处所。不耕不驾,藿菽自与。腾踏康庄,出入轻举。喜则齐鼻,怒则奋踯。当道长鸣,闻者惊辟。善识门户,终身不惕。牛虽有功,于己何益?命有好丑,非若能力。慎勿怨尤,以受多福。"

细心的读者或许已经看出,柳宗元的《牛赋》仅仅是说牛的一生无休无止的劳动,却仅仅换来基本的生存。看来柳宗元笔下的牛比起苏轼笔下的牛来,已经相当幸运了。

书四戒①

出舆入辇②,命曰"蹶痿之机③";洞房清宫④,命曰"寒热之媒⑤";皓齿蛾眉⑥,命曰"伐性之斧⑦";甘脆肥浓,命曰"腐肠之药"。此三十二字,吾当书之门窗、几席、缙绅⑧、盘盂,使坐起见之，寝食念之。元丰六年十一月，雪堂书⑨。

[注释]

①四戒：《文选》枚乘《七发》："且夫出舆入辇，命曰蹷痿之机。洞房清宫，命曰寒热之媒。皓齿蛾眉，命曰伐性之斧。甘脆肥脓，命曰腐肠之药。"李善注："出则以车，入则以辇。务以自佚，命曰怡蹷之机。室大多阴，台高多阳。多阴则蹷，多阳则痿。此阴阳不适之患也。靡曼皓齿，郑卫之音，务以自乐，命曰伐性之斧。高诱曰：'靡曼细理，弱肌美色也。皓齿，谓齿如瓠犀也。郑国淫僻，以其淫僻灭亡。故曰伐性之斧也。'肥肉厚酒，务以相强，命曰烂肠之食。高诱注《老子》云：'五味实口爽伤，故谓之烂肠之食。'《广雅》曰：'脆，弱也。脓，厚之味也。'"　②出舆入辇：此属互文见义的修辞方法，意谓出入都要乘坐车驾。舆，车中装载东西的部分，后泛指车。辇，一种华丽的小型车辆。③蹷痿（juě wěi）：因足病而疲软不能行走。此句吕向注："蹷，足不能行；痿，痹也。舆辇之安，乃为此病之几兆也。"　④洞房：高敞明亮的房屋。清宫：清凉的宫室。　⑤寒热之媒：患寒病或热病的媒介。　⑥皓齿蛾眉：洁白的牙齿和弯弯的秀眉。此处代指美女。　⑦伐性之斧：（好比）严重危害身心健康的利斧。　⑧缙（jìn）绅：插笏于绅带间，旧时官员的装束。《汉书·郊祀志》上："其语不经见，缙绅者弗道。"颜师古注："缙，插也，插笏于绅。字本作'搢'，插笏于大带与革带之间。"⑨雪堂：苏轼于元丰五年在长江边建成的一座建筑。因此堂墙壁上画有雪涛之图，故名。

[解析]

这篇文章作于元丰六年（1083）谪居黄州任团练副使之时，是一篇自律并劝人的文字。汉代枚乘曾写过一篇《七发》，一针见血地指出戕害人身的几种毒药，一是出舆入辇，二是洞房清宫，三是皓齿蛾眉，四是甘脆肥浓。应该说不仅仅是苏轼，古往今来不会有太多的人认为此说荒谬。奇怪的是，人们一边赞赏着枚乘的真知灼见，一边极力追求这四样剧毒之药，这又是为什么呢？值得人们思考。

苏轼的头脑相当冷静，他深知诱惑的力量之大，有时大到很难抗拒，所以他才要把这三十二个字"书之门窗、几席、缙绅、盘盂，使坐起见之，寝食念之"。这也印证了开国领袖曾经的告诫：人是需要不断改造思想的。一个人如果丧失了信仰，迷失了道路，抛弃了道德，踏穿了做人的底线，可不就剩与这四种毒药为伍了吗？

日　喻

生而眇者不识日①，问之有目者。或告之曰："日之状如铜槃②。"扣槃而得其声③。他日闻钟，以为日也。或告之曰："日之光如烛。"扪烛而得其形④。他日揣籥⑤，以为日也。日之与钟、籥亦远矣⑥，而眇者不知其异，以其未尝见而求之人也。道之难见也甚于日⑦，而人之未达也⑧，无以异于眇。达者告之，虽有巧譬善导⑨，亦无以过于槃与烛也。自槃而之钟，自烛而之籥，转而相之⑩，岂有既乎⑪？故世之言道者，或即其所见而名之，或莫之见而意之⑫，皆求道之过也⑬。

然则道卒不可求欤？苏子曰："道可致而不可求。"何谓致？孙武曰："善战者致人，不致于人⑭。"子夏曰："百工居肆以成其事，君子学以致其道⑮。"莫之求而自至，斯以为致也欤？南方多没人⑯，日与水居也，七岁而能涉，十岁而能浮，十五而能浮没矣。夫没者岂苟然哉⑰？必将有得于水之道者。日与水居，则十五而得其道。生不识水，则虽壮，见舟而畏之。故北方之勇者问于没人，而求其所以没，以其言试之河，未有不溺者也。故凡不学而务求道，皆北方之学没者也⑱。昔者以声律取士⑲，士杂学而不志于道；今者以经术取士⑳，士求道而不务学。渤海吴君彦律㉑，有志于学者也，方求举于礼部㉒，作《日喻》以告之。

[注释]

①生而眇者不识日：一出生便是盲人的人不认得太阳。 ②铜槃：即"铜盘"。槃通"盘"。 ③扣槃而得其声：叩击铜盘听到了盘子发出的声音。 ④扪（mén）烛而得其形：摸着蜡烛晓得了它的形状。 ⑤籥（yuè）：古代管乐器名，或作"龠"，象编管之形，为排箫的前身。有吹籥、舞籥两种。吹籥似笛而短小，三孔；舞籥长而六孔，可执作舞具。《诗经·邶风·简兮》："左手执籥，右手秉翟。"孔颖达疏："籥虽吹器，舞时与羽并执，故得舞名。"揣籥，摸着籥。 ⑥日之与钟、籥亦远矣：太阳和钟（和盘）、籥相差甚远。 ⑦道之难见也甚于日：大道难以见到的程度，比起求太阳之形不知要难上多少倍。 ⑧人之未达：人们没有达到知"道"的境地。 ⑨巧譬善导：传神的譬喻和循循的诱导。 ⑩转而相（xiàng）之：转相譬喻。即以铜盘喻日、以籥喻日之类。 ⑪岂有既乎：难道还有个完吗？ ⑫莫之见而意之：（他）没有亲眼见到，仅仅是用些譬喻三物告诉他。 ⑬求道之过：求取大道的失误。 ⑭善战者致人，不致于人：意谓善于战斗的人总能杀伤对手，而不使对手伤及自身。

⑮百工居肆以成其事，君子学以致其道：这两句话见《论语·子张》。

邢昺疏："此章亦勉人学，举百工以为喻也。审曲面势以饬五材，以辨民器，谓之百工。五材各有工，言百，众言之也。肆，谓官府造作之处也。致，至也。言百工处其肆，则能成其事，犹君子勤于学，则能至于道也。"

⑯没（mò）人：善于泅水的人。 ⑰夫没者岂苟然哉：那些善于泅水者的本领难道是偶然间就能具备的吗？ ⑱北方之学没者：北方不善游泳的人硬要学南方那些善于泅水的人。 ⑲昔者以声律取士：指熙宁变法之前，朝廷科举主要以诗赋选取士子。北宋科举制度基本上沿袭着隋、唐旧制，以进士科为最。进士科考试内容主要是诗赋，考诗赋就涉及声律问题，而且有相当严格的规矩。 ⑳今者以经术取士：熙宁变法期间，王安石主张以经义取士，得到神宗的认可。这是一个很复杂的问题，兹将当时苏轼与王安石的辩论载录于下，供对此感兴趣的读者参考。《宋史·选举志一》："神宗笃意经学，深悯贡举之弊，且以西北人材多不在选，遂议更法。王安石谓：'古之取士俱本于学，请兴建学校以复古。其明经、诸科欲行废罢，取明经人数增进士额。'……议者多谓变法便。直史馆苏轼曰：'得人之道，在于知人，知人之法，在于责实。使君相有知人之明，朝廷有责实之政，则胥吏、皂隶，未尝无人，虽用今之法，臣以为有余；使无知人之明，无责实之政，则公卿、侍从，常患无人，况学校贡举乎？虽复古之制，臣以为不足矣。时有可否，物有兴废，使三代圣人复生于今，其选举亦必有道，何必由学乎？且庆历间尝立学矣，天下以为太平可待，至于今惟空名仅存。今陛下必欲求德行道艺之士，责九年大成之业，则将变今之礼，易今之俗。又当发民力以治宫室，敛民财以养游士，置学立师；以又时简不帅教者，屏之远方，徒为纷纷，其与庆历之际何异？至于贡举，或曰乡举德行而略文章；或曰专取策论而罢诗赋；或欲举唐故事，采誉望而罢封弥；或欲变经生帖、墨而考大义，此数者皆非也。夫欲兴德行，在于君人者修身以格物，审好恶以表俗，若欲设科立名以取之，

则是教天下相率而为伪也。上以孝取人，则勇者割股，怯者庐墓。上以廉取人，则弊车、羸马、恶衣、菲食，凡可以中上意者无所不至。自文章言之，则策论为有用，诗赋为无益；自政事言之，则诗赋、论策均为无用。然自祖宗以来莫之废者，以为设法取士，不过如此也。近世文章华丽，无如杨亿。使亿尚在，则忠清鲠亮之士也。通经学古，无如孙复、石介。使复、介尚在，则迂阔诞谩之士也。矧自唐至今，以诗赋为名臣者，不可胜数，何负于天下，而必欲废之？'帝读轼疏，曰：'吾固疑此，得轼议，释然矣。'他日问王安石，对曰：'今人材乏少，且其学术不一，异论纷然，不能一道德故也。一道德则修学校，欲修学校，则贡举法不可不变。若谓此科尝多得人，自缘仕进别无他路，其间不容无贤；若谓科法已善，则未也。今以少壮时，正当讲求天下正理，乃闭门学作诗赋，及其入官，世事皆所不习，此科法败坏人材，致不如古。'……于是改法，罢诗赋、帖经、墨义，士各占治《易》《诗》《书》《周礼》《礼记》一经，兼《论语》《孟子》。每试四场，初大经，次兼经，大义凡十道，后改《论语》《孟子》义各三道。……熙宁三年，亲试进士，始专以策，定著限以千字。旧特奏名人试论一道，至是亦制策焉。帝谓执政曰：'对策亦何足以实尽人材，然愈于以诗赋取人尔。'" ㉑渤海：古郡名，在今河北省沧州一带。吴君彦律：吴琯，字彦律，此时任监徐州酒税。本年吴琯取乡试解元，次年将参加礼部贡举。孔凡礼《苏轼年谱》卷十六说："作者写此文时，党祸猖獗，讳言之也。琯既冠，调徐州酒税。轼知徐，琯在此职。官至承议郎、通判永宁军。政和四年卒，年六十一。"作者与吴琯的交往，主要在任徐州知州时，其后很少提到此人。　㉒方求举于礼部：努力争取考中进士。唐代科举考试由部主持。宋代前期虽然不再归于礼部，但习惯上仍称国家级会试为礼部试。

[解析]

这篇文章作于元丰元年（1078）任徐州知州之时。《东坡诗案》谓本文作于元丰元年十月十三日，并称此文专讽近日科场之士但求务进，不务积学，故皆空言而无所得。

虽然作者的本意在于讽刺当时科考之弊，但今天看来，它仍是一篇颇具哲学意味的短文。作者巧妙地拿盲人为喻，当他向人们问起太阳什么样时，回答他问题的人分别以铜盘、蜡烛、籥为参照物。客观地说，这些人的话都没有错，但又都不够全面不够精确，这就提出了一个问题：对待任何事物，都要把握住其精髓而不是皮毛，把握住全面而不是片面。只有这样，才可能把问题弄清楚。那些浅尝辄止或一知半解便要信口雌黄的人，不可能获取真正的道德学问。其实这番道理并不深奥，十个人中有八个都明白内中的含义，遗憾的是，十个人里不止有八个宁可浅尝辄止或一知半解，也不愿意费尽心思去考究事物的精髓和真谛，因为那样做就会耽误眼前的既得利益，在这两者面前，十个有九个半会选取后者以求尽快获取利益，不也是很自然的事吗？然而在苏轼看来，这样的人、这样的态度，不可能造就真正的人才，只能生产出大批投机者和市侩。正因为作者对这样的投机者和市侩见得太多，才不惜笔墨写这篇文章告诫后辈吴琯，希望他能够摆脱盲者问日的短识，做一个真正意义上的学者。

本文在当今社会，似乎更有其教化意义，因为这类投机者和市侩不仅没有减少，某种意义上反而更多了：一切以文凭学位为准绳，一切以留洋与否为条件，这与宋朝一切以进士及第为官民之分野有什么两样？更可悲的是，今天很多人丧失了起码的做人底线，花钱买文凭买学位，就显得更加下贱和无耻。看看已经揪出的大批贪官，动辄都有个博士头衔，实在是亘古难觅的莫大讽刺。

商君功罪①

商君之法，使民务本力农，勇于公战，怯于私斗②，食足兵强，以成帝业。然其民见刑而不见德③，知利而不知义，卒以此亡④。故帝秦者商君也，亡秦者亦商君也⑤。其生有南面之福⑥，既足以报其帝秦之功矣；而死有车裂之祸⑦，盖仅足以偿其亡秦之罚。理势自然，无足怪者。后之君子⑧，有商君之罪，而无商君之功，飨商君之福，而未受其祸者，吾为之惧矣。元丰三年九月十五日，读《战国策》书。

[注释]

①商君功罪：借论商鞅功过而讥刺熙宁新法。郎晔注解说："此说为王介甫发。"　②勇于公战，怯于私斗：《史记·商君列传》："（商鞅法）令既具，未布，恐民之不信，已乃立三丈之木于国都市南门，募民有能徙置北门者予十金。民怪之，莫敢徙。复曰：'能徙者予五十金。'有一人徙之，辄予五十金，以明不欺。卒下令。令行于民期年，秦民之国都言初令之不便者以千数。于是太子犯法。卫鞅曰：'法之不行，自上犯之。'将法太子。太子，君嗣也，不可施刑，刑其傅公子虔，黥其师公孙贾。明日，秦人皆趋令。行之十年，秦民大说，道不拾遗，山无盗贼，家给人足。民勇于公战，怯于私斗，乡邑大治。秦民初言令不便者有来言令便者，卫鞅曰：'此皆乱化之民也。'尽迁之于边城。其后民莫敢议令。"　③见刑而不见德：晓得了刑罚的厉害，却不知道仁德的重要。　④卒以此

亡：（秦朝）最终因此而灭亡。 ⑤帝秦者商君也，亡秦者亦商君也：使秦成为大帝国的人是商鞅，使秦迅速灭亡的人同样是商鞅。 ⑥南面之福：郎晔注："鞅既定变法之令，居五年，秦人富强。封鞅为商君。"南面，指居于尊位或高官之位。此处指商鞅享受到了身居高位的风光。

⑦车裂：古代酷刑之一，即将人的头和四肢分别绑在五辆车上，然后套上马，分别向不同的方向拉扯，使人因身体撕裂而死。《史记·商君列传》："秦孝公卒，太子立。公子虔之徒告商君欲反，发吏捕商君。商君亡至关下，欲舍客舍。客人不知其是商君也，曰：'商君之法，舍人无验者坐之。'商君喟然叹曰：'嗟乎，为法之敝一至此哉！'去之魏。魏人怨其欺公子卬而破魏师，弗受。商君欲之他国。魏人曰：'商君，秦之贼。秦强而贼入魏，弗归，不可。'遂内秦。商君既复入秦，走商邑，与其徒属发邑兵北出击郑。秦发兵攻商君，杀之于郑黾池。秦惠王车裂商君以徇，曰：'莫如商鞅反者！'遂灭商君之家。" ⑧君子：指处于执政之位的高官。此处隐指王安石。

[解析]

这篇文章作于元丰三年（1080）谪居黄州任团练副使之时。本文的政治指向性很明确，几乎是口无遮拦地将矛头直指变法领袖王安石，甚至不惜以秦代商鞅的变法来与熙宁变法相比较，其反对态度再明显不过。北宋到了英宗、神宗时代，积弊的确已经很深，此前范仲淹等人就曾提出过一些变法设想，当时仁宗皇帝是很支持的。但因种种原因，这次还没落到实处的变革就搁浅了。王安石是个极具事功心的宰相，他在很多场合都说过，想要"致君尧舜上"，让神宗皇帝万古留名，成为开疆拓土的一代圣君。其实谁都明白，他是在借神宗之威，实现自己的政治理想，成为万古流芳的贤臣名相。当然，这也没什么可指责的，自古君臣际遇才能成就大事，也是人情之常。遗憾的是，王安石提出的一系列改革方案，大部分都要取之于民而用之于国,所以司马光直言批判他是"与民争利"。苏轼作为司马光旧党当中的一员,当然举双手拥护司马光的主张,于是朝廷内部明显地分成了两派:改革派与保守派。在当时国内风气尚属醇厚的情况下,很多大臣已经习惯了仁宗皇帝打下的基础,不肯将这样的好局面打破,这就形成了王安石瞬间变为少数派,前后担任宰辅大臣的韩琦、欧阳修、富弼等人都站在王安石的对立面,朝中绝大多数官员也都不赞成王安石变法。在这种情况下,王安石不得不破格启用一些后进之辈担任要职,强力推进改革,于是大批在职高官遭到排斥和罢免,而奸邪之徒吕惠卿之流趁机蹿升到了高位。

  本文以商鞅变法为前车之鉴提出自己的见解:"其民见刑而不见德,知利而不知义,卒以此亡。故帝秦者商君也,亡秦者亦商君也。"这席话委实说得一针见血,如果一个王朝的子民都成为金钱利益的奴隶,完全置仁义道德于不顾,其结果必然是见利忘义,最高统治者也就随之失去了治国的基础,最终导致国家灭亡。在苏轼看来,经济是要搞上去,但只搞经济而不顾教化,人人变成唯利是图的市侩,这个国家还拿什么来维系?在苏轼眼中,王安石恰恰就是商鞅再世,因此担忧王朝的前途,也就是必然的了。关于王安石变法的是非功过,至今还是个没有定论的历史之谜。即便在宋朝当时,也曾几次翻烧饼,一会儿肯定一会儿否定。不过有一点可以确信,那就是治理好一个国家,单靠经济的强盛是绝对办不到的;同时也可以确信:治理好一个国家,单靠道德说教同样也是不可能的。

梁贾说①

  梁民有贾于南者②,七年而后返。茹杏实海藻③,呼吸山川之秀，饮泉之香，食土之洁，泠泠风气④，如在其左右，朔易弦化⑤，磨去风瘤⑥，望之蝤蛴然⑦，盖项领也⑧。倦游以归，顾视形影，日有德色⑨，徜徉旧都⑩，踌躇顾乎四邻⑪，意都之人与邻之人，十九莫己若也⑫。入其闱⑬，登其堂，视其妻，反惊以走："是何怪耶⑭？"妻劳之⑮，则曰："何关于汝？"馈之浆⑯，则愤不饮；举案而饲之⑰，则愤不食；与之语，则向墙而欷歔；披巾柹而视之⑱，则唾而不顾。谓其妻曰："若何足以当我⑲？"呕去之⑳。妻俯而怍㉑，仰而叹曰："闻之：居富贵者不易糟糠㉒，有姬姜者不弃憔悴㉓。子以无瘿归，我以有瘿逐㉔。呜呼瘿邪㉕，非妾妇之罪也。"妻竟出㉖。于是贾归家三年㉗，乡之人憎其行，不与婚。而土地风气，蒸变其毛脉㉘，啜菽饮水㉙，动摇其肌肤，前之丑稍稍复故。于是还其室㉚，敬相待如初。

君子谓是行也㉛，知贾之薄于礼义多矣。居士曰㉜：贫易主㉝，贵易交㉞，不常其所守㉟，兹名教之罪人㊱，而不知学术者㊲，蹈而不知耻也㊳。交战乎利害之场㊴，而相胜于是非之境㊵，往往以忠臣为敌国㊶，孝子为格虏㊷，前后纷纭㊸，何独梁贾哉？

[注释]

①梁贾（gǔ）：梁国的生意人。梁，古国名，在今河南省开封、商丘一带。按，此篇为寓言，不必细究其究在何地，盖知其在北方，与南方相对而言即可。　②贾于南：到南方去做买卖。　③茹：吃。杏实：杏仁。海藻：大海里出产的藻类。　④泠（líng）泠：清凉之貌。《文选》宋玉《风赋》："清清泠泠，愈病析酲。"李善注："清清泠泠，清凉之貌也。"此处指清凉温润的气候。　⑤朔易：岁末年初。《尚书·尧典》："平在朔

易。"蔡沈集传："朔易，冬月岁事已毕，除旧更新，所当改易之事也。"此处指不知不觉中岁月过去。弦化：岁月更替。古人以月亮的变化代指时光的变迁。因月亮有上弦月、下弦月，故称"月弦造成的变化"。 ⑥风瘤：即今北方某些地区因缺碘导致的大脖子病。古人以为此病乃受风所致，故称风瘤。磨去风瘤，意谓在北方患的瘤子，到了南方不再缺碘，几年之内便自行平复了。 ⑦蝤蛴（qiú qí）：天牛的幼虫，色白而身长。古以喻美女之颈项。《诗经·卫风·硕人》："领如蝤蛴，齿如瓠犀。"毛亨传："蝤蛴，蝎虫也。"《埤雅·释虫》："盖蝤蛴之体有丰洁且白者，故《诗》以况庄姜之领。" ⑧项领：肥大的颈项。《诗经·小雅·节南山》："驾彼四牡，四牡项领。"毛亨传："项，大也。" ⑨德色：当作"得色"，得意之色。 ⑩旧都：汴京的老城。北宋时汴京为都城，城市规模很大。所谓旧都，大致相当于今天说的老城。 ⑪踌躇顾乎四邻：很得意地张望着邻居们。 ⑫十九莫己若也：（在他眼里，旧城的人和邻居们）十个有九个不如自己漂亮。 ⑬闺：女子居住的内室。此处指他夫人所居之处。 ⑭是何怪耶：这是什么妖怪呀。意思是说他夫人怎么会长得如此丑陋怪异。 ⑮劳之：向他问候一路辛苦。 ⑯馈之浆：为他端来热水。 ⑰举案：恭敬侍奉的样子。《后汉书·逸民·梁鸿传》："每归，妻为具食，不敢于鸿前仰视，举案齐眉。"王先谦集解："举案高至眉，敬之至。"饲之：给他喂饭。 ⑱披巾栉（zhì）而视之：意谓妻子梳妆打扮之后再去见他。巾栉，汗巾和梳篦，泛指盥洗的用具。 ⑲若何足以当我：你哪一点配得上我。若，汝，你。 ⑳亟（qì）去之：多次赶她离开这里。亟，屡次，多次。 ㉑俯而怍（zuò）：低下头满脸羞愧。怍，惭愧之貌。 ㉒糟糠：本谓酒滓、谷皮等粗劣之物，喻曾经共患难的妻子。《史记·伯夷列传》："回也屡空，糟糠不厌。"司马贞索隐："厌，言饫也，谓不饫饱也。"《后汉书·宋弘传》："贫贱之知不可忘，糟糠之妻不下堂。" ㉓有姬姜者不弃憔悴：意谓得到美女，也不该将糟糠之妻轻易抛弃。《左传·成公九年》："虽有姬姜，无弃蕉萃。"杜预注："姬姜，大国之女。蕉萃，陋贱之人。"后以姬姜代指美女。《诗经·陈风·东门之池》："彼美淑姬，可与晤歌。"孔颖达疏："而谓之姬者，以黄帝姓姬，炎帝姓姜，二姓之后，子孙昌盛，其家之女，美者尤多，遂以姬姜为妇人之美称。"《文选》任昉《王文宪集序》："室无姬姜，门多长者。"李周翰注："姬姜，美女也。" ㉔子以无瘿（yǐng）归，我以有瘿逐：你以没有瘤子的模样回来，我却因长了瘤子被你驱逐出门。瘿，颈部凸出的瘤子。 ㉕瘿邪（yē）：（那是）瘤子惹的祸啊。 ㉖妻竟出：妻子最终被他休弃了。古代称休弃妻子为"出妻"。 ㉗于是：到如今。 ㉘蒸变其毛脉：谓梁地的寒暑气候熏蒸他的毛发血脉。 ㉙啜菽（chuò shū）：吃豆类食品。此处泛指吃梁地的食物。《礼记·檀弓》："啜菽饮水，尽其欢，斯之谓孝。" ㉚还其室：将妻子重新接回家中（恢复夫妻关系）。 ㉛是行：这种行为。指自己漂亮了就休妻、自己丑陋了又把妻子接回的不道德行为。 ㉜居士：作者自称之词。 ㉝贫易主：旧主人贫贱了就改换门庭另投新主。 ㉞贵易交：自己富贵了就不再与贫贱的旧交相往来。 ㉟不常其所守：没有做人的底线而反复无常。 ㊱名教：以正名定分为主要内容的封建社会礼教。 ㊲不知学术者：不懂得学术真谛的人。指浅薄无德、反复多变的人。 ㊳蹈而不知耻：重蹈覆辙而不知廉耻。 ㊴利害之场：争名夺利的场合。此处指官场。 ㊵相胜于是非之境：只图得到利益而不顾是非曲直。意谓只要能获得个人利益，不去考虑手段是否卑劣。相胜，角逐胜负。 ㊶以忠臣为敌国：把忠臣当成敌人。 ㊷格虏：一本又作"悍虏"，指强悍不驯的奴仆。《史记·李斯列传》："故韩子曰：'慈母有败子而严家无格虏'者何也？"司马贞索隐："格，强扞也。虏，奴隶也。" ㊸前后纷纭：前后的态度反复无常没有一贯性。

[解析]

　　这篇文章大约作于哲宗绍圣年间,当时作者谪居惠州,也有可能作于元丰中任黄州团练副使之时,现在很难确定。文章开篇以寓言入手,讲述了一个很有风趣同时又很有哲理的故事,说梁地有个患了大脖子病的商人到南方去做生意,几年过去,他的病竟然不治自愈,人也变得十分英俊,他为此感到志得意满,回到梁地后再看当地人和原来的邻居,很多人还都挺着个大脖子,样子非常丑陋,能与他相比的已经少之又少了。回到家中见到妻子,也长出了大脖子,于是对她大为不满,无论妻子怎么善待他都不行,一门心思非要把妻子休弃了另娶新欢。对他这种反复无常极端自私、视名教如粪土的小人,邻居们都十分反感,没有一个肯给他介绍新女友。一晃三年过去,他原已痊愈的大脖子病因水土关系重新复发,变回了原来的丑陋模样。眼瞅着另寻新欢成为泡影,他不得不把已经休弃的妻子重新接回。

　　虽然故事讲得绘声绘色,占去了全文的三分之二,然而作者最终要表达的思想,却远远不仅是这样的凡人小事,于是笔锋一转,来到了"居士"的本意上:贫易主,贵易交,不常其所守,仅仅是名教中的罪人,更可怕的是那些有学问的人,那些身穿官服头戴官帽的所谓"君子",走的却完全是梁贾的路子,根本不懂得自己的所作所为有多么无耻:"交战乎利害之场,而相胜于是非之境,往往以忠臣为敌国,孝子为格虏,前后纷纭",以是否获取了最大利益为衡量优劣的最高标准,用得着你时怎么都好说,用不着你甚至成为他获取利益的障碍时,那就什么手段都使得出来了。作者自认为一生忠于朝廷,可惜稍有违逆,便会被无情地抛弃:元丰时被抛到黄州,绍圣时被抛到惠州,进而被抛到儋州,差点死在那里。这些遭遇,与故事里那个本无过错的妻子何其相似!

　　这篇文章很有现实意义,其实何止是梁地,又何止是宋朝,任何地方、任何时候，我们都很容易见到这类人。有些山野小民如此无行也就罢了，因为他们影响并不大，可怕的是那些上了博士、当了大官的家伙，如果其行径与梁贾无异，遭殃的可就不是一个两个长瘤子的无辜妇女了。而作者颇感愤恨的，恰恰是这些道貌岸然却一肚子坏水的人。其实我们每个人的一生中，或多或少或大或小都受到过这种坏人的欺凌，而且大多数被欺凌的人，甚至会像被驱逐的那位妻子一样敢怒而不敢言。可笑的是，这些"梁贾"并不是一成不变的，或迟或早他也必然会被正义与道德打回原形，成为到南方之前的梁贾那副德行，或是成为那个被驱逐出门的大脖子病妇女，甚至连那个女人的命运都赶不上。怎样预防自己先成梁贾后成弃妇呢？唯一的办法就是修养自我，使自己成为一个有道德有良心的人，千万不要见到利益就眼红，就丧失理智，要知道一切的孽障都是需要加倍偿还的。有句古话说得好："善恶到头终有报，只争来早与来迟。"